7 JOURS

DU MÊME AUTEUR

Jusqu'au dernier
Seuil, 2002
et « Points », n° P1072

Les Soldats de l'aube
Seuil, 2003
« Points », n° P1159
et livre-disque, Éd. Livraphone, 2003
et Pointdeux, 2011

L'Âme du chasseur
Seuil, 2005
et « Points », n° P1414

Le Pic du diable
Seuil, 2007
et « Points », n° P2015

Lemmer, l'invisible
Seuil, 2007
et « Points », n° P2290

13 heures
Seuil, 2010
et « Points », n° P2579

À la trace
Seuil, 2012
et « Points », n° P3035

Deon Meyer

7 JOURS

roman

TRADUIT DE L'ANGLAIS (AFRIQUE DU SUD)
PAR ESTELLE ROUDET

ÉDITIONS DU SEUIL
25, bd Romain-Rolland, Paris XIVᵉ

COLLECTION DIRIGÉE
PAR MARIE-CAROLINE AUBERT

Titre original : *Seven Days*
Éditeur original : Hodder & Stoughton, Grande-Bretagne
© Deon Meyer, 2012
ISBN original : 978-1-444-72370-0

ISBN 978-2-02-108961-5

© Éditions du Seuil, mai 2013, pour la traduction française

Le Code de la propriété intellectuelle interdit les copies ou reproductions destinées à une utilisation collective. Toute représentation ou reproduction intégrale ou partielle faite par quelque procédé que ce soit, sans le consentement de l'auteur ou de ses ayants cause, est illicite et constitue une contrefaçon sanctionnée par les articles L.355-2 et suivants du Code de propriété intellectuelle.

www.seuil.com

Pour Anita

JOUR 1

Samedi

1

Quoi qu'il arrive, il voulait simplement ne pas passer pour un crétin total.

Le capitaine Benny Griessel portait des vêtements neufs trop chers pour lui. Il y avait un bouquet de fleurs sur le siège passager, ses mains crispées sur le volant étaient moites, et il aspirait de tout son être au pouvoir apaisant de l'alcool. Ce soir, par pitié, il devait simplement ne pas passer pour un crétin total. Pas devant Alexa Barnard, pas devant toutes les stars de la musique, pas après tout ce qu'il avait planifié et préparé la semaine précédente.

Ça avait commencé lundi, par une coupe de cheveux. Le mardi, la femme de Mat Joubert, Margaret, lui avait servi de conseiller « look » chez Romens, dans la Tyger Valley.

– C'est décontracté chic, Benny, un pantalon de toile et une chemise élégante suffisent, lui avait-elle dit patiemment avec son accent anglais plein de charme.

– Non, je veux aussi une veste.

Griessel s'était obstiné, terrifié à l'idée d'être soit trop « décontracté », soit pas assez « chic ». Il y aurait du beau monde là-bas.

Il avait insisté pour acheter une cravate, mais Margaret s'y était fermement opposée.

– S'habiller de façon trop recherchée est pire que de manquer d'élégance. Pas de cravate.

Ils étaient ressortis avec un pantalon kaki, une chemise en

coton bleu clair, une ceinture noire, des chaussures noires, une veste noire à la mode, et un reçu de carte de crédit qui l'avait fait frémir.

Depuis le mercredi, il se préparait mentalement. Il savait que ce truc-là, cette soirée, avait le pouvoir de lui faire perdre tous ses moyens. Sa plus grande peur était de proférer des jurons, parce qu'il avait tendance à faire ça quand il était stressé. Il lui faudrait surveiller son langage toute la soirée. Pas de jargon policier, pas de grossièretés, parler correctement, rester calme. Il avait tout répété dans sa tête, l'avait visualisé, comme Doc Barkhuizen, son parrain des Alcooliques Anonymes, le lui avait recommandé.

À Anton L'Amour, il dirait : « La guitare dans *Kouevuur* est géniale. » C'est tout, pas de lyrisme ou d'autres conneries. À Theuns Jordaan : « J'aime beaucoup votre travail. » C'était un bon truc à dire, exprimant respect et reconnaissance, digne. Mon Dieu, et si Schalk Joubert était là, lui, Benny Griessel, respirerait un bon coup, lui serrerait la main et dirait simplement : « Ravi de vous rencontrer, c'est un grand honneur. » Ensuite, il aurait intérêt à s'éloigner avant qu'un flot de paroles idolâtres, admiratives, devant sa maîtrise de la basse, ne submerge les barrières qu'il avait soigneusement érigées.

Et puis, son plus gros souci : Lize Beekman.

S'il pouvait seulement boire un verre avant de la rencontrer. Pour garder le contrôle de ses nerfs. Il lui faudrait d'abord s'essuyer la main sur son pantalon neuf, il ne pouvait pas saluer Lize Beekman avec une paume toute humide de sueur.

« Miss Beekman, c'est un honneur exceptionnel. Votre musique me procure une grande joie. » Elle dirait « merci », et il en resterait là et s'en irait à la recherche d'Alexa, parce que c'était la seule chose à faire pour éviter de se ridiculiser complètement.

Le fourgon Chana blanc s'arrêta sous les arbres de Second Avenue, entre le lycée Livingstone et la cour arrière du poste de police du SAPS[1] de Claremont.

C'était un véhicule ordinaire, un modèle de 2009 qui en avait vu de toutes les couleurs – bosse sur le pare-chocs avant, éraflures et rayures sur les portes arrière. Les vitres latérales étaient occultées par de la peinture blanche bon marché. La couleur des panneaux sur les flancs différait légèrement de celle du reste du véhicule.

Assis au volant, le sniper coupa le moteur, posa les deux mains sur ses genoux et demeura absolument immobile un court instant.

Il portait une salopette de travail, d'un bleu légèrement passé. De longs cheveux blonds lui pendaient dans le dos, une casquette de base-ball marron lui descendait bas sur les yeux.

Il observa le lycée désert par la vitre passager avec une concentration circonspecte. Puis il regarda à droite. Étudia la haute clôture de l'autre côté de la rue, le portail en grillage double torsion avec, derrière, la cour du SAPS, nimbée de l'ombre de la montagne de la Table en ce début de soirée. Vide et silencieuse.

Il vérifia que les deux portes avant étaient verrouillées, escalada le siège pour passer derrière. L'espace de rangement était en désordre, encombré de boîtes et de caisses en métal, bois et carton. Il s'assit sur une caisse en bois et déroula le rideau en tissu jaune délavé qu'il avait fait lui-même et accroché au toit tapissé de moquette. Il le séparait de la cabine du chauffeur, le rendant invisible à la vue des passants.

---

1. Le SAPS, ou Service de police sud-africain, est le principal organisme chargé des enquêtes criminelles. La DPCI (dont il sera question un plus plus loin) en fait partie. *(N.d.T.)*

Il ôta la casquette, la posa à côté de lui, conscient de sa respiration plus rapide, du léger tremblement de ses mains. Il se força à détendre ses épaules, soupira, se pencha, ouvrit un long coffre à outils cabossé et en sortit le plateau amovible. Il était lourd, rempli d'outils ayant beaucoup servi – marteaux, série de tournevis, tenailles et pinces coupantes, lames de scies à métaux. Il le posa doucement à côté du coffre, sur la natte en caoutchouc qui recouvrait le sol du Chana.

Il y avait deux objets au fond de la boîte rouge – une arme à feu et un bâton de randonnée K-Way Kilimanjaro.

Il sortit celui-ci en premier et l'appuya contre son épaule, attrapa l'arme, fit passer le silencieux avec précaution dans la lanière de poignet noire au bout du bâton, de sorte que la lunette du fusil ne soit pas entravée, puis fit tourner ce dernier dans le sens inverse des aiguilles d'une montre jusqu'à ce que la boucle soit bien serrée.

Il colla sa joue contre la crosse du fusil, testa la hauteur du piquet qui tenait lieu de support et ajusta cette dernière.

Il fit coulisser le panneau latéral droit du Chana de trois centimètres vers la droite grâce à la petite poignée qu'il y avait fixée. Puis le panneau magnétique extérieur, de façon à pouvoir braquer le canon et la lunette vers la cible.

Il cala la crosse du fusil contre son épaule et observa le parking du SAPS à travers la lunette. Il fit la mise au point.

Devant la grande maison victorienne de Brownlow Street, Griessel prit le bouquet, sortit de la voiture, franchit le petit portillon du jardin et se dirigea vers la porte d'entrée.

Alexa Barnard avait entrepris de rénover la maison. L'abominable cactus géant adossé à la clôture avait été récemment arraché, les échafaudages des peintres grimpaient haut contre les murs.

Tout ça faisait partie du processus de guérison, se dit-il. De sa nouvelle vie.

Il s'arrêta à la porte, regarda ses chaussures. Elles étaient rutilantes.

Il inspira un grand coup. Et s'il avait mal compris, qu'il faille être en tenue de soirée et qu'Alexa ouvre la porte en robe du soir exotique ? Ou si c'était totalement décontracté, jeans et chemises à col ouvert ? C'était la première fois qu'il se rendait à un cocktail de l'industrie du disque.

Il appuya sur la sonnette, l'entendit descendre les marches.

La porte s'ouvrit. Elle se tenait devant lui.

– Nom de Dieu, fit Griessel.

À travers le trou minuscule, le sniper vit le véhicule de police passer tout près du Chana et ralentir, s'apprêtant à tourner et à franchir le grand portail. Il attendit qu'il soit à nouveau dans son champ de vision, sur le parking. Joue toujours collée à la crosse, il suivit la fourgonnette à travers la lunette.

Un seul occupant, en uniforme.

Le véhicule traversa la surface goudronnée et se gara derrière deux autres voitures du SAPS, en plein milieu de la cour, là où il ne pouvait le voir.

Entre soixante-dix et quatre-vingts mètres, d'après lui.

Il visa l'avant d'un des véhicules, attendant que le policier se montre, et prit soudain conscience de son cœur qui battait la chamade.

Il inspira profondément.

L'uniforme apparut dans la lunette. Un agent de police.

Tir difficile, cible mouvante.

Il visa bas, suivit le mouvement, se força à respecter la procédure qu'il s'était fixée : garder la lunette à l'horizontale, ligne de mire sur la cible, expirer, presser légèrement la détente, ne pas fermer l'œil.

Le fusil heurta doucement son épaule, le hoquet assourdi de la détonation plus sonore qu'il ne s'y attendait dans l'espace confiné du Chana.

Manqué.

« Tu es... » Griessel faillit dire *befok*, mais il se retint, chercha désespérément un mot acceptable, qui rendrait justice à cette apparition à couper le souffle : « ... fantastique ». Elle se tenait devant lui, drapée dans une robe noire à bustier qui lui tombait aux chevilles, une large ceinture en cuir ocre juste au-dessous de sa poitrine généreuse, des sandales à semelles compensées en cuir marron clair aux pieds.

Et son visage – il ne l'avait jamais vue comme ça : soigneusement et subtilement maquillée, lèvres rouges et charnues, cheveux blonds coupés et teints, grands cœurs en argent aux oreilles, regard d'un vert profond derrière les longs cils.

Durant un instant fugace, il se demanda s'il l'embrasserait ce soir pour la première fois, quand tout serait fini.

Elle rit et le regarda d'un air approbateur.

– Toi aussi, Benny. Les fleurs sont pour moi ?

– Oh. Oui...

Il les lui tendit maladroitement.

Il vit une rougeur sur ses joues, signe d'une gratitude sincère à son égard, pour son geste.

– Merci beaucoup.

Elle fit un pas en avant et l'embrassa sur la joue.

Il savait par expérience que le tir était à peine audible à l'extérieur, grâce au silencieux et aux bouts de moquette dont il avait tapissé l'intérieur du Chana. Ses paumes étaient humides sur le fusil et son cœur battait à tout rompre. Il déverrouilla la culasse et la douille gicla et atterrit en cliquetant sur une des boîtes à outils. Il enfonça une autre cartouche dans la chambre. Déplaça légèrement le fusil, vit dans la lunette que l'agent de police, tête tournée vers la montagne, n'avait pas remarqué le tir raté.

Il visa bas, les jambes du policier dans sa ligne de mire.

Il anticipa de deux, trois centimètres, à hauteur du genou, la panique germa au creux de son ventre, respire, respire, expire lentement... Il pressa la détente. Vit l'agent de police s'écrouler.

Soulagement. Odeur de cordite dans ses narines.

Et puis l'urgence, il devait se concentrer à présent, les soixante prochaines secondes étaient décisives, il fallait tout faire exactement selon le plan.

Dérouler la lanière du bâton. Retirer le fusil de la boucle. Reposer l'arme dans la boîte à outils. Replacer le plateau par-dessus. Fermer la boîte. Le bâton pouvait rester là.

Relever le rideau en tissu.

La casquette. Coiffer la casquette.

Il repassa sur le siège conducteur.

Ne pas regarder la cible, ne pas la regarder, mais l'anxiété menaçant de le submerger, il tourna rapidement la tête pour voir. L'agent de police se trouvait à quatre-vingts mètres de là, allongé. Il baissait les yeux à terre, probablement sur sa jambe.

Regarde devant toi.

Tourne la clé, démarre le fourgon, éloigne-toi lentement, juste dix mètres et tu seras hors de vue, quelques secondes, pas assez pour que le policier puisse te voir, te remarquer, il doit être en état de choc, désorienté. N'attire pas l'attention, fais les choses calmement, normalement.

Il passa une vitesse. Et s'éloigna.

2

À l'entrée du hall de l'Artscape Chandelier, Griessel observait fixement l'immense affiche qui proclamait en grosses lettres : *Gala d'anniversaire d'Anton Goosen, vendredi 4 mars, Grand Arena,* avec une photo de toutes les stars devant se produire là une semaine plus tard. Alexa Barnard en était le point de convergence, en plein milieu, juste sous le bandeau plus petit qui reprenait son nom de scène : *Xandra Barnard est de retour !*

Et lui, il était ici, avec *cette* légende à son bras. Il déglutit et rassembla ses forces.

Ils entrèrent. Beaucoup de monde. Il survola d'un rapide coup d'œil les hommes, pour voir ce qu'ils portaient. Le soulagement l'envahit, il y avait bon nombre de vestes. Il se détendit un peu, tout allait bien se passer.

Les têtes se tournaient vers Alexa, on l'appelait par son prénom, et soudain ils se retrouvèrent cernés. Alexa lui lâcha le bras et commença à saluer les gens. Griessel resta en retrait. Il s'était attendu à ça et était heureux qu'on lui fasse un tel accueil. La semaine précédente, elle s'était montrée nerveuse.

– Ça fait si longtemps que je ne suis plus dans le milieu, Benny, lui avait-elle dit. Et toute cette histoire autour de la mort d'Adam... Je ne sais pas à quoi m'attendre.

Adam était son mari. Benny avait enquêté sur son meurtre[1] ; c'est comme ça qu'il l'avait rencontrée.

---

1. Voir *13 heures*, Seuil, 2010, et « Points Policier » n° P2579. *(N.d.T.)*

– Vous êtes Paul Eilers, l'acteur, dit quelqu'un juste à côté de lui.

Et il réalisa soudain que la jolie jeune femme s'adressait à *lui*.

– Non, répondit-il. Je suis Benny Griessel.

– J'aurais juré que vous étiez Paul Eilers, insista-t-elle, déçue, avant de disparaître.

Il reconnaissait certaines stars de la chanson. Laurika Rauch, qui prenait les mains d'Alexa dans les siennes en lui disant quelque chose avec beaucoup de tendresse. Karen Zoid et Gian Groen en grande conversation. Emo Adams qui faisait rire Sonja Herholdt aux éclats.

Où était Lize Beekman ?

Un garçon se fraya un chemin dans la masse, le dépassa avec un plateau chargé de coupes de champagne, lui en offrit une. Il observa fixement le liquide doré, les bulles qui remontaient paresseusement à la surface et sentit un frémissement en lui, un désir. Il se reprit, secoua la tête. Non, merci.

Deux cent vingt-sept jours sans boire.

Peut-être devrait-il se trouver une boisson sans alcool, pour avoir quelque chose à la main plutôt que de rester planté là, îlot d'insignifiance dans un océan de célébrités. Regarde Alexa, elle était chez elle, dans son élément, elle rayonnait.

Nom de Dieu. Qu'est-ce qu'il foutait là ?

Quand il rencontra Schalk Joubert, le moment fut presque trop énorme pour lui.

– Schalk, voici Benny Griessel, il joue aussi de la basse, dit Alexa en guise de présentation.

Il se sentit rougir et tendit une main tremblante.

– Ravi de vous rencontrer, c'est un privilège, putain,

dit-il d'une voix rauque, atterré par le juron qui venait de lui échapper.

— Ah, un frère. Merci beaucoup, tout le privilège est pour moi, répondit tranquillement Schalk Joubert, à l'aise.

Le ton de sa voix fit disparaître les craintes de Benny, il se détendit. Empli de gratitude pour le fabuleux compliment de « frère », incité par le sourire lumineux d'Alexa, Griessel trouva le courage d'entamer une conversation avec Theuns Jordaan et Anton L'Amour. Il leur demanda comment *Kouevuur* avait vu le jour. Et puis, enhardi par leur générosité :

— Alors, quand est-ce que vous allez enregistrer « Hexriviervallei » comme il faut, le morceau complet ? Cette chanson le mérite.

Il commençait à lâcher du lest, bavardant ici, riant là, se demandant ce qui avait pu l'inquiéter à ce point. Il se sentait presque fier de lui. C'est alors qu'Alexa le tira par le bras. Il se retourna et vit Anton Goosen *et* Lize Beekman côte à côte, juste devant lui, tels des conspirateurs. Le silence se fit dans le brouhaha et ce fut trop soudain et trop fort et son cerveau s'enraya, son cœur se mit à battre comme un fou, il s'empara de la main de la belle et grande et blonde chanteuse, complètement paralysé par la star, et tout ce qui lui vint aux lèvres fut *« Fok »*, le mot d'une longueur imbécile, s'étirant clairement dans le silence.

Et juste après, son téléphone se mit à sonner dans la poche de sa veste.

Il resta là. Pétrifié.

Quelque part dans sa tête, un réflexe se déclencha : Fais quelque chose.

Il lâcha la main de Lize Beekman. Dévoré par la honte et l'humiliation, il marmonna : « Excusez-moi. » Tâtonna pour trouver son téléphone, se détourna, le porta à son oreille.

— Salut.

Même sa propre voix lui semblait étrange.

– Benny, j'ai besoin de toi, dit le brigadier Musad Manie, commandant en chef de la DPCI – la Direction des enquêtes criminelles prioritaires.

Du genre *tout de suite*.

Il roula, trop vite, furieux contre lui-même, furieux contre Alexa, comment pouvait-elle lui faire ça ? Furieux contre le téléphone, il aurait certainement pu rattraper sa bourde monumentale s'il n'avait pas sonné, il aurait pu ajouter quelque chose, sa phrase bien rodée de « c'est un privilège exceptionnel », ça aurait désamorcé le bazar. Furieux contre le brigadier qui le faisait venir un samedi soir, pendant son week-end de repos, furieux parce qu'il n'arrivait pas à s'ôter cet accablant refrain de la tête : il s'était conduit comme un parfait imbécile. Ce moment affreux, ce mot qu'il avait lâché, suspendu tel un merle mort entre Lize Beekman et lui, toute chose figée autour de lui sauf la sonnerie irritante de son portable, et cette certitude qui coulait en lui comme du plomb : il s'était ridiculisé au dernier degré, de façon impardonnable, en dépit de toutes ses résolutions, de ses plans et préparatifs.

C'était la faute d'Alexa, en fait. Deux semaines avant déjà, elle avait voulu savoir qui il aimerait rencontrer. Personne, avait-il répondu dès le début, il se contenterait de rester dans le coin, à sa disposition quand elle aurait besoin de lui. Parce qu'il savait qu'il risquait de perdre son sang-froid. Mais elle lui avait soutiré les noms l'un après l'autre et avait dit : « Je veux vraiment faire ça pour toi. – Non, je t'en prie », avait-il répondu, de moins en moins convaincant, la perspective de la soirée commençant à le tenter. Jusqu'à ce qu'il finisse par accepter, par égard pour elle, mais il avait déjà la frousse, une vague terreur, non, un pressentiment, qu'il risquait de tout foutre en l'air.

Sa faute. Uniquement sa faute, putain.

Il sut qu'il y avait un gros souci quand il découvrit les trois officiers supérieurs de la DPCI *et* le général John Afrika, chef du Renseignement pour les enquêtes criminelles de la province du Cap-Occidental.

Le brigadier Musad Manie, responsable des Hawks[1], était assis au milieu, imposant, le visage fermé. De chaque côté se trouvaient le colonel Zola Nyathi, chef de l'Unité de lutte contre les crimes violents et supérieur immédiat de Griessel, et le colonel Werner du Preez, chef du Groupe de recherche des crimes contre l'État (CATS). Afrika se trouvait de l'autre côté de la table.

Ils le saluèrent, Manie l'invita à s'asseoir. Griessel vit des dossiers et des documents devant chaque officier supérieur.

– Désolé d'interrompre ta soirée, Benny, dit le brigadier. Mais on a un problème.

– Un vilain problème, renchérit Afrika.

Le colonel Nyathi approuva d'un hochement de tête.

Le brigadier hésita, retenant sa respiration comme s'il y avait beaucoup plus à dire. Puis il changea d'avis, poussa une feuille de papier vers lui. Commençons par ça.

Griessel attrapa la feuille, se mit à lire, conscient des quatre paires d'yeux fixées sur lui.

> **De :** 762a89z012@anonimail.com
> **Envoyé :** Samedi 26 février. 06:51
> **À :** j.afrika@saps.gov.za
> **Objet :** Hanneke Sloet – vous étiez prévenus
>
> Aujourd'hui, voici précisément 40 jours qu'Hanneke Sloet a été assassinée. 40 jours de dissimulation. Vous savez pourquoi elle a été tuée.

---

1. Les membres de la DPCI sont surnommés les « Hawks » ou « Faucons ». *(N.d.T.)*

C'est mon cinquième message mais vous n'écoutez pas. À présent, vous ne me laissez plus le choix. Aujourd'hui, je vais tirer sur un policier. Dans les jambes. Et tous les jours, je tirerai sur un policier, jusqu'à ce que vous condamniez le meurtrier.

S'il n'y a pas de compte rendu dans le journal demain annonçant que vous avez rouvert le dossier Sloet, la prochaine balle ne sera pas dans la jambe.

Pas de nom. Griessel leva les yeux.

– Comme tu peux constater, ça a été envoyé ce matin, dit le brigadier. Et ce soir, l'agent de police Brandon April s'est fait tirer dans la jambe par un sniper sur le parking du commissariat de Claremont. Juste avant 19 heures.

– Un tir longue portée, ajouta Afrika. Ils cherchent encore où le fumier était positionné.

– Le genou est salement touché, ajouta Nyathi. En mille morceaux.

– Un homme jeune, reprit Afrika. Il ne marchera plus jamais correctement. Ce fumier de taré... (et il montra l'e-mail que Griessel tenait à la main) m'a écrit quatre fois. Des e-mails très confus, ils n'ont aucun sens. (Il tapota le dossier devant lui.) Tu verras.

Le brigadier se pencha en avant.

– Nous voudrions annoncer qu'on rouvre le dossier Sloet et que c'est toi qui mènes l'enquête, Benny.

– J'ai personnellement demandé au brigadier de te confier l'affaire, ajouta Afrika.

– Cloete est en train de voir avec les journaux du dimanche en ce moment même. D'après lui, on a peut-être une chance de décrocher quelque chose dans l'*Argus du week-end* et dans la rubrique du Cap du *Rapport*, dit Manie. Cloete était l'officier de liaison du SAPS qui s'occupait des relations avec la presse.

– On va aussi passer à la radio, mais je ne sais pas si ça va aider, ajouta Afrika.

– C'est un peu la pagaille, dit Nyathi, en fronçant davantage les sourcils. À tout le moins.

– Si tu acceptes, Benny. On te soutiendra. Tous.

Griessel posa la feuille de papier sur la table, remit d'aplomb sa nouvelle veste noire à la mode et demanda :

– Hanneke Sloet… c'était la juriste ?

3

— Précisément, répondit Manie en poussant le dossier vers Griessel. Mi-janvier. C'est Green Point qui a mené l'enquête...

Griessel prit le gros paquet de documents et tenta de se souvenir de ce qu'il avait entendu au sujet du meurtre de Sloet. Il y avait eu une petite tempête médiatique environ six semaines avant, ses collègues n'avaient pas cessé de parler de l'affaire.

— À cinq pâtés de maisons de mon bureau, dans son appartement chic, dit Afrika. On l'a clouée. (Et il ajouta, en s'excusant à moitié :) Avec un putain de couteau.

Le brigadier soupira.

— Ils n'ont rien trouvé. Rien. Regarde le rapport d'enquête, tu verras, ils ont suivi toutes les pistes.

Griessel ouvrit le dossier au formulaire 5 du SAPS, section C, le parcourut rapidement, vit les notes approfondies et détaillées.

— Tu sais comment c'est depuis l'affaire Steyn, dit Afrika. Tout le monde fait ce qu'il faut plutôt deux fois qu'une, plus personne ne veut prendre le moindre risque. L'enquête sur la mort de Sloet a été menée dans les règles. L'équipe forensique était bonne, le travail sur le terrain consciencieux, ils ont parlé à tout ce qui vivait et respirait, il n'y a aucun mobile qui tienne devant un examen minutieux.

– Sauf qu'elle était avocate, dit Nyathi avec philosophie. Gros clients, beaucoup d'argent.

– C'est vrai... admit Afrika.

– Un crime opportuniste, reprit Nyathi. Une affaire impossible.

Afrika soupira.

– Le problème, c'est qu'elle a emménagé dans l'appartement le 3 janvier et qu'elle a été tuée le 18. Elle n'avait même pas fini de déballer ses affaires. Personne n'a pu dire aux enquêteurs de Green Point si quelque chose avait été volé.

– Ne dévoilons pas tout, dit Manie avec circonspection. On veut que Benny s'imprègne de tout ça avec un œil neuf. Qu'il parcoure le dossier depuis le début, pour voir ce qu'il peut trouver.

Afrika hocha la tête en signe d'approbation.

Griessel ramassa l'e-mail.

– Brigadier, c'est quoi cette histoire de « dissimulation » ?... Vous savez pourquoi elle a été assassinée ?

Avant que Manie puisse répondre, Afrika s'exclama énergiquement :

– Ce sont des inepties, Benny, des inepties totales. Jette un coup d'œil aux autres e-mails. Des insinuations épouvantables. On protège les communistes et les Antéchrists et tout ce qui s'ensuit.

– Ce type est un cinglé, renchérit Nyathi. Un suprématiste blanc, il nous hait, il hait le gouvernement, il hait les homosexuels, il hait tout le monde.

– Un terroriste, voilà ce qu'il est, un terroriste qui se cache derrière une adresse e-mail anonyme. Impossible de retrouver sa trace. (Afrika fit aussi glisser la mince chemise qui se trouvait devant lui jusqu'à Benny.) Voici les autres lettres. Tu verras.

Était-il censé enquêter aussi sur l'affaire du tireur isolé ?

Le brigadier nota son hésitation :

– Tu sais comment c'est avec ces dingues, Benny. Parfois ils font une fixation sur une affaire en particulier. Mais s'il y a un lien entre le sniper et Sloet, et qu'on l'a manqué... Les CATS vont se mettre à la poursuite du tueur. Le colonel du Preez dirige le Centre opérationnel commun.

– Mbali sera notre enquêtrice officielle, brigadier, dit du Preez. Elle est rentrée d'Amsterdam hier...

– Amsterdam, oh Amsterdam, lança Afrika en secouant la tête, mais avec bonne humeur.

Un bruit avait couru durant la semaine sur « l'incident d'Amsterdam ». La solide Mbali Kaleni, membre de l'équipe des CATS depuis six mois, avait fait partie d'un groupe d'inspecteurs qui avaient suivi un séminaire en Hollande. Quelque chose lui était arrivé – et d'après la rumeur, c'était particulièrement gênant. Mais, malgré des supputations pleines de sous-entendus dans les couloirs, personne ne savait vraiment ce qui s'était passé. Sauf les supérieurs, qui restaient muets comme une tombe.

– Tu ne vas plus savoir où donner de la tête, Benny, mais c'est important que tu sois au courant des progrès que font les CATS, sur quoi ils enquêtent. Et si tu découvres quelque chose qui pourrait les aider...

– Tu sais comment on fonctionne, Benny, ajouta le colonel du Preez. Une grande équipe...

Griessel acquiesça de nouveau.

Nyathi croisa les bras et soupira.

– Benny, si le bruit court qu'on nous fait chanter, qu'on tire sur des policiers... Ça va alimenter le délire de la presse, provoquer une panique générale.

– Cloete va s'arranger pour qu'on ne parle pas du genou du policier dans les journaux. Pour ta gouverne, Benny, dit Manie. S'il te plaît, méfie-toi de la presse. En tout cas, l'adjudant Nxesi est l'enquêteur de Green Point qui s'est occupé de l'affaire Sloet. Tu peux l'appeler quand tu veux, il est prêt à se rendre utile.

– L'équipe tout entière est prête à t'aider, dit Nyathi.
– Ça n'est pas pour te mettre une pression supplémentaire, Benny, dit Afrika d'un ton sérieux, mais il faut que tu t'y jettes. Ce salopard va continuer à tirer sur des policiers jusqu'à ce que tu aies résolu l'affaire.

À 22 h 30, ce samedi soir-là, Griessel regagna son bureau en empruntant les larges couloirs mortellement silencieux du bâtiment de la Direction des enquêtes criminelles prioritaires – les Hawks. Il était surpris par les répercussions que l'affaire Steyn, dont Manie avait parlé quelques minutes plus tôt, avait eues sur le SAPS l'année passée.

Estelle Steyn, une jeune femme chef cuistot nouvellement diplômée, avait été étranglée dix-huit mois plus tôt dans sa maison de la banlieue résidentielle de Pinelands – avec un morceau de tissu, probablement une cravate. Aucun signe d'effraction, de vol ou d'agression sexuelle – il devait s'agir de quelqu'un qu'elle connaissait et en qui elle avait confiance. Comme son fiancé porteur de cravate, consultant chez KPMG, ténébreux et impassible, avec des yeux froids et une clé de chez elle. Il avait été arrêté et accusé dans les soixante-douze heures, et les médias et le public, fascinés, l'avaient immédiatement déclaré coupable. Parce que Estelle Steyn était vivante et joyeuse, qu'elle débordait d'énergie rayonnante, un chef brillant avec un avenir radieux, d'après ses collègues. En parallèle à sa beauté blonde et souriante sur les premières pages des journaux, la photo de son fiancé semblait rébarbative et menaçante, son regard taciturne détourné de l'appareil. Comme un homme accablé par ses méfaits.

Puis vint le procès.

Telle une meute de chiens sauvages, la défense mit en pièces la mauvaise gestion de la scène de crime, le point de vue biaisé de l'enquête et les hypothèses farfelues avancées par les experts.

Après sept mois d'émotion, le fiancé quitta la salle en homme libre.

Les médias blâmèrent et poussèrent les hauts cris, le public fut choqué et interloqué. Des mois plus tard, des best-sellers écrits par des criminologues et des experts forensiques analysaient et critiquaient la moindre erreur de jugement du SAPS. Au Parlement, l'opposition se servait fréquemment de l'affaire comme d'un bâton avec lequel battre le gouvernement – le préjudice et le scandale ne s'effaçaient pas.

La carrière de l'officier chargé de l'enquête, Fanie Fick, était terminée. On l'avait mis au placard dans la branche « Systèmes d'information » de ce qui était à présent les Hawks, où il s'était reconverti en analyste programmeur, mais tout le monde savait qu'il n'aurait plus jamais de promotion. Dans son dos, on l'appelait « Fanie Fucked[1] », le gars qui noyait tous les jours sa peine après le boulot au Drunken Duck, à Stikland.

C'est pour cette raison que le dossier sur l'affaire Sloet que Griessel emportait dans son bureau était si douloureusement détaillé et « dans les règles ». Les blessures du service étaient encore à vif, son honneur profondément entaché, la peur qu'un autre inspecteur ne soit pris pour bouc émissaire, que d'autres sanctions et critiques ne pleuvent de la direction, de la presse et du public, n'était jamais loin.

C'était pour ça que le général John Afrika avait assisté à la réunion ce soir-là, et qu'il avait demandé un enquêteur spécifique.

La peur. Habituellement, les Hawks n'acceptaient pas d'ordres ou d'informations d'un chef d'unité de province. Ils étaient trop jaloux de leur indépendance, de leurs propres structures.

La peur, se disait-il, était aussi la raison pour laquelle ils laissaient le tueur exercer son chantage. Au bon vieux

---

1. Jeu de mots sur « Fick » et *Fucked*, soit « Fanie le Foireux ». *(N.d.T.)*

temps, le SAPS ne se serait pas incliné devant les menaces d'un tireur isolé.

Griessel soupira, ouvrit la porte. On allait au-devant des ennuis.

La vie n'était jamais simple.

Il disposa les chemises sur son bureau, ouvrit d'abord le mince dossier que John Afrika lui avait remis. Il commença à lire les e-mails dans l'ordre chronologique, en luttant au début pour rester concentré. Trop de choses étaient arrivées trop vite ce soir.

De : 762a89z012@anonimail.com
Envoyé : Lundi 24 janvier. 23:53
À : j.afrika@saps.gov.za
Objet : Hanneke Sloet

Vous savez très bien qui a tué Hanneke Sloet. Arrêtez le communiste, ou je raconte tout à la presse.

Le deuxième était beaucoup plus long :

De : 762a89z012@anonimail.com
Envoyé : Lundi 31 janvier. 23:13
À : j.afrika@saps.gov.za
Objet : Hanneke Sloet, allez tous en enfer !!!

Vous êtes impies et pécheurs (1 Timothée 1,9, Proverbes 17,23)
La vérité surgira à propos du communiste et de l'argent qu'il vous verse. Vous êtes tous pareillement corrompus. Votre temps est compté.

1 Timothée 1,9-10 : Sachant cela, que la loi n'a pas été instituée pour le juste, mais pour les insoumis et les rebelles, les impies et les pécheurs, les sacrilèges et les profanateurs,

les parricides et les matricides, les assassins, les impudiques, les homosexuels, les trafiquants d'hommes, les menteurs, les parjures, et pour tout ce qui s'oppose à la saine doctrine.

Proverbes 17,23 : Le méchant accepte un présent sous le manteau pour faire une entorse au droit.

Proverbes 21,15 : C'est une joie pour le juste de pratiquer le droit, mais c'est l'épouvante pour les malfaisants.

Dans le troisième, il utilisait une nouvelle approche :

De : 762a89z012@anonimail.com
Envoyé : Dimanche 6 février. 22:47
À : j.afrika@saps.gov.za
Objet : Hanneke Sloet – sur votre conscience

Vous avez trois semaines pour arrêter les meurtriers d'Hanneke Sloet. Le processus pour que la justice l'emporte a commencé.

Je vous ai averti deux fois, mais vous n'avez rien fait. Vous et vos amis les communistes, vous aurez ce qui va arriver sur la conscience, pas moi. Vous ne me laissez pas le choix.

Que justice soit faite.

Et ensuite, le dernier des quatre, envoyé le dimanche 13 février, treize jours auparavant :

L'Ecclésiaste 3 : Il y a un temps pour tout.
Verset 3 : Un temps pour tuer et un temps pour guérir, un temps pour détruire et un temps pour bâtir.
Verset 8 : Un temps pour la guerre et un temps pour la paix.

Griessel reposa les e-mails et les disposa en ligne, passant de l'un à l'autre.

Puis il les relut entièrement.

4

Quand il eut terminé, menton dans les mains, il se mit à réfléchir.

Les dates des e-mails. Leur rythme s'était systématiquement accéléré. Une semaine séparait les deux premiers. Puis six jours. Puis cinq. Un rythme précis. Sauf pour le dernier.

La plupart ou presque avaient été envoyés tard le soir.

Dans le premier et le deuxième e-mail, les références au « communiste ». Au singulier. Ensuite, ça devenait « les meurtriers ». Puis « vos amis les communistes ». Mais on revenait au seul « meurtrier » dans le dernier.

Le passage soudain aux versets de la Bible, la justification religieuse, la dynamique d'une croisade qui se mettait peu à peu en place. Mais dans le dernier, on sentait un style plus marqué, une confiance plus affirmée. Et de la détermination. Soudain un homme avec une mission.

Il comprenait pourquoi John Afrika et Zola Nyathi prenaient ça pour les divagations d'un homme perturbé. Tous les signes étaient là : les dingues passaient à l'acte la nuit. Et ils devenaient de plus en plus pressants avec le temps, leurs messages de plus en plus fréquents. Ils téléphonaient, haletants et anonymes, ou écrivaient leurs propos incohérents et souvent empreints de racisme ou de théories du complot, ou d'avertissements sur le Jugement dernier, la vengeance de Dieu dans un monde de pécheurs.

Comme celui-là.

Ils étaient en général accros aux médias, étudiaient le moindre article qui paraissait sur une affaire, y réagissant, le citant, brodant dessus.

Pas *celui-ci*.

Ils se donnaient presque toujours un nom lorsqu'ils écrivaient, un pseudonyme emprunté à la mythologie, à l'astrologie, ou qui faisait peur.

Pas *celui-ci*.

Celui-ci adoptait une nouvelle tactique à chaque message. Celui-ci était brusquement resté silencieux et s'était interrompu deux semaines avant le message final. Qu'il avait expédié pendant la journée, un samedi matin, douze heures avant de sortir tirer.

Celui-ci faisait référence à un mobile dans son dernier e-mail : *Vous savez pourquoi elle a été tuée.*

Celui-ci avait mis ses menaces à exécution, il avait accompli le geste qui provoquerait le courroux du SAPS – il avait tiré sur un policier. Et il menaçait de recommencer.

Quelque chose ne collait pas.

Il remit les e-mails un par un dans leur pochette et saisit le dossier conséquent de l'affaire Sloet. Il l'ouvrit, il voulait commencer au début, regarder d'abord la scène de crime, les photos, le rapport de la Scientifique, des légistes...

Quelqu'un frappa doucement à sa porte, à petits coups, comme en s'excusant.

Il fut tiré de sa rêverie.

– Entrez, dit Griessel.

Le surnom du brigadier Musad Manie à la DPCI était « le Chameau ». Parce que *musad*, avait appris un des enquêteurs des Hawks d'un ami musulman, signifiait « chameau en liberté » en arabe. Et lorsque le grand et mince colonel Zola Nyathi – avec sa démarche lente et majestueuse, posée et légèrement penchée en avant – avait été nommé chef de l'Unité de lutte contre les crimes violents, il n'avait pas fallu longtemps pour qu'on le surnomme « le Kameelperd », ou en simple anglais « la Girafe ».

C'était la Girafe qui se baissait pour passer la porte à présent, sa tête rasée brillant sous les néons fluorescents du bureau de Griessel.

— Non, Benny, je t'en prie, reste assis...

Il s'approcha du bureau et, de ses doigts fins, y posa une clé de voiture.

— Tu peux utiliser la BMW.

— Merci, monsieur.

— Benny, tu sais qu'on est une famille ici.

— Oui, monsieur.

— Tu sais qu'on aborde les enquêtes comme une grande équipe.

— Oui, monsieur. Je veux juste étudier les dossiers d'abord...

— Je comprends ça, Benny. Mais quand tu seras prêt, mets les gars dans le coup. J'ai déjà appelé Vaughn, il attend...

— Oui, monsieur.

Nyathi pianota d'un doigt sur les dossiers et ajouta sur un ton confidentiel :

— Écoute, dit-il. Tu es un vieux de la vieille. Pas besoin de te faire un dessin...

Le colonel hésita, leva la tête, regarda Griessel droit dans les yeux.

— Tu viens me parler, Benny. Ou au brigadier. Si tu découvres des trucs pas nets là-dedans, tu viens nous voir...

Griessel ne savait que dire.

— Tu me suis, Benny ?

— Oui, monsieur, répondit-il dans l'espoir qu'il parviendrait à décrypter plus tard ce que la Girafe voulait dire.

— Bien.

Nyathi fit demi-tour et se dirigea vers la porte.

— Bonne chance, dit-il juste avant de la refermer.

Griessel resta assis et regarda le battant. Manie et Nyathi

avaient eux aussi été pris par surprise dans cette histoire, par la présence et la requête d'Afrika. Ils coopéraient, mais avec prudence.

Il secoua la tête. La politique. Pas son jeu favori.

Mais il appréciait le geste de Nyathi. Le problème, c'est qu'il n'était pas entièrement convaincu par la stratégie de nous-sommes-tous-une-grande-famille-et-nous-travaillons-comme-une-seule-équipe des Hawks. Ça ne faisait même pas trois semaines qu'il avait intégré l'unité, et il venait seulement d'apprendre que JOC[1] voulait dire « Centre opérationnel commun » – des chefs d'unité et des enquêteurs de différentes brigades de la DPCI rassemblés sous l'autorité d'un leader pour enquêter sur une affaire. Trop de monde – la recette du chaos. Il était habitué à un seul équipier, ou à travailler en solo, en particulier l'année précédente, quand il avait été rattaché au bureau d'Afrika.

Il soupira. Il n'avait toujours pas compris pourquoi ce dernier l'avait transféré chez les Hawks.

Il attrapa le dossier, sortit les photos de la scène de crime une par une et les étala devant lui.

Hanneke Sloet, en couleurs, gisait sur de grandes dalles de marbre finement poli, à côté d'un pilier rond. Le sang rouge sombre formait un contraste frappant avec sa robe blanche sans manches et le sol gris clair. Elle était couchée sur le dos, bras droit en travers du corps, main droite pressée sur la blessure de son ventre. Elle avait tenté d'arrêter le flux de sang jusqu'à la fin.

Son bras gauche était légèrement tendu et sa main ouverte.

Sa tête reposait sur le sol, l'arrière de son crâne baignant dans le sang, ses cheveux noirs lui tombaient sur le visage, couvrant les yeux et le nez, mais la bouche était visible. Une bouche charnue, un rouge à lèvres foncé, presque de la même couleur que le sang.

---

1. *Joint Operational Centre.*

Elle était pieds nus, l'ourlet de sa robe remonté, les jambes dénudées bien au-dessus du genou.

Elle ne semblait avoir qu'une seule blessure, juste en dessous et à droite du cœur.

Il voulait se faire une impression générale de la scène et étudia les photos une à une. L'appartement était neuf et moderne, les murs et le pilier d'un blanc immaculé, le sol gris et brillant, les fenêtres larges et sans rideaux – elles donnaient sur un grand balcon extérieur, et sur le quartier très coloré de Bo-Kaap et Signal Hill.

Sloet était allongée dans une pièce spacieuse. Derrière elle, au centre, se trouvaient un canapé blanc et deux fauteuils carrés, élégants, sur un tapis blanc à poils longs.

Un immense tableau sans cadre ornait le long mur, le genre d'art moderne auquel Griessel était hermétique – silhouettes et rayures en blanc et gris, comme une photo aérienne de vagues sur l'océan. Une chaîne stéréo et deux petits haut-parleurs étaient posés sur une étagère en verre et chrome.

Dans le coin le plus éloigné de l'endroit où se trouvait Sloet, un escalier en spirale menait à l'étage – bois marron clair brillant avec une étroite rambarde en acier inoxydable.

Devant la fenêtre, un télescope blanc sur un trépied, pointé vers les immeubles de la ville.

Derrière le pilier, une petite cuisine ouverte – placards contemporains avec façades en verre opaque couleur olive, et un frigo chromé aux lignes anguleuses.

La porte d'entrée se trouvait à trois mètres à gauche de la cuisine et à quatre mètres du corps sans vie d'Hanneke Sloet.

Il observa la dernière rangée de photos, où l'on voyait les deux chambres. La plus grande était clairement celle où Sloet avait dormi. Dans l'ensemble, elle était terriblement impeccable. Un grand lit double sur une estrade blanche carrée, recouvert de lin blanc immaculé, avec deux oreillers marron foncé, assortis au bois sombre des tables de chevet.

Seul le bureau, un plan de travail en bois blanc satiné posé sur deux tréteaux marron, montrait des traces d'activité : un ordinateur portable, une paire de dossiers, dont l'un était ouvert, un stylo à encre, sans capuchon. Un verre de vin rouge aux trois quarts vide, un iPhone. Le fauteuil marron à haut dossier était repoussé, légèrement tourné de côté. Sur la droite, un lampadaire marron était allumé.

La seconde chambre était plus petite. Un lit simple, sans literie, sur lequel étaient posés des cartons encore fermés. Une étagère blanche, vide, deux tapis persans roulés.

Griessel prit le gros classeur et le plaça devant lui, sur les photos. Comme tous les dossiers d'investigation du SAPS, il comportait trois parties : la partie A contenait les interrogatoires, les rapports, les déclarations et les photos ; dans la partie B, on gardait la correspondance entre les différents services du SAPS et divers intéressés, comme les banques ou les employeurs ; la partie C renfermait le compte rendu d'enquête sur le formulaire 5 du SAPS, comprenant un historique détaillé et chronologique de l'affaire, avec des références aux documents de la partie A.

Il feuilleta le dossier pour trouver le rapport du légiste dans la partie A et fut soulagé de voir que c'était le professeur Phil Pagel qui avait pratiqué l'autopsie. Pagel était l'homme le plus le intelligent qu'il connaisse, très expérimenté, extrêmement consciencieux. Par-dessus tout, Pagel savait rédiger un rapport de façon que les enquêteurs puissent à la fois le comprendre et l'utiliser. En haut, il y avait toujours un résumé qui simplifiait la vie de l'officier chargé de l'enquête – langage ordinaire, points numérotés, phrases et paragraphes courts, informations utiles.

Griessel lut :

• *Heure de la mort : entre 20 h 00 et minuit, mardi 18 janvier. Probablement aux environs de 22 h 00.*
• *Cause de la mort : perte de sang importante due à une*

unique blessure à l'arme blanche, portée à l'avant, 8 mm au-dessus de la quatrième côte, 20 mm à gauche du sternum (gladiolus). La lame a traversé le lobe du foie et la veine cave inférieure (le gros vaisseau qui ramène le sang pauvre en oxygène depuis le bas du corps jusqu'au cœur) jusqu'à la vertèbre T7.

• Pathologie de la blessure et arme : la pathologie de la blessure indique une arme blanche avec, très certainement, un bout pointu (angle très plat) et un double tranchant asymétrique (géométrie à facettes ?). La lame est apparemment rectiligne. Elle mesure probablement de 6,5 à 7,5 cm de large, 1,5 cm d'épaisseur et plus de 20 cm de long (pas d'hématomes dus à un manche ou une garde). L'angle de frappe est de 85 à 105° par rapport à la verticalité du torse.

• Un seul coup fatal et l'absence totale de blessures défensives aux mains indiquent la violence significative du coup porté ou une lame très aiguisée, ou une combinaison des deux. (Attaque surprise ?) (Arme faite maison ? Assegaï ? Poignard ornemental ? Épée ?)

• Pathologie de la blessure et suspect : le suspect est probablement plus grand que la victime de 200 à 400 mm (taille de l'arme, angle du coup porté, possibilité de violence considérable). Le coup unique et l'arme inconnue empêchent toute hypothèse supplémentaire.

• Résidu de blessure : aucun.

• Aucune indication d'activité sexuelle.

Avec ces nouvelles informations en tête, Griessel réexamina les photos de la scène de crime. Un seul coup. Elle était allongée à quatre mètres de la porte d'entrée, et il n'y avait aucune coupure sur ses mains indiquant qu'elle avait tenté de se défendre.

Aucun signe manifeste de vol, avait dit le brigadier. Et d'après Pagel, aucun signe d'activité sexuelle. Ça signifiait une absence de sperme, d'hématomes sur la victime.

Il se demanda qui l'avait découverte. Qu'en était-il de la sécurité dans l'immeuble ?

En feuilletant la partie A pour trouver des dépositions, il tomba sur une enveloppe blanche format A4, qui avait été glissée derrière l'album photo. Quelqu'un y avait écrit un simple mot à l'encre bleue : *Sloet*.

Il l'ouvrit, en sortit le contenu.

Trois grandes photos en couleurs. D'une Hanneke Sloet bien en vie.

Elles excitèrent immédiatement sa curiosité, lui faisant oublier ce qu'il cherchait.

Les trois photos avaient été prises en studio, avec un éclairage professionnel. Sur la première, on ne voyait que son visage, son épaule droite et une partie de son bras. Elle portait une robe blanche légère, qui se détachait comme gravée à l'eau-forte sur la peau lisse et bronzée de son épaule et de son bras. Sa tête était penchée vers la droite, elle regardait vers le bas, les yeux dissimulés, le côté droit du visage dans l'ombre, ce qui faisait ressortir les lèvres pleines et la pommette saillante. Une mèche de cheveux lui tombait négligemment sur la figure, jusqu'au menton. L'épaule et le bras étaient très féminins, mais musclés. L'arrière-plan gris, hors champ, donnait un grain intéressant.

C'était une photo plutôt sensuelle.

Jolie femme. Et qui le savait. Elle aimait ça, elle l'affichait un peu.

La deuxième photo montrait le haut de son corps, tête légèrement inclinée de sorte que ses yeux noirs se levaient vers l'appareil. Elle affichait un sourire tranquille, dévoilant un interstice entre ses dents de devant. Ses cheveux étaient retenus en arrière cette fois. Un chemisier léger sans col et près du corps, avec un décolleté prononcé, laissait voir la poitrine généreuse et galbée, avec une certaine innocence.

La troisième était un nu, sombre et artistique. De bon goût. L'arrière-plan était totalement noir, la lumière arrivait de la droite et de l'arrière. Vu l'orientation du corps, seuls une pommette, l'arête de son nez, une grande boucle d'oreille ronde, la ligne mince de son cou, une épaule, un sein et un mamelon parfaits, une hanche et la silhouette de sa jambe, étaient visibles.

Les photos avaient dû être prises récemment, elle semblait adulte, proche de l'âge de trente-trois ans qu'indiquait le dossier.

Il aligna les tirages les uns à côté des autres. Les regarda à nouveau. Quelle personnalité, quelle raison avait pu la pousser à se donner tant de mal ? Combien de temps avait-il fallu pour prendre rendez-vous avec le photographe, choisir les vêtements adaptés, effectuer les séances photo ? Cette femme, juriste d'entreprise.

Et les seins. Anormalement grands et parfaits, comme quelqu'un qui se les serait fait refaire.

Au bénéfice de qui ? se demanda-t-il. Pour qui avait-elle fait prendre ces clichés ?

Il resta là à regarder, fasciné par cette femme excitante.

La sonnerie de son téléphone retentit soudain, suraiguë.

Il revint au présent avec un vague sentiment de culpabilité, dut d'abord chercher l'engin. Il le retrouva dans la poche de sa veste, pendue à la chaise. Il le sortit : ALEXA, affichait l'écran.

Et merde. Il aurait dû l'appeler. Il jeta un coup d'œil à sa montre. Il était presque 23 heures.

— Alexa, je suis tellement désolé… répondit-il.

— Non, ce n'est pas Alexa, dit une voix d'homme, hostile. Elle m'a demandé de vous appeler pour que vous veniez la chercher.

— Où est-elle ?

— Elle est saoule, monsieur. Saoule à tomber par terre.

5

Il courut à petites foulées jusqu'à la voiture avec les dossiers dans les bras et la certitude que c'était *sa* faute. Il l'avait mise dans l'embarras, laissée seule, abandonnée dans les ténèbres. Elle était sobre depuis cent quinze jours, et maintenant, il l'avait poussée à rechuter.

Il ouvrit la BMW 130i, posa les dossiers sur le siège arrière, claqua la portière de frustration, monta et s'éloigna.

Il aurait dû savoir qu'Alexa buvait parce qu'elle avait peur d'être sur scène, et ce soir c'était un genre de scène, son premier échange avec les gens du show-business depuis des années, son retour timide sous les feux de la rampe. Il aurait dû y penser, contrôler son langage et ses réactions. Il aurait dû dire au brigadier qu'il ne pouvait pas venir tout de suite, il aurait dû d'abord reconduire Alexa chez elle. Mais non, il n'avait pensé qu'à une chose, sa propre humiliation. Il était un crétin, un abruti de flic.

Qu'est-ce qui ne tournait pas rond chez lui ?

La mise en garde de Doc Barkhuizen lui revint brusquement en tête.

— Attention, Benny, ça ne fait pas encore un an que tu es sobre. Un couple d'alcooliques... ça multiplie le risque par deux.

Il avait protesté en disant qu'ils n'étaient qu'amis, qu'il pouvait la soutenir, l'encourager, qu'ils pouvaient aller aux réunions des Alcooliques Anonymes ensemble. Et Doc s'était contenté de hocher la tête en répétant : « Fais attention. »

Comment l'avait-il soutenue ce soir ?

Il aurait dû écouter le Doc. Doc savait que le « juste amis » n'était qu'un écran de fumée. Doc voyait qu'il *aimait bien* Alexa. De plus en plus.

Et elle l'appréciait aussi, avait-il cru.

Et maintenant ? Maintenant, il avait tout fichu en l'air.

Pourquoi est-ce qu'il faisait toujours ça ? Pourquoi est-ce que sa vie n'était jamais simple ? Jamais de jamais, putain. Il avait quarante-cinq ans, l'âge auquel on est censé atteindre le calme intérieur, la sagesse et la résignation, l'âge auquel on est censé avoir réglé tous les problèmes. Mais pas lui. Sa vie était un marasme constant. Un flot ininterrompu d'ennuis, une lutte sans fin pour y arriver. Il ne pouvait tout simplement pas gagner, les choses ne faisaient que s'accumuler. On ne pouvait jamais avancer.

Il avait tout juste commencé à s'habituer à cette histoire de divorce le mois passé, essayé de faire la paix avec l'idée qu'Anna et lui en avaient terminé. Totalement, irrémédiablement. Il avait encore du mal avec la liaison de plus en plus sérieuse qu'elle entretenait avec un avocat. Un putain d'avocat. Mais il travaillait là-dessus, Dieu le sait, il essayait.

Il avait diminué la pension alimentaire et sa participation aux études de Carla et il arrivait presque à vivre avec ça, même s'il avait l'impression de se faire avoir – il payait bien plus qu'Anna, alors qu'ils gagnaient pratiquement la même chose.

Il avait travaillé dur les dernières semaines pour s'intégrer chez les Hawks, nouvelles relations, nouvelles structures, nouveaux grades. Tous les grades avaient changé, on était revenu à la hiérarchie militaire d'avant. Tous les grades, sauf le sien, parce qu'un capitaine était toujours un capitaine. Mais il avait accepté ça aussi.

Il avait trouvé une nouvelle routine avec ses enfants. Carla, qui étudiait l'art dramatique à Stellenbosch. L'art dramatique, comme si elle n'avait pas connu assez de drames dans sa vie, avec un père policier et alcoolique, et le désastre du divorce. L'art dramatique. Où cette gamine trouverait-elle du boulot ? Et son fils, Fritz, qui allait peut-être s'inscrire à l'université, ou pas, parce qu'il jouait de la guitare dans le groupe de Jack Parow. Jack Parow. Hip-hop ou rap, ou quel que soit le nom qu'on lui donne, il jurait encore plus qu'un flic. Mais qu'est-ce qu'il y pouvait ? Fritz était doué – Jack l'avait personnellement approché, viens jouer pour moi. Griessel avait fini par accepter que le monde avait changé, que les enfants avaient le choix de nos jours, que leur idée d'une carrière était différente.

Il était en paix avec beaucoup de choses. À deux doigts de remettre de l'ordre dans sa vie.

Et à présent, en une seule soirée, il s'était totalement ridiculisé devant trois personnes pour qui il avait un immense respect : Anton Goosen, Lize Beekman et Alexa Barnard. Et avait poussé cette dernière à boire.

Il devait se rendre à l'évidence. Il était un raté.

Les mots restèrent suspendus dans son esprit un moment et il comprit : les jurons. C'était ça le problème, ce qui avait provoqué tous les ennuis à la soirée. Ici et maintenant, ça devait cesser. Il en avait terminé avec les jurons. Fini. Pour le restant de ses jours. De la même façon qu'il avait cessé de boire, il cesserait aussi de jurer, putain.

Et demain, quand elle serait sobre, il raconterait l'affaire Sloet à Alexa et lui demanderait pardon, et lui dirait d'appeler les deux autres pour leur expliquer que tout ça était dû à son admiration et à sa nervosité, peut-être que ça arrivait à d'autres aussi, peut-être qu'il n'était pas le premier.

Puis il repensa à la beauté d'Alexa et comment il avait un instant espéré que ce soir-là, peut-être, il aurait de la chance. Il poussa un grognement de dégoût. Dégoût envers lui-même, envers *ce* monde, dans sa BMW des Hawks sur la N1. Et il se dit : La vie n'est jamais simple, bord... Merde. Cette *maudite* vie n'est jamais simple.

Il n'éprouva aucun plaisir à prononcer ce mot nouveau.

Il s'arrêta devant l'Artscape. Son téléphone sonna. Ça devait être à nouveau le directeur du théâtre. Il se hâta de répondre, pour dire qu'il était arrivé.

— Griessel.

— Capitaine, c'est Tommy Nxesi, de Green Point.

On le sentait sur ses gardes.

Il lui fallut un moment avant de piger – c'était l'adjudant qui avait enquêté sur l'affaire Sloet au départ.

— Oui, Tommy.

— Capitaine, est-ce que je dois encore venir ?

— Non... (Il se rendit compte que l'officier avait attendu qu'il l'appelle, à la demande de John Afrika.) Désolé, Tommy, j'aurais dû vous tenir au courant... (Griessel pensait à ce qui l'attendait avec Alexa.) Ce n'est pas la peine de... On peut se parler demain ?

— Alors vous n'avez pas besoin de moi ce soir ?

— Non, merci beaucoup...

— Très bien, dit Tommy, soulagé.

— Merci... (Puis il se souvint, il voulait jeter un coup d'œil à la scène de crime.) Tommy, vous avez toujours les clés de l'appartement de Sloet ?

— Pas ici avec moi.

— Non, je veux dire demain matin... on peut aller jeter un œil demain matin ? (Et il se dépêcha d'ajouter, sachant comment Nxesi allait prendre la chose, il avait lui aussi été dans cette position :) C'est vous l'expert dans cette affaire. Je veux entendre ce que *vous* avez à dire.

— Bien sûr, capitaine. Quelle heure ?

— 9 heures ?

— Je vous retrouve là-bas, merci, capitaine.

Griessel remit le téléphone dans sa poche.
Il devait se tenir prêt à agir.

Ce fut un choc quand il la vit dans le bureau du directeur. Son maquillage avait coulé, ses cheveux lui tombaient dans la figure, elle était dans un triste état, le décolleté de sa robe avait glissé trop bas, une sandale traînait dans un coin, l'autre était toujours à son pied. Elle était affalée dans un fauteuil, jambes écartées, coudes sur les genoux, se balançant d'un côté à l'autre.
– Alexa…
Elle leva lentement les yeux. Il vit qu'elle était très éméchée. Elle luttait pour arriver à se concentrer. Puis son visage se crispa peu à peu. Elle essaya de se redresser sans y parvenir. Elle se mit à pleurer.
Il s'approcha d'elle, l'aida à se lever, tenta de rajuster sa robe, mais elle referma ses bras autour de lui. Elle sentait l'alcool et le parfum.
– Je suis là, dit-il. Je suis désolé.
Il la prit dans ses bras, la tint serrée contre lui.
Elle avait enfoui son visage dans son cou et il sentait les larmes chaudes et humides dégouliner.
– Je suis si… dit-elle (les sibilantes ayant du mal à sortir). Je suis si nulle, Benny.
– Tu n'es pas nulle, répondit-il.
Le directeur se baissa pour ramasser la sandale et la pochette de soirée qui pendait au bras du fauteuil. Il les tendit à Griessel, en tenant la chaussure d'un doigt, comme si elle était contaminée, le visage empreint de dégoût.
Benny prit la chaussure et le sac. Alexa s'écroula contre lui.
– Viens, dit-il doucement. Rentrons à la maison.

Dans la voiture, tête appuyée contre la vitre, elle tint des propos incohérents.

– Une intruse, Benny. C'est tout ce que je suis... ils le savent...

Elle batailla pour ouvrir son sac, en sortit ses cigarettes, laissa tomber son briquet.

Il ne voulait pas la voir comme ça, parce que c'était son œuvre. Il chercha des paroles de réparation, de consolation, mais tout ce qu'il put trouver fut : « Je suis terriblement désolé. »

C'était comme si elle ne l'entendait pas. Elle essaya de récupérer le briquet par terre, capitula, se renversa en arrière sur son siège et se lança dans une litanie : « Ils ont vu *en* moi. » La répétant encore et encore, sur ce ton larmoyant de l'alcoolique qui s'apitoie sur lui-même.

Le téléphone de Benny sonna.

Nom de Dieu, quoi *maintenant* ? Il répondit.

– Benny, c'est John Afrika. Cloete dit qu'un petit article va paraître en page 14 de l'*Argus du week-end*, et sur Internet c'était trop tard pour autre chose. C'est le bordel, Benny, je te le dis. De toute façon, je voulais juste que tu saches, il va falloir obtenir des résultats. Sors-nous le grand jeu.

– Oui, général.

– OK, Benny.

Afrika mit un terme à la conversation.

– Ils ont vu en moi, continuait Alexa.

Il se gara devant chez elle, trouva la clé dans sa pochette. Sortit.

– Ne me laisse pas, implora-t-elle d'une voix enfantine.

Il rentra de nouveau dans la voiture.

– Je ne vais pas te laisser. Je veux juste ouvrir la porte.

Elle le regarda sans comprendre.

– Je suis une alcoolique, tu sais.

Il hocha la tête, sortit de nouveau, gagna la porte d'un

pas vif, la déverrouilla. Revint au pas de course à la voiture, ouvrit la portière passager.

– Allons chez toi.

Elle ne répondit pas, resta assise là, à se balancer.

– Alexa, je t'en prie.

Elle leva lentement son bras gauche. Il se pencha, fit passer le bras derrière son dos, la redressa et la mit debout. Elle tenait à peine sur ses pieds. Ils franchirent le portillon d'un pas traînant, atteignirent la véranda. À l'intérieur, il eut du mal à trouver l'interrupteur, puis l'aida lentement à grimper l'escalier. Son autre sandale se détacha, descendit deux marches en roulant. Ils enfilèrent péniblement le couloir, entrèrent dans sa chambre. Il l'assit sur le lit. Elle bascula sur le côté, la tête sur le couvre-lit. Il alluma la lampe de chevet, resta debout un moment, ne sachant que faire.

Il devait aller chercher son sac dans la voiture. La fermer à clé.

Ses lèvres remuèrent, elle murmura quelque chose.

– Alexa...

Il s'approcha pour entendre ce qu'elle disait. Mais elle ne parlait pas. Elle chantait. La chanson qui l'avait rendue célèbre. « Soetwater », l'eau douce. Doucement, presque inaudible, mais parfaitement juste, de sa voix unique et chaleureuse.

Un petit verre de soleil,
Un gobelet de pluie,
Versez l'eau douce,
Une petite gorgée d'adoration,
Une bouchée de douleur,
Buvez l'eau douce de la vie.

– Je vais juste fermer la voiture, dit-il.

Pas de réponse.

Il marchait vite. En descendant l'escalier, il se souvint

qu'elle avait tenté de se suicider, la dernière fois qu'elle avait bu. Quand son mari était mort.

Il lui faudrait rester avec elle cette nuit.

Il récupéra le sac à main, les cigarettes et le briquet, puis la pile de dossiers, verrouilla la voiture et revint au galop.

Avec son aide maladroite, il parvint à lui enlever les deux grandes boucles d'oreilles et les posa sur la table de nuit.

— Essaie de dormir un peu, dit-il.

Elle le regarda avec une concentration et une maîtrise nouvelles. Ses lèvres s'entrouvrirent légèrement. Elle passa ses mains derrière sa tête, l'attira plus près et l'embrassa, la bouche ouverte et humide. Elle sentait l'alcool. Elle le tira vers le lit.

Il lui posa délicatement les mains sur les épaules, et la repoussa avec douceur.

Elle se mit à pleurer.

— Tu ne veux pas de moi non plus.

— Si, répondit-il. Mais pas comme ça.

Finalement, elle se laissa aller contre les oreillers. Il lui prit les jambes, les posa sur le lit. Elle lui tourna le dos. Il attrapa le dessus-de-lit et le rabattit sur elle.

Puis il resta là, dix minutes, à écouter sa respiration ralentir. Jusqu'à ce qu'elle dorme.

Il regarda sa montre. Minuit dix. Dimanche matin.

JOUR 2

Dimanche

6

Il travailla sur le dossier jusqu'à près de 3 heures et demie.

Dans la chambre voisine de celle d'Alexa, il pendit sa veste à un crochet derrière la porte, déboutonna sa chemise et remonta ses manches. Il s'assit sur un tabouret devant la coiffeuse, prit l'épais dossier et commença à le parcourir. Il lutta un long moment pour parvenir à se concentrer car il avait l'esprit préoccupé par Alexa. *Ils ont vu en moi.* Comment pouvait-elle penser une chose pareille ? Il l'avait observée le soir, au cocktail, il avait vu sa grâce, sa présence, combien elle était à l'aise et chez elle là-bas.

Les ravages, se dit-il, que pouvaient causer le manque de confiance en soi, une vie entière d'insécurité et l'aspiration à réussir dans la musique, les ravages que pouvaient causer un homme infidèle et la mort de ce dernier. Mais par-dessus tout, les ravages de l'alcool. Quand on abandonne, qu'on jette aux orties quatre mois de sobriété, qu'on doit regarder sa propre faiblesse dans les yeux, se rendre compte une fois de plus qu'on n'est pas assez fort. Pour se remettre debout...

Allongée sur le lit, elle avait chanté « Soetwater » et il en avait été consumé de l'intérieur, parce qu'il y avait une quête dans sa voix, la nostalgie d'une époque révolue où tout allait parfaitement bien. Et il savait qu'on ne retrouve jamais ça, en dépit de tous les efforts qu'on peut faire. C'est pour ça qu'il avait failli se mettre à pleurer avec elle à ce moment-là.

On ne peut jamais réparer les dégâts.

Et le goût de l'alcool dans sa bouche. Mon Dieu, il le sentait encore. Quand elle l'avait embrassé, il n'avait pas pensé à faire l'amour, il avait eu une envie violente et soudaine de boire. Et d'être à sa place, dans ce monde doux et nébuleux de l'ébriété, où tout est arrondi et inoffensif, sans coins ni arêtes pour vous blesser.

Une alarme s'était déclenchée dans un coin de sa tête : il était mal parti.

Attention, Benny, ça ne fait pas encore un an que tu es sobre. Un couple d'alcooliques… ça multiplie le risque par deux.

Doc Barkhuizen était un homme intelligent. Mais il pourrait lui dire que cette nuit il avait eu une autre révélation, qu'il avait compris quelque chose. Quand il avait tiré le dessus-de-lit sur Alexa. Une forte impression de déjà-vu, parce qu'il avait été à sa place – sur le lit, saoul comme une bourrique, son ex, Anna, remontant la couverture sur lui avec compassion, patience et amour. Combien de fois ? Combien de soirs et de nuits ? Comment avait-elle pu supporter ça si longtemps ?

Il sentit le dégoût de lui-même lui remonter dans la gorge et se força à revenir au dossier.

Hanneke Sloet était née le 18 juin 1977 à Ladybrand, dans le Free State. Elle avait obtenu sa maîtrise de droit à l'université de Stellenbosch en 1999 et, en 2001, elle avait commencé à travailler pour le cabinet juridique Silberstein Lamarque, d'abord en tant que clerc stagiaire, puis en 2002 comme avocate au service juridique de l'entreprise. En 2009, elle avait été promue associée.

Jusqu'en décembre de l'année précédente, elle vivait seule dans un complexe résidentiel de Stellenbosch et se rendait tous les jours en voiture chez Silberstein Lamarque, dans Riebeek Street, au Cap, où elle avait son bureau au huitième étage. Elle avait acheté dix mois auparavant l'appartement au 36 Rose Street pour trois millions huit cent cinquante mille rands grâce à un emprunt à la Nedbank, mais l'aménagement n'avait été terminé qu'en décembre précédent. Le lundi 3 janvier, elle avait emménagé au cinquième étage.

Elle n'avait aucune liaison sérieuse au moment de sa mort.

Le mardi 18 janvier, elle avait quitté les bureaux de Silberstein Lamarque à 19 h 46, d'après le marqueur électronique de sa carte d'accès. Lorsqu'elle ne l'avait pas vue se présenter au rendez-vous de 9 heures avec son employeur le 19 janvier, son assistante personnelle avait commencé à s'inquiéter. *Parce que Hanneke n'était jamais en retard. Tous les jours de la semaine, elle était à la salle de gym à 5 h 45 et au bureau à 7 h 15*, selon la déclaration sous serment de l'assistante.

J'ai appelé son portable, elle n'avait pas encore de ligne fixe. Elle n'a pas répondu. C'est absolument exceptionnel, ça n'était jamais arrivé avant. Je suis allée parler à M. Pruis et, à 9 h 40, j'ai quitté le bureau et me suis rendue chez elle. La porte était verrouillée. Je suis descendue au sous-sol et j'ai vu que sa voiture était là. Ce n'est qu'aux environs de 10 h 20 que j'ai pu trouver le gardien. Il a refusé d'ouvrir l'appartement. J'ai téléphoné au bureau et M. Pruis a appelé ses contacts dans la police. Deux policiers sont arrivés vers 11 heures et ont ordonné au gardien d'ouvrir la porte. On l'a trouvée morte.

Les deux policiers en uniforme avaient simplement constaté la mort de Sloet puis ils étaient partis en alertant le poste de police de Green Point qu'ils avaient un homicide. L'adjudant Tommy Nxesi de Green Point et un collègue, le sergent Vernon April, avaient officiellement pris en main la scène de crime à 11 h 35, et appelé la Scientifique et le légiste.

Le rapport forensique n'avait offert que deux bribes de renseignement utiles : la poignée de porte semblait avoir été nettoyée à l'intérieur comme à l'extérieur ; et mis à part les cheveux de Sloet, un seul poil pubien masculin, probablement caucasien, avait été retrouvé dans la douche de la salle de bains attenante à la chambre. Le follicule était trop petit pour obtenir un résultat ADN.

Dix séries d'empreintes différentes avaient été découvertes dans l'appartement… *sans doute à cause des déménageurs qui avaient manipulé pratiquement tous les meubles et les cartons le 3 janvier,* précisait le rapport. Six d'entre elles avaient été identifiées comme étant celles d'Hanneke Sloet, du gardien venu réparer un robinet qui fuyait une semaine avant et de quatre employés de l'entreprise de déménagement qu'on pouvait retrouver. Seules les empreintes de la victime se trouvaient sur l'ordinateur et le verre dans sa chambre.

L'analyse des éclaboussures de sang a montré que la victime avait probablement reçu le coup fatal à 3,8 mètres de la porte d'entrée et à 0,6 mètre de l'endroit où son corps a été découvert.

Et c'était tout. Pas de poussière, d'échantillons de sol ou de traces. Pas d'empreinte de lèvres, de résidus, de produits chimiques bizarres ou d'ADN exploitable.

La page Facebook de Sloet, son ordinateur et les enregistrements de son téléphone portable n'avaient pas donné grand-chose non plus. La plupart des e-mails, appels et SMS du 18 janvier avaient un rapport avec le travail. Excepté des bavardages avec deux amies et une conversation avec un télédémarcheur qui avait été coupée. Au cours des dix mois précédents, il n'y avait eu aucun contact avec le dernier homme sérieux de sa vie, un certain Egan Roch. La déclaration de Roch le confirmait. *On a rompu il y a presque un an. Nous n'avons pratiquement eu aucun contact depuis.*

Griessel commençait à comprendre pourquoi les enquêteurs en étaient ressortis les mains vides. Toutes les personnes interrogées serinaient le même refrain : On ne voit pas qui aurait pu lui vouloir du mal.

Il dut reconstituer sa vie professionnelle d'après les différentes déclarations de ses collègues. Au moment de sa mort, Hanneke Sloet était impliquée dans la phase finale d'une transaction au cours de laquelle Ingcebo Resources Limited devait acquérir des actions chez Gariep Minerals Limited, un processus engagé depuis treize mois. Six autres employés de Silberstein Lamarque faisaient partie de l'équipe d'avocats, plus un consultant en fusions-acquisitions. Quatre banques, une société de conseil en gestion et deux autres cabinets juridiques prenaient aussi part au projet.

Nous sommes le cabinet juridique représentant les intérêts de SA Merchant Bank, lut Griessel dans la déclaration de M. Hannes Pruis, un administrateur de Silberstein Lamarque. *Il s'agit d'un des conseils en restructuration et assurance. En gros, c'est du droit des contrats, beaucoup de paperasserie fastidieuse. Administrative. Hanneke était un des six membres de l'équipe.*

Apparemment, c'était un travail sans risque ni secrets, peu excitant.

Ses relevés de banque ne montraient rien d'autre qu'une femme gagnant beaucoup d'argent et le dépensant bien. Ses finances étaient saines. Rien n'attira son attention.

À 2 h 20, il n'arrivait plus à se concentrer. Il rassembla tous les documents et les remit avec précaution dans le dossier. Il s'approcha de la porte d'Alexa et écouta. Elle dormait.

Il se lava les mains et le visage dans la seconde salle de bains, puis passa aux toilettes. Retourna dans la pièce, ferma la porte et se déshabilla. Il régla l'alarme de son téléphone sur 7 h 00 et grimpa dans le lit, assommé de fatigue. Longue journée.

Mais le cerveau de Griessel continuait de fonctionner.

Il y avait quelque chose dans cette affaire qui le turlupinait. Pas un défaut qui sautait aux yeux, juste une vague impression. Celle d'un enquêteur qui avait regardé partout où il fallait, posé toutes les bonnes questions. Consciencieux, complet, dans les règles. Et rien d'autre. Pas de flair. Pas d'intuition. Il savait comment se passaient les enquêtes : on suivait le schéma habituel, en commençant par les gens les plus proches de la victime, et si ça ne donnait rien, on ratissait de plus en plus large. Jusqu'à ce que quelque part on tombe sur un détail qui vous restait dans un coin de l'esprit, un soupçon, une fausse note, et on creusait alors à cet endroit, on se concentrait dessus, on mettait la pression. Et neuf fois sur dix, on avait raison.

L'instinct.

Il n'avait rien trouvé de tel dans le dossier Sloet. Le problème avec les enquêteurs dans les postes de police était en partie dû à leur formation, à l'importance de plus en plus grande des sciences forensiques et de la technologie. L'intuition ne comptait plus. Et il y avait le manque d'expérience aussi, parce qu'ils étaient souvent jeunes, travaillaient fréquemment dans des environnements qu'ils ne connaissaient pas, avec d'autres groupes culturels, aux langues différentes, et beaucoup de pression de tous côtés. Ils faisaient de leur mieux mais...

Il ne s'agissait pas d'un vol. L'ordinateur portable et le téléphone se trouvaient sur la table de travail... Même si personne ne pouvait affirmer que rien ne manquait dans l'appartement, le vol n'était vraisemblablement pas le mobile.

Et elle n'était pas morte *à* la porte. Son corps gisait presque quatre mètres à l'intérieur, et la forme des éclaboussures de sang disait qu'elle avait été frappée à au moins trois mètres de l'entrée. Par l'avant. Elle n'avait pas essayé de se détourner ou de fuir – elle avait fait face à son agresseur, mais ne s'était pas défendue. N'avait pas lutté. Par habitude, Griessel se rejoua automatiquement la scène dans sa tête, quoique à contrecœur. Elle ouvre. Elle voit qui c'est. Elle recule...

Mais elle ne se défend pas ?

La poignée de la porte d'entrée est nettoyée.

Hanneke Sloet travaillait en haut dans sa chambre. Le verre de vin était là, l'ordinateur, les dossiers.

Ça ne collait pas.

Et les photos. Sloet avait posé dans un studio. Séductrice. Nue.

Néanmoins, elle n'avait eu aucune relation sérieuse l'année précédente. Ça l'ennuyait, *cette* combinaison.

Peut-être n'avait-elle pas le temps de nouer des relations. À la salle de gym dès 6 heures du matin, de retour chez elle à 20 heures seulement. L'année passée, elle faisait encore les trajets en voiture depuis Stellenbosch et rentrait le soir.

Peut-être. Mais pourquoi les photos, alors, pourquoi faire cet effort ?

Il ne devait pas oublier de demander à Tommy Nxesi où ils avaient trouvé les photos. Où elle les avait gardées ?

Il s'obligeait à rester concentré sur l'affaire parce qu'il ne voulait pas revivre son grand moment d'embarras. Mais quelque part à l'orée du sommeil, il se souvint avec une certaine satisfaction qu'on l'avait pris pour Paul Eilers à la soirée.

Alors il ne pouvait pas être *si* laid.

7

Il rêva de Lize Beekman. Ils descendaient une rue animée et il tentait interminablement d'expliquer pourquoi il avait dit une chose aussi ridicule devant elle. Mais elle ne lui prêtait pas attention. Elle disparut, se fondit dans la foule et les gens le regardèrent avec un immense dédain.

L'alarme du portable le tira brusquement de son sommeil et il se redressa à moitié, sans savoir où il était.

Il vit le dossier sur la coiffeuse. Les événements de la veille lui revinrent peu à peu. Il se frotta le visage de ses paumes. Se leva lentement, s'habilla et se dirigea vers la salle de bains pour se vider la vessie et se laver la figure. Puis il jeta un coup d'œil circonspect dans la chambre d'Alexa.

Elle dormait toujours.

Il réfléchit aux possibilités qui se présentaient. Il devait rentrer chez lui, se doucher, se raser, se laver les dents et prendre son petit déjeuner – il n'avait rien mangé la veille. Et puis retrouver Tommy Nxesi à l'appartement de Sloet. Mais il ne voulait pas laisser Alexa comme ça...

Il prit une décision, emporta les dossiers dans sa voiture, sortit le calepin et le stylo de la boîte à gants. La matinée était radieuse et claire, sans un souffle de vent, la montagne et les falaises étincelaient. Il resta debout dans la rue un moment pour bien fixer cette image dans son esprit puis rentra à petites foulées, s'assit de nouveau devant la coiffeuse de la deuxième chambre pour lui écrire un mot.

Alexa,
Je suis vraiment désolé pour hier soir. Tout est de ma faute. Appelle-moi à ton réveil. Je veux te parler de toute urgence.
Benny.

Il arracha la feuille, entra dans sa chambre sur la pointe des pieds et posa le mot sur la table de chevet où elle le verrait.

L'immeuble flambant neuf de cinq étages au 36 Rose Street avait été conçu dans le style de l'architecture du Bo-Kaap, en plus moderne. Les niveaux inférieurs étaient peints aux mêmes couleurs vives que les petites maisons ouvrières un peu plus bas dans la rue.
Nxesi attendait devant l'entrée. Il était de la même taille que Griessel, mais plus carré, avec des jambes légèrement arquées. Ses lunettes à monture noire et sa veste en tweed marron lui donnaient un air professionnel. Il le salua amicalement.
— J'ai les clés mais la sécurité va nous accompagner à l'étage.
Il avait un accent du township. Il tint la porte pour Griessel.
— Désolé pour tout ça, Tommy, dit ce dernier en entrant.
— Ce n'est rien, capitaine. Je m'attendais depuis longtemps à ce que vous autres repreniez l'affaire.
Le hall d'entrée était neuf et rutilant. Un homme et une femme en uniformes de la sécurité étaient assis derrière un bureau. Nxesi montra du doigt la caméra accrochée au mur dans leur dos.
— La caméra de surveillance et le système de carte à puce dans les ascenseurs auraient dû être opérationnels fin

décembre, mais à la fin janvier le travail n'était pas terminé. Le 18 janvier, il n'y avait aucune sécurité, à l'exception de ces personnes à la réception. Le problème, c'est qu'à ce moment-là l'intrus a pu entrer par le parking.

Il montra son badge du SAPS à la femme, lui parla en xhosa. Elle leur fit d'abord signer un registre, une précaution dont Griessel n'avait jamais pu comprendre l'utilité, dans la mesure où on pouvait écrire absolument n'importe quoi là-dedans.

Puis elle les accompagna jusqu'à l'ascenseur.

– Maintenant, il faut introduire une carte si on veut monter. (Nxesi lui montra une fente juste au-dessus des boutons.) Ensuite, on sélectionne l'étage voulu. Si on appuie sur un chiffre qui n'est pas programmé dans la carte, ça ne marche pas. Pour descendre, c'est automatique.

– Mais le 18 janvier, ça ne fonctionnait pas ?

– Non. Deux jours après le meurtre, alors là ça marchait.

Il secoua la tête.

L'agent de sécurité émit un grognement de protestation. Nxesi remonta ses lunettes.

– Ils sont susceptibles au sujet du meurtre, parce que la moitié des appartements sont encore à vendre.

En ouvrant la porte, Nxesi continua :

– Tout est resté en l'état vu que le dossier n'a pas été refermé. Mais les avocats ont commencé à harceler le commissaire, ils veulent qu'on nettoie, pour pouvoir liquider la succession. Les parents héritent de tout. Ils vivent à Jeffreys Bay. Des retraités.

Il poussa la porte, laissa Griessel passer.

Griessel constata qu'il y avait bien un judas, ainsi qu'une chaîne de sécurité et un verrou, intacts. Puis il s'arrêta, il voulait d'abord s'imprégner de l'atmosphère de la pièce.

Elle paraissait plus petite que sur les photos, mais néanmoins spacieuse, plaisante et moderne. La lumière matinale qui brillait à travers les larges fenêtres lui donnait un aspect riant et la vue au sud englobait une partie de Signal Hill. À sa gauche, l'unique pilier, avec la cuisine derrière. Il entendit le doux murmure du frigo, un deux-portes hors de prix. Le canapé et les fauteuils étaient disposés entre le pilier et les fenêtres, au centre de la pièce. Le tableau était accroché sur le mur à sa droite, au-dessus de la chaîne stéréo. L'œuvre d'art semblait plus intéressante que sur les clichés. Le télescope blanc sur son trépied se trouvait devant la fenêtre.

Il jeta un coup d'œil autour de lui, vit que Nxesi le regardait attentivement.

– Je peux voir la clé, Tommy ?

L'inspecteur xhosa la lui tendit.

– Celle-ci est pour la porte d'entrée. (Il lui montra la Yale argentée.) Celle-là pour sa voiture, l'autre pour ces placards là-haut.

Le trousseau était attaché à un petit anneau en métal.

– Il y avait des doubles ?

– Uniquement pour les placards, et sa voiture. Elle les gardait dans le tiroir à côté de son lit.

– Dans son bureau ?

Nxesi hocha la tête.

– Et l'équipe de la sécurité ? Ils ont une clé ?

– *Hayi*[1]. Seul le gardien a un passe-partout, mais il n'a pas de carte pour l'ascenseur. La sécurité doit le faire monter, mais seulement si le propriétaire a donné son accord.

– Sa voiture ?

– Elle est encore là, en bas dans le parking. Mini Cooper S décapotable. L'équipe de la Scientifique l'a fouillée. Rien.

– Merci.

Griessel lui rendit les clés.

---

1. Voir glossaire en fin d'ouvrage.

Il observa le sang.

Sur les carreaux de marbre gris brillant, à trois pas de l'entrée, il vit la première éclaboussure de sang séché marron clair, en forme d'éventail, entourée en noir par l'équipe forensique. Environ un mètre plus loin, la grande flaque durcie dans laquelle la victime avait baigné.

Griessel recula jusqu'au seuil, avança de deux pas, puis d'un autre, en glissant. Le meurtrier avait dû se tenir ici. Le coup mortel avait été porté juste là. Elle avait vacillé en arrière, probablement sous la violence du coup. Puis elle s'était effondrée.

Griessel se pencha, examina les premières éclaboussures ténues. Elles avaient été parfaitement préservées, aucune empreinte de pied, aucune traînée.

Il se rendit à la cuisine. L'évier était vide. Le plan de travail propre, exactement comme sur les photos.

– Tommy, il n'y avait rien dans l'évier ?

Nxesi s'approcha à côté de lui.

– Rien. Elle prenait ses repas au travail. Elle commandait un plat thaï à emporter, vers 18 h 30. Le service de livraison le déposait à la réception de Silberstein Lamarque à 18 h 40. Ensuite, ils lui téléphonaient et elle descendait le chercher. Les cartons étaient dans sa corbeille. C'est pour ça que le légiste était si sûr de l'heure de la mort. D'après lui, le dernier repas avait à peine quitté l'estomac, il y avait très peu de choses dans le petit intestin. Si elle mangeait juste avant 19 heures, alors l'heure de la mort devait être très proche de 22 heures.

– Tu es un bon enquêteur, Tommy, dit Griessel sur un ton pensif.

– J'essaie...

– Quand je... Ils m'ont fait la même chose, Tommy. Refiler mon enquête à quelqu'un d'autre. Je sais ce qu'on ressent.

– Capitaine, ça va. (Il tripota à nouveau ses lunettes.)

– C'est plus facile quand on peut lire le dossier complet avant. Tout le travail de terrain a déjà été fait.

– Peu importe. Attrapons simplement celui qui a fait ça.

Griessel remarqua à quel point il avait l'air sincère.

– Merci, Tommy.

Il désigna l'étage du doigt.

– Il y avait un verre de vin, près de l'ordinateur. Mais pas de bouteille...

Nxesi ouvrit une des portes de l'îlot central et pointa le doigt.

– Le vin était là, la Scientifique a pris la bouteille. Bouteille de vin rouge ouverte, à moitié pleine.

Sloet devait s'être versé un verre puis avait rangé la bouteille.

– Elle était soigneuse.

– Vous devriez voir les placards. On dirait un magasin.

– Où se trouve le tiroir avec les couteaux ?

Nxesi lui montra un ensemble de tiroirs.

– Les couverts sont en haut, les ustensiles dans le troisième, dit-il.

Griessel ouvrit le tiroir du haut. Couverts en argent, fourchettes, couteaux, grandes cuillères, petites cuillères à café. Rien qui puisse coller, même de loin, avec les dimensions de l'arme du crime.

– Il y a trois couteaux de cuisine dans l'autre, reprit Nxesi. Mais rien d'approchant.

Benny ouvrit le troisième tiroir. Il n'était pas rempli. Un ou deux couverts pour le service et la salade, un assortiment sans prétention d'ustensiles de cuisine. Et trois couteaux à manche noir, de différentes tailles, dont le plus long était un couteau de boucher, aux proportions trop modestes pour avoir été l'arme du crime.

– Même s'il y en avait un plus grand dans cette série, dit Nxesi, il serait encore trop étroit. J'ai fouillé l'appartement, capitaine. Si elle avait un poignard ou une *assegaï*... Aucune trace. Je ne sais pas...

Griessel referma le tiroir, se dirigea vers le frigo, l'ouvrit. Il n'y avait pas grand-chose à l'intérieur. Deux pots de yaourt aromatisés très chers et un paquet de feta. Deux sortes de fromage à pâte molle, chacun dans son emballage en plastique intact, une bouteille de deux litres de jus d'orange, pleine aux deux tiers. Une autre de vin blanc pas débouchée, une boîte de margarine, un Tupperware qui semblait contenir de la salade de betteraves.

Il ouvrit le congélateur. De la glace, quelques sachets de légumes surgelés, un paquet de cuisses de poulet.

Il referma la porte.

À l'étage, il observa d'abord la chambre d'amis, celle qui contenait les cartons pas encore ouverts. Ces derniers étaient soigneusement empilés sur le lit à une place, alignés au bord. Les tapis persans étaient appuyés contre l'étagère blanche et vide, pour qu'on puisse accéder facilement au lit.

Griessel s'approcha et inspecta les cartons. Ils étaient toujours scellés avec le large ruban adhésif qu'utilisent les entreprises de déménagement.

Nxesi le suivit jusqu'au bout du petit couloir qui menait à la chambre principale. Juste avant la porte de celle-ci, à gauche, se trouvait une grande fenêtre avec vue sur la ville.

La chambre était spacieuse. Placards intégrés contre un long mur. Le bureau de Sloet était installé en face, entre les deux grandes fenêtres, les rideaux crème tirés, exactement comme sur les photos. Le vaste lit de deux personnes minimaliste était disposé contre la porte, avec l'entrée de la salle de bains sur la gauche. Un grand tapis oriental recouvrait le sol, lui aussi de couleur crème, orné de délicats motifs marron.

– La lumière était allumée, dit Griessel.

— Effectivement.

Le bureau était à présent vide, l'ordinateur et les dossiers avaient été emportés. Il s'apprêtait à poser la question pour l'ordinateur quand son téléphone sonna. Il le sortit de sa poche de chemise. ALEXA.

— Hello.

— Benny, je ne peux pas le faire. (Il y avait une véritable terreur dans sa voix.)

Il sortit dans le couloir avant de lui demander :

— Qu'est-ce que tu veux dire ?

— Je ne peux pas faire le concert, Benny. *Je ne peux pas.*

8

– Alexa, non, ne t'inquiète pas pour ça, je serai bientôt…
– Ça va me détruire, Benny.
Il ne savait que lui dire, soudain conscient de son inaptitude à trouver les bons mots, la bonne approche.
– Ça ne sera pas le cas, fut le mieux qu'il parvint à formuler. Tu es Xandra Barnard.
– Je ne suis rien, Benny.
Les larmes étaient toutes proches.
– Je… Alexa, donne-moi juste une heure. Tu as déjà bu un café ?
– Non, répondit-elle d'une petite voix.
– Va te préparer du café. Mange quelque chose. Prends un bain… Je viens dès que je peux. Je suis au boulot…
Silence.
– Alexa… ?
– Je ne sais pas quoi faire, Benny.
– Tu veux t'occuper du café ?
– Oui.
– Je te promets de venir dès que je peux.
– OK.
– Je te rappelle. Tu gardes ton téléphone près de toi ?
– Oui.
– Je serai bientôt là.
– Je suis désolée, Benny.
– Il n'y a aucune raison d'être désolée, on en reparlera…

(Il devait raccrocher, Nxesi attendait.) Laisse-moi juste terminer ici.

— Je n'aurais pas dû te déranger, je suis désolée. Au revoir, Benny.

Elle avait coupé.

Debout devant la fenêtre qui donnait sur la ville, il ne voyait rien. Il fallait qu'il règle le problème. Il n'y avait pas d'alcool chez Alexa, mais il devait l'arrêter avant qu'elle se rende dans un hôtel. C'est ce qu'elle faisait, parce que « les magasins de spiritueux sont des endroits tellement tristes ». Il reconnaissait tous les signaux d'alarme, il savait qu'elle irait boire un verre au Mont Nelson.

Et tout était de sa faute.

Nxesi avait l'attitude du type qui a tout entendu en faisant de son mieux pour ne pas écouter, mais ne veut pas le montrer par discrétion.

— Désolé, Tommy... dit simplement Griessel.

L'adjudant éluda la remarque d'un geste de la main.

Griessel ne bougeait pas, essayant de rassembler ses idées. Il y avait quelque chose d'important qu'il voulait demander.

Ça lui revint.

— L'ordinateur. Il était allumé ?

— Non. Il était éteint. Mais ses e-mails montrent qu'elle était à son bureau en train de travailler. À environ 21 h 30, elle a envoyé un e-mail à van Eeden. C'est le... l'intermédiaire, celui qui a mis la fusion au point. Un e-mail officiel, pour le tenir au courant des progrès.

— C'est le même à qui elle a envoyé un SMS à environ 21 h 50 ?

Nxesi acquiesça.

— Il a dit que c'était au sujet de cet e-mail : pour le prévenir qu'elle le lui avait envoyé.

— Et tous les dossiers qui se trouvaient là concernaient la transaction ?

— *Ewe.* En effet.

— Elle a travaillé à son bureau jusqu'à pratiquement 22 heures.

— Ce qui confirmait les soupçons que Griessel avait eus en voyant les photos et sa première impression qu'il ne découvrirait rien de nouveau ici.

Il entra dans la salle de bains. Une douche, de la largeur du mur du fond, fermée par un panneau en verre. C'est là que l'unique poil pubien masculin avait été découvert. Une grande baignoire blanche et moderne. Encore des carreaux en marbre gris. Placards marron, serviettes marron. Un panier à linge en tissu marron pendu à un châssis en bois sombre. Il souleva le rabat. Vide.

— La Scientifique a tout emporté, dit Nxesi.

— Et ils n'ont rien trouvé.

— *Shici.*

Ils regagnèrent la chambre. Griessel s'arrêta.

— Tommy, comment tu vois les choses ? Que s'est-il passé ?

Nxesi ajusta ses lunettes avec le pouce et l'index.

— Elle a rapporté du travail à la maison, elle s'est assise ici...

Le portable de Griessel se mit à sonner.

Il soupira.

— Excuse-moi, Tommy, dit-il, avant de le sortir de sa veste. MBALI.

— Salut, Mbali.

— Comment ça va, Benny ?

— Je vais bien, merci. Bienvenue au bercail.

— Merci, répondit-elle sans enthousiasme. Tu sais que je suis dans l'équipe du sniper ?

— Ils m'ont dit ça hier soir.

— Je suis ton agent de liaison, Benny. Tu as lu les e-mails ?

— Je les ai lus.

– Je veux savoir ce que tu en penses. On pourrait se voir ?

Il devait aller chez Alexa d'abord, et il devait encore terminer ici. Il jeta un coup d'œil à sa montre.

Mbali interpréta correctement son hésitation.

– Quand tu veux, Benny, je suis sur la scène de crime en ce moment, à Claremont.

– Je peux te rappeler ?

– Bien sûr, Benny. Salut.

Nxesi regardait par terre avec un sourire.

– Mbali Kaleni ? demanda-t-il.

– Oui.

– J'ai entendu dire qu'il s'était passé des choses. En Hollande.

– C'est ce qu'on raconte.

– Ça doit être une histoire de *dagga*. Elle a dû vouloir arrêter quelqu'un qui fumait de l'herbe dans la rue.

– Possible.

– Mbali, répéta Nxesi avec un sourire ébahi.

– C'est une bonne enquêtrice, dit Griessel.

Nxesi se contenta de hocher la tête.

– Tommy, qu'est-ce qui a pu se passer ?

Le sniper était assis dans le Chana. Par terre était posée une lampe électrique avec une rallonge qui serpentait par la fenêtre jusqu'à une prise de courant dans le mur du garage obscur.

Il avait le fusil sur les genoux. À côté de lui, sur la boîte à outils, tout le matériel de nettoyage dans un tiroir en aluminium – tiges métalliques, brosses, lavettes, torchons et huile. Il travaillait lentement et d'une main sûre, évitant de toucher la lunette. Il ne pouvait se permettre de la rapporter dans un stand de tir pour la faire de nouveau calibrer.

Plus maintenant.

Aujourd'hui, ce serait un tir longue portée. Peut-être le

plus long de tous. Voilà pourquoi il voulait s'en débarrasser et en avoir fini avec ça.

Et il devait le faire avant midi, avant que les rues ne sombrent dans la léthargie du dimanche après-midi.

Aujourd'hui, il allait prendre son temps. Garder son calme. Il avait raté son premier tir la veille parce qu'il n'avait pas bien géré la tension. La glace était rompue à présent. Il tirerait mieux aujourd'hui.

Il vérifia sa montre. Vingt minutes, ensuite il faudrait se mettre en route.

— À l'époque, on pouvait facilement s'introduire dans l'immeuble, dit l'adjudant Tommy Nxesi. En passant par le parking et en montant par l'escalier, peut-être, ou par l'ascenseur. Donc il est entré et il a frappé à la porte. Elle avait fini de travailler, elle était peut-être en bas. Elle a regardé par le judas. Et elle le connaissait. Alors elle a ouvert. Ils ont parlé sur le seuil. Et puis ils ont commencé à se disputer. Il s'est mis en colère. Il l'a frappée. Il a vu qu'elle était morte. Et il est parti.

— Possible.

— Rien n'a été volé, capitaine. Il n'y a pas de mobile. *Shici*. Rien. Pas de petit copain, pas de vie sociale en dehors de ses deux amies, elle ne faisait que bosser. Ils ont dit qu'elle était sympathique. Mais ambitieuse. Elle travaillait comme une folle sur cette fusion, parce qu'elle voulait devenir associée chez Silberstein. Et la promotion était en bonne voie, d'après ce que m'a dit Pruis. Alors je crois que ça devait être autre chose. Au début, j'ai pensé à la drogue. Ces gens riches, ils sniffent, je me suis dit que son dealer était venu la livrer et qu'elle n'avait pas assez de liquide pour le payer, que peut-être elle était aussi shootée, et qu'il l'avait frappée. Mais dans ce cas, il aurait volé quelque chose. Et l'analyse *post mortem* n'a révélé aucune substance illicite. Mais c'est quelque chose dans ce goût-là, capitaine. Quelqu'un est venu pour une raison précise. Une raison inconnue de ses amis ou de ses collègues. Une raison sur laquelle on n'arrive pas à mettre le doigt. Un de ces trucs qui arrivent comme ça, sans prévenir.

9

Griessel lui demanda où il avait trouvé les photos de Sloet, celles que contenait l'enveloppe blanche.

Nxesi hésita une seconde avant de se diriger vers la table de chevet à droite du lit. Il y avait deux tiroirs et une petite porte en dessous. Il ouvrit le second tiroir.

— Venez voir, dit-il avec une aversion à peine voilée.

Puis il recula, comme si le contenu du tiroir était toxique.

Griessel s'approcha et regarda. Le vibromasseur était posé sur le dessus, long et épais, fidèle et macabre imitation de pénis. Et dessous, le carton d'emballage. *Vibromasseur Big Boy*, en grandes lettres.

— Voilà son petit ami, dit Nxesi. L'album est au fond.

Griessel ne dit rien, sortit l'album photos et l'ouvrit.

Il découvrit le nom du photographe en première page, sur une petite étiquette autocollante argentée. *Anni de Waal*. Ainsi qu'une adresse dans De Waterkant Village.

D'autres photos d'Hanneke Sloet, au format A4, du même style que celles qu'il avait vues, dans des poses différentes. On voyait souvent son décolleté mais il n'y avait pas d'autres nus. Et huit pages restaient vides.

— Vous avez seulement pris trois photos ?

— *Ewe*. Deux pour le dossier. Et le nu, parce que je ne voulais pas que sa mère le voie.

Très consciencieux.

Griessel tenta de remettre l'album sous le vibromasseur

et son emballage. N'y parvenant pas, il sortit la boîte et rangea l'album. Puis lut la notice : *Big Boy est un pénis vibromasseur multivitesses. Veiné de manière réaliste, il vous procure des sensations de plaisir hautement satisfaisantes. C'est un super-héros, un manche d'amour qui vous apportera une jouissance substantielle. Conçu pour aller profond et vous combler entièrement, avec un diamètre plus important pour une volupté plus intense. Les vrais hommes ne peuvent tout simplement pas rivaliser avec ce jouet déchaîné. Piles Eveready Gold fournies !*

Il leva les yeux, vit l'adjudant qui attendait sa réaction.
– On vit dans un monde bizarre, Tommy.
– *Hayi*, répondit ce dernier avant de rajuster ses lunettes.

De retour à sa voiture, Nxesi lui demanda de signer le reçu pour les clés de l'appartement. Une fois que Griessel se fut exécuté, il perçut son soulagement, fugace, comme si l'adjudant avait un poids en moins sur les épaules.
– Tommy, je sais que ça va paraître étrange, lui dit-il juste avant de partir, mais pendant l'enquête, est-ce qu'il a été question de... quelqu'un qui aurait parlé d'un « communiste » ?
– Un communiste ?
Sa stupéfaction répondit à la question de Griessel.
– Oublie ça, Tommy, juste quelque chose que le colonel a dit hier soir.
Nxesi hocha la tête.
– Tout ce que j'ai trouvé, c'est une bande de capitalistes...
Benny téléphona à Alexa sur le trajet pour lui annoncer qu'il était en route. Elle lui parut absente et lointaine, comme si ça n'avait aucune importance, et son cœur se serra.
Le problème, c'est qu'il ne la comprenait pas, malgré ses efforts, même s'il prenait en compte les ravages de son passé. Cet incroyable talent.

Trois mois auparavant, elle l'avait accompagné pour la première fois et avait chanté avec Roes, un groupe amateur de blues-rock. Benny était leur bassiste. Ils avaient choisi ce nom, le mot afrikaans pour « rouille », parce qu'ils étaient tous les quatre d'âge moyen, de classe moyenne, de banlieue. Il leur avait fallu cinq mois pour se débarrasser de leur rouille considérable et collective et remonter lentement un répertoire de vieilles chansons connues, dans l'espoir de se produire dans des mariages et des soirées. Il l'avait invitée plusieurs fois. Elle avait débarqué seule et sans prévenir dans la vieille salle municipale de Woodstock où ils répétaient. Elle s'était assise et avait écouté, le visage impassible, pendant qu'ils donnaient le meilleur d'eux-mêmes, épouvantablement conscients de son prestige musical. Et puis, après le premier set, elle avait demandé :

– Vous connaissez « See See Rider » de Ma Rainey ?

Et Vince Fortuin, le guitariste solo à l'épaule musclée tatouée d'une ancre et aux petits yeux qui se plissaient de plaisir quand ils se mettaient à jouer correctement, avait répondu :

– C'est une chanson *lekker*, mais peut-être un peu plus enlevée que Ma ?

Alexa avait approuvé avec un léger sourire et un hochement de tête. Vince et le batteur, Jaap, aux longs cheveux gris et à la cigarette constamment clouée au bec, avaient démarré. Puis Griessel et le guitariste rythmique à la moustache épaisse, Jakes Jacobs, avaient écouté et s'étaient joints à eux, les soutenant avec force. Alexa avait pris le micro et leur avait tourné le dos.

Et elle avait chanté.

Le truc, avait-il vaguement espéré, même s'il aurait dû le savoir, c'était qu'elle réfléchisse à l'idée de se produire avec eux. Pas de manière permanente, mais peut-être de temps en temps. Pour des occasions particulières. Mais ce soir-là, quand elle avait entamé les premiers couplets, ils avaient compris qu'ils ne lui arrivaient pas à la cheville.

C'était la première fois depuis des années qu'elle touchait un micro, mais tout était là, immédiat et irrépressible : le sentiment, l'intonation, la compréhension de la musique, du groupe, du tempo donné par Vince et de son style. Et la voix riche, pleine, le charisme, l'enchantement.

Instantanément, elle avait amélioré leur niveau, leur son, leur maîtrise ; soudain, elle les avait fait paraître bons.

Quand elle avait eu fini, ils avaient applaudi.

– Non, ne faites pas ça, avait-elle dit. Puis elle avait demandé, consciente de sa fringale à peine réprimée : « Tampa Red's », « She's Love Crazy » ?

Vince avait hoché la tête, impressionné et enthousiaste, et avait joué.

Et Alexa avait chanté.

Pendant près d'une heure, une chanson après l'autre. Griessel avait vu l'éclat dans ses yeux, et la métamorphose. Comme si elle rentrait chez elle. Il avait aussi vu la nostalgie de ce qu'il devinait être un public, ou de véritables applaudissements, le genre d'applaudissements qui grondent comme l'océan, parce que c'est ce qui nourrissait son talent, c'était son droit dans ces moments-là.

Cette même femme qui lui avait dit la veille : « Ils ont vu en moi. »

D'où revenait-elle ? N'avait-elle aucune idée de son talent ?

Comment devait-il s'y prendre, s'il n'y comprenait rien ? Que pouvait-il lui dire ?

Et son autre inquiétude : il ne pouvait pas passer toute la journée avec elle. Il lui faudrait appeler sa marraine des Alcooliques Anonymes, Mme Ellis, la directrice d'école. Parce qu'il devait avancer, il devait se concentrer. Il aurait dû avoir la tête pleine de tout ce qu'il avait vu dans l'appartement de Sloet. Juste avant de signer le reçu pour les clés, devant les voitures, il avait demandé à Tommy :

– Qui avais-tu suspecté ?

Et Nxesi avait répondu :

– Le gardien. Faroek Klein. Il avait un double des clés et il aurait pu en profiter. Il se balade avec des outils, alors peut-être qu'il avait dans sa boîte un grand truc pointu pour la frapper. Ses empreintes étaient dans l'appartement. Il savait combien il était facile d'arriver à sa porte. Elle lui aurait ouvert. Il se prend pour un beau mec, je me suis dit que peut-être il avait tenté sa chance avec la femme aux gros... (Nxesi mima le geste, trop timide pour appeler les seins par leur nom, et il ajouta rapidement :) Il a un casier, capitaine, voie de fait avec intention criminelle. La victime était une femme. Il a eu une condamnation avec sursis, il y a neuf ans. Alors il me plaît beaucoup pour ça. Mais il a un alibi – sa nouvelle femme et ses deux adolescentes ont déclaré qu'il était resté à la maison toute la soirée. Et je les crois, elles ont l'air honnêtes.

– Personne d'autre ?

– Je me suis longtemps focalisé sur le petit ami. Roch. Mais ça ne collait vraiment pas, il était à l'étranger. Il n'y a personne, capitaine, j'ai cherché de tous les côtés. C'est pour ça qu'à mon avis il y a quelque chose sur quoi on n'arrive pas à mettre le doigt. Une rencontre fortuite, une dispute à l'improviste.

Mais il n'était qu'à moitié d'accord. Il y avait un certain nombre d'éléments qui lui posaient problème. L'absence totale de blessures défensives. L'endroit où la mare de sang s'était formée. Et le troisième tiroir de la cuisine.

Si on l'avait frappée juste devant la porte, si ses mains avaient présenté des coupures ou des hématomes, il aurait peut-être accepté l'histoire du visiteur fortuit ou de la dispute. Mais elle était adulte, c'était une avocate intelligente. Si quelqu'un cognait à sa porte à 10 heures du soir, elle regarderait d'abord par le judas. Et n'ouvrirait que si elle connaissait le visiteur. Elle n'enlèverait le verrou et la chaîne de sécurité que si elle lui faisait *confiance*.

On l'avait frappée par-devant. Elle se trouvait face au meurtrier. Trois mètres à l'intérieur de l'appartement. Elle n'avait pas lutté.

Et le contenu du troisième tiroir prouvait qu'elle n'était pas fan de cuisine. À son avis, tous ses ustensiles se trouvaient là. Même s'il y avait eu un quatrième couteau, bien plus grand, plus large, plus long, il ne voyait pas comment un meurtrier aurait pu s'amener, ouvrir le tiroir et farfouiller dedans jusqu'à ce qu'il trouve l'arme adéquate, pendant qu'Hanneke Sloet attendait patiemment près de la porte d'entrée.

Le meurtrier devait avoir apporté l'arme avec lui.

Délibérément. Dans un but bien précis.

Et tout cela signifiait que Nxesi avait raison de soupçonner le gardien bien commode et précédemment condamné, Faroek Klein. Il lui faudrait vérifier son alibi à nouveau.

Alexa lui ouvrit la porte. Elle était en robe de chambre, encore débraillée. Mais elle était sobre.

Le soulagement l'envahit, puis la culpabilité qu'il portait en lui depuis la veille au soir.

– Je suis si terriblement désolé, Alexa, je t'ai humiliée et ensuite j'ai dû aller travailler, je...

Mais elle avait déjà fait demi-tour, une expression étrange sur le visage et qu'il n'arrivait pas à déchiffrer.

Elle se dirigea vers la cuisine.

– Alexa... dit-il.

Elle secoua la tête, comme si elle ne voulait pas entendre. Il la suivit.

Sa tasse était sur la table, sa chaise repoussée. C'était là qu'elle était assise à son arrivée.

Sans un mot, elle lui versa un café et se rassit.

Elle poussa le lait, le sucre et le récipient qui contenait les petites cuillères vers lui, referma les mains autour de sa tasse, le visage dissimulé par ses cheveux blonds.

Il prit place, inquiet à présent. Elle avait cet air-là quand il l'avait vue la première fois, dans le salon de cette même maison. Le lendemain de la mort de son mari.

– Ça n'était pas ta faute, dit-elle.

Il voulait lui dire que si, mais elle leva la main et l'arrêta.

– Je fais ça, dit-elle. Avec les gens.

Il mit du lait et du sucre dans son café.

– Et je ne sais pas comment m'arrêter, Benny.

– Tu es fantastique, Alexa, dit-il, et le mot lui parut prétentieux et inapproprié. Tu es... tu as tout. Tu es la meilleure chanteuse du pays et chaque fois que tu me téléphones, je me demande pourquoi, parce que moi je ne suis qu'un flic.

Sa bouche se tordit d'émotion.

– C'est la vérité, dit-il.

– Il ne t'est pas venu à l'esprit que c'était précisément le problème ?

– Qu'est-ce que tu veux dire ?

– Bon Dieu, Benny, cette industrie... Tu ne sais pas comment c'est. Je ne suis pas assez solide...

– Tu l'es, insista-t-il.

– Tu ne comprends pas. Ça vous séduit. L'... *attention*. Être le point de mire, cette attention intense, anormale, sans fin. C'est comme... Chanter... c'est un talent tellement ordinaire, ça n'est pas mieux ou différent de n'importe quel autre talent. Comme... l'homme qui a repeint cette maison, recommandé les couleurs et les matières, il est tellement créatif, tellement compétent, son talent est tellement... évident. Mais les gens ne se pressent pas autour de lui, ne lui disent pas combien il est merveilleux du matin au soir, combien il est magique et comment il a changé leur vie et... On se met à y croire, Benny, même si on ne le veut pas. Ça n'arrête jamais, tous les jours, à tous les concerts, à chaque fois qu'on met le nez à la porte. J'avais oublié comment c'était. Jusqu'à hier soir. On est des créatures tellement égotistes. On s'égare si facilement. On y est accro. Complètement. C'était… c'est ma drogue. À l'époque, je m'étais mise à collectionner des gens autour de moi, qui devaient me combler d'attention, me flatter, dans les moments de doute. Parce que parfois la réalité et la vérité s'interposent, quand on se rend compte que notre talent et nous, nous sommes simplement ordinaires, que ces admirateurs, cette adoration pantelante, cette reconnaissance et ces acclamations sont là pour la musique, l'émotion qu'elle éveille chez les gens. Pas pour nous. Et on commence à avoir peur. Qu'un jour le public s'en rende compte.

Elle soupira, comme si ça lui prenait beaucoup d'énergie de dire tout ça, et fit tourner la tasse entre ses doigts.

– Alors je collectionne les gens, Benny. Comme Dave Burmeister, mon premier leader de groupe. Et Adam. Et maintenant, je fais la même chose avec toi. Des gens qui peuvent colmater les moments de vérité, vous leur dites que vous êtes une ratée et ils répondent : Non, Alexa, tu es la meilleure chanteuse au monde. Ils vous fournissent votre drogue quand la foule n'est pas là. C'est un cercle vicieux, un processus de séduction, ni rationnel, ni normal, ni psychologiquement équilibré. Parce que le monde dans lequel on vit n'est pas normal. Il est faussé. Écrans de fumée, miroirs et tours de passe-passe. Et si on s'en rend compte, si un jour la vérité s'infiltre soudain en vous, alors la peur s'embrase. Qu'on vous perce à jour. Et on se met à boire. Parce que, quand on est saoul, c'est plus facile de croire à tout ça…

C'est alors que le téléphone de Griessel se mit à sonner et il aurait voulu pouvoir l'ignorer, car il ne voulait pas qu'on l'interrompe, pas maintenant.

10

— Réponds, s'il te plaît, dit Alexa avec un sourire désabusé.
Il sortit son téléphone.
CARLA.
Il se leva et se dirigea vers le salon.
— Salut, Carla.
— Fritz veut se faire faire un tat', papa, lui annonça sa fille de sa voix accusatrice de Je-suis-la-grande-sœur-plus-âgée-et-plus-intelligente.
— Un quoi ?
— Un tatouage. Sur tout le bras.
Il n'avait pas l'esprit entièrement à la conversation.
— Quel genre de tatouage ?
— Pa ! Est-ce que c'est important ? De quoi il aura l'air à quarante ans ? (Comme si c'était l'âge de la damnation.)
— Carla, je... ça sort d'où ?
— Depuis qu'il joue pour Jack Parow, Pa. Je m'inquiète pour lui.
Carla la maternelle, un phénomène nouveau depuis le divorce – elle s'inquiétait pour son père et son frère.
— Non, je veux dire, comment tu l'as su ?
— Il vient de me téléphoner. Il a dit qu'il irait chez un tatoueur cette semaine. C'est tellement... banlieusard...
— Je vais lui parler, le moment est juste mal choisi.
— Désolée, papa, tu travailles ?
— Oui. Une affaire assez urgente.

— Aïe. Ne travaille pas trop dur, de toute façon je voulais juste te mettre au courant, papa. (Elle avait repris son mode habituel, pétillant et exubérant.) Je te vois la semaine prochaine ?
— Il faut que tu me dises où tu veux aller manger.
— Je te dirai. Mais pas avec un gamin tatoué. Je t'aime, papa.
— Moi aussi, répondit-il.

Elle le quitta avec un « salut » enjoué, et il resta là un moment, à rassembler ses idées. Il regagna la cuisine et s'arrêta à la porte, un pied dans chaque monde.

— Fritz veut se faire faire un tatouage, dit-il, perdu dans ses pensées.

Alexa Barnard écarta ses cheveux blonds d'une main, et puis soudain elle se mit à rire. Tête renversée en arrière, d'un rire profond et surprenant et, du moins Griessel en eut-il l'impression, avec un immense soulagement.

Le Chana entra dans le parking de la bibliothèque de Sea Point, juste à droite de la mairie. Il se dirigea directement vers le fond, tout contre le boulevard de la M6 Ouest, se gara en marche arrière sur la dernière place, de façon à pouvoir partir facilement et rapidement.

Le sniper coupa le moteur, trop content de l'aubaine : le parking était entièrement vide en ce dimanche matin. Dans les deux rétroviseurs latéraux, il apercevait le terrain gris et à découvert derrière lui puis la longue parcelle goudronnée du club de bowling, où un groupe de voitures était garé, à plus de soixante mètres de là. Et juste à côté du Chana, deux sideroxylons inermes faisant l'écran entre la M6 et lui. Les feuilles et les branches étaient immobiles. Il n'y avait pratiquement pas de vent.

Entre les deux arbres, il inspecta le poste de police de Green Point, de l'autre côté du boulevard à quatre voies.

À cent trente mètres de là, d'après ses calculs sur Google Earth. Un tir très long, pour ce calibre et ses compétences de tireur. Mais la haute clôture qui entourait le bâtiment du SAPS posait un problème plus épineux. La seule vue dégagée de l'entrée se trouvait de l'autre côté du portail principal. Ce qui réduisait son angle de vue de façon dramatique et lui laissait très peu de temps pour suivre une cible. Il lui faudrait attendre qu'un policier se dirige vers la porte et agir au moment précis où il s'arrêterait pour l'ouvrir...

Ensuite, il y avait la circulation sur la M6. La trajectoire passait au-dessus des véhicules ordinaires mais un bus ou un poids lourd pouvaient dévier le tir. Et à travers la minuscule ouverture dans le panneau latéral du Chana, son champ de vision était trop étroit pour peaufiner la synchronisation.

Mais cette position était sa seule option sans risque.

Il inspecta encore les environs. Sentit son pouls s'accélérer, vit ses jointures blanches sur le volant. Il était déçu. Il s'attendait à être plus calme la deuxième fois.

Alexa dit à Griessel qu'elle avait entendu, lors de la conversation avec Carla, qu'il était sur une affaire urgente.

Avec le sourire d'autodérision de l'alcoolique qui a rechuté, elle lui dit qu'elle avait déjà appelé Mme Ellis, sa marraine des AA. Il n'y avait pas besoin de s'inquiéter, elle ne reboirait pas aujourd'hui. Il devait aller travailler, il pourrait revenir ce soir, ou demain, ou quand il aurait un peu de temps, et tout lui raconter. Et, par pitié, il ne devait pas s'en vouloir.

Voudrait-elle téléphoner à Lize Beekman et à Anton Goosen et s'excuser en son nom ?

Ça n'était pas nécessaire, répondit-elle. Ils étaient habitués aux fans agités.

S'il te plaît, insista-t-il.

Elle le ferait. Mais seulement s'il retournait au travail maintenant.

Il téléphona à Mbali et se mit en route pour la retrouver à la terrasse d'un café de Greenmarket Square.

Il y arriva avant elle et regarda l'enquêtrice zouloue venir vers lui à travers la foule des touristes. Le petit corps massif, son attitude de « on-ne-me-la-fait-pas ». Elle était, comme toujours, vêtue d'un ensemble pantalon noir. Le grand sac à main noir sur l'épaule, le Beretta 92 FS à la hanche, le badge du SAPS accroché à un cordon autour de son cou, pour que tout le monde puisse le voir. Les lunettes noires outrancières. Et à présent, une écharpe blanche, pour cacher les cicatrices.

Il ressentit de la compassion pour cette femme. Peut-être parce qu'elle lui vouait une sorte de culte du héros. Elle était fermement persuadée qu'il lui avait sauvé la vie, des mois auparavant, quand on lui avait tiré dessus et qu'il avait étanché le sang de l'horrible blessure qu'elle avait au cou en attendant l'ambulance. Mais aussi parce qu'il y avait beaucoup de membres du SAPS au Cap qui ne l'aimaient pas, parce qu'elle avait son franc-parler et qu'elle était féministe, orgueilleuse, qu'elle n'avait pas peur de critiquer et qu'elle était laborieusement méthodique. Elle ne tenait sa langue devant personne et sa confiance en elle frisait parfois l'inacceptable. Il avait l'impression que c'était lié au monde presque exclusivement masculin des enquêteurs et à son apparence. Si cette personnalité-là s'était présentée dans un emballage mince et attirant, ils auraient fait la queue pour bosser avec elle. Ils auraient dit qu'elle méritait sa promotion chez les Hawks. C'était peut-être à cause de sa situation d'alcoolique et de raté qu'il pouvait s'identifier à elle. Parce qu'il savait quel effet cela faisait d'avoir des gens qui rient dans votre dos. Ou peut-être était-ce par expérience – après vingt-six ans dans la police, il savait que les bons enquêteurs sur qui on pouvait compter étaient rares, peu importe la forme sous laquelle ils se présentaient.

– Salut, Benny.

Il se leva, la salua et attendit qu'elle prenne un siège.

Ce qu'elle fit avec un soupir, en posant son sac sur la chaise à côté d'elle. Elle farfouilla dedans, en sortit un mince dossier dont elle extirpa une feuille de papier qu'elle posa devant lui.

– C'est pour toi.

Puis elle remonta ses lunettes noires sur sa tête et chercha un garçon des yeux en fronçant les sourcils.

Le poste de police de Green Point était plus calme que le sniper ne s'y attendait. Il sentit la tension se nouer lentement en lui : combien de temps pouvait-il rester assis là, le panneau latéral ouvert, le fusil à la main, avant que quelqu'un le remarque – un piéton qui passait par là, une voiture quittant la M6 juste devant lui ? C'était l'imprévisible, le hasard, les choses que nul ne pouvait planifier, qui présentaient le plus de risques. Il le savait. Durant sa préparation, ses recherches, tandis qu'il revoyait par le menu les détails de son plan, il n'avait cessé de revenir à cette vérité. La solution, c'était de limiter la part de hasard à tout prix. Ne pas devenir trop zélé ni trop sûr de soi. Ne pas les sous-estimer. Ne pas hésiter. Ne pas prendre de risques.

Il aurait voulu retrouver l'euphorie de la veille, ce mélange grisant de soulagement, de satisfaction et de contentement – il les avait manipulés, il s'en était tiré, il avait répondu à leurs attaques. Il avait su alors que sa stratégie était magistrale, infaillible. Mais à présent, les doutes le rongeaient. Et la peur de se faire prendre.

Une berline blanche du SAPS franchit le portail.

L'adrénaline monta.

Il posa sa joue contre le fusil, colla son œil à la lunette.

De : 762a89z012@anonimail.com
Envoyé : Dimanche 27 février. 06:57
À : j.afrika@saps.gov.za
Objet : Capitaine Bennie Griessel

J'ai vu l'article dans l'Argus du week-end. Pouvez-vous pratiquer le droit (Proverbes 21,15) ? Êtes-vous aussi de mèche avec les communistes ? J'espère que non, parce que alors je devrais passer à la vitesse supérieure.

J'ai tiré sur le policier hier à Claremont. Aujourd'hui, il va y en avoir un autre. Un chaque jour, jusqu'à ce que le meurtrier soit inculpé.

Vous savez qui c'est.

Griessel leva les yeux. Mbali lui expliqua que le général Afrika avait fait suivre l'e-mail à chacun d'eux ce matin et avait demandé qu'elle le lui apporte.

Il la remercia et voulut savoir si elle avait découvert quoi que ce soit à Claremont.

Elle énuméra les problèmes un à un sur ses doigts grassouillets, lentement et d'une voix posée, le visage empreint de frustration. Un : il n'y avait aucun témoin oculaire. Personne n'avait entendu la détonation, personne n'avait rien vu de bizarre. Deux : la balle qui avait réduit en miettes le genou de l'agent Brandon April s'était entièrement désintégrée. Trois : la nature de la blessure rendait la trajectoire difficile à déterminer – ils ignoraient toujours d'où le coup avait été tiré.

– Si on prend en compte le champ visuel qu'offre le parking, il aurait pu être tiré depuis l'école, ou depuis un groupe d'appartements, mais il aurait fallu que le sniper soit à l'intérieur, ou sur le toit. Tous les accès étaient verrouillés et il n'y a aucun signe d'effraction nulle part. Ça n'a aucun sens.

Le garçon arriva et se posta à côté d'elle.

– Coca-Cola, lança-t-elle d'un ton ferme, mais avec la

glace à part, pas la peine de me faire le coup du verre à moitié plein.

L'homme leva les sourcils, jeta un coup d'œil à Griessel qui lui fit comprendre qu'il ne voulait rien. Puis il s'en alla.

– Donc, on n'a pas vraiment de scène de crime, dit Mbali. Et aujourd'hui, il va remettre ça.

Le lieutenant-colonel Bevan Dlodlo baissa la poignée en aluminium de la porte du poste de police de Green Point.

À cet instant précis, dans un claquement de tonnerre, la vitre juste devant lui explosa.

Son corps tout entier sursauta de peur, un morceau de verre se ficha dans son front, tel un dard.

Des cris à l'intérieur, le tintement du verre qui tombe en pluie et vole en éclats sur le ciment. Il plongea d'instinct, se rapprocha du mur, loin de la porte. Sa main chercha son arme de service sur sa hanche.

Dos au mur, pistolet en main, accroupi, tête tournée vers la porte, il voulut crier à ceux de l'intérieur d'aller voir ce qui se passait. Il sentait un filet de sang chaud lui couler sur le front. Puis quelque chose tressauta au niveau de sa cheville, avec une telle violence qu'il en tomba sur le côté gauche.

Il regarda le bas de sa jambe, stupéfait. Vit son brodequin bleu déchiqueté, le sang qui passait au travers et s'étalait lentement en une flaque grandissante sur le ciment.

Il regarda de l'autre côté du parking. Personne.

Il regarda dans la rue. Rien.

C'est alors qu'il sentit la douleur inimaginable.

11

— Je ne comprends pas ce type, dit Mbali en pianotant sur les e-mails du dossier ouvert devant elle. Il y a un truc qui m'échappe, c'est le fossé culturel ?

— Non, répondit Griessel. Je ne le comprends pas non plus. Hier soir, je me suis dit... c'est comme s'il essayait de se faire passer pour fou. Je crois... si tu lis les e-mails, on dirait vraiment un barjo. Mais ensuite, il tire réellement sur quelqu'un... C'est la première fois que je vois ça. Si tu regardes cet e-mail-ci, il a dit : *Vous avez deux semaines pour attraper le tueur.* Il était en train de planifier à ce moment-là. Il se préparait. Il est... différent. Ça n'est pas... le cinglé habituel.

Elle acquiesça.

— Tu crois qu'il connaissait Sloet ?

C'était une bonne question, une question qu'il s'était posée la veille. Il secoua lentement la tête.

— Je ne sais pas. Peut-être. S'il faisait partie de sa vie, il devait savoir que ça finirait par nous mener à lui, à la longue. Alors j'ai des doutes.

— À moins qu'il ne soit *vraiment* cinglé.

— Oui.

— Pas de candidats, dit Mbali d'un ton affirmatif.

— Non.

— Pas de communistes ?

— Je ne crois pas qu'il parle d'un vrai communiste. C'est une... (Son anglais lui fit défaut.)

– Une métaphore ?

Il n'était pas sûr de la signification du mot. Elle s'en aperçut.

– Comme s'il utilisait une figure de rhétorique. Peut-être qu'il parle des Noirs ?

– Quelque chose comme ça. Comme s'il ne voulait pas avoir l'air raciste.

– Mais il s'en fout de passer pour un illuminé religieux.

– Oui.

– Alors, des suspects noirs ?

– Peut-être un métis. Le gardien...

Mbali referma le dossier, le remit dans son sac.

– Je vais envoyer les e-mails à Ilse Brody, au département d'enquête psychologique... mais quoi d'autre, Benny ? Qu'est-ce que je rate ? Tu chercherais où, toi ?

– Il n'y a pas grand-chose à étudier...

L'espoir qu'il lisait sur son visage lui fit comprendre qu'elle attendait plus. Il réfléchit puis ajouta :

– Personne n'a entendu la détonation ? Pas même l'agent en tenue ?

– Personne.

– Alors, il s'agit probablement d'une arme longue portée. Un fusil, sans doute muni d'une lunette. Et d'un silencieux. Je vais jeter un coup d'œil du côté des silencieux, ils sont rares, je ne pense pas qu'on puisse les acheter en magasin... Tu connais Giel de Villiers ? De l'armurerie ?

– Non.

– C'est lui que je vais voir quand j'ai des questions sur les armes. Il est très discret mais il connaît tout. C'est ce que je ferais. Parler à Giel. (Se rendant compte qu'on était dimanche, Griessel ajouta :) Il vit à l'extérieur, à Bothasig. Il doit être dans l'annuaire.

– Merci, Benny.

Elle se leva et ramassa son sac à main.

– À ton avis, pourquoi ils m'ont confié l'affaire ?

La question le déstabilisa.
— Qu'est-ce que tu veux dire ?
— Je suis nouvelle chez les CATS, je ne suis arrivée que vendredi. J'étais encore en train de déballer mes affaires...
— Tu sais comment c'est, on est tous surchargés de boulot...
Il allait ajouter qu'elle était une enquêtrice méthodique et fiable, mais elle dit d'un air soupçonneux :
— Ça n'a aucun sens.
Puis son portable se mit à sonner et elle dut farfouiller dans son grand sac à main pour le retrouver avant de pouvoir répondre.
La conversation fut brève. Elle se contenta d'émettre quelques grognements affirmatifs puis dit : « J'arrive. » Et à Griessel, résignée :
— Il a tiré sur un autre homme. Le commandant, à Green Point.

Il se rendit dans le Bo-Kaap, à seulement quatre pâtés de maisons de là, chez le gardien, Faroek Klein, dans Bryant Street. Il avait l'esprit trop dispersé, il aurait voulu penser à la manière d'approcher cet homme, aux paroles que Mbali avait prononcées en partant, mais ce nouvel e-mail le hantait. *Vous savez qui c'est.* Celui-ci lui était adressé personnellement.
Dans le tout premier, c'était : *Vous savez très bien qui a tué Hanneke Sloet.* Dans un des suivants : *Vous savez pourquoi elle a été tuée.* Entre toutes ces variations du singulier au pluriel et les versets de la Bible, ce leitmotiv qui revenait constamment.
Il avait lu le dossier, il s'était rendu sur la scène de crime, il en savait assez pour pouvoir dire que c'était absurde. Il n'y avait aucun suspect évident.
« À moins qu'il ne soit *vraiment* cinglé », avait dit Mbali.

Il aurait pu ajouter : « Peut-être qu'il est encore plus cinglé qu'on ne le croit. »

Dans des circonstances ordinaires, il aurait ignoré les e-mails – juste un dément de plus.

C'étaient le fusil, la lunette et le silencieux, le problème. Il ne pouvait pas être cinglé à ce point pour réussir à organiser tout ça avec un tir longue portée et s'en sortir sans se faire pincer. Et dans le dernier e-mail, il avait un ton nouveau, suffisant, comme une prise de conscience de son pouvoir. *J'espère que non, parce qu'alors je devrais passer à la vitesse supérieure.* Il s'agissait d'un homme qui pouvait forcer le SAPS à rouvrir un dossier, un maître chanteur qu'on devait prendre au sérieux.

Ils avaient du souci à se faire. Ce qui alimentait sa frustration. Il en savait encore trop peu. Sur tout.

Griessel peina à se garer, dut traverser Bloem Street pour trouver une place devant l'école primaire Saint-Paul. Il sortit de la voiture et revint sur ses pas, entre les petites maisons aux couleurs éclatantes. Des métis, assis sous leur véranda, suivaient sa progression du coin de l'œil avec une certaine circonspection. Il repensa à Mbali à la terrasse du café. Juste avant de s'en aller, elle lui avait dit :

– Merci, Benny, de ne pas avoir demandé pour Amsterdam.

Il y avait une vulnérabilité en elle qu'il n'avait jamais vue avant. Et elle avait perdu de sa vivacité ce matin, ce n'était plus la Mbali extravertie qu'il connaissait. Maintenant, lui aussi avait envie de savoir ce qui s'était passé en Hollande.

Klein possédait une maison mitoyenne jaune avec des piliers blancs et un arbre qui dominait le petit jardin de devant. Au moment où Griessel allait ouvrir le portillon rouge, son téléphone sonna.

Il s'arrêta, vit un numéro qui ne lui était pas familier et répondit simplement :
– Oui.
– Hé, Benny, c'est Vaughn, tu es où ? (Le capitaine Vaughn Cupido.)
– Je suis toujours en ville, Vaughn.
– Je croyais que tu allais m'appeler ?
– T'appeler ?
– Putain. La Girafe a dit que tu allais m'appeler. À propos de l'affaire Sloet.

Griessel essaya de se rappeler les paroles du colonel Nyathi, la veille.

– Autant que je sache, tu es là juste au cas où, Vaughn, personne n'a dit que je devais t'appeler.
– Putain, les huiles... toujours des messages contradictoires. Peu importe, je meurs d'envie d'aider, Benny. Je peux venir prendre les dossiers, me mettre au jus ?
– J'en ai encore besoin. Écoute, je suis devant la maison d'un... (s'il disait « suspect », Cupido allait sans le moindre doute répandre la nouvelle que Benny avait fait de gros progrès)... d'un témoin, je te rappelle dès que j'ai quelque chose. Merci, Vaughn, j'apprécie ton offre.

Silence sur la ligne. Puis « Cool », sans enthousiasme.

Griessel coupa. Cupido n'était pas son enquêteur préféré. C'était un de ces types qui savaient tout et se flattaient à l'extrême de faire partie des Hawks. Vaughn bossait pour l'ancienne Unité de lutte contre le crime organisé, qui avait été incorporée directement à la DPCI. Des cow-boys.

Griessel rangea son téléphone et ouvrit le portillon.

À peine plus de seize ans, elle était aussi mince et féline qu'un chat, avec de longs cheveux noirs et de grands yeux marron. Splendide. Elle dévisagea Griessel des pieds à la

tête d'un œil critique puis lança par-dessus son épaule :
« Dada, les Boers sont encore là. »

Elle rejeta la cascade de cheveux raides dans son dos d'un geste dédaigneux, tourna les talons et s'éloigna d'un air hautain, comme s'il n'existait pas.

Des pas plus lourds se firent entendre sur le plancher et un homme entra dans le petit vestibule.

– Je peux aider ? (Revêche.)

– Monsieur Klein ?

– C'est exact.

Griessel lui montra son badge du SAPS. Klein y jeta un coup d'œil. Il était plus grand que Griessel, avec une ombre de moustache et de barbe soignée, d'épais cheveux noirs coiffés au peigne, un visage aux traits bien dessinés. Un peu plus de quarante ans.

– Qu'est-ce que vous voulez cette fois ? demanda-t-il.

– Il y a un endroit où on peut parler ?

– Ici, c'est bien.

Une femme d'âge moyen apparut derrière Klein, les mêmes gènes malais enchanteurs que sa fille, la même antipathie sur le visage.

– Fais-le entrer, dit-elle avant de faire demi-tour et de s'éloigner.

Griessel voyait que Klein n'était pas d'humeur. Il attendit patiemment.

– Venez.

Ils formaient un front uni sur le canapé, Klein au milieu, la femme et les deux adolescentes à ses côtés.

Griessel était assis en face, dans un fauteuil, son calepin à la main. Il n'eut pas le loisir de poser une seule question avant que la femme commence :

– Je suis Noor, voici Laila et voici Asmida. Je suis la seconde femme de Faroek, il est le beau-père de mes enfants.

Vous pouvez leur demander, c'est un beau-père tout ce qu'il y a de bien. La première femme de Faroek était une sale bonne femme. Il l'a surprise à coucher à droite à gauche, et pas qu'une fois. Quand il ne l'a plus supporté, il l'a frappée, et elle a déposé plainte et ils ont été au tribunal. Il a plaidé coupable, a eu une peine avec sursis et ils ont divorcé. L'année dernière, elle s'est remariée pour la quatrième fois.

Tout ça en s'en tenant aux faits, sans le moindre jugement.

Les deux filles le regardaient d'un air furieux. Klein était assis là, dissimulant un sourire satisfait, entouré de trois jolies femmes.

Griessel hocha la tête, prit sa respiration pour parler, mais elle ne lui en laissa pas l'occasion.

– Le soir où cette femme Sloet a été tuée, Faroek était ici, à la maison. Avec nous trois. Nous avons mangé à 19 heures, comme tous les soirs, et ensuite les filles se sont installées dans la cuisine pour faire leurs devoirs, et Faroek et moi avons regardé la télévision. Ces deux-là sont allées se coucher vers 22 heures, et Faroek et moi vers 22 h 30, parce que nous avons tous les deux un emploi rémunéré et que nous prenons nos responsabilités au sérieux. Nous nous aimons beaucoup. Nous ne sommes pas blancs, nous ne sommes pas riches, mais nous avons nos valeurs. Et elles n'incluent pas le mensonge si l'un de nous devait commettre un meurtre. Y a-t-il autre chose que vous aimeriez savoir ?

Il referma son calepin. Il restait une question, mais il se doutait que la réponse ne viendrait pas sans une autre punition.

– Monsieur Klein, êtes-vous… communiste ?

Ils se moquèrent de lui, tous les quatre.

– Non, répondit Klein.

Et ils se remirent à rire.

La belle femme élancée se leva.

– Nous nous apprêtons à déjeuner, aimeriez-vous vous joindre à nous ?

12

En roulant pour rentrer chez lui, il éprouva un fort besoin de se débarrasser de la pression qu'il ressentait à l'intérieur, de jurer et de cogner le volant. Il y avait des moments où il ne voulait pas faire ce boulot – ni aller frapper à la porte d'une maison un dimanche matin, perturber la paix, apporter les ennuis en franchissant le seuil. La famille Klein, unie contre lui, l'avait bouleversé d'une façon particulière. Et la critique non déguisée : *Nous ne sommes pas blancs, nous ne sommes pas riches, mais nous avons nos valeurs.* Il aurait voulu protester, dire que ça n'avait rien à voir avec la couleur, que c'était juste lié au fait de posséder les clés et un casier. Ils ne l'auraient pas cru – c'est ça qui le frustrait. Il n'y avait que dans ce pays… La couleur, tout tournait autour de la couleur, tout le temps, où qu'on regarde, c'était là. Putain. Tout ce qu'il voulait, c'était faire son boulot.

Nous avons nos valeurs. En fait, ils supposaient implicitement que lui n'en avait pas, que sa présence même le prouvait. Et en partant, la queue entre les jambes, il s'était brièvement demandé, au cas où Anna épouserait l'avocat, s'il s'assiérait de la même manière sur un canapé avec ses enfants à lui, telle une heureuse famille recomposée, tous unis dans la religion, libérés du policier alcoolique qui galérait. Est-ce qu'Anna expliquerait : « Mon premier mari était un sale type, un buveur qui battait sa femme. » Échapperait-il jamais aux conséquences de sa faiblesse ?

Il se gara devant le garage Engen près de son appartement pour acheter de quoi déjeuner chez Woolies Food. Sans le moindre appétit, il regarda les sandwichs et les plats préparés, de nouveau fâché contre Steers d'avoir cessé la fabrication de leur burger Dagwood. « Ça prend trop de temps, monsieur. Les clients ne veulent pas attendre aussi longtemps, monsieur. »

Qu'arrivait-il au monde – les gens ne voulaient plus attendre pour manger quelque chose de correct. Tout devait aller vite. Sans goût, moche, mais rapide.

Rien n'était jamais simple.

Il se souvint du rêve à répétition qu'il avait fait quatre nuits de suite, un mois auparavant. Il était en train de jouer avec Roes, il n'arrivait pas à plaquer les notes de la basse en rythme, il merdait dans la mauvaise tonalité, et les membres du groupe lui jetaient des regards en biais, les visages inquiets et interrogateurs.

Voilà comment il se sentait, depuis la veille. En décalage par rapport à l'univers. Désaccordé.

D'un autre côté, durant les dix dernières années, s'était-il jamais senti autrement ?

Dans la cuisine, il enfourna le poulet aux brocolis avec une sauce au fromage dans le micro-ondes et appela Mbali.

– C'est la pagaille, Benny, ils ont fait venir l'équipe forensique avant que je puisse appeler l'équipe d'élite de la PCSI. Le poste de police entier a piétiné ma scène de crime pour aider le commandant. J'ai dû l'interroger dans l'ambulance. Il ne sait pas d'où le tir est venu, peut-être des courts de tennis. Mais on est en train de parler aux joueurs et ils n'ont ni vu ni entendu quoi que ce soit.

– On lui a tiré dans la jambe ?

– Dans la cheville. Mais il y a eu un autre coup de feu,

Benny. Il a d'abord touché la porte, la porte d'entrée, on a deux balles à retrouver. Ça pourrait aider.
— Donc, il a manqué son coup.
— Oui. Il a raté le premier.

Sans plaisir, il mangea le poulet à même la barquette, assis au comptoir du petit déjeuner. Pendant qu'il était là, il contempla son VTT – ça faisait deux semaines qu'il n'avait pas bougé. Il n'avait pas assez de temps le matin pour en faire – il devait se lever plus tôt pour venir à bout de la circulation ininterrompue jusqu'aux bureaux de la DPCI à Bellville. Si seulement ils finissaient ces foutus autoponts sur la N5. Mais la Coupe du monde était terminée à présent, tout était de nouveau à l'arrêt.

La solution était de déménager, de se trouver un appartement dans les banlieues nord. Il ne voulait pas. Il aimait vivre au pied de la montagne, près de la ville et du Gardens Centre. Et à distance d'Anna, de ses anciens problèmes et soucis. Bellville était pleine de tentations, tous les coins où il allait boire avant, ses vieux potes de beuveries…

Mais ça n'était pas maintenant qu'il allait enfourcher son vélo.

La vie n'était jamais simple.

Il se leva et alla s'allonger sur le canapé, mains sur la poitrine. Il sentait la fatigue due au manque de sommeil, peut-être qu'il devrait faire un petit somme, une demi-heure, pour s'éclaircir les idées.

Il faut que tu t'y jettes. Ce salopard dérangé va continuer à tirer sur des policiers jusqu'à ce que tu aies résolu l'affaire. Les paroles de lamentation d'Afrika.

Il tenta de se concentrer. Meurtre prémédité. Quelqu'un qu'elle connaissait.

Pas le gardien.

Aucun autre suspect. Aucun mobile.

Le problème c'était qu'en fait il ne savait rien de Sloet. Il soupira, se leva, alla chercher le dossier, se rassit au comptoir du petit déjeuner. Relut les déclarations de M. Hannes Pruis, directeur de Silberstein Lamarque, et de Gabrielle (Gabby) Villette, l'assistante personnelle de Sloet. Il y avait des détails sur le matin où on avait découvert le corps, de nombreuses informations sur son travail, mais au fond ils ne disaient rien d'*elle*.

Il rapprocha son calepin, trouva les numéros de téléphone et les inscrivit.

Gabrielle Villette vivait seule dans une maison de ville, à l'arrière du lotissement « Avenues », à Sea Point, loin du bruit de la High Level Road. Elle était pieds nus, le corps aussi petit et menu que celui d'une enfant. Elle avait un visage tout en longueur sous ses cheveux blonds coupés court. Elle devait avoir à peine trente ans. Elle arborait une petite bouche pincée, aussi sa cordialité le surprit. Griessel s'excusa de débarquer de façon inopinée à une heure pareille.

– Je ne dors pas pendant la journée, je vous en prie, entrez, dit-elle avec un sourire qui révéla deux canines proéminentes, lui évoquant vaguement un vampire. J'ai vu l'article dans le journal ce matin.

Le salon était gai, tout en jaune et bleu. Au mur, une série de photos en couleurs encadrées représentant des fruits. Des gros plans d'une grappe de raisin d'un vert éclatant, une pomme rouge, une poire jaune, un seau émaillé rempli d'abricots orange vif. Elle vit qu'il les regardait.

– C'est mon passe-temps, rien de plus, dit-elle, et il se demanda si elle parlait des fruits ou des photographies. Je vous en prie, asseyez-vous, l'encouragea-t-elle en se mettant elle-même à l'aise sur le canapé d'un gris-bleu clair, presque de la même nuance que ses yeux.

Il prit place dans un fauteuil jaune pâle, sortit son calepin. Elle croisa les jambes et le regarda, dans l'expectative.

— J'essaie de découvrir qui était Hanneke Sloet, commença-t-il.

Elle hocha lentement la tête, pensive, observa la série de livres, magazines et journaux posés sur la table basse.

— J'ai essayé pendant trois ans. Et je ne suis pas certaine d'avoir beaucoup progressé, répondit-elle d'un ton presque protocolaire, en détachant clairement chaque mot, puis elle ajouta, comme si elle reprenait ses esprits : Sans vouloir manquer de respect à sa mémoire.

— La moindre chose peut nous être utile, dit-il.

Nouveau hochement de tête, comme si elle réfléchissait à ses paroles et approuvait, les yeux baissés. Il devina qu'il s'agissait d'une de ses manies.

— Hanneke était... Mon premier patron chez Silberstein a été Barry Brink. Je devais tout faire pour lui. Ouvrir son courrier et ses e-mails, répondre à son portable, prendre ses rendez-vous chez le coiffeur, appeler sa femme quand il avait du retard. Et j'ai aidé sa fille pour ses devoirs d'école, sur Internet. Ils m'invitaient dans leur cabanon de plage à Jongensfontein, ou à dîner le dimanche soir à Blouberg. Barry était un livre ouvert. Vous avez deux sortes de patrons, capitaine. Barry ne tenait personne à l'écart. Hanneke était l'inverse. Elle gardait ses distances. Je préfère ces derniers, parce que c'est beaucoup facile de travailler pour eux. Les frontières sont claires : s'occuper de l'agenda, assurer les liaisons, trouver les références, affaires et les articles, répondre au téléphone du bureau, et au portable uniquement si je suis en réunion. Les choses personnelles sont complètement exclues. Ce n'est qu'après sa mort que j'ai réalisé combien j'en savais peu sur elle. Parce qu'on se pose des questions une fois le pire choc passé. On ne peut pas s'en empêcher.

— Combien de temps avez-vous travaillé pour elle ?

– Presque deux ans.
– Et comment était-elle ? En tant que boss ?
– Je l'aimais bien, répondit-elle, plus vite cette fois, sans le hochement de tête et la pause méditative.
Il ne réagit pas, attendit qu'elle en dise plus long.
Le silence s'étira, elle croisa les mains. Il connaissait cette réaction, une réaction de piété envers les morts. Il attendit.
– Je l'admirais, commença-t-elle d'une voix légèrement plus calme, les yeux au sol. Elle était jolie et intelligente. Et travailleuse. Tellement déterminée. Elle consacrait beaucoup d'heures à son travail. Elle était précise, en tout. Organisée. Toujours à l'heure. Toujours soignée. Et juste. (Gabby Villette leva les yeux vers lui, comme si elle était reconnaissante que ça lui soit arrivé, à elle.) Elle me traitait très correctement.

Guère plus que ce qu'il y avait dans le dossier. Il lui demanda à quoi ressemblait une journée type d'Hanneke Sloet. Avant que Villette ne réponde, l'hésitation était revenue, la réflexion minutieuse, le lent hochement de tête. Puis elle dit qu'il fallait faire la différence entre l'année précédente et janvier. Sloet avait probablement emménagé en ville parce qu'elle savait que son rythme de vie allait la détruire. Quand elle vivait à Stellenbosch, elle devait se lever à 4 h 30 pour être à la salle de gym à 5 h 45, le Virgin Active dans Jetty Street. Elle s'entraînait jusqu'à 6 h 45 et elle était au bureau tous les jours de semaine à 7 h 15.

– Comment savez-vous qu'elle était à la salle de gym ?
– C'est là qu'elle dictait son courrier. Sur le vélo d'exercice. Je pouvais l'entendre, sur le magnétophone.

Il l'interrogea sur le reste de sa journée. Sloet préparait jusqu'à 8 h 30, planifiait la journée avec Villette jusqu'à 9 heures, heure à laquelle les réunions démarraient. Il y avait beaucoup de réunions parmi les équipes chez Silberstein. Dans l'après-midi, entre 13 et 15 heures, elle répondait aux coups de fil et aux e-mails, puis travaillait sur les contrats et les rapports, le plus souvent jusque vers 20 heures. Villette le savait parce qu'elle ne rentrait jamais chez elle avant sa patronne. Parfois, il y avait des déjeuners de travail et des cocktails en soirée, de courts voyages d'affaires, en particulier dans le Gauteng. Villette se souvenait de deux jours en hiver où Hanneke Sloet l'avait appelée avec une voix rauque et nasale, pour dire qu'elle était malade comme un chien, au lit avec la grippe et un tas de médicaments. Et l'opération, l'année précédente, elle avait été absente une semaine…

La subtile intonation avec laquelle elle prononça « l'opération » le poussa à demander :

— Quelle opération ?

— L'opération des seins, répondit-elle en jetant un coup d'œil rapide à sa minuscule poitrine, le ton de sa voix légèrement *trop* neutre.

— Quand, l'année dernière ?

— En avril.

Il sut que c'était le bon moment pour la question.

— Est-ce que tout le monde l'aimait ?

Le regard de Villette papillonna jusqu'à la table basse. Elle secoua lentement la tête avant de répondre d'une voix posée :

— Non.

13

Mbali dut forcer le passage parmi les badauds pour franchir le portail du poste de police de Green Point. Ils se tenaient juste à l'extérieur du cercle délimité par le ruban jaune qu'on avait déroulé devant la porte, plaignants qui voulaient entrer, curieux, tout ce monde-là en train de regarder le Gros et le Maigre, de l'équipe forensique, qui passaient au crible les éclats de verre.

Elle alla se poster à l'entrée du portail, visa de manière imaginaire et commença à marcher. De temps en temps, elle s'arrêtait, se retournait, regardait l'angle qui diminuait au fur et à mesure que la distance s'accentuait.

Elle traversa l'espace à découvert, grisâtre, qui jouxtait les courts de tennis et continua jusqu'au boulevard Ouest. S'arrêter là, viser, tirer. Deux fois ? Peu probable.

Elle attendit une accalmie dans la circulation, trottina sur le goudron jusqu'à l'îlot central, puis finit de traverser l'avenue. Son sac à main se balançait au bout de la bandoulière, de sorte qu'elle devait le maintenir.

Un peu essoufflée, elle se retourna pour observer le portail qui paraissait à présent ridiculement petit.

Puis elle observa les possibilités de ce côté du boulevard à quatre voies – l'espace découvert sur la gauche, le club de bowling derrière. Puis à droite, la clôture en brique et en fer forgé de la mairie. À son sommet, des fils électrifiés. Personne ne pouvait passer par-dessus.

Elle demeura là un long moment, regardant et réfléchissant. Et finalement, elle en tira ses conclusions.

Griessel était assis et attendait que Gabby Villette comble le silence.
– Vous devez comprendre le contexte, dit-elle. Silberstein est... Tous les directeurs sont des hommes, quatre-vingt-dix pour cent des associés aussi. Et tous les assistants personnels sont des femmes. Hanneke se trouvait quelque part au milieu... (Elle leva les yeux, les canines soudain dévoilées en un sourire d'excuse.) Je ne suis pas habituée à parler de mon travail avec des étrangers. C'est le problème avec Silberstein, ça devient votre univers, votre vie tout entière...
Il voyait qu'elle avait envie d'en parler.
Elle croisa les bras.
– C'est un endroit tellement... intense, les heures, le rythme, la pression, l'argent qui mène tout le monde, les heures passées avec les clients.
Elle ouvrit lentement les bras.
– Alors, dans cette atmosphère, c'est difficile d'expliquer. Nous... les assistantes personnelles, c'est comme une sous-culture, un réseau, nous *devons* tout savoir pour que l'endroit fonctionne. Connaître les bizarreries de chacun. Hanneke prenait ses distances avec nous de façon tellement délibérée, je pense que c'était pour que tout le monde comprenne qu'elle était une femme, mais pas l'une d'entre nous, qu'elle était avec *eux*. Vous me suivez ? Je crois qu'elle y était obligée, pour s'imposer. Tout le monde n'appréciait pas. Parfois, certaines se montraient méchantes. Pas par jalousie, mais plutôt un sentiment de « elle n'a pas besoin de le montrer autant », comme si elle les insultait. Alors, il y avait constamment des rumeurs. Des histoires...
Elle leva les yeux vers Griessel pour qu'il l'encourage.
Ce qu'il fit.

– Quelles histoires ?
Lent hochement de tête.
– La plupart n'étaient pas vraies.
Il montra qu'il comprenait.
– Il se racontait qu'elle ferait n'importe quoi pour une promotion.
Elle croisa de nouveau les bras et regarda vers la fenêtre.
– Elle était *vraiment* ambitieuse. C'est comme ça que les rumeurs ont commencé. Mais ensuite... Si elle allait déjeuner avec un directeur, alors elles parlaient. Vous voyez... Et quand elle s'est fait refaire les seins l'année dernière, alors ça a été : « Oui, à présent, elle vise plus haut »...
– Avait-elle une liaison avec quelqu'un au travail ?
Le « non » vint trop vite, et Villette le savait.
– Je ne sais pas. Je ne sais vraiment pas.
– Qu'en pensez-vous ?
– Certainement pas depuis que j'ai commencé à travailler pour elle.
Il savait qu'elle le faisait marcher, qu'elle voulait qu'il en demande plus.
– Et avant ça ?
– Peut-être.
Il hocha la tête pour l'encourager.
– Elle était encore clerc stagiaire. Il y a longtemps. 2002 ? Elle travaillait au service « Contentieux économique et commercial ». Le directeur était Werner Gelderbloem. C'était en quelque sorte son mentor, il avait plus de cinquante ans à l'époque. Bel homme. Et il était marié... enfin, de toute façon, on a parlé de... Vous voyez...
– Parlé ?
– Apparemment, ils continuaient à discuter le soir dans son bureau quand son assistante personnelle rentrait chez elle. Et il l'avait emmenée assister à un procès à Pretoria, et quand son assistante personnelle a appelé l'hôtel un matin,

elle a entendu la voix d'Hanneke dans la pièce... Ou elle a cru que c'était la voix d'Hanneke.

Griessel avait espéré plus. Quelque chose de récent.

– Des rumeurs... continua Villette.

Il acquiesça, en essayant de cacher sa déception.

– Vous connaissiez son ancien petit ami... (il consulta ses notes :) Egan Roch ?

– Je l'ai rencontré. Deux fois. Il est venu au bureau un jour, juste après que j'avais commencé avec Hanneke. Et ensuite, à la soirée de Noël, il y a deux ans... Ils allaient bien ensemble.

– De quelle façon ?

– Ils étaient beaux tous les deux. Et la manière dont il se comportait avec elle... Je pense qu'il la comprenait. Il est... très sûr de lui.

– Savez-vous pourquoi ils ont rompu ?

Elle secoua la tête en signe de dénégation.

Dans sa voiture, il appela Hannes Pruis, le directeur de Silberstein. L'appel fut transféré sur la boîte vocale. Il laissa un message puis composa le numéro d'Egan Roch. L'homme répondit, le signal était faible, on entendait le vrombissement d'un véhicule en déplacement. Griessel lui expliqua la situation. Roch lui dit qu'il se trouvait de l'autre côté de Citrusdal et qu'il ne serait chez lui qu'après 19 heures, pourraient-ils se voir le lendemain ?

Benny accepta, ils convinrent de se retrouver à 10 heures, à l'endroit où Roch travaillait, une propriété viticole à l'extérieur de Stellenbosch. Puis il coupa et se rendit au poste de police du SAPS, à Green Point, qui était tout près. Il dut se garer devant le petit supermarché parce que l'accès au portail était barré par un ruban jaune. Il sortit de la voiture et se mit à la recherche de Mbali.

Le Gros et le Maigre, de l'équipe forensique, remballaient.

— Hé, Benny, le salua Arnold, le petit gros.
— Maintenant on peut se détendre, fit Jimmy, le grand maigre.
— Les Faucons ont atterri, renchérit Arnold.
— Salut, fit Griessel.
— Salut ? répéta Arnold. Alors, c'est « salut » maintenant ?
— On ne dit plus *fokkof* ? C'est un truc des Hawks ? Plus de gros mots ?
— Aucun sens de la tradition. C'est le problème avec ces unités d'élite.
Griessel soupira.
— Vous avez vu Mbali ?
— Le Faucon Géant, gloussa Arnold.
— *Falcus gigantus*, ajouta Jimmy avec un petit sourire narquois.
— Benny est le Vutour Chanteur, continua Arnold. J'ai entendu dire que tu avais un groupe…
— *Fokkof*, lui lança Griessel sans le vouloir.
— Voilà qui est mieux, fit Arnold. Désolé, y a un autre groupe qui a déjà ce nom-là. *Fokkofpoliesiekar*. Mais Hawk Off[1], ça pourrait marcher…
— Mbali, insista Griessel, parce que ça ne servait à rien de s'énerver contre eux.
— Envolée, dit Jimmy. Elle est retournée sur la scène de crime à Claremont.
— Elle t'a raconté, Benny ?
— Quoi ?
— Ce qui s'est passé à Amsterdam ?
— Je te dis, quelqu'un a essayé de la draguer dans Walletjie Street, alors elle l'a *moered*… dit Jimmy.
— C'est ça, Benny ?
— Je suis un faucon, pas un rat, rétorqua Griessel avant de se diriger vers le portail.

---

1. Jeu de mots intraduisible sur *Fokkof* (« Va te faire voir ») et *Hawk off*, basé sur le surnom des Hawks auxquels appartient Benny. *(N.d.T.)*

À 15 h 53, le sniper expédia l'e-mail, mais la pression et le doute le privèrent de toute espèce de plaisir. Ses nerfs le poussèrent à quitter l'ordinateur. Il ouvrit le tiroir d'un coup sec, en sortit les clés du Chana, se dirigea anxieusement vers la cuisine et ouvrit la porte qui donnait dans le garage. Puis il s'arrêta, conscient de sa hâte fébrile.

Exactement ce qu'il ne pouvait pas se permettre.

Une erreur. Il n'en fallait pas plus. Il allait devoir se calmer. Il allait devoir réfléchir sérieusement à ce qu'il voulait faire ensuite. Chaque minute sur la route dans le Chana était risquée.

Il resta immobile, essayant de se calmer, de se raisonner. Il n'avait pas le choix. Il lui fallait conduire. Passer le test.

Il referma lentement la porte derrière lui, grimpa dans le véhicule. Regarda à l'arrière. Tout était à sa place.

Il démarra le moteur. Enfonça le bouton de la télécommande pour ouvrir la porte du garage.

Il se mit en route, sur la R7, direction Melkbosstrand, puis prit la M19 Est, jusqu'à l'endroit où l'ancienne route d'Atlantis changeait de direction. Il chercha où se garer, trouva cinq kilomètres plus loin une piste gravillonnée sur la gauche, de l'autre côté d'une ligne de chemin de fer. Il s'y engagea, repéra une cible possible, à plus ou moins cent mètres de là. Un gommier bleu au tronc épais, à l'écorce qui partait en lambeaux.

Il s'arrêta, coupa le moteur. Il sentait les picotements nerveux dans son cou, la tension dans son ventre, l'inquiétude refoulée. Pourquoi n'arrivait-il pas à s'en débarrasser ?

Parce qu'il avait déjà manqué son coup deux fois. C'est ce qui faisait monter la pression et lui ôtait tout plaisir. Toute cette planification parfaite, mais ça il n'aurait pas pu le prévoir.

Se calmer. Résoudre le problème.

Il attendit. Regarda. Écouta. Pour finir, il passa à l'arrière, décrocha le rideau en tissu, prit le fusil et fit coulisser le panneau latéral.

Il visa l'arbre.

C'était tellement plus facile quand la cible n'était pas vivante.

Il tira.

Regarda à travers la lunette.

Parfait.

Tellement plus facile quand la cible ne bougeait pas.

Ça ne venait pas du fusil. Ça venait de lui.

14

Le besoin pressant de faire quelque chose, de gagner du terrain, d'utiliser le temps ramena Griessel à l'appartement de Sloet. Il n'avait pas d'autre option dans l'immédiat, et de toute façon, tôt ou tard, il lui faudrait fouiller les lieux, consciencieusement et méticuleusement. Et il y avait cette vague interrogation à propos de l'endroit, qui, depuis sa visite chez Gabby Villette, lui trottait derrière la tête.

– Vous aurez fini quand ? demanda la femme de la sécurité dans l'ascenseur.

– Bientôt, répondit-il.

Elle ne dit rien.

Il referma la porte d'entrée derrière lui, puis tira dessus. Elle s'était automatiquement verrouillée. Il s'appuya contre le battant.

La théorie selon laquelle Sloet connaissait le meurtrier posait un problème : le double manquant de l'entrée. Le trousseau qu'il tenait à la main ne contenait que quatre clés ; une pour la porte d'entrée, une pour sa Mini, deux pour les placards de sa chambre. Et d'après Nxesi, il y avait des clés supplémentaires pour ces derniers dans un tiroir à l'étage, mais c'était tout.

Avant de quitter Villette, il lui avait demandé à qui Sloet faisait assez confiance pour lui confier sa clé. Elle avait hoché la tête et réfléchi.

– Je ne sais pas... Je vais y penser, avait-elle promis.

Il fit demi-tour, étudia la chaîne de sécurité. Elle n'était absolument pas abîmée.

Quelqu'un aurait-il volé les doubles ? Quelqu'un qu'elle ne connaissait pas ? Peut-être oubliait-elle parfois de mettre la chaîne ou le verrou, parce qu'elle pouvait utiliser le judas ?

Pourquoi alors un meurtre sans vol ni agression sexuelle ?

La grande question : qui avait un mobile ?

Il commença sa fouille à l'étage, dans la seconde chambre, déjà habitué à ce qu'on ressentait, ce curieux mélange de voyeurisme et d'excitation. À l'aide d'un couteau qu'il avait pris dans la cuisine, il ouvrit avec précaution chaque carton, les vida l'un après l'autre avant de tout remettre dedans.

Des manuels scolaires, probablement de l'époque où elle était étudiante. Droit coutumier africain, droit privé, droit romain, droit criminel, droit public, interprétation de la loi, droit pénal, droit de la concurrence, droit des assurances, droit de la propriété intellectuelle, droit sur Internet.

Du droit de toutes sortes. Pas étonnant que les tribunaux et les prisons soient bondés. Pas étonnant que la police ne puisse pas suivre.

Une pile de beaux livres sur le vin, l'art et la décoration intérieure, quelques romans en afrikaans de Marita van der Vyer, Etienne van Heerden et André P. Brink, un tas de livres de poche variés en anglais dont des titres de Jodi Picoult, Anne Tyler et John Grisham.

Dix-neuf DVD. La plupart semblaient être des films d'art et d'essai européens, le genre sous-titré. Deux étaient des pornos, mais avec des couvertures de bon goût. *Cinq histoires chaudes pour elle* et *Friction urbaine*.

Un plein carton de CD. Vanilla Ice, Mariah Carey, Nirvana, Paula Abdul, Whitney Houston, Duran Duran, Pearl Jam, Alanis Morissette, Laurika Rauch, Boyz II Men, Nine Inch Nails, Al Jarreau, Koos Kombuis, Madonna, Riku Latti, Red Hot Chili Peppers, Radiohead. Six séries

de musique classique, avec des titres comme *Le Meilleur Album classique de tous les temps* et *Relaxez-vous avec Mozart*.
 Des souvenirs. Vieux programmes et tickets pour des concerts et des pièces de théâtre, cartes postales, cartes de félicitations pour des anniversaires, son diplôme, sa promotion. Anciens billets d'avion et prospectus pour des voyages en Europe et aux États-Unis, bijoux fantaisie, un vieux téléphone portable massif. Peignes et pinces à cheveux décoratifs, deux paires de lunettes de soleil aux verres rayés, des câbles d'iPod, des photos dépareillées de gens en groupes.
 Six albums photos et une boîte plus petite contenant des lettres. Il les mit de côté. Les autres cartons étaient pleins de vêtements et de chaussures. Beaucoup de chaussures.
 Il descendit les lettres et les albums dans le salon, s'assit sur le canapé, souleva le couvercle de la boîte qui contenait la correspondance. Il hésita, sachant par avance qu'il franchissait une limite. Sloet allait devenir une personne de chair et de sang, avec une vie, des émotions et des regrets, et peu de secrets. Il allait y perdre sa distance, son objectivité, tout allait devenir un peu plus personnel. C'était là qu'était le problème, la racine du mal. Parce qu'il savait ce qui allait arriver ensuite. Cette affaire avait été plus facile dès le départ. Il n'était pas allé sur le lieu du crime. Il ne s'était pas tenu à côté d'elle et n'avait pas vu la terrible fragilité du corps féminin, son expression au moment de la mort. Il n'avait pas senti l'odeur du sang et du parfum et de la décomposition. Il n'avait pas revécu ses derniers instants en pensant à elle, ressenti sa terreur des ténèbres de la mort, ou entendu le cri silencieux qu'ils poussaient tous en lâchant cette dernière prise sur la vie.
 Doc Barkhuizen répétait encore et encore :
 – Ne l'intériorise pas, Benny.
 Doc savait que c'était à cause de ça qu'il buvait. Jusqu'à ce qu'enfin, environ un mois avant, Griessel confesse :
 – Je ne sais pas comment, Doc.

– Va voir un psy, Benny.

Et il avait demandé : « Pour quoi faire, Doc ? » parce qu'il savait déjà où ça avait commencé, il se rappelait la première fois, claire comme de l'eau de roche, bien qu'il y ait eu quatorze ans de ça. Le dimanche matin ensoleillé, la fillette de cinq ans au milieu du parc, à Rylands, ses socquettes et ses sandales blanches, les rubans bleus de sa queue-de-cheval, la beauté déchirante de ses traits délicats. Les ecchymoses rouges et violacées du viol et de la strangulation, le sperme séché, la fragile petite main agrippant un emballage de caramels Wilson, comme un dernier plaisir.

C'était son quatrième meurtre cette semaine-là, une période impossible. Trop peu de monde, trop peu de sommeil, trop de travail. Ils souffraient tous de stress post-traumatique, mais personne ne le savait. Ce matin-là, il avait vu l'expression de la petite au moment de sa mort et il avait entendu le cri primitif, et il avait su, on crie tous quand on meurt, on s'accroche tous à la vie terriblement fort, et quand on relâche les doigts, on tombe et on crie de terreur. Devant la fin.

Bien sûr, il buvait avant ça – de manière raisonnable, quatre, cinq fois par semaine, l'après-midi, avec les gars. Mais après cette affaire, il avait perdu le contrôle. L'alcool était la seule chose qui parvienne à éloigner tous les bruits et les images de sa tête, la peur omniprésente que ça puisse arriver aussi à sa famille, à Anna et Carla et Fritz.

S'il racontait tout ça à un psy, tout ce qu'il lui répondrait serait : « Voici une boîte de pilules. » Et ensuite, lui, Griessel, deviendrait accro à autre chose. Ou même pire : « Trouvez-vous un autre boulot. » À quarante-cinq ans. Blanc. Avec la pension à verser et les frais d'université et pas un foutu centime à la banque.

La vie n'était jamais simple.

Il finit par mettre la main dans la boîte.

Il entreprit de reconstituer systématiquement le puzzle de sa vie. Les pièces fantômes des albums et des lettres ne suffisaient pas à former une image claire, alors il dut remplir les vides avec son imagination. L'histoire était ordinaire, la classe moyenne afrikaner typique. Elle commençait à Ladybrand, dans le Free State, au milieu des années soixante-dix. Willem Sloet, employé dans une coopérative agricole, grand et mince et légèrement voûté ; le front qui commence déjà à se dégarnir en dépit de trente étés seulement, la petite moustache hésitante, comme un essai – sur certaines photos, il arborait l'expression intimidée d'un homme qui s'était marié au-dessus de sa condition et avait lentement commencé à en mesurer les conséquences. Sa femme, Marna, avec son visage agréable, son sourire souvent déterminé et brave. Et leur seul enfant, Hanneke, qui avait eu la chance d'hériter dès le départ des traits les plus réussis de ses deux parents.

Au début des années quatre-vingt, ils avaient déménagé à Paarl, apparemment une meilleure situation pour Willem, parce que la vieille Ford Escort marron-rouge sur les clichés de vacances est remplacée par un break Volkswagen Passat blanc. Hanneke se transforme en une écolière dégingandée, ses épais cheveux attachés en natte, le léger espace entre ses dents de devant exhibé sans le moindre embarras à chaque sourire, mignonne, courageuse et insouciante.

Willem Sloet devient un personnage secondaire, vraisemblablement derrière l'appareil photo la plupart du temps. Quand il apparaît effectivement, la distance entre Marna et lui s'est subtilement accrue, peut-être un éloignement délibéré de la part d'un des deux. La grâce de Marna s'accentue, sa séduction devient plus intéressante au fil des ans. Et leur progéniture s'épanouit, sur une seule page de l'album, quelque part aux environs de sa quinzième année. Sur la photo en haut à gauche, c'était encore une enfant, maigrichonne, pelotonnée sur elle-même devant l'imprévisible bond dans la puberté ; en bas à droite, la métamorphose est quasi complète et les dés ont roulé en sa faveur. Soudain d'une tête plus grande que sa mère, athlétique, mais avec une silhouette féminine et élégante, yeux plus écartés, bouche sensuelle, courbe enchanteresse de la nuque et de l'épaule. Et, conjointement à ça, un autre épanouissement manifeste : au lycée de jeunes filles de Paarl, elle était présidente des débats, capitaine de l'équipe de hockey, membre du comité des délégués de classe et gagnante du prix de comptabilité des lycées.

Il parcourut les lettres. Deux d'entre elles provenaient de garçons, déclarations d'amour et de désir adolescent, maladroites et crues, d'autres étaient des lettres d'amitié féminine chaleureuses, transpirant l'admiration. Et une série avait été écrite par Marna, au départ, uniquement des vœux pour la réussite de sa fille à l'école – les encouragements et les aspirations camouflés avec délicatesse. Plus tard, à l'université et durant l'année où Hanneke Sloet avait voyagé en Europe, la mélancolie de sa mère devant les occasions ratées, sa déception envers son mari, et les ambitions qu'elle nourrissait pour sa fille avaient miroité plus fort que jamais.

Les lettres s'arrêtaient là, à la fin de l'année 2000, juste avant qu'Hanneke Sloet ne commence à travailler chez Silberstein Lamarque. Les instantanés collés et assortis d'une légende aussi. À la fin du dernier album se trouvait une liasse de photos non classées de Sloet et d'un homme dont Griessel se dit qu'il devait s'agir d'Egan Roch. Grand, avec des épaules et des bras puissants, et une bonne dose de confiance en lui. Ils étaient, selon les paroles de Gabrielle Villette, « beaux tous les deux ». D'après les photos, ils avaient souvent randonné en montagne, avaient visité un domaine viticole, fait du bateau à Table Bay, rencontré des amis et s'étaient rendus à New York au moins une fois ensemble.

Des photos non classées, se dit le capitaine Benny Griessel.

Comme si Hanneke Sloet ne voulait pas que cette relation soit enregistrée de manière permanente.

Tout en fouillant méticuleusement la chambre principale, il repassa tout ça en revue. Tenta de faire coïncider les bribes de révélation de Villette avec ce qu'il avait pu glaner dans les albums et les lettres.
Hanneke Sloet l'Ambitieuse.
Devrait-il se soucier de ça ?
Il avait souvent été témoin des dangers d'une ambition démesurée. Chez les femmes, le désir brûlant de grimper dans la hiérarchie sociale, d'avoir le même standing que les voisins et les collègues, poussait parfois à escroquer et voler son employeur, ou à passer de la drogue en douce dans les avions.
Mais Sloet avait suivi un autre chemin, honorable et acceptable. Elle avait travaillé dur et avec discipline à l'école et à l'université, plus tard chez Silberstein. La prétendue liaison avec l'homme marié plus âgé au début de sa carrière pouvait tout aussi bien être attribuée au besoin de compenser une figure paternelle faible qu'à l'envie de prendre du galon.
C'était le genre de dossier qui parlait à son instinct : la liaison interdite, les photos sensuelles, l'opération des seins, les films pornos, le vibromasseur bizarre. Il s'en dégageait un schéma, et il croyait dur comme fer aux schémas de comportement – on finissait toujours par en trouver un si on regardait assez longtemps et avec suffisamment de perspicacité. Ajouté à ça le fait que huit femmes sur dix étaient assassinées par le mari, le fiancé, l'amant, le soupirant plein d'espoir, le partenaire sexuel…

15

Il ne put rien trouver. Ni double, ni idées ou indices nouveaux.

Dans le salon, découragé, il examina le télescope et décida qu'il était décoratif, que le grossissement était insignifiant, et que les perspectives de voyeurisme intéressant à l'extérieur étaient tout simplement trop minces.

Griessel se dirigea vers la porte, s'arrêta, frustré et indécis, à côté de la flaque de sang séché. Il comprenait pourquoi l'enquête de Nxesi n'avait rien donné, parce qu'il n'y avait que des fantômes de possibilités, de vagues spectres qui s'évanouissaient quand on y regardait de plus près. Les communistes ? Le sniper n'avait rien compris – il n'y avait pas de communistes dans la vie d'Hanneke Sloet, rien qu'un vibromasseur Big Boy dans le tiroir de la table de nuit. Une journée entière de perdue, il n'avait pas progressé d'un iota, et demain le salopard ferait exploser la jambe d'un autre policier.

Il ravala le mot P... avec un effort considérable.

Il allait téléphoner à Cupido et lui dire qu'il déposait les dossiers au bureau de la DPCI, qu'il voie si *lui* il pouvait dégotter quelque chose. Il tendit le bras pour éteindre la lumière et eut soudain une révélation, le détail qui demeurait enfoui dans son subconscient depuis sa visite à Villette : le contraste entre les deux appartements. Celui de Villette était personnel, avec des signes évidents de vie – les photographies de fruits encadrées sur les murs, la table basse du salon jonchée de livres, de magazines et de journaux... mais celui de Sloet était trop vide, trop rangé, trop impersonnel.

Avant qu'il ait pu s'interroger sur ce que cela signifiait, son téléphone sonna – le numéro de la DPCI.

Il répondit.

– Benny, tu peux venir ici ? demanda le brigadier Manie, et Griessel sut qu'il y avait un problème.

Il répondit qu'il était en ville, qu'il pouvait être là-bas dans quinze minutes. Il referma l'appartement à la hâte, attendit impatiemment l'ascenseur, trottina jusqu'à la BMW et roula avec la sirène et le gyrophare activés dans la circulation dominicale clairsemée. Il lui fallut quand même vingt minutes, parce que Durban Road était, comme d'habitude, un vrai bordel de feux de signalisation.

Il les retrouva dans le bureau du brigadier. Manie, Nyathi, du Preez, Mbali Kaleni et Cloete, l'agent de liaison. Pas de John Afrika.

– Ce salaud a envoyé des e-mails aux journaux, commença Manie.

– Le sniper ? demanda Griessel, avant de s'asseoir sur une chaise inoccupée.

– Oui. Et maintenant, il y a deux histoires. Une qui raconte comment il va tirer sur des policiers jusqu'à ce que l'affaire Sloet soit résolue, et l'autre qui explique comment le SAPS a tenté d'étouffer l'affaire.

– Trois, renchérit Cloete. Ils veulent savoir si on a rouvert le dossier Sloet uniquement parce que quelqu'un nous tire dessus.

– C'est la pagaille, ajouta Nyathi.

Manie poussa les e-mails vers Griessel.

– Comment tu avances, Benny ?

– Mal, brigadier, répondit-il, parce qu'il avait appris à s'en tenir à la vérité.

Ça n'aidait jamais de dire ce que le patron voulait entendre.

Le visage de marbre de Manie ne laissa rien paraître. Il se contenta d'acquiescer, comme s'il s'y était attendu. Griessel lut.

De : 762a89z012@anonimail.com
Envoyé : Dimanche 27 février. 16:07
À : jannie.erlank@dieburger.com
Objet : Pourquoi le SAPS n'a rien dit aux médias concernant les policiers blessés ?

Hier à 18 h 45 j'ai tiré sur un policier heir au poste de police de Claremont. Ce matin à 11 h 50 j'ai tiré sur un policier au poste de police de Green Point. Pourquoi le SAPS n'en a pas parlé aux médias ? Prace qu'ils cachent quelque chose. Ils savent qui sont les meurtriers d'Hanneke Sloet. Pourquoi est-ce que personne n'a encore été arrêté ? Je vais continuer à abattre des policiers jusqu'à ce qu'ils inculpent les assassins d'Hanneke Sloet.

– Il ne dit rien à propos d'un communiste, remarqua Griessel.
– Dieu merci, dit Manie.
– Il était pressé. Ou alors c'est le stress.
– Qu'est-ce que tu veux dire ? demanda Mbali.
– L'orthographe. Il a fait beaucoup d'erreurs cette fois.
Le téléphone du brigadier sonna sur son bureau.
– On nous met la pression, annonça Manie. C'est le général. Il appelle de Pretoria.

D'où il était, Griessel entendait l'agitation du lieutenant général à Pretoria, sa voix aiguë, coléreuse, grêle, comme celle d'un insecte électronique enragé.
Il écouta les stoïques « Oui, mon général » et « Non, mon général, nous allons préparer et publier un communi-

qué, mon général » du brigadier Manie. Il regarda Nyathi, assis le menton dans les mains, profondément inquiet, et le colonel Werner du Preez des CATS, qui faisait tourner son briquet entre ses doigts encore et encore. Il regarda Cloete, toujours si incroyablement patient, mais les taches de nicotine sur ses doigts et les cernes noirs sous ses yeux témoignaient du prix à payer. C'était l'homme au cul entre deux chaises, toujours coincé entre les médias et la police. Et Mbali Kaleni, avec sa mine renfrognée et son langage corporel qui disaient qu'elle n'avait pas de temps à perdre avec ces inepties, qu'ils avaient du travail. Il sentit la colère monter en lui. Pourquoi les médias et les chefs remettaient-ils toujours ça ? Pourquoi la pression supplémentaire, comme si ce boulot n'était pas déjà assez dur.

Le téléphone de Griessel sonna bruyamment dans la pièce, qui était restée silencieuse une seconde. Il refusa l'appel vite fait, éteignit l'appareil.

Quand Manie regagna enfin la table, et que Cloete, Nyathi et lui se mirent à rédiger le communiqué de presse en discutant de chaque mot, Griessel se dit qu'il avait bien fait de noyer ses perspectives de carrière dans l'alcool. Il ne voudrait pas être chef, il ne pourrait pas jouer ce jeu-là. Il dirait à la presse : Vous êtes là à attendre comme des vautours qu'on fasse des conneries pour pouvoir déclencher un tapage hystérique autour de ça. Mais où êtes-vous quand il se passe quelque chose de bien ? Quand un meurtrier ou un voleur ou un violeur est reconnu coupable, où est l'article qui dit « grâce au bon travail du SAPS » ? Pourquoi croyez-vous que les prisons sont pleines ? Parce que les salopards se livrent ? Alors, allez tous vous faire foutre, écrivez ce que vous voulez.

Il fallut une demi-heure pour terminer la déclaration :

La décision de transférer l'affaire Sloet aux Hawks pour enquêter plus avant avait déjà été prise il y a deux semaines à un haut niveau, sous réserve d'évaluation standard et de procédures de transfert. Le samedi 26 février, le rythme s'est accéléré, en raison d'un possible lien entre cette affaire et les attaques d'un sniper contre des membres du SAPS.

Les allégations selon lesquelles les coupables seraient déjà connus des officiers en charge de l'enquête sont dépourvues de la moindre véracité. Des équipes de la DPCI ont été récemment mises en place afin d'enquêter sur le meurtre d'Hanneke Sloet et sur l'affaire du sniper, et le SAPS fera tout ce qui est en son pouvoir pour amener les coupables devant la justice.

Le lien possible entre les menaces envoyées par e-mail au SAPS et un éventuel tireur d'élite n'a finalement été confirmé que le dimanche 27 février. Étant donné les considérations sur la sécurité du public, et les priorités dans l'enquête sur le sniper, ce nouvel élément a empêché le SAPS de faire une déclaration plus tôt.

Lors d'enquêtes criminelles sensibles, le SAPS reçoit de nombreux messages téléphoniques, postaux et électroniques. Si des informations utiles envoyées par des membres responsables du public sont souvent obtenues de cette façon, il y a aussi, malheureusement, de nombreux renseignements qui n'ont aucune valeur. Étant donné la nature incohérente, apparemment extrémiste du point de vue religieux, homophobe (la contribution de Mbali) *et raciste de la correspondance précédente du sniper, le SAPS met sa crédibilité en doute.*

Quand ils commencèrent enfin à discuter de l'affaire, Mbali affirma d'un ton ferme et confiant :
– Il tire depuis un véhicule.
Elle vit que les hommes étaient sceptiques.
– Il n'y a aucune autre explication. À Green Point, le seul endroit bien placé et à l'écart se situe dans le bâtiment administratif, de l'autre côté de la rue, où tout est fermé.

Je suis retournée à Claremont pour observer de nouveau la scène, et c'est la seule chose qui ait un sens. L'aire de parking, elle, fait face à une petite rue tranquille.

— Une voiture est très visible, intervint le colonel Nyathi, toujours pas convaincu.

— Je sais. Mais vous vous rappelez le sniper de Beltway, aux États-Unis, en 2002 ? Deux hommes qui tiraient sur les passants depuis leur voiture ?

C'étaient les années d'alcoolisme de Griessel, il avait oublié ça.

— Oui, dit Manie, qui commençait à comprendre. Dans Washington DC. Est-ce qu'ils n'avaient pas enlevé le siège arrière pour pouvoir s'allonger ? Et percé un trou dans le coffre... ?

— Exactement.

— Une scène de crime mobile, dit Werner du Preez. On emporte tous les indices avec soi.

— Oui. C'est comme ça qu'ils ont pu tirer sur treize personnes avant de se faire prendre. Je viens de faire des recherches sur Google. Un des gros problèmes pour la police, c'était que personne ne remarque une voiture. Il y en a tellement, tout le temps. Et comme ils pensaient qu'il s'agissait d'une fourgonnette, ils ont fini par chercher le mauvais véhicule.

— Vous croyez que notre sniper n'agit pas seul ? demanda Nyathi.

— C'est une possibilité. Un pour surveiller la route pendant que l'autre tire.

— Je ne sais pas, intervint Griessel en montrant l'e-mail. Ce type... Toutes ses lettres, c'est juste « Je, je, je ».

— Vous savez comment les Amerloques ont attrapé ces saligauds, en fin de compte ? demanda Manie d'un air lugubre, avant de répondre à sa propre question : Par accident.

— Oui, monsieur, dit Mbali, et il y a beaucoup de similitudes. Le sniper de Beltway était un fanatique religieux, il envoyait des lettres à la police et aux médias. Mais c'est ce qui diffère dans mon affaire qui est important. Le sniper de Beltway tirait sur des membres de la police au hasard, pas de réel mobile, malgré les théories. Ses lettres étaient bizarres, vraiment dingues. Alors que notre type choisit expressément des postes de police pour tirer sur nos hommes. Ça réduit les choses, d'un point de vue géographique. Ses lettres sont beaucoup plus précises et cohérentes. Et il a un problème avec l'affaire Sloet. Il doit y avoir un mobile là-dedans, quelque part.

– Pourquoi a-t-il laissé tomber l'histoire sur les communistes ? demanda Griessel. Dans les e-mails qu'il a envoyés aux journaux ?

Tout le monde le regarda.

– Brigadier, cet homme n'est pas un imbécile. Il devait savoir que les médias seraient intéressés par les communistes. Mais il n'a rien dit.

– Pourquoi, à ton avis ? demanda Mbali à Griessel.

– Parce que « les communistes », c'est un tas de… conneries. Comme Nxesi l'a dit, dans le monde de Sloet, il n'y a que des capitalistes. Je pense que c'est un écran de fumée. Simplement, je ne sais pas pourquoi.

– La grande question, intervint Nyathi, étant : Connaissait-il Sloet ?

Personne ne s'aventura à donner une réponse. Avec les fanatiques, on ne savait jamais.

– On ne bouge pas pour l'instant, déclara du Preez.

– Je crois qu'on devrait déployer des gens autour des postes de police, dit Mbali. Il faut qu'ils commencent à chercher une voiture.

16

Griessel écouta les messages de son portable dans son bureau. Le premier émanait d'Hannes Pruis, le directeur de Silberstein Lamarque.

— Capitaine, je viens juste de recevoir votre message. On peut se voir demain pour parler ? Je serai au bureau à partir de 7 heures.

Le second venait d'Alexa. Juste un « Hello » timide, un court moment de silence, et puis le clic d'une communication interrompue.

Griessel sentit le malaise se réveiller. Il appela son numéro, laissa sonner longtemps. Elle ne répondit pas.

Mauvais signe.

« Je ne reboirai pas aujourd'hui », avait-elle dit quand il l'avait quittée, tard dans la matinée.

Peut-être était-elle sous la douche ou un truc du genre.

Il aurait dû l'appeler cet après-midi.

Il ferait mieux d'y aller pour vérifier.

Il chercha en toute hâte le numéro de Cupido, parce que le brigadier Manie lui avait dit avec insistance : « Benny, les gens font la queue pour aider. Utilise-les. »

— J'ai cru que t'appellerais jamais, lui lança Cupido, sur un ton de reproche à peine déguisé, comme un adolescent boudeur.

Ce qui lui rappela le plan tatouage de Fritz.

— Vaughn, je sors d'une réunion avec Manie.

— Je disais ça comme ça, collègue.
— Je laisse les dossiers sur ton bureau. Vois si tu peux repérer quelque chose. Demain, à 10 heures, on doit parler avec son ancien petit ami, Roch. Je viens vers 9 heures et demie, si tu veux m'accompagner.
— Cool.

Il le salua et raccrocha, puis prit l'enveloppe blanche avec les photos osées. Le lendemain matin, il voulait parler à Anni de Waal, la photographe de De Waterkant Village, avant de se rendre à Stellenbosch. Il savait que Cupido aurait quelque chose de malin à dire sur les clichés et il n'était absolument pas d'humeur.

Il était presque 20 h 30 quand il regagna la ville. Il commença par se préparer pour sa conversation avec Fritz, pour ne pas tomber dans des pièges du style « Tu es où ? » ou « Tu fais quoi ? », parce que ce qui viendrait ensuite était : « Tu ne me fais pas confiance, Pa ? »

Sa relation avec Fritz s'était compliquée depuis le divorce. Contrairement à Carla, maternelle et indulgente, son fils lui reprochait tout. Il avait prudemment signalé à Fritz que, en accord avec l'ultimatum d'Anna à l'époque, il n'avait pas bu pendant cent cinquante-sept jours. Et *qu'alors* elle lui avait dit : « Il y a quelqu'un d'autre. » Le petit avocat à la BMW, aux costumes brillants et à la frange peignée oh-si-soigneusement. Et Fritz avait rétorqué : « Mais, papa, tu as été saoul pendant treize ans. »

C'était la vérité.
Il appela.
— OK, alors Carla te l'a dit, furent les premiers mots de Fritz.
— M'a dit quoi ?
— Pour le tat', putain quelle moucharde.
— Comment vas-tu, Fritz ?

– Pa, j'ai dix-huit ans, je peux me faire faire un tatouage si je veux. On est dans un pays libre.
– Comment s'est passé ton week-end ?
– Ça n'est pas de ça que tu veux parler. Tu n'appelles jamais le dimanche soir à cette heure-là.
Griessel abandonna.
– Qu'est-ce que ta mère pense, pour le tatouage ?
– Carla ne lui a pas encore dit, mais ça n'est qu'une affaire de temps. Elle est censée être à la fac, mais c'est encore une vraie gamine.
– C'est une étape importante, Fritz. De se faire faire un tatouage.
– Pa, c'est un petit tatouage sur mon bras. Mon épaule.
– Carla dit que tu veux te tatouer le bras entier.
– Elle raconte des conneries, Pa. Elle exagère tellement...
– Fritz, tu ne peux pas me parler comme ça.
– C'est toi qui m'as appris, Pa.
– Touché. Quel genre de tatouage est-ce que tu veux ?
– Qu'est-ce que ça peut faire, Pa ?
– Je suis curieux, c'est tout.
– Pa, tu ne vas pas aimer, de toute façon.
– Alors autant me le dire.
Une longue pause.
– Parow Arrow.
– Parow Arrow ?
– Avec une flèche qui traverse. (Sur la défensive.)
– Parce que tu joues dans le groupe de Jack Parow.
– Non, Pa. Parow fait partie de mes racines.
– Tu es né à la clinique Panorama et tu as grandi à Brackenfell.
– Parow, c'est là que tu as grandi, Pa. Ça fait partie de mon héritage ouvrier.
Griessel soupira. « Brackenfell Brak[1] » devait être un peu

---

1. Soit « le bâtard de Brackenfell ». *(N.d.T.)*

trop long à tatouer sur une épaule d'adolescent maigrelette, ce qui expliquait pourquoi Fritz allait soudain rechercher son « héritage » dans les origines de son père – et le nom imaginaire de Jack Parow. Et le côté « ouvrier » était du pur hip-hop.
– Rends-moi juste un service, dit-il.
– Quoi, Pa ?
– Attends simplement une semaine.
– Pour que Pa puisse le dire à Ma.
– Je ne dirai pas un mot.
Anna et lui ne pouvaient pas parler de quoi que ce soit sans s'engueuler de toute façon. Elle le blâmerait aussi pour ça.
– Tu le jures, Pa ?
– Je le jure.
Long silence.
– D'accord.

Quand il tourna la poignée de la porte d'entrée d'Alexa et vit que ce n'était pas verrouillé, il sut.
Il la trouva dans le salon. Elle était affalée dans le grand fauteuil rembourré et ronflait doucement. Un verre vide traînait sur la moquette, une bouteille de gin était posée sur la table, aux trois quarts vide. Le cendrier débordait.
Et merde, dit-il à voix basse. Il ne put s'en empêcher.
Il prit d'abord la bouteille et la vida dans l'évier de la cuisine.
Cette odeur... Le gin n'avait jamais été sa drogue, mais le désir de ce qu'il pouvait provoquer l'envahit comme une vague paralysante et il resta cloué sur place. Son cerveau lui disait : Va chercher un verre, verse-toi juste une petite dose.
Il se secoua. Putain. Balança la bouteille dans la poubelle. Où se l'était-elle procurée ?
Il se rendit dans la chambre. Le lit était défait. Il tira les

draps, le prépara pour elle. Redescendit dans le salon. La réveilla, avec beaucoup de difficulté. Elle était très saoule, marmonnant des paroles incohérentes, son corps aussi flasque qu'une poupée de chiffon quand il tenta de la mettre debout. Elle sentait l'alcool, la sueur et la cigarette. Ils grimpèrent péniblement les marches – cela faisait deux soirs de suite. Enfin, il la déposa sur son lit.

— Où étais… ? dit-elle, en formant les mots avec difficulté, les yeux déjà fermés.

Il s'assit à côté d'elle.

— … étais-tu ?

— Au travail, répondit-il doucement.

Ses yeux s'ouvrirent lentement.

— Tu… restes… s'il te plaît, dit-elle, luttant toujours avec les « s ».

— Je reste, répondit-il.

Ses yeux se refermèrent, suivis d'un hochement de tête inachevé.

JOUR 3

Lundi

17

À 5 h 45 le lendemain, il posa la tasse de café sur la table de chevet, s'assit à côté d'elle et dit son nom, encore et encore, de plus en plus fort, jusqu'à ce qu'elle commence à remuer et ouvre enfin les yeux.

Elle avait une tête épouvantable, le teint pâle et cireux, avec des marbrures rougeâtres, les yeux injectés de sang. Un filet blanc de salive séchée sur le menton. Tout d'abord désorientée, elle dit « Quoi ? » et lutta pour se redresser.

– Je t'ai apporté du café.

Elle se cala bien droit contre les oreillers, tandis que le présent pénétrait lentement en elle.

– Je ne veux pas que tu me voies comme ça, dit-elle en se cachant le visage à deux mains.

Mais elle se moquait qu'il l'ait vue totalement bourrée la veille dans le salon. Il avait les mots sur le bout de la langue et ressentait à nouveau l'impression de déjà-vu : la réaction d'Anna devant son ébriété, ses reproches lors des nombreuses gueules de bois de Benny, les discussions du matin, ses démentis et ses justifications à l'époque, tout cela lui revenait à présent et il lutta pour chasser les souvenirs. Il se rendit compte qu'il était fatigué – deux nuits avec peu de sommeil, à s'agiter en tous sens, à s'inquiéter de l'affaire et d'Alexa, à se réveiller par intermittence dans un lit inconnu. La journée allait être longue.

– Il y a deux cent soixante-dix jours, mon patron m'a

arraché de derrière mon bureau, commença-t-il, parce que j'étais saoul au travail.

Il avait un ton ferme, indifférent : la compassion qu'il avait pu ressentir s'était évaporée à un moment donné pendant la nuit.

— Mat Joubert était mon officier supérieur à l'époque. Il m'a emmené au parc Danie Uys, à Bellville, et m'a montré Swart Piet. Swart Piet avait été inspecteur sanitaire à Milnerton, fut un temps. Femme, enfants, maison, il avait tout. Et il avait tout perdu en buvant, était devenu un *bergie*, un vagabond, qui se baladait avec un caddie de Checkers dans le parc Danie Uys. J'étais furieux contre Mat ce jour-là, comment était-il possible qu'il me compare à Swart Piet ? Mais le truc, c'est que j'étais aussi sur cette pente-là.

— Je ne veux pas que tu me voies comme ça, répéta-t-elle.

— Et moi, je ne veux pas que tu envoies tout balader, Alexa. Pas maintenant.

Elle ne répondit pas, le visage toujours caché dans les mains.

— Où est l'autre bouteille ?

Pas de réponse.

— Alexa.

Elle ramena ses genoux contre elle, bras croisés, et y posa la tête.

— Où l'as-tu cachée ?

Une main s'écarta des genoux, un doigt pointé vers la coiffeuse.

— Quel tiroir ?

— Le troisième.

Il se leva, ouvrit le tiroir. Des sous-vêtements. Il plongea la main, tâtonna, la trouva. Encore du gin.

— C'est la seule ?

Elle hocha la tête, visage toujours invisible.

Il se rassit à côté d'elle, la bouteille à la main.

— Tu l'as achetée à l'hôtel. (Elle avait été ouverte.)

Hochement de tête.
– Au Mont Nelson ?
Hochement de tête.
C'était là qu'elle allait boire, autrefois. Elle le lui avait dit.
– Je vais rentrer chez moi, maintenant, pour me laver et manger un morceau. Je te prends à 7 heures.
– On va où ? demanda-t-elle d'une voix effrayée.
– Je dois aller travailler. Il va falloir que tu m'accompagnes jusqu'à ce que je trouve une autre solution.
– Non, Benny...
Il savait que ça ne servirait à rien de se disputer. Il se leva.
– Je t'en prie, Alexa. Tiens-toi prête pour 7 heures.
Puis il sortit.

À 7 h 03, il frappa à sa porte d'entrée. Elle ouvrit. Elle avait raisonnablement réparé les dégâts. Elle portait un tailleur gris, avec un chemisier blanc. Elle s'était maquillée, ses cheveux étaient propres et soignés. Seuls les yeux trahissaient qu'elle avait bu.
– Viens, on doit y aller.
Elle ne bougea pas.
– Tu es en colère contre moi.
– Je suis le dernier qui pourrait être en colère contre toi. Viens, s'il te plaît.
– Benny, tu ne peux pas t'occuper de moi. Je ne boirai pas. Pas aujourd'hui. Je répète cet après-midi.
– Je vais être en retard. Viens, s'il te plaît.
– Tu *es* en colère.
Mais elle sortit à contrecœur, ferma la porte derrière elle et l'accompagna à sa voiture.
Quand ils furent en route, elle répéta :
– Tu ne peux pas t'occuper de moi.
– Ton visage est sur l'affiche, Alexa.
Elle baissa la tête.

— Oui. Mon visage est sur l'affiche.
Griessel tendit le bras pour attraper l'enveloppe blanche sur le siège arrière et la lui tendit.
— Jette un coup d'œil là-dessus, s'il te plaît.
Elle souleva le rabat, sortit les photos.
— Elle s'appelle Hanneke Sloet. Elle a été assassinée dans son appartement le 18 janvier. Juste là. (Il montra la ville en contrebas.)
— Elle était belle.
Plus sexy que belle ; mais il ne dit rien. Les hommes et les femmes n'avaient pas la même conception de la beauté, il le savait.
— Elle était juriste pour une grande entreprise, et n'avait pas eu de relation sérieuse depuis plus d'un an. L'année dernière, en avril, elle s'est fait refaire les seins. Ces photos ont été prises à ce moment-là. Pourquoi crois-tu qu'elle a fait ça ?
— Pourquoi elle a fait prendre les photos ?
— Oui.
Elle étudia soigneusement chaque cliché pendant qu'il conduisait dans la circulation dense de Buitengracht. Elle dit enfin :
— C'est pour célébrer sa beauté. Ses nouveaux atouts. Sa sexualité.
— Pourquoi la célébrait-elle ?
Alexa le regarda d'un air interrogateur.
Il s'expliqua :
— As-tu jamais célébré ta beauté de cette *façon* ? Je ne parle pas des photos pour ton travail...
— Tu ne peux pas me comparer à elle.
— Pourquoi pas ? Tu es ravissante... (Griessel ne put s'en empêcher, il baissa les yeux un bref instant sur sa poitrine)... et tout.
— J'ai quarante-six ans. Je suis alcoolique.
Mais à son rire bref, il savait que ça lui plaisait.

– Elle avait trente-trois ans, reprit-il. Pourquoi tu n'as pas fait ça à la trentaine ?
– Je n'avais pas assez confiance en moi.
– C'est la seule raison ?
– Je suppose que non... Ça implique une personnalité particulière.
– Quel genre ?
Elle finit par comprendre.
– Aha. Tu me consultes.
Il acquiesça.
– Je vais devoir y réfléchir, répondit-elle, ravie.

Alexa l'attendit dans un café à l'angle de Long et Riebeek Street, pendant qu'il demandait à voir Hannes Pruis à la réception de Silberstein Lamarque.
Le bureau du directeur se trouvait au douzième étage, spacieux et luxueux, sans ostentation, comme l'immeuble. Pruis était court sur pattes et costaud, avec d'épais cheveux noirs et une coupe hors de prix. Il avait peut-être cinquante ans et débordait d'une jovialité bouillonnante. Un petit diamant ornait chacun des boutons de manchettes de sa chemise immaculée. Les lunettes rectangulaires étaient du même ton que ses tempes grisonnantes.
Et c'était un beau parleur.
– Capitaine, asseyez-vous, dit-il d'une voix mélodieuse, habituée au prétoire. Café ? Sucre et lait ?
– S'il vous plaît, répondit Griessel.
Pruis commanda par interphone. Puis il continua :
– Je vois que vous êtes à nouveau dans la ligne de mire des médias, et ça n'est pas vraiment mérité. Je dois avouer que j'ai été très impressionné par la première enquête. Cet homme... je n'arrive pas à me souvenir de son nom... Nxesi, merci, Nxesi, un type consciencieux, très consciencieux. Je suppose que vous avez étudié ma déclaration ? Ça a été

un énorme choc pour nous tous, énorme. Hanneke, quelle personne fantastique, une perte terriblement importante. Et tellement insensée. On ne peut toujours pas se l'expliquer. Et maintenant, le type qui tire sur vos hommes à cause de cette affaire, vous avez une idée... ?
La porte s'ouvrit, une belle femme aux longs cheveux bruns apporta le plateau, le posa devant eux.
– Je vous en prie, servez-vous, dit Pruis. Merci, Natalie.
Elle hocha la tête, sourit, ressortit. Pruis resta debout, une main sur le bureau.
– Qui vous tire dessus, à votre avis ?
– J'avais espéré que vous seriez en mesure de nous aider, répondit Benny en sortant son calepin.
– Non, Dieu du ciel, capitaine, absolument pas. Je veux dire, toute cette histoire a été inexplicable dès le début, personne n'aurait voulu faire de mal à Hanneke.
Griessel acquiesça.
– Monsieur Pruis, quelqu'un lui en a pourtant fait. Et d'après la scène, il s'agit de quelqu'un qu'elle connaissait, d'une manière ou d'une autre. Il y a deux possibilités. Le travail ou la vie personnelle. Ou les deux. D'après certaines sources, Mlle Sloet aurait eu une aventure en 2002 avec un collègue marié.
– Écoutez, vous devez faire attention...
Pruis leva un doigt en guise d'avertissement.
Griessel n'avait ni l'envie ni l'énergie de se livrer à une discussion sans fin.
– Monsieur, la seule chose que je *dois* faire, c'est mon travail, répondit-il. Si une source se livre à des allégations, je dois les vérifier.
– C'est une allégation très vague.
– D'après la source, il s'agissait de Werner Gelderbloem. Vous étiez au courant ?
La question prit le directeur au dépourvu. Il s'assit dans le haut fauteuil en cuir et croisa ses bras sur sa poitrine.

– Oui, je le savais, répondit-il froidement, mais ça remonte à il y a longtemps. Huit ou neuf ans.
– Vous êtes sûr ?
La jovialité s'était évaporée. L'avocat se pencha en avant, pointa son doigt sur Griessel.
– Vous fourrez votre nez là-dedans parce que vous n'avez rien d'autre, voilà le problème. Laissez-moi vous dire à présent : c'est de l'histoire ancienne, ça n'a duré qu'un mois ou deux. Ces choses-là arrivent. Je suis sûr que vous aussi, vous avez eu des aventures.
– Vous êtes certain que la relation était complètement terminée ?
Pruis se rencogna dans son fauteuil.
– Oui, je suis sûr. (Il soupira, reconsidéra son attitude.) Écoutez, je suis sans doute un peu susceptible à ce propos, mais Werner Gelderbloem... il prend sa retraite dans deux ans... je veux dire, capitaine, Hanneke était une femme désirable. À un certain âge... Vous réalisez que vous devenez vieux, que vous avez été avec la même femme pendant trente ans, appelez ça une crise de la maturité, voici cette jolie petite chose intelligente qui vous admire... Je veux dire, lequel d'entre nous ne serait pas tenté ? Il a fait une erreur. Il y a presque neuf ans. Il y a mis un terme. Nous l'avons transférée des litiges au droit commercial et on n'a plus parlé de l'affaire. S'il y avait la moindre possibilité que ça ait quelque chose à voir avec son meurtre...
Il protestait trop, Griessel s'en fit la remarque.
– Monsieur Pruis, nous avons tous des schémas de fonctionnement. Nous répétons la même chose encore et encore. Si elle a eu une liaison au travail une fois, il y a des fortes chances que...
– Non. (En colère.) Pourquoi croyez-vous qu'elle ne soit devenue associée qu'il y a deux ans ? Elle était brillante, une des plus intelligentes ici. L'affaire avec Werner... On l'a convoquée à l'époque, on lui a dit : Vous êtes jeune et

inexpérimentée dans ce domaine, on vous laisse une chance. Une. Ça reste dans votre dossier pendant cinq ans, encore un incident de ce genre et vous êtes virée. Ça lui a fait peur. Très très peur. (Retour du doigt menaçant.) Je ne permettrai pas que le nom de Silberstein soit traîné dans la boue des médias, vous pouvez en être sûr.

C'était pour ça qu'il était tellement sur la défensive ? Griessel acquiesça, ouvrit son calepin à une nouvelle page.

– Je vais devoir vous interroger sur la transaction à laquelle elle travaillait…

Il vit Pruis lever les yeux au ciel.

– Y avait-il des communistes concernés ? demanda-t-il.

On pouvait lire le changement de vitesse sur le visage de Pruis.

– Des communistes ?

– Oui.

L'avocat réfléchit puis répondit, sous les yeux de Griessel ébahi :

– Peut-être un ou deux. Pourquoi ?

18

– Il y avait bien des communistes dans le coup ?
– Capitaine, il s'agit d'une transaction BEE[1] et je ne peux pas vous dire la tendance politique de tous les intéressés. Il y en a sûrement qui sont membres du Parti communiste sud-africain. Ou qui l'étaient. Vous savez, les cadres, les alliances...
– Une opération BEE ?
– Discrimination positive.

La lumière se fit lentement dans son esprit, toutes les connotations, les implications, le lien avec les e-mails du sniper. Le cœur de Griessel se serra.

– Monsieur Pruis, pouvez-vous m'expliquer toute la transaction ? Avec des termes de profane.
– Capitaine, il n'y a pas de termes de profane pour ce genre d'opération. C'est compliqué. Mais ça reste une transaction BEE typique, il y en a une ou deux par mois. Quel est le rapport avec la mort d'Hanneke Sloet ?
– S'il vous plaît, insista Griessel, essayez de m'expliquer.

Pruis regarda sa montre et secoua la tête, irrité.

– Ingcebo Resources Limited est la société BEE. Une majorité d'actionnaires noirs, sept Noirs au conseil d'administration, certains d'entre eux étaient au gouvernement

---

1. *Black Economic Empowerment* : politique de transformation raciale de l'économie. *(N.d.T.)*

jadis. Ingcebo emprunte un peu plus de quatre milliards de rands et s'en sert pour acheter quinze pour cent des parts de Gariep Minerals Limited. Comme il est très risqué d'acheter une participation unique avec de l'argent emprunté, les financiers d'Ingcebo doivent diminuer le risque en le structurant en emprunt de cinq ans convertible.

Griessel leva la main.

– Monsieur Pruis, il faut que je comprenne ça.

– Je vous l'avais dit, c'est compliqué... c'est pour ça qu'il y a autant d'hommes de loi impliqués dans cette affaire. (Il poussa un profond soupir.) Au fond, ça se résume au fait que Gariep Minerals vend quinze pour cent de ses actions à Ingcebo, sans risque. Ingcebo doit encore financer la somme grâce aux banques et à d'autres investisseurs, mais le soutien de Gariep rend les choses possibles. Toute l'affaire est organisée de telle manière que... Vous êtes sûr de vouloir connaître tout ça ?

– S'il vous plaît.

Pruis sortit un luxueux bloc-notes relié en cuir d'un tiroir. Il l'ouvrit, le poussa vers Griessel et dessina un cercle avec un stylo-plume.

– Voici Ingcebo Resources Limited, la compagnie mère. D'accord ?

Griessel acquiesça.

Pruis traça un autre cercle à côté du premier.

– Et voici Gariep Minerals. Il s'agit d'une compagnie minière qui a presque cent ans, propriétaires blancs. Ils sont essentiellement dans l'or, le platine et l'aluminium. C'est une entité locale mais qui travaille à l'international. Ils possèdent des mines ici, au Canada, en Australie.

Griessel acquiesça. Il suivait.

Pruis dessina une ligne qui partait d'Ingcebo Resources Limited et la relia à un cercle plus petit.

– Et voici Ingcebo Bauxite. Elle appartient à Ingcebo Resources Limited. Une filiale à cent pour cent. En d'autres termes, Ingcebo Resources Limited possède Ingcebo Bauxite. Vous comprenez ?

– Oui.

– Bon, Ingcebo Bauxite, la filiale, prête quatre milliards de rands à Gariep Minerals, la compagnie blanche, pour cinq ans. Si le prix des actions de Gariep s'écroule durant cette période, ils doivent rembourser l'emprunt avec intérêts, ou simplement distribuer les actions à Ingcebo. Parce que les actions valent plus que le prêt de la banque, Ingcebo peut rembourser complètement les banques et garder le solde comme profit, ou une part non grevée de Gariep.

– Putain, fit Griessel.

– Je vous avais prévenu que c'était compliqué.

– Et donc, où intervient Silberstein là-dedans ?

– Nous ne sommes qu'un des quatre cabinets juridiques concernés. SA Merchant Bank est notre client. Ils garantissent une partie du prêt à Ingcebo Bauxite. Quatre banques sont dans le coup : deux aux États-Unis, une en Angleterre, et la SA Merchant Bank ici. Nous devons nous assurer que les contrats de la SA Merchant Bank sont inattaquables.

Griessel se rendit compte qu'il n'arriverait pas à faire le tour de la question.

– Les communistes sont chez Ingcebo ?

– Je ne dis pas qu'ils sont communistes. J'ai dit qu'ils *ont pu* l'être.

– Hanneke Sloet avait-elle le moindre contact avec eux ?

– Avec les directeurs d'Ingcebo ?

– Avec les communistes éventuels.

– Non. Je veux dire, elle doit les avoir rencontrés brièvement, pendant une des réunions. Mais il n'y avait aucun contact, hormis ceux-là. N'oubliez pas, nous travaillons pour SA Merchant Bank, pas pour Ingcebo.

– Et des conversations téléphoniques ? Des lettres ? Des e-mails ?

– J'en doute. Je… ne sais pas. Peut-être.

Griessel posa son calepin sur la table.
— Monsieur Pruis, pouvez-vous, s'il vous plaît, me communiquer les noms des personnes de chez Ingcebo ?
— Vous n'avez même pas encore bu votre café.

Alexa lisait le journal. Griessel s'approcha de la table.
— On doit y aller, dit-il.
Elle tapota le journal du doigt et leva les yeux vers lui.
— C'est sur l'affaire Sloet que tu enquêtes ?
— C'est ça.
— Et tu dois aussi essayer d'empêcher une chanteuse alcoolique de boire...
— C'est le moins que je puisse faire après samedi soir...
— Benny ! dit-elle d'une voix forte qui fit se retourner un couple de clients. Elle baissa le ton : Ce n'est pas *ta* faute...
— Je suis en retard, dit-il.
Elle lui décocha un regard perçant de ses yeux injectés de sang. Puis elle prit de l'argent dans son porte-monnaie, le mit dans la soucoupe avec la note, replia le journal et se leva.
— En tout cas, quand j'ai lu l'article... Je ne peux pas te faire ça. Je me suis trouvé une baby-sitter...
— Une baby-sitter ? demanda-t-il en se dirigeant vers la porte, la tête encore pleine de transactions compliquées.
— Ella. De l'organisation.
— L'organisation ?
— Benny, tu répètes tout ce que je dis. Les organisateurs du concert. Ella sera mon assistante temporaire. Elle... Tu peux me déposer au Grand West. Elle s'occupera de moi.
Il s'arrêta dehors sur le trottoir.
— Qu'est-ce que tu lui as dit ?
— Que je n'ai pas le droit de boire.
Il continua vers la voiture, déverrouilla la porte pour

elle, monta de l'autre côté. Mit le contact. Le coupa. Se tourna vers elle.
– Est-ce qu'elle sait que tu es alcoolique ?
– Non, répondit-elle en regardant par la vitre.
– Est-ce qu'elle sait comment fonctionne le cerveau d'un alcoolique ?
– Non.
– Tu vas devoir le lui expliquer.
Alexa ne bougeait pas.
– Je ne peux te déposer là-bas, reprit Griessel, que si elle est au courant de tout.
À présent, elle s'était tournée vers lui, en colère.
– Tu te prends pour qui ?
– Pour personne, répondit-il calmement. Mais toi, tu es quelqu'un. Tu es Xandra Barnard.
– C'est nécessaire que le monde entier soit au courant, Benny ? C'est ça que tu veux ? Pourquoi tu ne le fais pas simplement imprimer en bas des affiches ? *Xandra Barnard, alcoolique, est de retour. Et à nouveau bourrée.* C'est ça que tu veux ?

Il la regardait fixement, cherchant un autre moyen de régler le problème, mais n'arrivait pas à trouver, il avait l'esprit confus.

Elle ouvrit son sac à main d'un coup sec, en sortit son téléphone. Elle tapa un numéro de mauvaise grâce, tout en lui jetant un regard furieux et agressif. Elle enfonça une autre touche pour que ça sonne et la voix d'Ella résonna dans le minuscule haut-parleur.

– Ella à l'appareil, dit la jeune femme.
– Ella, c'est Alexa. Tu as un moment ?
– Oui.
– Tu es assise ?
– Oui ?
– Écoute soigneusement. Il y a quelques petites choses que tu dois savoir. Premièrement : je suis alcoolique. Deuxièmement : j'étais sobre depuis cent quinze jours, mais

samedi je me suis remise à boire. La nuit dernière aussi. Troisièmement : si tu ne me surveilles pas très consciencieusement, je vais recommencer aujourd'hui. Quatrièmement : les alcooliques mentent et trichent. Ne crois rien de ce que je dis. Tu ne dois pas me perdre de vue. Particulièrement en fin d'après-midi et le soir. Tu comprends ?

Elle ne quittait pas Griessel des yeux avec une expression qui disait : content à présent ?

Ella semblait sous le choc.

– Je crois.

– Et il faut que tu saches, si tu parles à qui que ce soit de cette conversation, qui que ce soit au monde, je te... je te détruirai. Tu comprends ?

– La réponse arriva, hésitante.

– Je comprends...

– Ella, dit rapidement Griessel, vous m'entendez ?

– Oui ?

– Je m'appelle Benny Griessel. Je vais vous donner mon numéro de téléphone maintenant. Si vous sentez que vous ne vous en sortez pas avec Alexa, appelez-moi. N'importe quand.

– D'accord.

Mais il sentait qu'elle était intimidée.

– Je viendrai prendre la relève ce soir. Vous devez savoir, Alexa va essayer de vous manipuler. Elle va se mettre en colère, elle va pleurer, elle va tenter de vous amadouer, elle va user de tout son charme. Elle aura des symptômes de manque cet après-midi, elle va vous crier dessus, elle va essayer de vous faire du chantage émotionnel. (Il vit les yeux d'Alexa qui lançaient des éclairs.) Ce n'est pas Alexa, c'est l'alcool. Vous devez comprendre ça. Si vous ne pouvez pas vous en occuper, dites-le maintenant.

– Je... je vais essayer.

La peur palpable.

– Appelez-moi. N'importe quand. Voici mon numéro.

19

Bras serrés contre elle, elle contemplait l'extérieur à travers la vitre.

– Je te serais reconnaissant si tu acceptes de venir d'abord avec moi chez la photographe, dit-il. Celle qui a pris les clichés d'Hanneke.

Elle se contenta de regarder fixement dehors. Il voyait sa bouche pincée. Il savait ce qui se passait dans sa tête en ce moment même. Le déni, le « Je-peux-arrêter-de-boire-si-je-veux », la façon dont l'alcool poussait à la ruse, tout lui revenait. Et la soif à présent, après deux nuits d'ébriété, la fièvre devait être dans son sang. Mais il savait aussi qu'être mis à nu aidait, ainsi que le fait d'accepter la première des Douze Étapes : nous sommes impuissants contre l'alcool, nos vies sont devenues incontrôlables. Et l'étape cinq : confesser nos péchés à nous-mêmes et aux autres.

Comme elle ne répondait pas, il mit le moteur en route et s'éloigna. Si elle voulait qu'il la dépose chez les organisateurs, elle allait devoir lui indiquer le chemin, en attendant il se rendait chez la photographe.

Son téléphone sonna dans Somerset Street. MBALI.

Il répondit.

– C'est un tireur à temps partiel, Benny, dit Mbali avec une certaine excitation. C'est un travailleur, un guerrier du week-end.

– Comment tu sais ?

— J'ai observé les horaires sur les e-mails. En semaine, il les envoie tard le soir. Toujours un lundi. Les week-ends, c'est tôt le samedi matin, et en milieu de journée le dimanche. Le fait est, tous ses e-mails ont été envoyés ces trois jours-là. Samedi, dimanche, lundi. Et les deux premières fusillades ont eu lieu le week-end. Ça ne peut pas être une coïncidence. Alors je me dis qu'il doit être occupé pendant la semaine. Il est employé et il travaille probablement avec d'autres gens, il doit attendre le soir ou les week-ends pour écrire ses e-mails.

— Oui, répondit-il, ça paraît logique.

— Et tu sais ce que ça signifie, Benny ? S'il doit tirer sur quelqu'un aujourd'hui, ça ne sera pas avant la fermeture des bureaux. Alors on doit s'assurer que les postes de police sont en alerte. Ça va me rendre très impopulaire... Et il se peut que je me trompe.

Il comprenait ce qu'elle voulait dire. Dans chaque poste, l'équipe de jour aurait à travailler quelques heures de plus.

— Parles-en au colonel du Preez. Parce que si tu as raison...

— Alors, on pourrait peut-être l'attraper. Je suis en route pour l'armurerie. Je parlerai à Nyathi en revenant. Bonne chance, Benny.

Dans Loader Street, sur la hauteur de Signal Hill, il se gara devant la petite maison restaurée. L'enseigne annonçait *Anni de Waal. Photographe*, en caractères déliés et élégants, accompagnés de trois traits de pinceau en demi-lune symbolisant un objectif d'appareil photo.

Il coupa le moteur. Avant qu'il sorte, Alexa rompit le silence.

— Simone. Tu te souviens de Simone, la chanteuse ? murmura-t-elle.

— Non, répondit-il sur un ton d'excuse.

— Longs cheveux roux, grand sourire aux dents blanches ?

Il secoua la tête.

— Bien roulée, toujours plus ou moins décolletée, au milieu des années quatre-vingt-dix, elle a chanté pas mal de pop commerciale ? Un ou deux tubes, et puis elle a comme qui dirait disparu ?

— Non. (Il y en avait eu tellement qui n'avaient fait qu'aller et venir.)

— Un soir, à l'époque, avant un concert, elle m'avait montré ses photos. Elles étaient assez semblables à celles d'Hanneke Sloet. Même éclairage tamisé. Angles de vue flatteurs. Pas aussi dénudées que celles-ci, mais prises avec une intention. Pour elle-même. Simone était une vraie petite diva, très narcissique. Très consciente de son apparence, jamais loin d'un miroir. Et préoccupée par son statut social, elle désirait tellement être reconnue. Appréciée. Elle était ambitieuse, elle n'arrêtait pas de parler de ce qu'elle voulait accomplir. Si elle pensait que vous lui étiez inférieur, elle vous ignorait. Envieuse aussi, quand on avait plus de succès qu'elle. Et manipulatrice. Comme une alcoolique...

Alexa lui sourit, petite chose blessée et indulgente. Il lui toucha doucement le bras.

— Je crois... Ce soir-là, je me suis dit qu'elle avait fait prendre ces photos... parce que c'était l'image d'elle qu'elle voulait voir. Aussi désirable et provocante... et mystérieuse. C'était... je ne sais pas si je vais l'expliquer correctement... comme si la personnalité sur scène, l'image publique, n'était pas tout à fait assez sexy. Quand on chante pour des Afrikaners, on ne peut pas être trop sexy. Et ces photos devaient servir à rétablir les choses pour *elle*, elles devaient tenir lieu de vérité. Une sorte de célébration ? Ou... Non, je m'en tiens là.

Il la regarda, vit les ravages de l'alcool, à présent quelque peu camouflés, et pensa aux démons qui la consumaient. Mais derrière tout ça, il y avait cette intelligence pétillante qu'il avait peu à peu découverte au cours des mois précédents.

Parfois, cela l'emplissait de désespoir – que voyait-elle en lui ? – et parfois d'admiration absolue. Comme maintenant. Pourquoi une personne pareille buvait-elle ?
– Merci, dit Griessel.

Anni de Waal et un assistant se trouvaient dans le studio, en train d'installer des éclairages. La photographe leva les yeux et le froncement de sourcils intrigué se transforma en sourire radieux.
– Alexa ! s'écria-t-elle en s'approchant, les bras grands ouverts en signe de bienvenue.
De Waal était d'âge moyen, avec un regard concentré derrière ses petites lunettes rondes. Ses longs cheveux gris étaient relevés en deux couettes, une écharpe bleu ciel nouée autour de son cou, dans l'encolure du tee-shirt blanc. Pour une femme de son âge, se dit Griessel, ses fesses avaient étonnamment belle allure, dans le jean délavé.
Il observa les femmes qui se saluaient, un rituel qu'il n'avait appris que récemment, au contact d'Alexa : bas du corps très éloigné, légère étreinte et baisers dans le vide, un sur chaque joue. Les manières des riches et célèbres. D'habitude, ça l'ennuyait secrètement ; qu'est-ce qui n'allait pas dans l'ancienne manière de faire ? Un vrai baiser si on voulait embrasser, une poignée de main sinon. Et il n'arrivait jamais à se rappeler par quelle joue commencer, la gauche ou la droite. Mais ce matin, il n'avait pas assez d'énergie pour être irrité.
Il attendit que les « Quelle incroyable surprise ! » et « Tu as l'air tellement *en forme* », puis les « J'ai entendu dire que tu remontais sur les planches ! » et « C'est *tellement* fantastique de te voir, ça fait quoi, sept, huit ans ? » soient terminés.
– Anni a fait la couverture de mon second album, dit Alexa à Griessel. (Elle le présenta :) Voici mon ami, le

capitaine Benny Griessel. (Puis, un brin théâtrale :) Des Hawks.

Le regard de De Waal revint brièvement sur Alexa, comme si elle essayait de comprendre le rapport. Elle était rapide.
– Hanneke Sloet, dit-elle.
– C'est exact, répondit Griessel.
– Tu ferais mieux de t'asseoir, mon chou.

Ils prirent place dans un coin du studio autour d'une table basse peinte en blanc, sur des fauteuils bleu nuit, et Anni de Waal consulta son iPad d'une main experte.
– Samedi 14 août. L'année dernière. Elle avait dû réserver dès juin parce que mon agenda ne désemplit jamais.
– A-t-elle dit pourquoi elle voulait faire faire les photos ?
– Pour son usage personnel. C'est ce que j'ai noté. Je dois demander parce que ça influence toute l'approche.
– C'est… ce que vous faites ?
De Waal secoua la tête en signe de dénégation. Les couettes tressautèrent. Elle parlait avec les mains.
– Je fais des photos de mode, surtout pour des magazines étrangers. C'est bien plus… Disons simplement qu'ils paient en euros. Les portraits personnels prennent du temps et, pour être franche, ils posent toujours problème. Le genre de personnes qui les font faire… ne sont en général pas aussi photogéniques qu'elles aimeraient le croire. Alors je suis chère. Pour les décourager.
– Puis-je vous demander : « Cher, *comment* ? »
– Pour toi, mon chou, un prix spécial, répondit-elle en flirtant vaguement. Dix mille. Rands, bien entendu. Tu as un visage intéressant. Des origines slaves ?
– Parow, répondit-il.
– Merveilleux, fit Anni de Waal en tapant dans ses mains et en riant.
– C'est ce qu'Hanneke Sloet a payé ?

— Il faut que je vérifie dans mes livres de comptes, mais ça devait être plus. Douze mille, quelque chose comme ça. (Un peu sur la défensive, elle ajouta :) Ça a duré *tout* un samedi matin, mon chou.

Putain, se dit-il. Mais il se contenta d'acquiescer.

— De quoi vous souvenez-vous à son sujet ?

— Beaucoup de choses. Elle était impressionnante. Photogénique. Une femme forte. Jolie. Et je fais si peu de portfolios personnels... Naturellement, quand je l'ai vue dans les journaux en janvier... là, tout vous revient en mémoire.

— Racontez-moi, s'il vous plaît.

— Une fois le rendez-vous pris, elle est arrivée ici avec une petite valise de vêtements, et elle savait exactement ce qu'elle voulait. Elle formulait ses exigences intelligemment, ce qui aide beaucoup, bien sûr. C'était un matin froid et pluvieux, et j'avais allumé les radiateurs, ça prend un moment, c'est une grande pièce. Alors on a fait les photos habillées d'abord, avant les études de nu...

— Y a-t-il eu des difficultés avec elle ?

— Pas vraiment. Avant qu'on commence les prises... Elle a voulu savoir qui verrait les photos, comment ça se passait exactement. Alors je lui ai dit qu'on pouvait tirer les photos nous-mêmes, que ça coûterait un peu plus. Ça l'a satisfaite. Quant à la séance elle-même... La façon dont je travaille... les photos vont directement sur Adobe Lightroom, comme ça le client peut les évaluer tout de suite. Elle était à l'aise. On a légèrement modifié l'exposition, elle voulait que ce soit plus sombre. Plus mystérieux. Quand on a eu terminé, elle a choisi les tirages qu'elle voulait, j'ai mis le reste sur un DVD. Elle est venue les chercher une semaine plus tard environ. Ça prend du temps, mon chou, je photographie en RAW, mon assistant les convertit en « jpeg » pour le DVD.

— Elle a juste dit que les photos étaient pour elle ? Rien de plus ?

— Pas que je me souvienne.

– Pourquoi croyez-vous qu'elle voulait ces photos ?

– Mon chou, répondit-elle avec un geste théâtral. Qui connaît les secrets du cœur humain ? Et laissez-moi vous dire, le cœur humain est une chose merveilleuse et perverse. J'ai des gens qui me supplient de photographier leurs chiens. Et ils sont prêts à *payer*. Il y a eu un homme et une femme qui voulaient que je les photographie au lit. Complètement à poil. Et ils étaient... quelque peu rembourrés. Certains le font pour s'amuser, d'autres pour... Mais ce n'est pas ce que vous voulez entendre, alors laissez-moi vous dire ce que j'en pense. Cette gamine s'était fait refaire les seins. Et je pense qu'elle avait attendu ça très longtemps et qu'elle en était très satisfaite. De ce qu'elle ressentait et de l'image qu'elle donnait. Elle voulait le *montrer*. Non, elle voulait le *voir*. Pas dans un miroir. Quelque chose de plus tangible. C'est ce que je pense.

– C'est un truc de femme, dit Alexa.

– Précisément, renchérit Anni de Waal. Avec tout le respect que je te dois, mon chou, les hommes n'y comprennent rien.

20

Mbali fut immédiatement choquée par la façon dont l'agent était assis derrière le bureau patiné de l'armurerie du SAPS. Renversé en arrière contre le dossier, ses longues jambes étirées devant lui, il était plongé dans *Soccer-Laduma*.

– *Molo*, Mama, dit-il après lui avoir jeté un bref coup d'œil.

– *Hayi*, répondit Mbali, en faisant claquer sa langue à travers la pièce. Mama ? C'est comme ça que vous vous adressez à un officier ?

Il reporta son attention sur elle, sidéré, vit le badge autour de son cou, se concentra pour le déchiffrer. Il bondit alors sur ses pieds, le magazine toujours à la main.

– *Uxolo*, capitaine, dit-il en saluant.

– Ne me parlez pas xhosa.

– Désolé, tellement désolé, capitaine, que puis-je pour vous ?

– Je cherche Giel de Villiers.

– Ah. *Icilikishe*. Il est derrière.

– *Icilikishe* ?

– Vous verrez, capitaine. Venez avec moi, je vous accompagne.

Très zélé à présent.

Elle lui emboîta le pas, en colère. C'était le problème avec les jeunes. Pas d'éthique de travail, pas de respect pour les femmes, les officiers supérieurs ou les collègues.

Giel de Villiers, en salopette bleue de la police tachée d'huile, était penché sur un tour, une pipette de lubrifiant à la main. Il ne les entendit pas entrer et l'agent en tenue dut lui taper sur l'épaule. Il leva les yeux, vit Mbali, et cligna deux fois des paupières, lentement. Pendant un instant, cela la déconcerta, elle crut que le coup d'œil était critique, supérieur. Mais c'est alors qu'elle vit les étranges paupières qui semblaient cligner par en dessous, comme celles d'un lézard. Elle comprit immédiatement son surnom.

– Bonjour, sergent, lança-t-elle par-dessus le bruit du tour.

Il leva la main en guise de salut, éteignit précautionneusement le tour, posa la pipette et s'essuya les mains sur un torchon. Son crâne chauve luisait sous la lumière du soleil qui entrait par la fenêtre. Il cligna à nouveau des paupières, deux fois.

– Sergent, voici le capitaine Mbali Kaleni, des Hawks, annonça l'officier.

– Je suis désolé, capitaine, mon anglais n'est pas bon, répondit de Villiers.

– Le capitaine Benny Griessel m'a dit que vous pourriez m'aider, articula-t-elle lentement pour qu'il puisse suivre.

– Très bien. J'ai entendu dire qu'il était chez les Hawks maintenant.

– J'apprécierais vraiment votre aide. On a besoin d'informations sur les silencieux. Pour un fusil.

– Les réducteurs de son, dit-il.

– Excusez-moi ?

– On ne peut pas éliminer le bruit d'une arme à feu, dit-il lentement et avec circonspection, l'accent afrikaans faisant ressortir les « r » avec insistance. On ne peut que le réduire. C'est pour ça qu'on les appelle des réducteurs de son.

– Je vois...

Elle se rendit compte que l'officier était debout derrière elle, les yeux écarquillés et fasciné.

— Vous pouvez retourner à votre poste, lui dit-elle.

Il se mit au garde-à-vous, salua promptement : « Oui, capitaine ! » Claqua des talons, fit demi-tour et sortit d'un bon pas.

Elle reporta son attention sur de Villiers.

— Nous avons des raisons de croire que l'homme qui tire sur des membres du SAPS utilise un fusil à lunette et un réducteur de son. Où les gens peuvent-ils acheter un réducteur ?

— Vous voulez dire : comme dans un magasin ?

— Oui.

— Il y a une armurerie à Jo'burg... Mais ils n'en vendent pas beaucoup.

— Alors ça n'est pas illégal ?

— Non. Beaucoup de chasseurs les utilisent.

Mbali se renfrogna un peu plus.

— Dans ce cas, si beaucoup de chasseurs les utilisent mais que ce magasin n'en vend pas beaucoup... Je ne comprends pas.

— Cette armurerie... comment vous dites ?... importe les réducteurs de son de Vaime, en Finlande. Ils sont trop... (il ferma les yeux pendant qu'il essayait de trouver les mots anglais :)... chers. Alors les gens les font fabriquer par des... armuriers.

— En Afrique du Sud ?

— Oui.

— Où est-ce que je trouve ces armuriers ?

— Dans le *Wild en Jag*. « Chasse et gibier ». C'est un magazine. Ils font de la pub.

— Tous ?

— Je ne sais pas. Mais je pense que oui.

Mbali ouvrit son énorme sac à main, en sortit calepin et stylo, et nota quelque chose.

— Donc, je vais simplement voir ces gens et je leur demande de me fabriquer un réducteur ?

– Oui.
– C'est cher ?
– Pas très.
– Combien ?
– Ça dépend du modèle. Dans les mille huit cents, ou deux mille rands. Pour celui... comment vous dites ?... qui se visse.
– Il y en a combien de sortes ?
– *Basies*, euh, en gros deux. Celui qui se visse, c'est celui des chasseurs. Et celui à baïonnette, qui s'enclenche à demi par-dessus le fusil, c'est le modèle qu'utilisent les snipers de l'armée. Parce que ça n'augmente pas trop la longueur du fusil. C'est plus facile... comment vous dites ?... à manœuvrer.
– Et ces armuriers fabriquent les deux ?
– Il faudra leur demander. Certains font les deux.
– Pourquoi un chasseur a-t-il besoin d'un réducteur de son ?
Les yeux étranges de De Villiers ne cessaient de cligner.
– Les réserves. Elles accueillent des touristes et des chasseurs en même temps. Alors ils ne veulent pas qu'on entende le bruit des détonations. Et les chasseurs veulent tuer plus d'antilopes. Si vous chassez l'antilope dans le Karoo et qu'elles entendent les coups de fusil, elles s'enfuient toutes. Si vous utilisez un réducteur de son, elles restent plus longtemps. Et vous pouvez en tuer plus.
– Je n'aime pas qu'on tue les animaux, dit Mbali, dubitative.
Giel de Villiers haussa les épaules.
– On peut trouver certains de ces armuriers au Cap ?
– Non. Il y en a un à Villiersdorp.
– Vous avez ses coordonnées ?
– Elles sont dans *Wild en Jag*.
– Vous l'avez ?

— Oui, dans mon bureau. Je vais vous donner tous les numéros.

— Merci. Vous avez dit que les réducteurs peuvent être importés de Finlande ?

— Oui.

— Et certains chasseurs le font ?

— Peut-être.

— Et ce serait consigné quelque part ?

— Oui. Aux douanes. Tout ce qui est... *geklassifiseer*... comment vous dites ?... répertorié comme arme à feu doit être contrôlé. C'est pour ça que c'est trop compliqué.

— Est-ce qu'il faut un permis pour faire fabriquer un réducteur de son ici ?

— Non.

Elle écrivit puis demanda :

— Quel pourcentage du son est éliminé ?

— Ça dépend du fusil.

— Silencieux comment ? Si je tire avec un fusil depuis une voiture dans la rue, jusqu'où peut-on entendre la détonation ?

— Un bon réducteur peut la rendre très silencieuse. (Il décroisa les bras, tapa dans ses mains, fort.) À peu près comme ça. Quatre-vingt-cinq pour cent plus silencieuse.

Mbali acquiesça.

— Très bien, dit-elle. Vous pouvez me donner les coordonnées ?

De Villiers commença à se diriger vers la porte. Puis il s'arrêta et la regarda. Ferma les yeux comme s'il réfléchissait profondément.

— Vous pouvez aussi fabriquer votre propre réducteur.

— Oh ?

— Il faut juste laisser un espace pour que les gaz... comment vous dites ? (Il abandonna.) Vous avez besoin d'un tube, de... rondelles en caoutchouc, et de joints. Et d'autres trucs. On peut tout acheter dans une quincaillerie. Il y a des

plans sur Internet... On peut même se servir simplement d'un tube en PVC et d'une éponge, si on veut...
– *Hayi*, soupira Mbali.
De Villiers ouvrit les yeux.

Alexa et Griessel roulèrent en silence jusqu'au casino de Grand West, à Goodwood. Il avait l'impression de mieux comprendre Sloet à présent. Gaby Villette l'avait décrite comme quelqu'un qui se tenait volontairement à l'écart des assistantes personnelles. Et il repensa à l'histoire d'Alexa sur la chanteuse narcissique qui ignorait les gens si elle avait l'impression qu'ils lui étaient inférieurs.
Les deux avaient parlé d'ambition, d'une femme qui ferait n'importe quoi pour le prestige et l'avancement.
Et Anni de Waal : « Cette gamine s'était fait refaire les seins et elle en était très satisfaite. De ce qu'elle ressentait et de l'image qu'elle donnait. »
Tout ça signifiait que les photos étaient dénuées de sens, elles n'avaient aucun rapport avec son meurtre. C'était juste une femme contente d'elle qui voulait faire étalage de ses atouts. « Une célébration », avait dit Alexa. De Waal avait fait référence à « quelque chose de plus tangible ».
Donc, ils n'avaient que la piste des communistes à se mettre sous la dent.
Et c'était le foutoir.
Rien n'était jamais simple.
Il sortit le téléphone de sa poche et appela Cupido.
– Vaughn, je vais être en retard. Et il faut que je voie le colonel d'abord. Tu peux prévenir Roch qu'on sera là-bas plutôt vers 10 h 30 ?
– Tu as trouvé quelque chose ?
– Des ennuis, répondit-il. Seulement des ennuis.
Il mit fin à la conversation.
– Tu n'as jamais parlé de ton travail, dit Alexa.

Il ne sut que dire. Elle ne comprendrait pas. C'est comme ça qu'il gardait le mal à distance des gens qui lui étaient proches. Doc Barkhuizen était constamment sur son dos. « Arrête de tout intérioriser, Benny, parles-en. » Il s'y refusait. Il avait besoin de tenir les deux mondes à l'écart l'un de l'autre – il avait besoin d'un lieu qui soit encore vierge.

– Je ne boirai pas aujourd'hui, dit-elle. Mais tu dois venir me raconter ce soir. Comment... tu progresses.

– Alexa, c'est difficile. C'est...

– Plus difficile que de ne pas boire ?

– Non, répondit-il.

Quand ils franchirent la grille du casino, Alexa appela Ella.

– On est là. C'est mieux que tu viennes me chercher à la voiture, sinon mon inspecteur va avoir peur que je m'échappe.

Griessel vit sa main trembler. Sa bataille du jour était en train de s'intensifier.

Elle lui indiqua où aller, où s'arrêter.

Une jeune femme sortit au pas de course du bâtiment. Il la reconnut. C'était la jolie nana qui l'avait confondu avec Paul Eilers samedi soir. Avant qu'il ne se ridiculise complètement.

Elle fit le tour de la voiture jusqu'à lui et il baissa la vitre.

– Oh, dit-elle, donc c'est *vous* l'inspecteur.

Il lui serra la main.

– C'est moi.

– Pas besoin de vous inquiéter, Paul Eilers, je vais m'en sortir, dit-elle, très sûre d'elle.

– Vous avez mon numéro ?

– Je suis une dure à cuire, répliqua-t-elle. Ça ne sera pas nécessaire.

– Hé, je suis là aussi, vous savez, lança Alexa.

21

Le colonel Zola « Girafe » Nyathi parcourut les sept noms de la liste des administrateurs d'Ingcebo Resources Limited. Son visage s'assombrit, puis il se leva et dit :
– Je crois qu'on devrait en parler au brigadier.
Griessel le suivit jusque dans le bureau de Musad Manie. Le brigadier était en réunion avec quatre chefs de groupe.
– Excusez-nous, dit Nyathi, mais il faut qu'on vous parle.
– Messieurs, si vous n'y voyez pas d'inconvénient, dit Manie aux officiers supérieurs.
Ils se levèrent et se dirigèrent vers la porte, observant Griessel avec curiosité.
Nyathi et Griessel prirent un siège. Le colonel attendit que la porte se soit refermée et fit glisser le calepin de Benny jusqu'à Manie.
– La transaction sur laquelle bossait Hanneke Sloet. C'est de la BEE.
– Je vois, fit Manie, dont la voix trahissait les ennuis à venir.
– Voici la liste des administrateurs. Il y a un ancien ministre de l'ANC et deux qui ont été chefs de gouvernement de province. Ces trois-là, je ne suis pas sûr... Mais le directeur numéro sept pourrait nous poser problème.
– A.T. Masondo, lut Manie. Je ne le connais pas.
– Il faisait partie du comité central du Parti communiste à la fin des années quatre-vingt-dix.

Une ombre traversa le visage de marbre de Manie, quand il fit le rapprochement.
— Notre communiste.
— Oui. Il faisait aussi partie du second cabinet de Mbeki. Ministre adjoint aux Ressources minières, je crois.

Griessel vit le regard qu'échangèrent les deux officiers supérieurs. Il en soupçonnait fortement la raison.

— Brigadier, intervint-il, le problème, c'est que le patron de Sloet a déclaré qu'il n'y avait rien de louche dans la transaction. Tout était dans les journaux, il n'y a rien à cacher. Et Sloet ne connaissait pratiquement pas ces gens-*là*.

— Pratiquement pas ?
— Elle les a brièvement rencontrés. Son boss doute qu'elle ait eu des contacts avec eux par la suite.
— On va devoir s'en assurer.

Griessel acquiesça.

— Brigadier, la transaction tout entière... Il s'agit de gens qui empruntent de l'argent pour acheter quinze pour cent d'une entreprise, mais sans risque... Je ne comprends pas vraiment... Il va falloir que je demande à Bones d'y mettre le nez.

— Oui, dit Manie. Très bien. (Il regarda le colonel.) Vous allez parler à Bones ?

— Je vais le chercher tout de suite ?
— Je dois d'abord aller à Stellenbosch, brigadier, intervint Griessel. Pour parler à l'ex...
— Je vais demander à Bones d'attendre.
— Zola, s'il vous plaît, vous connaissez Bones. Assurez-vous de manière certaine qu'il comprend bien : tout cela est absolument confidentiel.
— Je le ferai.
— Laissez-le lire le dossier, continua Manie. Je vous jure, je le vire s'il parle. Cette affaire est un champ de mines.
— Je vais m'assurer qu'il aura bien compris, répéta patiemment Nyathi.

– Benny, s'il te plaît. Il n'y a que nous quatre au courant. Ça doit rester comme ça. Très sérieux.
– Oui, brigadier. Mais il y a autre chose...
– Oui ?
– Le sniper n'a pas parlé du communiste aux médias. Ça n'a aucun sens. Il cherche à attirer l'attention, à se faire de la publicité. Il veut que les journaux nous tombent dessus. Il n'a cessé de clamer tout du long : « Vous acceptez l'argent du communiste, vous êtes de mèche avec le communiste. » Mais quand il écrit à la presse, pas un mot sur les communistes, juste « le SAPS sait qui c'est ».
– Tu crois que c'est politique, Benny ? C'est ça ?
– Monsieur, je ne sais pas ce que c'est. C'est juste... étrange.
– Toute cette fichue affaire est étrange, reprit Manie. (Il tapota la liste de Benny dans le calepin.) Mais nous ne pouvons pas nous permettre de l'ignorer.
– Non, brigadier.
– Et nous n'avons rien d'autre.
– Non, brigadier. Nous n'avons rien d'autre.
– Je vais mettre Bones au courant, dit le colonel Nyathi, l'air tendu à présent.
Il se leva.

Ils prirent la route de Stellenbosch. Griessel était au volant. Cupido, assis à côté de lui, tenait les photos d'Hanneke Sloet dans ses mains.
– Putain, lança-t-il. Quel gâchis, bordel. Sacrément imposants, les nichons.
Griessel s'en voulait d'avoir oublié l'enveloppe sur le siège arrière de la voiture. Cupido avait repéré le mot *Sloet*, écrit à l'encre bleue, et s'était naturellement jeté dessus.
– Où t'as trouvé ça ? demanda Cupido.
– Dans sa chambre. Table de chevet.

– Merde. Une petite star du porno. Comment ça se fait qu'elle n'avait pas de petit copain, à l'époque où elle a été tuée ? J'veux dire une nana comme ça, avec un corps à se damner et qui le montre. Je te le dis, Tommy Nxesi a raté quelque chose. C'est le problème avec ces nouveaux *mannetjies*, ils ne font plus leur boulot sur le terrain.
– Les enregistrements de son portable ne donnent rien. Il n'y avait pas d'autres hommes.
– C'est le problème. Le portable, c'est dépassé comme technologie. J'veux dire, est-ce qu'ils ont vérifié son compte Facebook ?
– Nxesi dit qu'il l'a fait...
– Est-ce qu'elle avait Gmail ? Est-ce qu'elle était sur Twitter ?
– Twitter ?
– Putain, Benny, t'es tellement vieille école, merde, ça fait peur... (Cupido, de dix ans plus jeune que Griessel, sortit son téléphone portable.) Ça, mon pote, c'est le Desire HD d'HTC, il fonctionne avec Android. TweetDeck rien qu'en tapant sur une icône... (Il montra à Benny.) Et ça, c'est Twitter. Faut se bouger, *pappie*, pour rester au courant, y a un nouveau tweet à chaque seconde.

Tout en conduisant, Griessel jeta un coup d'œil furtif sur l'écran du smartphone.
– Un *twit* ?
– *Tweeeet*. (Cupido insista sur la voyelle pour corriger sa prononciation.) C'est un média social.
– Ça sert à quoi ?
– C'est comme ça maintenant. Tu racontes au monde ce que tu fabriques.
– Mais pourquoi ?
– Pour le fun, Benny. Pour dire : Regardez-moi, je suis là.
– C'est ce que Sloet a fait. Avec les photos.
– Comment ça ?
– C'était sa façon à elle de dire : Regardez-moi.

— Mais à qui ?
— À elle-même. C'est ce qu'a dit la photographe. Un truc de femme.
— Et tu crois à ces conneries ? (Cupido tritura de nouveau son téléphone.) Voyons voir si Sloet avait un compte Twitter…
— Le rapport de la Forensique dit que le Zézayeur a vérifié l'ordinateur.

Reginald Davids, dit « le Zézayeur », était le génie informatique de la Forensique. Petit et frêle, avec un visage de garçonnet où il manquait deux dents de devant, il était affublé d'un zézaiement et d'une coupe de cheveux à l'afro démesurée.

— OK. Le Zézayeur ne rate pas grand-chose. Il est malin le frangin… Que dalle. Pas de compte, pas sous son vrai nom en tout cas. Gros nénés, pas tweeter. Alors, qu'est-ce que vous étiez en train de fabriquer, la Girafe, le Chameau et toi ?

La rumeur se propageant chez les Hawks, à la vitesse de l'éclair, comme d'habitude.

— De la politique, dit Griessel. T'as pas envie de savoir.
— *Fokken* politique.

Cupido reprit les photos et les regarda attentivement.
— Quel gâchis. Imposants, les nichons…

Le domaine de Bonne-Espérance se trouvait sur la R310, juste après le col d'Helshoogte. Ils franchirent le portail blanc surmonté d'un pignon et remontèrent l'allée de chênes jusqu'au hall d'accueil.

— Un attrape-touristes, lança Cupido en sortant de la voiture et en regardant les panneaux publicitaires. Dégustation, dîner cinq étoiles, spa… Ils ne se font pas assez de fric avec le vin ?

Griessel demanda à la réception où il était possible de

trouver Egan Roch. La jeune femme leur expliqua : derrière le cellier, dans le magasin du tonnelier.

— Un autre magasin, dit Cupido. Et qu'est-ce que vous vendez dans celui-là ?

Elle gloussa.

— Rien. C'est là qu'Egan et les gars fabriquent les tonneaux, monsieur.

Ce qui ferma le clapet de Cupido. Ils longèrent la vieille propriété élégante et le cellier jusqu'à l'arrière, où des caisses étaient empilées à côté de rangées impeccables d'outils pour la vigne. Un ouvrier agricole dut leur réexpliquer et ils trouvèrent enfin l'entrée, une banale porte en bois.

Griessel la poussa, sentit une odeur de fumée et de feu. C'était un vaste espace, aux murs chaulés jaunes. On étouffait à l'intérieur. Dans un coin, un type baraqué leur tournait le dos. Il était occupé à façonner une petite cuve. Il fixait un cerclage de métal sur les morceaux de bois, et des volutes de fumée s'échappaient de l'ouverture du tonneau. Son tee-shirt blanc était trempé de sueur.

— Bonjour, lança Cupido.

L'homme ne répondit pas. Griessel remarqua les écouteurs sur les cheveux bruns épais, le petit cordon relié à un iPod accroché à sa ceinture. Il se rapprocha.

— Benny, dit Cupido en montrant le mur du doigt.

Des rangées d'outils y étaient pendues, marteaux et haches bizarres, rabots, limes, ainsi qu'une série de longues barres métalliques effilées. Les pointes en étaient très acérées.

22

Cupido donna un petit coup sur l'épaule carrée. Roch se retourna, fit un sourire d'excuse, posa l'herminette sur un établi en bois et ôta ses écouteurs.
— Désolé, dit-il.
— Egan Roch ?
— C'est exact, excusez la main sale, répondit-il en la tendant à Cupido.
Il avait une voix grave, un sourire qui respirait la confiance en soi.
Griessel le reconnut d'après les photos de l'album de Sloet. Le Roch de la vraie vie ressemblait encore plus à un type qui aurait dû faire de la télé, avec ses traits bien dessinés et son visage symétrique. Bras puissants, grandes mains, il faisait une tête de plus que Cupido.
— Capitaine Vaughn Cupido, Hawks. Et voici le capitaine Benny Griessel.
— Oh… bien sûr, ravi de vous rencontrer. Voulez-vous… J'ai un petit bureau…
— Non, ça ira, répondit Cupido. Dites-moi, où Tommy Nxesi vous a-t-il interrogé ?
— Qui ?
— Le policier chargé de l'enquête. Celui qui a pris votre déclaration.
— C'est *moi* qui suis allé le voir. À Green Point. Pourquoi ?
— C'est juste la routine. Alors, vous fabriquez des tonneaux.

– Des cuves.
– Et comment on apprend à faire ça ?
– On suit un apprentissage. À l'étranger. Vous êtes sûrs que vous ne voulez pas vous asseoir ? Café ? Thé ?
– Non merci. Qu'est-ce qu'on doit apprendre pour faire des tonneaux ?
– Pfffff. La liste est longue. D'abord, on doit savoir sélectionner le bon bois. Du chêne français, le meilleur vient des forêts de Tronçais et de Jupilles...
– Non, je veux dire quel genre de travail manuel. Le travail du bois ? Du métal ?
– Oh, oui, bien sûr, un peu des deux, c'est très spécialisé...

Griessel se doutait que Cupido pensait aussi au rapport d'autopsie de Prof Pagel, la « force considérable du coup porté », la possibilité d'une arme faite maison. Il savait que son collègue allait mener l'interrogatoire, c'était sa façon de faire. Mais il était trop pressé, son approche était trop agressive.

– Je prendrais volontiers une tasse de café, dit Benny.
– Super, j'ai bien besoin d'une tasse aussi. Je vous en prie, venez.

Roch leur indiqua une porte intérieure.

Le « petit bureau » était un vrai bijou. Table de travail en chêne brut, de la même texture délicate que les cuves, fauteuils anciens à pattes de lion, recouverts de rouge, sol en ciment gris brillant à force d'avoir été poli, tapis persan. Sur un mur, un tableau représentant une manufacture de tonneaux à l'ancienne, et sur l'autre une immense peinture à l'huile de vignobles à l'étranger.

Roch passa un coup de fil pour demander du café et prit place avec les enquêteurs dans les fauteuils anciens, allongeant les jambes devant lui d'un geste décontracté.

– J'ai entendu à la radio que vous aviez repris l'affaire en main. C'est dur, ce type qui tire...

– On doit interroger tout le monde à nouveau, le coupa rapidement Griessel, avant que Cupido ne s'y remette.

– Bien entendu...

– D'après votre déclaration, Hanneke et vous aviez rompu un an avant sa mort.

– Pas tout à fait un an. Onze mois. En février de l'année dernière.

– C'est elle qui a mis fin à la relation ?

– Oui.

– Pourquoi ?

Roch éluda la question d'un geste de la main.

– Qui sait ? C'était... Vous savez ce que c'est.

– Comment vous étiez-vous rencontrés ?

– Au MoYo, le restaurant de Spier. Un dimanche soir, en décembre 2007.

– Vous avez bonne mémoire, intervint Cupido.

Roch sourit avec nostalgie.

– Une soirée mémorable. Hanneke était... Il y avait cinq ou six femmes à la table et elle surpassait tout le monde. Dans tous les sens...

– Alors vous vous êtes présenté ?

– C'est exact. Je n'ai pas pu résister à la tentation. Nous... Moi et deux amis, nous sommes allés nous asseoir avec elles. Et... le reste, c'est de l'histoire ancienne.

– Pourquoi a-t-elle mis un terme à vos relations ? demanda à nouveau Griessel.

– Les relations perdent de leur intensité, je suppose que c'est la vie. Ça faisait deux ans qu'on était ensemble, ses journées ne cessaient de s'allonger. Et les deux, trois derniers mois, on s'était à peine vus. De temps en temps, un samedi soir, un dimanche matin. On aurait dû aller skier tous les deux ce mois de décembre-là, mais elle a été obligée d'annuler. Et puis, en février de l'année dernière, elle est arrivée ici un soir…

— Ici, à l'atelier ? demanda Cupido.

— Non, je vis dans un cottage plus haut à flanc de montagne. Elle a téléphoné de son bureau, vers 17 heures, pour demander si elle pouvait passer. Elle était en retard, elle n'est arrivée qu'après 21 heures. Elle venait m'annoncer qu'on devrait souffler un peu.

— Souffler un peu ?

— C'étaient ses propres mots. Elle a dit qu'elle était vraiment désolée, vraiment triste, que c'était injuste envers nous deux, le fait qu'on ne se voyait plus jamais. Et elle ne voulait pas m'empêcher de rencontrer quelqu'un d'autre.

— Et qu'avez-vous répondu ?

— Que je ne voulais personne d'autre et que je comprenais qu'elle travaille dur. Ça ne m'inquiétait pas, c'était temporaire, elle ne serait pas éternellement occupée à ce point.

— Donc, vous ne vouliez pas rompre ?

— Bien sûr que non. Je… Hanneke… Je croyais qu'elle deviendrait ma femme.

— Mais ensuite, elle vous a annoncé que c'était terminé.

— Oui.

— Et vous étiez en colère ?

— Pas en colère. Déçu. Non, plus que ça. Attendez, vous n'êtes pas en train d'insinuer…

Il replia les jambes et se redressa dans son fauteuil.

— Je n'insinue rien. Je demande, continua Cupido.

Roch posa ses avant-bras sur ses genoux, se pencha en avant. Il hocha la tête, incrédule.

— En fait, vous croyez que je… C'est sacrément insultant. À tous points de vue, ajouta-t-il, maître de lui-même, mais blessé.

— Je crois que vous *quoi*, monsieur Roch ?

— Vous pensez que j'aurais pu… faire quelque chose à

Hanneke. Un an après notre rupture ? Un an ? Quel genre de personne croyez-vous que je sois ?
— Je ne vous connais pas.
— Vous avez lu ma déposition ? Je n'étais même pas dans le pays quand Hanneke est morte. Comment faites-vous votre travail ? demanda-t-il, plus stupéfait qu'en rage.
— Monsieur Roch, nous avons besoin de votre aide, intervint Griessel d'une voix apaisante. Nous devons tout reprendre au début. Nous devons être sûrs...
Il les regarda l'un après l'autre.
— Bon flic, mauvais flic. Je vois.
— Qu'est-ce que vous voyez ? demanda Cupido.
— Je vois ce que vous essayez de faire. Mais bon Dieu, c'est insultant...
— Pourquoi ? Parce qu'on pense qu'un type se met en colère quand sa future femme le laisse tomber ? C'est insultant ? insista Cupido.
Griessel voulut calmer les choses.
— Monsieur Roch...
— Attendez, s'il vous plaît. (Une demande polie, sa grande main en l'air.) Je peux comprendre... J'étais probablement en colère aussi.
— Contre elle ?
— Contre le tas d'avocats qui la faisaient bosser aussi tard. Contre moi-même, pour ne pas avoir vu le coup venir, ne pas avoir anticipé. J'aurais pu me libérer davantage, la soutenir plus. Mais contre elle... J'étais très déçu. Parce qu'elle ne m'aimait pas assez, parce qu'elle était tellement têtue, parce qu'elle ne voulait pas attendre, parce qu'elle ne voulait pas nous donner une chance.
— Mais pas en colère contre elle.
Roch lança un regard de reproche à Cupido.
— Blessé, capitaine. La blessure était pire. Je l'aimais. Je l'aimais sincèrement. C'était une personne incroyable. C'était génial entre nous. À tous points de vue. Mêmes

intérêts, même genre d'amis… C'est une grosse perte quand on est privé de quelque chose comme ça. Mais qu'est-ce qu'on peut y faire ? On prend ça comme un homme et on surmonte. Même si ça prend six mois, neuf mois, on finit par en sortir. On ne regarde pas en arrière. Et on respecte sa décision, voilà ce qu'on fait, parce que c'est ça que l'amour signifie, on respecte sa décision.

Petit coup sur la porte. Le café était arrivé.

23

Une fois le café versé et offert à la ronde, Roch se rassit, avec la même expression patiente et blessée sur le visage.

– Vous étiez à l'étranger en janvier ? demanda Griessel.

Roch acquiesça, but une gorgée de café.

– Où étiez-vous ?

– À La Plagne, dans les Alpes, pour une semaine. Puis à Bordeaux. En France.

– Quand êtes-vous revenu ?

– Le 19. Le lendemain de sa mort.

– Le jour où on a découvert son corps ?

– C'est exact.

– Quelle heure le 19 ?

– J'ai atterri à Johannesburg le matin. J'étais de retour au Cap vers 2 heures de l'après-midi si je me souviens bien. Je peux aller vérifier...

– Vous avez toujours les documents de vol ?

– Je les ai faxés à l'autre inspecteur.

– À Nxesi ?

– Oui. Ça doit être dans le dossier.

– Les billets ?

– Non, la réservation, la preuve du paiement.

– Mais vous les avez toujours ?

– Oui.

– Le voyage, c'étaient des vacances ?

– En grande partie. La Plagne, c'était pour le ski. Et

puis je suis allé à Bordeaux rendre visite à mon mentor, au Château Haut Lafitte. Donc, c'était aussi un peu pour le travail...
— Vous étiez seul dans l'avion ?
— Vous voulez dire... ? Oui, j'étais seul.
— Je vous serais reconnaissant si vous pouviez nous fournir les documents.
— Ça n'est pas dans vos dossiers ?
— Nous ne les avons pas vus.
— D'accord.
— Avez-vous revu Sloet après avoir rompu ? demanda Cupido.
— Oui. Une ou deux fois.
— Combien. Une ou deux ?
— C'est une expression, capitaine. Je l'ai vue deux fois. Quand on reste ensemble deux ans, on laisse des choses chez l'un ou l'autre. Environ deux semaines après, quelque part en mars de l'année dernière, je lui ai porté deux cartons d'affaires.
— Quand elle vivait encore à Stellenbosch.
— C'est exact.
— Comment ça s'est passé ?
— Pas bien.
— Pourquoi ?
— J'ai dit des choses que je n'aurais pas dû dire.
— Quelles choses ?
— J'ai dit qu'elle m'avait menti.
— À propos de quoi ?
— À propos des raisons de notre rupture.
— Continuez.
— J'avais... Je n'arrivais pas à comprendre toute l'affaire. Mais à l'époque j'étais blessé, je n'arrivais tout simplement pas à intégrer comment elle pouvait tourner le dos à tout, comme ça, sans prévenir.

– Blessé, mais pas en colère, dit Cupido, d'un ton sarcastique.
– Que lui avez-vous dit ? demanda Griessel.
– Que je pensais qu'il y avait quelqu'un d'autre.
– Et qu'a-t-elle répondu alors ?
– Elle m'a demandé si je croyais vraiment qu'elle n'aurait pas le cran de me le dire si tel était le cas.
– Et ensuite ?
– Ensuite, j'ai dit : non, c'est vrai. Elle avait toujours eu du cran. Pour tout.
– Et ensuite ?
– Ensuite, je suis parti.
– Et la deuxième fois ?
– C'était en décembre. Elle m'a appelé...
– Quand en décembre ?
– La première semaine. Le mardi soir ? Elle avait commencé à faire ses cartons pour le déménagement au Cap. Elle avait retrouvé d'autres trucs à moi. Pulls, chaussettes, des trucs comme ça. Elle me les a apportés un soir.
– Comment ça s'est passé ?
– Bien.
– Qu'est-il arrivé ?
– Elle a apporté les affaires. On a parlé...
Pour la première fois, le langage corporel de Roch dénotait une gêne, il jeta un coup d'œil furtif vers la porte.
Cupido s'engouffra dans la brèche.
– De quoi ?
– Eh bien... c'était la première fois que je la voyais avec la nouvelle... (il mit ses mains en coupe devant sa poitrine).
– Sa nouvelle poitrine ?
– C'est exact.
– Et vous en avez parlé ?
– Oui. Je lui ai demandé pourquoi.
– Et qu'a-t-elle dit ?

— Elle a dit que ça faisait longtemps qu'elle voulait le faire. Et elle m'a demandé si ça me plaisait.
— Et ?
— J'ai dit oui.
— L'opération, ça a été une surprise pour vous ? intervint Griessel.
— Oui. Elle n'en avait jamais parlé quand on était ensemble. Et ça n'est pas comme si elle avait une petite…
— Attendez, attendez, dit Cupido. Elle vous a demandé si vous aimiez ses seins ?
— Oui.
— Et vous avez dit oui.
— C'est exact.
— Et ensuite ?
Les yeux de Roch dérivèrent jusqu'à la porte.
— Monsieur Roch… insista Cupido.
— Ensuite elle me les a montrés, dit-il enfin, comme s'il était soulagé de se débarrasser de ce poids.
— Ses seins ?
— Oui.
— Elle s'est déshabillée et vous les a montrés ?
— Elle ne s'est pas déshabillée. Elle portait seulement un tee-shirt, elle… vous voyez, elle a détaché son soutien-gorge, soulevé son tee-shirt…
— Juste comme ça ?
— On avait été ensemble deux ans, capitaine, ça n'est pas comme si on ne s'était jamais trouvés nus tous les deux.
— Mais vous aviez rompu, quoi… dix mois avant ? Et elle s'amène et vous montre ses seins ?
— À vous entendre, ça a l'air tellement méprisable. Je n'ai jamais dit qu'elle était entrée dans la pièce et qu'elle m'avait montré ses seins, comme ça. On est restés à discuter pendant des heures. On a bu du vin. Plus tard, je lui ai demandé pourquoi elle avait fait faire ça.

— Et là, elle a montré ses nichons. Et vous n'avez fait que regarder ?
— Je...
— Oui ?

Roch se leva dans un mouvement fluide, passa derrière son fauteuil.

— Je ne suis pas sûr que ce soit...

Il se dirigea vers le bureau, en fit le tour et revint s'asseoir. L'inspecteur ne le quittait pas des yeux.

— Qu'est-ce que ça peut faire ?
— Vous avez déclaré à l'adjudant Nxesi que vous n'étiez pratiquement plus en contact, dit Griessel.
— Deux fois. En plus d'un an. Vous appelleriez ça comment ?
— Que s'est-il passé ce soir-là ? insista Griessel.

Roch agita les mains de frustration, agrippa les accoudoirs du fauteuil et dit :

— Si vous devez vraiment savoir, nous avons fait l'amour.
— Oh oui, fit Cupido, pratiquement plus en contact.
— Quelle différence est-ce que ça fait ? demanda Roch, pour la première fois réellement en colère. Dites-moi, quelle différence est-ce que ça fait ? Ça nous est tombé dessus, nous avions été ensemble pendant deux ans, nous étions tous deux très physiques, nous avions bu quelques verres, nous étions deux adultes consentants. Dites-moi, quelle différence est-ce que ça fait ?
— Je vais vous le dire, répondit Cupido, penché en avant sur son fauteuil, l'index pointé sur Roch : Vous avez menti à Nxesi.
— Je n'ai pas menti. Jamais.
— Pourquoi vous ne lui avez pas dit que vous l'aviez *njapsed* ? Qu'est-ce que vous cachez ?
— Qu'est-ce que j'ai à cacher ? J'étais dans un putain d'avion quand quelqu'un a tué Hanneke. Qu'est-ce que j'ai à cacher ?

– Vous dites que vous étiez dans un avion. Seul. Vous allez nous montrer votre réservation, mais pas les billets. Mais vous aviez fait cette réservation bien avant. Ensuite, vous avez pris un autre vol, disons un jour avant, payé votre billet en liquide, et vous êtes rentré. Et vous avez pris un des gros piquets en fer dans votre atelier et vous êtes allé chez elle. Elle vous connaît, alors elle vous laisse entrer. Et vous la frappez. Parce qu'elle ne voulait pas vous laisser coucher avec elle une fois encore.

Roch regardait intensément Cupido. Si cet homme bondissait sur ses pieds maintenant, se disait Griessel, on était mal. Il se décala dans son fauteuil pour pouvoir atteindre son arme de service.

Mais Egan Roch se laissa lentement retomber dans son siège. Il secoua la tête comme s'il n'arrivait pas à croire ce qu'il entendait.

– C'est tellement insultant, dit-il enfin. Faites-moi plaisir. Appelez le bureau d'Air France. Demandez-leur s'ils avaient une hôtesse du nom de Danielle Fournier sur le vol en partance de Charles-de-Gaulle à destination de O.R. Tambo, le 19 janvier. Et ensuite, allez l'interroger. Demandez-lui si elle se souvient de moi. Et puis revenez me voir avec vos conneries.

24

— Il ment, dit Cupido quand ils montèrent en voiture. Egan. C'est quoi ce nom ? Comment on tombe sur un nom pareil ? On regarde ce bébé, son *laaitie*, et on se dit : « *Nooit*, ce sera un Egan » ? On dirait un nom d'alien dans un film de Spielberg. Putain d'Egan. Egan le Vegan. Je te le dis, ce Blanc nous ment. Bon Dieu de merde, cette attitude… Je suis un connard avec une belle gueule, je bosse dans un domaine viticole, je confectionne des tonneaux en chêne, en fait je suis super-cool. Ça me gonfle. Mais ce qui me gonfle le plus, c'est qu'il nous prend pour des abrutis, putain. Il a vu ces nibards, il les a touchés, il l'a *njapsed*, et il en voulait plus. Et elle lui a dit : Désolé mec, c'est terminé, tu as eu ta chance, tu l'as laissée passer. Et ensuite, il se dit : Si je ne peux pas l'avoir, personne d'autre ne l'aura. Ces nichons ont dû le tenir éveillé le soir, jusqu'au milieu de la nuit. Alors il est resté allongé là, à élucubrer, alors le mec *conçoit un plan*. Il nous prend pour des abrutis, je te dis, l'histoire de l'hôtesse de l'air, c'est de la merde, elle va dire : « Qui ça ? » Je te parie qu'il a chopé son nom, il a dû la baratiner sur le vol aller, compris qu'elle serait sur le même vol le 19, un de ces alibis qui tiennent pas la route, ça ne couvre pas les pieds, maintenant il croit que parce qu'il peut se couvrir la tête… Mais je vais le coincer, *pappie*, je te le dis. *Fokken* fabricant de tonneaux. Egan. Quel genre de nom c'est ça, Egan, hein ?

Griessel ne partageait pas entièrement l'assurance de Cupido. Il y avait trop de fanfaronnade tranquille dans cet « Appelez le bureau d'Air France ». Et les Affaires intérieures pourraient confirmer la date à laquelle le passeport avait été tamponné au retour. Mais ils allaient devoir suivre l'affaire, parce que Cupido avait raison, l'homme n'avait pas dit toute la vérité à Nxesi.

— Il faut qu'on obtienne un 205, dit Griessel.

Le SAPS ne pouvait demander des enregistrements téléphoniques que s'ils avaient une injonction 205. Pour vérifier s'il l'avait appelée au boulot.

— La branche « Systèmes d'information » s'occupe de tout ça. Et on demande un mandat de perquisition. On a assez. Il a menti à Nxesi, un mois avant sa mort il a couché avec elle, il a ces *moerse* barres de fer dans son atelier. Et je te le dis maintenant, putain d'« atelier », mon cul, comment ils prennent leur pied avec ça ?

— Vaughn, va falloir que tu t'en occupes.

— D'accord. Le capitaine Cupido va le coincer. (Et après un moment de réflexion :) Parce que t'as d'autres chats à fouetter ?

Griessel acquiesça.

— La politique.

— C'est pour ça que tu l'as interrogé sur les communistes ?

— Oui.

— Et alors ? C'est quoi l'histoire ?

— Je ne peux pas en parler pour l'instant.

— Putain de politique. Ce qui me fait penser : t'as découvert ce que la Fleur avait foutu à Amsterdam ? (*Mbali* signifiait « fleur » en zoulou.)

— Non, répondit Griessel.

Et à cet instant, inexplicablement, il comprit ce qui le tracassait dans le dernier e-mail du sniper.

Il fallait qu'il aille en parler à la Fleur.

Le major Benedict Boshigo, membre de la section « Crimes prévus par la loi » de la Brigade financière des Hawks au Cap, était assis derrière son bureau chaotique quand Griessel entra. Boshigo avait pratiquement le nez sur les sorties d'imprimante qui recouvraient la surface de la table.

— Salut, Bones.

— Hé, Benny. T'as dégotté un sacré truc, *nè*, fit Bones en levant la tête.

Ses yeux avaient toujours mis Griessel un peu mal à l'aise, exophtalmiques et vulnérables dans le visage très maigre, comme celui d'une victime de la famine.

Boshigo était un genre de légende, il courait les longues distances, avait terminé dix-sept fois le marathon des Camarades, et une fois les marathons de Boston et de New York. À cause de ces épreuves sportives et d'un régime d'entraînement effrayant, c'était un squelette ambulant, littéralement la peau sur les os. Et c'était la raison pour laquelle ses amis le surnommaient « Bones ».

— Tu as trouvé quelque chose ?

Bones eut un grand sourire.

— Les transactions BEE sont toujours pleines de tours de passe-passe, *nè*. Toujours pleines de tours de passe-passe. Ce qu'on doit se demander, c'est si celle-ci comporte quelques pratiques illégales. Pour l'instant, aucune, tout est réglo, ça n'est pas le style OPA à la Kebble[1], c'est juste du tout-venant. Je pense que c'est trop tôt, Benny, les compagnies BEE commencent seulement à flirter avec les limites du Company Act et de la nouvelle Charte de développement économique et social quand elles signent les contrats...

— Bones...

---

1. Allusion à un scandale financier et au meurtre de l'homme d'affaires sud-africain Roger Brett Kebble en 2005. *(N.d.T.)*

— Je sais, je sais, quand je travaillais avec Vusi, il me disait tout le temps : « Parle anglais, Bones. »

Griessel avait déjà entendu dire qu'une des phrases favorites de Boshigo était : « Quand je travaillais avec Vusi... » Chez les Scorpions, puis en tant que membre du Bureau du procureur national, Bones avait travaillé avec le légendaire avocat Vusi Pikoli. L'autre phrase avec laquelle ses collègues le taquinaient gentiment était : « Quand je faisais mes études aux États-Unis... » Boshigo était très fier de la licence en économie qu'il avait décrochée au Metropolitan College de l'université de Boston.

— L'essentiel, Benny : j'ai lu la déclaration préliminaire qu'Ingcebo et Gariep ont fait paraître conjointement. Il s'agit de la déclaration de novembre 2009 concernant l'opération dans son ensemble, le schéma directeur de la transaction, comment ils prévoient de gérer toute l'affaire. Une carte routière. J'ai regardé où ils en étaient actuellement, la manière dont ils avaient respecté le plan. Il n'y a aucun mobile de meurtre. J'ai cherché du côté d'Ingcebo, documents d'enregistrement, charte de la société, nominations des directeurs, tout est nickel. Il n'y a rien.

— Et le communiste ?

De nouveau le sourire cynique.

— Benny, Benny, il n'y a plus de communistes en Azanie, *nè*. C'est juste des paroles. A.T. Masondo est Ambrose Thenjiwe Masondo. En exil jusqu'en 1993, il était membre du comité central du Parti communiste, trésorier du Syndicat national des mineurs et siégeait au congrès national de la COSATU. Mbeki l'a nommé ministre adjoint aux Ressources minières, il a pris sa retraite en même temps que son patron en 2007, est devenu un des administrateurs d'Ingcebo en 2009 et directeur général d'Ingcebo Bauxite. La seule chose intéressante, c'est...

Boshigo fouilla dans ses documents jusqu'à ce qu'il trouve celui qu'il voulait et il le tendit à Griessel.

Une sortie d'imprimante de la page web du groupe. La légende disait : « Le ministre Masondo à l'assemblée générale. » Dessous, on voyait la photo de quatre Blancs entourant un Noir, souriant à l'appareil. Tous en costume-cravate.
– C'est Masondo et les administrateurs de Gariep Minerals. Prise en 2006, quand il était ministre. Il était le conférencier à leur assemblée générale.
– Qu'est-ce que ça signifie, Bones ?
– On dirait que c'est lui qui a permis à Ingcebo de faire affaire avec Gariep. C'était son ticket d'entrée pour être bien planqué. Le problème, c'est que ça n'est pas un crime. Tout est dans le domaine public.
Griessel soupira.
– Qu'est-ce qu'on fait à présent ?
– Il faut creuser un peu plus, hein. Peut-être que c'est un iceberg.

À 13 h 05, le sniper s'assit devant son ordinateur. Le site web de la Bible était sur l'écran, celui où on peut taper n'importe quel mot, comme *loi* et *droit*, *corruption* et *guerre*, et qui vous donne en quelques secondes les références complètes, et les versets en entier.
Il fit un copier-coller de ce qu'il lui fallait.
L'insécurité de la nuit précédente, la peur omniprésente avaient disparu. Il avait conscience de son excitation, de sa satisfaction tranquille. Mais pas de complaisance. Il devait se garder de la complaisance, *là* était le danger, les sous-estimer et faire des erreurs. Mais il pouvait apprécier la matinée, l'euphorie qu'il ressentait depuis qu'il avait vu les journaux.
Le SAPS déclare que le sniper est un extrémiste religieux, annonçaient les gros titres du matin.
Un extrémiste. Il n'en attendait pas tant. Il avait espéré qu'ils le prendraient pour un fanatique de la Bible, mais

extrémiste était mieux. Ça allait avec : *D'après le capitaine John Cloete, l'agent de liaison avec les médias du SAPS, les messages envoyés par le sniper étaient « incohérents »…*

Un extrémiste incohérent. Une personne perturbée, imprévisible, qui ferait tôt ou tard une erreur stupide. C'est ce qu'ils pensaient et ça lui convenait très bien.

Il devait confirmer cette perception. Il devait les éloigner encore plus de la vérité.

Il cliqua sur « anonimail.com » et se connecta. Puis il fit un copier-coller du dossier, le premier de deux e-mails qu'il avait écrits, en réprimant le contentement qu'il éprouvait.

Juste au moment où Griessel se levait de son bureau pour aller voir Cupido, son portable sonna.

FRITZ.

Il se rassit et répondit.

– Salut, Fritz.

– Pa, Carla est tellement hypocrite.

– Fritz, je suis…

– T'as déjà vu son Facebook, Pa ? (Il réfléchit.) D'accord, d'accord, je reformule, Pa, elle a une photo de son nouveau petit ami sur Facebook.

– Son nouveau petit ami ? (Il ne savait même pas qu'il y en avait un ancien.)

– Un de ces types qui font du rugby. Monsieur Muscle. (Le dernier mot prononcé comme si c'était quelque chose de tabou.) Calla Etzebeth.

– Fritz, je…

– Il a un tatouage, Pa. Un énorme truc style maori sur le bras. Et elle vient me dire que je ne dois pas me faire tatouer. C'est quel genre d'hypocrite ça ? Le sommet de l'hypocritie.

– *Hypocrisie*, corrigea Griessel. Fritz, ça n'a pas d'impor-

tance. Ça n'est pas parce que *lui* il en a un que tu dois en avoir un aussi...
— Je sais, Pa, je ne suis pas stupide. Mais c'est de l'hypocrisie. Voilà ce que je dis.
— Depuis quand est-ce que ce type est son petit copain ?
— Apparemment, ils se sont rencontrés pendant Rag. Pendant le Windows Festival. Et maintenant, Rag, c'est de l'histoire ancienne. Un an avant que je puisse aller à la fac.

Griessel n'arrivait pas à suivre.
— Parce que maintenant tu veux étudier ? Je croyais que tu voulais juste faire de la musique.
— Pa, c'est une possibilité. On n'est pas obligé de s'engager définitivement. Comment Maties a pu se débarrasser de Rag ?

Le téléphone sonna sur son bureau.
— Fritz, attends...
Il décrocha.
— Griessel.
— Les CATS font un briefing, Benny, dit le brigadier Manie de sa voix grave. Tu peux venir avec ton équipe ?

25

Cupido était occupé au téléphone.
— Madame, je comprends ça. Mais je suis capitaine à la Direction des enquêtes criminelles prioritaires. Les *Hawks*. *Et j'enquête sur un meurtre...*
Griessel était assis, et pensait à Carla. Et à Calla, le joueur de rugby aux muscles hypertrophiés et au tatouage maori.
Il avait une bonne relation avec sa fille. Ils parlaient d'un tas de choses. Pourquoi ne lui avait-elle rien dit de Calla Etzebeth, son nouveau petit ami ? Il devait y avoir une raison. Avait-elle peur de Monsieur Muscle ? Prenait-il des stéroïdes, de ceux qui provoquaient des accès de rage et donnaient des boutons ? Lui avait-il dit : « Si tu te plains à ton père, je te cogne » ?
Il allait décalquer ce connard, muscles ou pas.
— Vous voulez que j'appelle la presse, madame ? demanda Cupido au téléphone. Pour leur dire qu'Air France ne lève pas le petit doigt pour aider la police à appréhender l'assassin sans pitié d'une innocente jeune femme ?
Est-ce qu'Anna était au courant de la relation ? À quoi ressemblait un tatouage maori ? Quelle sorte de jeune homme accepterait qu'on lui fasse un truc pareil ? Il allait falloir qu'il regarde sur Facebook. Qu'il trouve comment, d'abord. Facebook. Twitter. Cupido l'avait traité de « vieille école ». C'était peut-être vrai mais où les gens trouvaient-ils le temps pour tous ces trucs ?

– Quand est-ce que vous me rappellerez ? À chaque minute qui passe, ce tueur est dans la nature... dit Cupido en levant les yeux au ciel.

« On se met en scène soi-même », avait dit Cupido. Tout ce qu'il pouvait mettre en scène, c'était : Je m'appelle Benny Griessel. Je suis un alcoolique. Un homme qui se ridiculise. Souvent. Un policier de la vieille école qui ne dort pas assez.

– Merci, dit Cupido en reposant violemment le téléphone. Putains de Frenchies, dit-il. Ils ne veulent pas me donner le numéro de téléphone de Mlle Danielle Forniquer. « Ça n'est pas la politique de la compagnie », singea-t-il avec un accent français, qui parut plutôt espagnol à Griessel.

– Tu as le Facebook, Vaughn ?

– On ne dit pas : « Tu as *le* Facebook. » On dit : « Tu es *sur* Facebook ? » Et bien sûr que j'y suis. Pourquoi ?

Griessel soupira.

– Je dois regarder quelque chose dessus. Plus tard. Il faut d'abord qu'on aille écouter Mbali.

Dans la salle de parade, le colonel du Preez, commandant en chef des CATS, et Mbali étaient debout devant une équipe étoffée. Il y avait quatre officiers supérieurs, des enquêteurs des CATS, et le capitaine Philip van Wyk de l'IMC, la branche « Systèmes d'information » des Hawks.

Mbali était déjà à pied d'œuvre :

– ... souligne qu'il ne s'agit que d'un rapport préliminaire de la balistique. (Elle leva les yeux, vit Griessel et Cupido, leur fit signe de venir s'asseoir.) Un rapport préliminaire, parce que les balles étaient très fragmentées, mais ils ont récupéré assez sur les brodequins et la cheville du lieutenant-colonel Dlodlo pour pouvoir me confirmer que le calibre est soit .222, soit .223. Les balles étaient très fragmentées parce qu'il s'agit probablement de cartouches Remington Premier

Accutip. Ces balles ont une ogive en polymère et, quand elles touchent leur cible, l'extrémité est poussée à l'arrière de sorte que le noyau mou en plomb se fragmente. On utilise ce genre de munition pour exterminer les animaux nuisibles comme les chacals et les corbeaux dans les fermes – mais elles ne sont pas très populaires pour d'autres types de chasse, parce qu'elles abîment la viande.

Petit calibre, se dit Griessel. Étrange. Il se serait attendu à quelque chose de plus impressionnant.

– Ceci nous aide beaucoup, continua Mbali. Je vais vous demander à tous les quatre de donner un coup de main au capitaine van Wyk et l'IMC. Nous devons découvrir les noms de tous ceux qui possèdent un fusil .222 ou un .223 dans le Registre national des armes ainsi que ceux qui ont acheté des cartouches Remington Premier Accutip. L'IMC va créer une base de données afin de pouvoir faire des recoupements. Je sais que c'est un gros boulot, un boulot fastidieux, mais nous devons garder à l'esprit que nous avons ce fou furieux qui tire sur nos collègues. Donc, quand la base de données sera opérationnelle, il faudra aussi la confronter à une liste de gens qui ont fait fabriquer des réducteurs de son. J'ai parlé à deux armuriers qui en font et ils affirment garder toutes les factures avec noms et adresses. J'ai besoin que vous soyez efficaces et sûrs de vous quand vous recueillerez les informations dans les armureries et auprès des armuriers. Le temps ne joue pas en notre faveur. On va commencer par la province du Cap-Occidental, et élargir la recherche à partir de là si on ne trouve rien.

Mbali délégua le travail, expliqua les dernières théories : il s'agissait d'un ou deux hommes qui travaillaient, respectaient des horaires de bureau, de langue afrikaans, très probablement des Blancs. Elle attendait toujours le rapport de la psychologue forensique, il n'y avait donc pas encore de profil officiel quant à l'âge et à la race. Elle demanda aux policiers en tenue de bien vouloir informer les postes de police qu'ils devaient se tenir à l'affût d'une berline à l'arrêt, avec une couverture ou une bâche dissimulant le siège arrière, parce qu'on soupçonnait le sniper de tirer à travers le coffre. Le réducteur de son rallongeant le fusil, il y avait donc peu de chances qu'il s'agisse d'un petit véhicule. Un minibus était aussi une option, peut-être avec des rideaux aux fenêtres, tout ce qui pouvait dissimuler le sniper aux yeux des curieux pendant qu'il visait et tirait. On ne pouvait exclure l'hypothèse qu'il s'agisse d'un autre type de véhicule, il fallait donc être en alerte dans *tous* les cas.

Griessel observa la façon dont les hommes l'écoutaient. Ils étaient concentrés, comme toujours quand des membres de la police se trouvaient en première ligne.

Mbali décrivit le silencieux. Frappa des mains pour illustrer le son. Elle ajouta qu'il pouvait être masqué par le bruit de la rue et que donc les postes de police situés dans les parties les plus animées de la Péninsule devaient se montrer particulièrement vigilants. Le groupe d'intervention était prêt, elle leur redonna le numéro. Si une patrouille repérait un véhicule suspect, elle devait *simplement* noter les coordonnées, la marque, la couleur et le numéro d'immatriculation et les tenir au courant, le groupe d'intervention et elle.

Quand les enquêteurs et les agents en tenue se levèrent et sortirent en rang, Griessel s'approcha d'elle. Cupido le suivit.

— Benny, je m'en suis bien sortie ? demanda Mbali.

— Oui, répondit-il, bien entendu. Mbali, le sniper... J'y ai pensé toute la matinée. Il doit y avoir une raison pour qu'il n'ait pas parlé des communistes aux médias...

— Oui.

— Et la seule chose que je vois, c'est qu'il a peur qu'on puisse l'identifier dans ce cas-là.

— Attends, dit Cupido. Le sniper parle de communistes ? C'est ce que tu...

— Vaughn, le brigadier nous vire tous les deux si tu parles de ça.
— Je ne dirai pas un mot.
— Dans ses e-mails, le sniper prétend qu'un communiste est derrière le meurtre de Sloet. Et il dit qu'on sait de qui il s'agit.
— Mais c'est des conneries.
— Capitaine, intervint Mbali. S'il vous plaît. Quand un homme utilise des jurons pour étayer ses arguments, soit les arguments sont faibles, soit c'est l'homme qui est faible.
— Vous avisez pas de me sermonner, répondit Cupido, agressif.
Mbali l'ignora.
— Benny, tu crois qu'il a peur que quelqu'un l'identifie ?
— Peut-être que le sniper la connaissait. Il craint peut-être que quelqu'un fasse le rapprochement si les médias disent qu'il parle de communistes. Et il sait qu'on ne peut pas se permettre de diffuser cette information au public. Je ne sais pas. Il doit y avoir une raison.
Il dodelina de la tête, l'esprit confus, il n'arrivait tout simplement pas à formuler les choses correctement.
— Pourquoi est-ce qu'on ne peut pas diffuser l'information ? demanda Cupido.
— Vaughn, je ne peux pas en parler. Politique.
Cupido finit par comprendre.
— Alors tu veux dire, il y a un coco… qui fait partie de la grande transaction ?
— Pas de commentaire, fit Griessel, puis, regardant Mbali : Tout ce que je dis, c'est qu'on devrait vérifier les permis de port d'armes de tous ses collègues et amis, procéder à d'autres recoupements…
— C'est une bonne idée, Benny. Tu me donneras les noms ?
— Attendez un peu, lança Cupido. Egan Roch travaille dans une ferme.

– Qu'est-ce que tu veux dire ?

– Mbali a dit que ces balles, ils s'en servaient dans les fermes pour éliminer les nuisibles. Ils doivent avoir des nuisibles dans un domaine viticole, et tirer dessus.

– Tu penses que Roch est le sniper ?

– Tu viens de dire « ses collègues et amis ». Egan est un ami. Avec quelques avantages. Il l'a *njapsed* en décembre. *Njaps*, c'est aussi un juron, Mbali ?

– Ne soyez pas puéril. Qui est Egan ?

– Egan Roch. L'ex-petit ami de Sloet. Vaughn et moi sommes allés lui rendre visite ce matin. Il a menti à Nxesi, ce qui en fait officiellement un suspect.

– Mais si Roch l'avait tuée, pourquoi tirerait-il sur des policiers ? Pourquoi parlerait-il de communistes dans des e-mails ?

– Parce qu'il panique, répondit Cupido.

– Deux mois après l'avoir tuée ?

Elle avait l'air sceptique.

– Bordel, Mbali, il n'a aucune idée de la façon dont l'enquête avance. Il est là, dans son atelier, et il s'inquiète : Pourquoi est-ce que tout est aussi calme ? Que fabriquent les flics ? Est-ce qu'ils vont revenir me voir s'ils ne trouvent rien d'autre ? Alors, il sort vite fait un communiste du chapeau. Allez, n'ayez pas l'air aussi sceptique. Sloet a ouvert cette porte à quelqu'un qu'elle connaissait. Un mois avant sa mort, il l'a sautée. Et après, pendant qu'ils étaient allongés, elle lui a dit : « Egan, chéri, il faut que je te raconte l'histoire du communiste et de la grosse transaction »... Il aurait pu être au courant.

Griessel réfléchit. Il pensait au double de clé manquant de la porte d'entrée, que Sloet aurait pu donner à quelqu'un en qui elle avait confiance. Quelqu'un qui la baisait de temps en temps.

– C'est possible, dit-il, parce que plus on cherche un communiste et un mobile, moins il est vraisemblable que...

Le téléphone de Mbali se mit à sonner dans son sac géant. Elle le sortit, répondit « Oui, monsieur » et « Merci, monsieur », avant de couper.

— Il y a un autre e-mail, annonça-t-elle.

— Intéressant comme timing, dit Cupido. Juste après qu'on est allés voir le fabricant de tonneaux.

— Non, rétorqua Mbali. Mauvais timing. Ça fiche en l'air toute ma théorie de tireur du week-end.

26

De : 762a89z012@anonimail.com
Envoyé : Lundi 28 février. 13:29
À : j.afrika@saps.gov.za
Objet : Au capitaine Benny Griessel, le menteur

Suis-je un extrémiste religieux parce que c'est une joie de pratiquer le droit (Proverbes 21,15) ?
Je prie pour que vous soyez choqué de l'injustice qui dure depuis le 18 janvier. Pourquoi dites-vous que je suis incohérent ? Je répète la même chose depuis le début. Vous savez qui a tuer Hanneke Sloet. Ça fait des années que vous trempez là-dedans avec le communiste. Je dois faire quelque chose pour vous obliger à briser ces liens anciens. Je puise ma force dans l'Ecclésiaste 3. Ce n'est pas de l'extrémisme, c'est la Vérité.
Est-ce plus important à vos yeux de protéger le communiste que de protéger des policiers ?
À vous de décider.

– Fils de... dit Cupido, mais il n'alla pas plus loin.
Mbali l'entendit à peine.
– Il l'a envoyé à l'heure du déjeuner, dit-elle, soulagée.
– C'est nouveau, dit Griessel. « *Des années... liens anciens.* »
– Et à nouveau le singulier, renchérit Mbali. Hier, c'était au pluriel, dans son e-mail aux médias.

– Une seule faute d'orthographe.
– Il a raison, tu sais. Il a tout le temps dit la même chose.
– Mais à nous seulement. Pourquoi pas aux médias ?
– Peut-être que ça va changer...

Griessel secoua la tête.

– Je ne crois pas.
– Je vais chercher un mandat de perquisition, dit Cupido. Il y a peut-être une bible soulignée dans la maison du tonnelier.
– Je veux d'abord que tu me rendes le dossier, dit Griessel.

Il referma la porte de son bureau, posa l'épaisse chemise et s'assit, coudes sur le plan de travail. Il se frotta les yeux.

Il allait falloir se ressaisir. Il devait se concentrer. Pour l'instant, il ne comprenait rien à rien.

Il ouvrit la chemise, sortit le dernier e-mail.

Ça fait des années que vous trempez là-dedans avec le communiste.

Pourquoi le sniper disait-il cela maintenant ? Pourquoi n'avait-il pas dit dès le début qu'il y avait un lien ancien entre le communiste et le SAPS ? Sans les versets de la Bible, il aurait parié que cet enfoiré les faisait marcher.

Il sortit les e-mails antérieurs, les lut dans l'ordre.

Ce type sautait du coq à l'âne, depuis les premières menaces impressionnantes, en passant par les citations hyper-religieuses et pleines d'autojustification, jusqu'à l'hystérie bourrée de fautes d'orthographe de la veille. Et maintenant, ce nouvel e-mail. Avec exactement les mêmes versets. Le même message : C'est le communiste. Vous savez qui c'est.

Mais ils ne le savaient pas.

Les mêmes versets. Encore et encore.

Il entrevit une nouvelle possibilité. Peut-être que l'homme était très croyant. Pas un extrémiste, juste un illuminé, appartenant à l'une de ces Églises charismatiques où l'on guérit par imposition des mains et où l'on parle des langues inconnues. Hanneke Sloet appartenait-elle à une Église ? Pourrait-il s'agir de quelqu'un qu'elle aurait connu de cette façon ? Avait-elle des amis ou des collègues profondément croyants ? Il faudrait qu'il voie de ce côté-là et qu'il montre à Bones le *« ça fait des années que »*.

Mais d'abord, il devait passer le coup de fil qu'il repoussait depuis deux jours. Il composa le code de Jeffreys Bay, puis le numéro. Le téléphone sonna longtemps. Une voix de femme répondit :

– Marna à l'appareil.

– Madame, c'est le capitaine Benny Griessel des Hawks, au Cap. Je travaille sur le...

– Je dois apprendre par les journaux que vous avez rouvert le dossier. (Une simple déclaration, sans récrimination, calme et affirmée.)

– Madame, je suis vraiment...

– C'est une honte, capitaine. Les journaux nous appellent non-stop. Je ne veux pas présenter la police sous un mauvais jour, mais vous me rendez les choses très difficiles.

– Je suis vraiment désolé. C'est... Je n'ai pas d'excuse, j'aurais dû vous téléphoner.

– Très bien. J'accepte vos excuses. Vous avez du nouveau ?

– C'est trop tôt...

– Qu'est-ce qui se passe avec cet homme qui n'arrête pas de tirer sur des policiers ? Est-ce qu'il a un lien avec ma fille ? Il jette le discrédit sur son nom.

Il ne voulait pas parler de ça pour l'instant.

– Madame, il y a beaucoup d'autres questions sans réponse. C'est une des raisons de mon appel.

– Alors comment puis-je vous aider ?

– Laissez-moi vous dire que je suis désolé pour votre perte. Je sais que vous traversez une période difficile.

– Merci. Nous devons continuer à aller de l'avant, capitaine. Nous n'avons pas le choix. Que voulez-vous me demander ?

— D'après votre déclaration, Mlle Sloet avait passé Noël avec vous...

— C'est exact.

— Combien de temps est-elle restée ?

— Juste trois jours. Elle est arrivée le 24, et elle est repartie le 27. Elle s'inquiétait pour le nouvel appartement, est-ce qu'il serait prêt dans les délais ou pas. Elle ne pouvait pas rester davantage.

— Elle était dans quel état d'esprit ?

— Capitaine, vous savez que l'officier Nxesi nous a demandé tout ça en janvier dernier ?

— Oui, madame, et j'en suis désolé. Je sais que c'est dur pour vous de revivre tout ça... Le problème, c'est qu'il n'y a que votre déclaration officielle dans le dossier, avec les notes de l'officier chargé de l'enquête. Et j'essaie de voir tout ça avec des yeux neufs.

— J'ai dit à Nxesi que je n'avais jamais vu Hanneke comme ça avant. Elle était...

Sa voix baissa d'un ton sous le coup de l'émotion, comme si la blessure s'était rouverte. Elle demeura silencieuse un moment et, quand elle reprit la parole, Griessel perçut dans sa voix les efforts qu'elle faisait.

— Elle était heureuse. Elle n'a jamais été très démonstrative. Exactement comme sa mère. Mais je voyais que mon enfant était heureuse. C'est pour ça que sa mort... (De nouveau, elle dut faire une pause pour rassembler ses forces.) Ça a été une telle perte, capitaine.

— Je comprends, madame.

— Vous avez des enfants ?

— Deux.

— Oui. Alors vous comprendrez.

— A-t-elle dit pourquoi elle était si heureuse ?

— Pas précisément. Et je n'ai pas posé de questions. C'était

quelqu'un de tellement secret, depuis qu'elle était toute petite. J'ai supposé que les choses se passaient bien au travail et qu'elle était excitée par son nouvel appartement. (Puis elle rajouta après coup :) Je pense qu'elle appréciait sa liberté.
– Parce qu'elle n'était plus engagée dans une liaison ?
– Je crois.
– Madame, Egan Roch nous a dit qu'ils s'entendaient bien.
– C'est le cas ! Simplement, elle n'était pas prête pour le grand saut. Elle travaillait tellement dur, elle avait si peu de temps pour elle-même. Ce que vous devez savoir à propos d'Hanneke, capitaine, c'est qu'elle avait fixé la barre très haut. Elle avait des objectifs. Des rêves. Et je pense qu'elle voulait les atteindre avant d'envisager le mariage.
– A-t-elle dit quelque chose à propos d'Egan Roch ? Quand elle était avec vous à Noël ?
– Elle a juste dit qu'elle était heureuse qu'ils se soient quittés en bons termes. Elle l'avait vu quelques semaines avant, lui avait rapporté des affaires. Et elle a dit que c'était bon de se dire au revoir comme ça. Comme des amis.
– Rien d'autre ?
– Non, rien d'autre… Pourquoi me demandez-vous ça ? fit-elle d'une voix soudain inquiète.
– Madame, on doit être sûrs de ne rien négliger.
– Egan est un garçon merveilleux. Nous l'aimions beaucoup.
– Est-ce qu'elle parlait de son travail ?
– Son travail, c'était sa vie. Parfois, elle ne parlait que de ça.
– A-t-elle dit quelque chose sur la grosse transaction à laquelle elle travaillait ?
– Elle en a parlé. Non pas que j'aie tout compris. Mais elle a dit que ça lui plaisait beaucoup. Et qu'elle rencontrait des gens très intéressants. Elle a ajouté qu'elle aimerait beaucoup se spécialiser dans ce domaine. Ou qu'elle allait…

J'aurais aimé être plus attentive... C'était très complexe, elle a essayé d'expliquer, mais qu'est-ce que j'y connais ? De toute façon, elle disait qu'il y avait un tel potentiel dans les transactions avec les Noirs. Elle était très excitée par une proposition qu'elle voulait faire. À ses patrons, quand ces contrats auraient été finalisés. Et puis elle a aussi dit qu'elle allait peut-être se mettre à son compte – je m'en souviens bien, parce que j'ai répondu qu'elle ne devait pas avoir les yeux plus grands que le ventre, qu'elle avait un travail formidable. Alors elle a répondu qu'elle allait d'abord tâter le terrain auprès de ses patrons.

– Vous ne savez pas en quoi consistait cette proposition ?

– Je ne me souviens pas en détail. Il m'a semblé qu'elle voulait... Elle a dit : « M'man, les sommes sont astronomiques. On peut faire tellement mieux. »

– Et les gens intéressants qui étaient concernés... ?

– C'est tout ce qu'elle a dit. « Il y a des gens tellement intéressants dans l'histoire. » Ça m'a frappée, parce que Hanneke ne disait jamais ce genre de chose à la légère. Elle était... assez critique envers les autres. Parce qu'elle était si intelligente. Elle supportait difficilement les imbéciles.

Il attendit qu'elle en dise plus mais rien ne vint.

– Votre fille était-elle croyante, madame ?

Elle hésita un long moment.

– C'est à propos de cet extrémiste religieux ?

– Oui, madame.

– Non, Hanneke n'était pas du tout croyante.

– Alors elle ne fréquentait aucune Église ?

Marna Sloet resta silencieuse un moment. Puis elle reprit d'une voix assourdie :

– Non. Son père avait pour habitude de blâmer le Tout-Puissant pour ses échecs personnels et professionnels, capitaine. Hanneke détestait ça. Sa devise, c'était qu'on est responsable de son destin.

27

Il lui fallait du temps pour absorber toutes les informations. C'est ainsi que son cerveau fonctionnait. Anna répétait toujours qu'on aurait dit une machine à laver : il y mettait tout le linge sale et laissait tourner, et quand le moment était venu, quand il avait une intuition, il l'ouvrait et en sortait une théorie toute propre et fraîche.

Hanneke Sloet voulait proposer quelque chose à ses patrons. Elle avait pensé se lancer seule. Parce qu'il y avait des sommes importantes en jeu, et qu'ils pouvaient faire tellement mieux. Et les « gens intéressants » ? Que voulait-elle dire ? Des politiciens ? Des communistes ? Autre chose ? Cette foutue transaction, il ferait mieux de tout refiler à Bones, parce qu'il n'y comprenait rien.

Sa porte s'ouvrit brutalement et le torse de Cupido apparut dans l'embrasure.

– On peut éliminer le tonnelier pour le meurtre. L'hôtesse de l'air vient d'appeler. Egan l'a draguée pendant le vol du 18. Ils devaient dîner ensemble au Cap le 20, mais il l'a rappelée pour lui dire qu'il venait de perdre quelqu'un de proche.

Griessel était surpris que Cupido ait l'air aussi peu déçu. Jusqu'à ce que son collègue ajoute :

– Putain, Benny, ces Françaises. Tu devrais entendre cet accent, *pappie*, dégoulinant de sensualité à chaque mot. Cette bouche meurt d'envie d'un patin, Danielle Fournier...

Il prononça le nom avec son meilleur accent français, comme si c'était la chose la plus captivante qu'il ait jamais entendue.
– Merci, Vaughn, dit Griessel.
– Il pourrait encore être le sniper. Et le capitaine Cupido va vérifier. *Voilà.*
Il pivota et faillit se cogner dans Mbali, qui entrait en coup de vent, une feuille de papier à la main.
– C'est du français, Mbali, lui dit Cupido. Ça n'est pas un gros mot.
– Trouve-toi un truc à faire, lui rétorqua-t-elle, puis elle referma la porte derrière elle, s'assit et passa le document à Benny.
– Son dernier e-mail aux médias...
Il lut.

> **De :** 762a89z012@anonimail.com
> **Envoyé :** Lundi 28 février. 13:30.
> **À :** jannie.erlank@dieburger.com
> **Objet :** Proverbes 21,15
>
> La police me traite d'extrémiste.
> Le suis-je ?
> Proverbes 17,23 : Le méchant accepte un présent sous le manteau, pour faire une entorse au droit.
> Proverbes 21,15 : C'est une joie pour le juste de pratiquer le droit, mais c'est l'épouvante pour les malfaisants.
> Notre pays s'est enfoncé dans la corruption. Les meurtriers sont dans la nature. Ce sont les justes qui sont détruits. La devise est Extremis malis extrema remedia.
> Vous verrez, seul un extrémiste permettra que justice soit faite. Le SAPS connaît les meurtriers d'Hanneke Sloet. J'en suis certain. Maintenant, la destruction va s'abattre sur eux, à moins qu'ils ne fassent leur travail.

– Tu avais raison, dit Mbali. Toujours pas un mot sur le communiste. Juste les allusions à la corruption…
– C'est du latin, dit Griessel.
– Oui. Il est éduqué. Et il fait de l'épate, il la joue politique. Le public va adorer.
On frappa poliment à la porte.
– Entrez, cria Benny.
Bones Boshigo ouvrit, les yeux encore plus écarquillés que d'habitude.
– Bonjour, capitaine Kaleni. Benny, cet iceberg, *nè*. Je crois que tu devrais venir avec moi…

Boshigo marchait à toute allure dans le couloir et Benny dut accélérer pour le suivre. Le code vestimentaire implicite des Hawks était veste et cravate. Bones était en jean, tee-shirt et baskets, comme à son habitude. Cette tendance à la rébellion le rendait populaire parmi ses collègues, tandis que ses supérieurs hochaient la tête. Mais la raison pour laquelle Griessel avait tant de respect pour lui, c'est que le petit homme maigrichon ne touchait jamais une goutte d'alcool.

« J'vois pas à quoi ça servirait » était tout ce qu'il avait à en dire.

– J'ai parlé à Len de Beer, Benny. C'est un génie, *nè*. Il a un blog sur la négociation d'actions et l'investissement, mille rands par mois pour y avoir accès. Il est très bizarre, tu verras. De toute façon, je n'arrivais à rien, alors je l'ai appelé… ça a été ma source depuis l'époque où je travaillais avec Vusi. Et Len a dit qu'il allait jeter un coup d'œil. Il vient juste de me recontacter. « Y a une embrouille, Bones », il a dit. Mais Len est comme ça, il refuse de parler au téléphone, il faut discuter avec lui face à face. Ce qui est une expérience en soi. Excentrique, *nè*. Mais intelligent, très intelligent.

Pendant que Bones roulait vers la ville, Griessel appela Alexa.

Il entendit la jeune baby-sitter répondre dans un murmure :

— C'est Ella.

— Benny Griessel à l'appareil. Tout va bien ?

— Si on veut. Elle est sur scène, elle s'apprête à répéter.

— Comment ça, « si on veut » ?

— Elle traverse une mauvaise passe, Benny. Elle a un pris un paquet de comprimés antidouleur. Elle transpire et tremble, et elle est très irritable. Mais elle dit qu'elle a passé un marché avec vous. Elle est très courageuse. (Toujours à voix basse.)

— Très bien, répondit-il, soulagé. Merci. Vous savez que vous pouvez toujours m'appeler.

— Je sais, Paul Eilers. Relax. Je peux m'en sortir. Je dois y aller. Salut.

Il reposa le téléphone. Une inquiétude en moins.

— Bones, tu es *sur* Facebook ?

Griessel prit soin d'utiliser la bonne préposition.

— J'y étais, Benny. J'y étais, je l'ai fait. Facebook, c'est dépassé. Je suis sur LinkedIn.

— C'est comme Twitter ?

Boshigo se mit à rire.

— Non. Que je t'explique. Facebook, c'est pour les gens avec qui t'es allé à l'école. Twitter, c'est pour les gens avec qui t'aurais aimé aller à l'école. Et LinkedIn, c'est pour les gens qui ne pensent plus à l'école, qui veulent faire des affaires.

— Mais tu connais Facebook ?

— Je connais.

— Si je veux trouver la photo de quelqu'un, comment je fais ?

— Tu deviens ami.

— Mais il est de la famille.

Le gloussement de Bones était tellement contagieux que Griessel se mit à rire aussi.

— Vaughn dit que je suis de la vieille école, Bones.

— À partir de maintenant, je t'appelle Noé, *nè*. D'abord, tu dois t'inscrire sur Facebook. Ensuite, tu peux voir toutes les photos publiques des gens. Mais si une photo est privée, tu envoies une demande à celui dont tu veux voir les photos. Ensuite, s'il accepte, tu peux les voir.

Griessel hocha la tête. Ça semblait trop compliqué.

— Mais je ne veux pas m'inscrire sur Facebook.

— Alors tu dois trouver quelqu'un qui y est et tu lui demandes de t'envoyer la photo par e-mail.

— D'accord, répondit Griessel, en sortant son téléphone pour appeler son fils.

Len de Beer habitait Bertram Street, à Sea Point, où les maisons aux toits pentus minuscules étaient serrées les unes contre les autres. Il y avait un jardinet mal entretenu de la taille d'une couverture, une petite palissade en bois blanc et une grille légèrement rouillée qui grinça quand ils l'ouvrirent.

C'était un homme costaud en chemisette à carreaux bleus et vieux pantalon de survêtement gris, des pantoufles aux pieds, et affligé d'une surcharge pondérale considérable.

— Entrez, entrez, leur dit-il d'une voix étonnamment haut perchée.

Les cheveux et la barbe rouge sombre, épais et broussailleux, évoquaient Hagar le Terrible à Griessel. Derrière les lunettes à monture noire bon marché réparées avec du scotch, il avait des yeux clairs et bleu vif. Il salua Bones façon township, avec une double poignée de main expérimentée, serra brièvement celle de Griessel, et se dirigea d'un pas lourd vers son bureau.

La pièce sentait la fumée. Des étagères de livres couraient

du sol au plafond, derrière un bureau massif avec une lampe verte, un clavier, une souris, quatre écrans d'ordinateur et deux de télévision qui affichaient apparemment les prix des actions et les nouvelles financières.

De Beer leur fit signe de prendre un fauteuil, se laissa tomber dans le sien en soupirant, tapota son paquet de Gauloises bleues pour en sortir une, l'alluma et inhala profondément la fumée. Pendant qu'il survolait les écrans d'ordinateur du regard, il lança :

— Alors, comme ça, vous êtes malin ?

On voyait à peine sa bouche derrière la barbe qu'il peignait amoureusement avec ses doigts.

Griessel se rendit compte que la question lui était adressée. Il haussa les épaules, ne sachant trop que répondre.

— Je ne comprends rien à cette transaction.

— Ce n'est pas pour ça que vous êtes un abruti. Bones dit que vous ne bossez pas dans la criminalité d'entreprise.

— C'est exact.

— Langage de profane, dit de Beer, comme pour se rappeler à l'ordre.

Griessel regarda Bones, qui lui fit un clin d'œil.

— Caisses de retraite, commença de Beer de sa voix haut perchée, la main de nouveau dans sa barbe. Les vaches à lait de l'Afrique du Sud. Fraude à grande échelle. Mille et une façons. L'une d'elles fonctionne comme suit : le syndicat possède sa propre caisse de retraite. Les caisses de retraite sont gérées par des administrateurs. Vous me suivez ? ajouta-t-il sans quitter les écrans des yeux.

— Je vous suis.

Griessel commençait à comprendre l'étiquette « excentrique ».

— Parfait. Les administrateurs décident des placements des caisses de retraite. Les administrateurs sont choisis parmi les membres des syndicats, leur élection est truquée. Pas dans tous les syndicats. Certains d'entre eux. Suffit d'avoir

les gens qu'il faut dans le conseil. Des gens simples. Des ouvriers. Mal informés. Reconnaissants de cette bonne fortune. Faciles à manipuler. Vous me suivez ?
– Oui.
– Merveilleux. L'Autorité de contrôle des services financiers doit tout réguler et surveiller. Ils sont lamentables. Un terrain fertile pour les embrouilles. Un exemple : vous mettez sur pied une société d'investissement. Vous vous débrouillez pour que vos administrateurs dociles y investissent deux cents millions. Vous prenez l'argent, ça finance votre train de vie. Ou vous achetez une autre société avec. Ou vous en lancez une. Vous me suivez ?
– Oui. (Mais Griessel n'en était plus aussi certain.)
– Merveilleux. Vous êtes intelligent.
Les doigts de De Beer dansèrent sur le clavier, puis il se pencha en avant et se concentra sur un des écrans. Tapa autre chose. Actionna la souris, cliqua à répétition, les yeux balayant un écran, puis l'autre. Il finit par lever la tête, caressa sa barbe, et pour la première fois se concentra entièrement sur Benny.
– Très bien. Fini les multitâches.
– Je vous demande pardon ?
– Maintenant, on peut discuter de tout ça, sans contrainte et avec toute notre concentration. Le camarade Ambrose Thenjiwe Masondo, le communiste sur lequel Bones m'a posé des questions, est un homme qui, en 2007, a été élu au conseil d'administration de la caisse de retraite du NASWU. Le Syndicat national des fondeurs d'aluminium. Et ensuite, il s'est débrouillé pour faire entrer les « bonnes » personnes au conseil avec lui, afin de les persuader de confier de l'argent à sa toute nouvelle société d'investissement. Ce qu'ils ont fait, comme il se doit, à hauteur de cent quatre-vingt-dix millions de rands.
De Beer survola rapidement les écrans du regard, hocha la tête avec satisfaction, et alluma une deuxième cigarette.

– Je vais essayer de rester simple. A.T., comme on appelle notre camarade, a investi l'argent dans une nouvelle société minière, dont il détenait par pure coïncidence la majorité des parts. Et il a commencé à le dépenser aussi sec en se versant un très gros salaire et en tentant d'acquérir une concession pour exploiter un riche gisement de bauxite près de Ponta do Ouro, au Mozambique. La bauxite, que vous sachiez, est le minerai dont on tire l'aluminium. Mais comme c'est souvent le cas, il faut du temps pour prendre les décisions au Mozambique. Et l'attention d'A.T. étant partagée entre tous les fers qu'il avait au feu, il s'est rendu compte trop tard que l'avocat Victor Dlamini avait été élu au conseil d'administration de la caisse de retraite du NASWU en 2009. Cet avocat est un fauteur de troubles, un activiste, un homme pour qui les choses sont ou bien, ou mal, et très doué pour les chiffres. Quand Dlamini a regardé les livres de comptes, il a commencé à poser des questions sur les cent quatre-vingt-dix millions de rands, les investissements inexistants, l'enrichissement personnel, et le fait que le NASWU n'avait toujours pas reçu un rond de dividendes. Capitaine Benny, je suis toujours clair ?

Il luttait pour tout faire entrer dans sa tête mais il acquiesça. Au ton de la voix, il sentait que de Beer approchait de la conclusion.

– Excellent. Comme vous l'avez sûrement deviné, notre A.T. a commencé à se sentir passablement inquiet. Il devait se sortir de ce mauvais pas. La solution qu'il a trouvée était de courtiser Ingcebo Resources Limited – avec Gariep comme appât.

– Courtiser ? demanda Griessel.

– A.T. a dit à Ingcebo : Si vous achetez ma compagnie minière en défaut, je vous apporte quinze pour cent de Gariep comme deal BEE.

– La photo, Benny, *nè*, intervint Bones pour venir à son secours. A.T. connaissait les gens de chez Gariep.

– Exactement. C'était le cœur de toute la transaction sur laquelle travaillait Hanneke Sloet. En résumé : la compagnie minière d'A.T. a été rachetée par Ingcebo et l'argent du NASWU a plus ou moins été remboursé. Sans un centime d'intérêt. Cette compagnie minière est maintenant connue sous le nom d'Ingcebo Bauxite.

– La compagnie qui prête des milliards de rands à Gariep, dit Griessel, affreusement soulagé de pouvoir suivre.

– C'est un génie, dit de Beer à Bones Boshigo, qui secoua la tête en riant.

– Mais comment est-ce que ça m'aide ? demanda Griessel. Où est le mobile du meurtre ?

– Aha, fit de Beer. La question à quatre milliards de dollars. Je soupçonne que pas une des banques concernées ne serait totalement à l'aise pour financer et garantir quatre milliards si elles connaissaient les coups tordus d'A.T. Et Hanneke Sloet et Silberstein Lamarque avaient en charge les intérêts d'une de ces banques.

– Comment les banques peuvent-elles ne pas être au courant ? Vous savez, vous ? dit Griessel.

– Oh, capitaine, mon capitaine. (Len de Beer fit un geste expansif vers les moniteurs devant lui.) Je sais tout. Et je peux aussi lire entre les lignes. A.T. était directeur général d'Ingcebo Bauxite. Mais soudain, juste avant que le deal BEE ne démarre, ils l'ont réaffecté ailleurs. Il est toujours directeur de la compagnie mère – et des sociétés du même groupe, parce qu'ils avaient besoin de lui. Mais ils ont réduit son profil de manière drastique. Ils voulaient cacher ses péchés aux banques.

28

— Il va falloir que vous découvriez si Hanneke Sloet était au courant des méfaits d'A.T., dit Hagar le Terrible.
— Comment ? demanda Griessel.
— Si vous voulez savoir dans quelle direction coule une rivière, vous devez trouver sa source.
— Quelle source ?
— Les deals BEE commencent toujours avec l'acteur majeur, l'initiateur, celui qu'on appelle l'intermédiaire. C'est l'homme qui surveille le monde des affaires, repère les opportunités, prend la température, met les différentes sociétés en contact. Un super-boulot si on y arrive, parce que ça rapporte gros pour relativement peu d'efforts. On lance la transaction et ensuite on se contente de tirer les ficelles jusqu'à ce que tout soit terminé. En l'occurrence, l'intermédiaire pour Gariep-Ingcebo est le légendaire Henry van Eeden.

Le nom lui semblait familier.
— On dirait un Blanc.
— Tout à fait, Blanc et parlant afrikaans. Il était conseiller juridique en interne pour ConProp, les types qui exploitent et possèdent quarante pour cent de nos centres commerciaux. ConProp a été une des premières sociétés à appliquer la politique de transformation raciale de l'économie, dans les années 1997. Henry a réussi cette transaction pratiquement sans aucune aide. C'était un travail de pionnier, au fond,

un apprentissage plutôt ardu et une expérience bénéfique. Dont il a ensuite profité pour se lancer dans sa propre voie. Au bon moment et au bon endroit, il a dû servir d'intermédiaire dans dix ou douze transactions BEE. Je crois qu'il commence à travailler avec des compagnies chinoises qui veulent investir ici. Je pense qu'on peut le décrire comme « extraordinairement riche ». Il vit à Constantia.
— Et il saurait si les banques étaient au courant des manigances d'A.T. Masondo ?
— Si quelqu'un doit être au courant, c'est bien *lui*. Et Henry van Eeden pourrait aussi vous dire si Hanneke Sloet avait eu accès à cette information.

C'est à ce moment-là que Griessel retrouva où il avait entendu le nom de van Eeden pour la première fois. D'après Tommy Nxesi, le dernier e-mail qu'Hanneke Sloet avait envoyé avant sa mort était adressé à van Eeden.

« Un e-mail officiel, pour le tenir au courant des progrès », c'est ainsi que Tommy avait décrit la chose.

Dans la voiture, Griessel téléphona à Cupido et lui demanda de trouver les coordonnées de van Eeden dans le dossier.
— OK, répondit Cupido. Et au fait, le tonnelier a un permis pour un pistolet Taurus. Le PT 92. Mais rien d'autre. Je vérifie les employés du domaine à présent. Je te rappelle.

Griessel raccrocha. Il s'interrogeait sur le zèle dont Cupido faisait preuve envers Egan Roch — d'abord en tant que meurtrier d'Hanneke Sloet, maintenant en tant que sniper. Il y avait quelque chose chez Roch qui éveillait les soupçons de Cupido. Il comprenait ça, il était pareil, intuitif — on flaire une odeur, on la suit comme un limier. Mais Cupido était trop désordonné, il n'examinait pas toujours les choses correctement, en détail. Et après le fiasco de l'affaire Steyn, ils devaient se montrer prudents, ils ne pouvaient pas se permettre de se focaliser exclusivement sur un seul suspect, une fois encore.

D'autre part, il ne partageait pas les soupçons de Cupido envers le fabricant de fûts. Roch n'avait pas dit toute la vérité à Nxesi parce que, pensait Griessel, il voulait protéger la réputation d'Hanneke Sloet. Et parce qu'il avait un alibi inattaquable, de toute façon.

Le problème avec cette affaire, c'est qu'il ne savait pas par quel bout la prendre, il n'avait pas la moindre intuition. Il se raccrochait par les doigts au-dessus d'un précipice d'ignorance, trop de choses complexes qu'il ne comprenait que de manière très schématique. Et dont il n'était même pas complètement sûr.

Il allait devoir refiler l'affaire à Bones. Avant de se ridiculiser à nouveau. Avant qu'on tire sur d'autres policiers à cause de lui. Le brigadier Manie n'allait pas aimer. Hier, les Hawks avaient annoncé en fanfare que lui, Benny Griessel, reprenait l'affaire en main. Et les médias allaient une fois de plus en faire leurs choux gras si l'officier chargé de l'enquête était remplacé au bout de vingt-quatre heures.

Ils allaient d'abord parler à Henry van Eeden, le grand intermédiaire. Ensuite, il mettrait le sujet sur le tapis.

— Ça sent le fric, dit Bones Boshigo quand ils s'arrêtèrent devant l'imposante grille en fer forgé d'Hohenhort Avenue, à Constantia. Beaucoup de fric.

Un haut mur crépi de blanc, mais à travers la grille ils apercevaient l'allée pavée qui serpentait entre de luxueuses pelouses verdoyantes et des arbres touffus. On ne pouvait pas voir la maison d'où ils se tenaient.

Boshigo enfonça le bouton de l'interphone. Une voix grêle répondit au bout d'un moment :

— Oui ?

– Major Benedict Boshigo et capitaine Benny Griessel pour M. van Eeden.

– Il vous attend. Veuillez rouler jusqu'à la maison, s'il vous plaît.

Les deux battants pivotèrent lentement et en silence pour les laisser passer.

Ils entrèrent. La propriété s'ouvrit devant eux, avec vue sur Constantia Mountain à droite et False Bay à gauche. La maison apparut en haut de la montée derrière des chênes, style hollandais du Cap, massive.

– *Eish*, fit Boshigo.

Griessel se contenta de la regarder fixement.

L'allée se terminait en un espace de parking ovale. Une voiture de sport blanche était stationnée devant l'un des quatre garages, tapie tel un prédateur, étincelante au soleil. Un Noir en salopette impeccable s'appliquait à la faire briller.

– Lamborghini Gallardo, dit Bones. Deux millions, Benny. Huit années de salaire.

Ils sortirent. Griessel jeta un coup d'œil à la piscine qui scintillait un niveau plus bas, aux buissons de roses d'un blanc immaculé, en pleine floraison, aux bordures regorgeant de fleurs d'été multicolores, aux pelouses qui ondulaient, d'une netteté parfaite. Comment est-ce qu'on tondait tout ça ? Combien de personnes fallait-il pour entretenir ce jardin ? À combien se montait leur facture d'eau ? Il suivit Bones qui se dirigeait vers la porte d'entrée. Soudain, juste à gauche de l'allée, quelqu'un émergea de derrière les rosiers – une femme coiffée d'un chapeau bleu ciel, qui portait des gants de jardinage et tenait des cisailles à la main.

Griessel resta immobile une seconde, parce qu'il avait l'impression de voir Alexa Barnard – mêmes cheveux longs et blonds, mêmes yeux verts et même visage allongé et plein. Mais ensuite il vit que cette femme était plus belle, peut-être plus jeune qu'Alexa. La courbe élégante de la pommette, de la bouche et du menton lui semblait tellement jolie qu'il

se sentit soudain coupable. Elle avait un nez délicat, une peau lisse et sans défaut, qui n'avait pas connu les ravages de l'alcool. Et le sourire était chaleureux, serein, une femme sans démons, heureuse de son univers.
– Bonjour, dit-elle.
Il se rendit compte qu'il la fixait.
– Bon après-midi, madame, répondit-il avant de faire les présentations.
Elle leur serra la main en gardant ses gants.
– Annemarie van Eeden, dit-elle, et elle désigna la maison avec les cisailles. Vous devez chercher Henry. Frappez simplement, la porte est ouverte.
– Merci, madame.
Ils continuèrent leur chemin. Tout ce qu'il arrivait à se dire, c'est qu'Alexa aurait pu avoir cette allure si elle n'avait pas bu. De nouveau le sentiment de culpabilité – ça n'était pas bien de faire des comparaisons.
Ils grimpèrent les larges marches en grès. Mobilier de jardin élégant disposé sous des parasols sur une terrasse en longueur, splendide porte d'entrée, massive. Bones marchait devant. Il s'apprêtait à frapper quand un homme s'avança vers eux depuis l'intérieur frais. La quarantaine, athlétique, plein d'énergie, en chemise de golf jaune et pantalon bleu foncé, baskets. Ses cheveux noirs étaient courts et soignés, il portait une grosse montre de poignet.
– Major Boshigo, dit-il. Je suis Henry van Eeden.

Ils prirent place sur la terrasse et burent de l'Earl Grey dans de la porcelaine fine. Bones et van Eeden parlaient économie.
– Notre futur est dans les mains des Grecs, entre toutes les nations, dit van Eeden.
– Allez savoir, répondit Boshigo.
Griessel n'écoutait que d'une oreille. Il regardait False

Bay qui scintillait au loin et se disait qu'il aurait aimé être intelligent. Être intelligent vous apportait la richesse. Cet homme qui parlait si facilement avec eux avait été assez intelligent pour étudier le droit. Assez intelligent pour organiser une transaction BEE tout seul. Assez intelligent pour voir qu'il y avait beaucoup d'argent là-dedans. Être intelligent lui avait permis de vivre sur les pentes ravissantes de Constantia avec sa magnifique épouse. Pendant que lui, Griessel, devait se satisfaire d'un studio de célibataire à Gardens, avec des meubles qui venaient du mont-de-piété, et pas de femme. Parce qu'il était à peine assez malin pour avoir eu son bac de justesse. Avec un E en maths. Et en menuiserie. Carla avait hérité de l'intelligence de sa mère, la première Griessel de ce côté de la famille à fréquenter l'université. Et qu'est-ce qu'elle choisit ? L'art dramatique. Inspirée par une conversation avec la belle-fille de son ami et ancien collègue Mat Joubert, qui l'étudiait déjà. Ils avaient de l'argent, la femme de Mat, Margaret, restaurait des maisons pour les revendre, ils pourraient aider Michele si elle ne trouvait pas de travail. Mais lui ? Il pouvait à peine payer les frais d'inscription de Carla à l'université. Et voilà qu'à présent Fritz parlait lui aussi d'aller à la fac. Dieu sait ce qu'il voulait étudier. La musique ? Peut-être qu'Anna et lui auraient dû suivre l'exemple de Marna Sloet, apprendre à leurs enfants à être ambitieux dès leur plus jeune âge. Avides de succès et de richesse.

— En quoi puis-je vous aider ? demanda Henry van Eeden en reposant sa tasse vide et en se laissant aller confortablement contre le coussin du fauteuil de jardin.

— Nous sommes en proie à un dilemme, *nè*, répondit Boshigo. L'enquête en est à un stade critique, nous ne pouvons pas tout vous dire. Mais nous avons des questions au sujet d'A.T. Masondo. Des problèmes avec une caisse de retraite.

– Vous êtes bien informés, dit van Eeden d'une voix douce.

– Nous pensons que si les banques avaient été au courant pour Masondo et l'argent des pensions, elles auraient demandé à Ingcebo de le ficher dehors.

Le sourire s'élargit.

– Major, dans un monde parfait, ce serait sûrement arrivé. Mais pas ici.

– Êtes-vous en train de dire qu'ils savaient ?

– Gariep savait. Depuis le début. C'est pour cette raison qu'ils ont insisté pour que Masondo soit remplacé en tant qu'administrateur d'Ingcebo Bauxite.

– Et les assureurs ? SA Merchant Bank ? HSBC ? Est-ce qu'ils savaient, eux aussi ?

– Je soupçonne que oui. Ils sont très consciencieux quand il s'agit de quatre milliards.

Griessel sentit son cœur se serrer. Si ce communiste n'était pas leur homme, où allaient-ils en trouver un autre ?

– Mais vous n'êtes pas sûr ? insista Bones.

– La procédure d'examen préalable est minutieuse. Et leurs rapports d'évaluation sont confidentiels. Ils ne les partagent même pas entre eux. Si SA Merchant Bank était au courant, Silberstein Lamarque le saurait. Je serais très surpris du contraire. Mais non, je n'en suis pas sûr.

– Oh, fit Boshigo, déçu.

– Major, d'après ce que je comprends, vous pensez que le meurtre d'Hanneke Sloet est lié à la transaction.

– C'est une possibilité.

– J'aimerais vraiment vous aider, dit van Eeden avec le plus grand sérieux.

Bones regarda Benny. Griessel hocha la tête, parce qu'il ne voyait pas où était le mal là-dedans.

– Vous devrez garder ça pour vous, dit Boshigo.

– La discrétion est mon gagne-pain, major.

– D'après des informations que nous avons reçues, un communiste serait impliqué dans le meurtre de Sloet.

– Un communiste, répéta van Eeden. (Puis il sourit prudemment, comme s'il croyait que Boshigo le faisait marcher.) Vous n'êtes pas sérieux.

– Je le suis.

Van Eeden hocha la tête, soudain grave.

– D'où A.T. Masondo.

– Nous pensons qu'Hanneke Sloet aurait pu être au courant de ses combines syndicales. Peut-être a-t-elle voulu empêcher le prêt. Ou en parler à la presse. Et Masondo devait la faire taire, pour continuer à s'en mettre plein les poches.

Van Eeden médita l'information puis dit :

– Je comprends votre théorie. Mais il y a juste un problème : si Hanneke avait voulu intervenir dans la transaction – ou avec Masondo – ça leur aurait explosé au visage, à elle et à Silberstein Lamarque. Ils auraient été virés.

29

— La concurrence, poursuivit Henry van Eeden, est phénoménale. Tous les cabinets juridiques importants du pays donneraient n'importe quoi pour être des acteurs du monde de la BEE. Et une fois qu'on vous a permis d'entrer dans le cercle des initiés, vous voulez y rester. Silberstein Lamarque aurait viré Hanneke sur-le-champ. Et je suis certain que c'est la dernière chose qu'Hanneke aurait voulue. Une autre question se pose : la procédure d'examen préalable s'étant terminée il y a quatorze mois, pourquoi aurait-elle voulu utiliser cette information seulement en janvier de cette année ?

— Je ne sais pas, répondit Boshigo.

— Monsieur, intervint Griessel.

— Henry, s'il vous plaît.

— Vous dites être certain que c'est la dernière chose qu'Hanneke aurait voulue.

— Oui.

— Pourquoi ?

Van Eeden ouvrit les mains comme s'il partageait un secret. Il se redressa, réfléchit un instant, se demandant par où commencer.

— Cela fait presque quinze ans que je suis investi dans des transactions BEE. J'ai travaillé avec des centaines de personnes. Hommes d'affaires, politiciens et anciens politiciens, banquiers, commissaires aux comptes, juristes. J'ai tout vu.

Des gens honnêtes, des gens avides, des opportunistes, des professionnels et des incompétents, des paresseux et des dévoués. Hanneke était une championne. Unique. Une telle concentration inflexible, un tel travail, une telle soif d'apprendre, jusqu'au moindre détail. Elle ne voulait pas simplement savoir comment gérer les contrats de la Merchant Bank le mieux possible, elle voulait *tout* connaître. Sur la transaction dans son intégralité. En janvier l'année dernière, elle m'a demandé si j'accepterais de partager mes connaissances avec elle. On a pris rendez-vous et, pendant quatre heures, elle m'a cuisiné. Dans le moindre détail. En avril et en septembre, elle a remis ça, des séances plus courtes, mais avec la même intensité. Par la suite, je lui ai dit qu'elle donnait l'impression de vouloir me piquer mon boulot. (Il esquissa un sourire teinté de tendresse à ce souvenir.) Alors elle m'a demandé quelle était à mon avis la plus grosse lacune dans son arsenal, ce qui pouvait éventuellement l'empêcher de faire mon travail. Juste comme ça. Et j'ai dit : instaurer et maintenir une relation de confiance avec les bonnes personnes.
– Et ensuite.
– Elle a noté. Ce que je veux dire, c'est que A.T. Masondo, malgré son passé, a de l'influence. Un réseau. C'est une de ces « bonnes personnes ». Hanneke le savait. Et elle savait ce qu'elle voulait.

Avant qu'ils partent, Griessel posa quelques questions sans enthousiasme, la mort dans l'âme. Il voulait que van Eeden lui dise s'il s'était inquiété de l'influence négative que les ambitions de Sloet auraient pu avoir sur ses propres affaires.
Un rire espiègle, puis van Eeden répondit :
– Capitaine, il s'agit probablement de ma dernière transaction dans le cadre de la BEE. Le potentiel chinois est considérable, il y en a tellement qui veulent investir ici.

Une terre en jachère, qui ne demande qu'à être exploitée. C'est là-dessus que je veux me concentrer à présent.
— Est-ce qu'Hanneke Sloet a eu le moindre contact avec Masondo ?
— Pas vraiment. Peut-être brièvement lors d'une réunion ou d'un cocktail.
— Et par e-mail ? Téléphone ?
— J'en doute fort, dit van Eeden. Elle n'avait tout simplement pas besoin de communiquer avec lui.
— Y a-t-il d'autres communistes concernés par cette transaction ? voulut savoir Griessel.
— Masondo était l'unique membre du Parti communiste sud-africain. Les autres n'ont montré aucun signe d'une quelconque inclination idéologique dans cette direction.

Ils remercièrent van Eeden et s'éloignèrent en voiture, sans parler.

Griessel releva deux messages vocaux sur son téléphone. Le premier était de Cupido. Il avait trouvé deux armes à feu enregistrées au nom du domaine de Bonne-Espérance. Un deux-sept-zéro et un trente-zéro-six. Ils chassaient à l'occasion, en particulier au Limpopo. À part ça, rien. Egan Roch avait toutes les chances de ne pas être le tueur.

Le deuxième appel venait de Cloete, l'officier de liaison avec les médias.
— Benny, appelle-moi, s'il te plaît.

Griessel le rappela.
— Ils l'ont surnommé Salomon le sniper, Benny, lui annonça Cloete, sur le ton coupable d'un parent qui explique le comportement d'un enfant pénible.
— À cause des versets de la Bible.
— Oui. À cause des versets. Benny, ils aiment bien ce type. Ils aiment ses références à la corruption, ils aiment encore plus son latin. Ils attendent un commentaire du chef de la police nationale et du cabinet, un truc du genre : « Encore un signe que le SAPS ne fait pas son travail cor-

rectement ? » Et, évidemment, sur les affirmations comme quoi on connaîtrait l'identité du meurtrier.

– Ce n'est pas vrai, répondit Griessel d'un ton las.

– Est-ce qu'on en est sûrs à cent pour cent, Benny ? Dieu m'est témoin, ça reviendra nous hanter...

– Ce n'est pas vrai, John.

– Bon. Quelque chose que je dois demander au Chameau ?

– Rien.

Griessel entendit Cloete souffler lentement sa fumée de cigarette.

– Très bien, reprit l'officier de liaison, d'une patience à toute épreuve. On reste en contact.

Griessel rangea le téléphone et se laissa aller contre l'appui-tête.

– Putain, dit-il.

– Je suis désolé, Benny, dit Boshigo. J'ai essayé.

– Non, Bones, je ne sais pas ce que j'aurais fait sans toi. C'est juste... Il est 17 heures. Et ce fumier de taré va tirer sur un de nos hommes d'un moment à l'autre, et on n'a rien. Absolument rien. Je commence à croire qu'il nous mène en bateau, Bones. Il n'y a pas de communiste. Ou il veut qu'on suspecte Masondo, pour nous faire perdre notre temps. Et je ne vois pas une seule raison pour laquelle il voudrait nous mener en bateau. À part qu'il aime tirer sur des policiers. Ce qui veut dire qu'il est dingue et rusé, et tu sais comme c'est difficile d'attraper ces gars-là.

– Ils font toujours des erreurs.

– Tôt ou tard. Mais on n'a pas le temps. On n'a même pas de suspect. Rien. Je regarde toute cette affaire et je ne vois rien. Son appartement, l'immeuble n'était même pas terminé quand elle a emménagé. Il y avait des plombiers, des électriciens, des ouvriers... Les hommes qui ont apporté ses cartons. L'un d'eux aurait pu voler son double de clé, ou lui raconter des bobards. Pratiquement impossible de choper ce genre de type, la Forensique n'a rien, juste un

poil pubien dans la douche, et de vieilles empreintes sur les cartons... ce qui ne nous aide pas d'un iota.
– Merde, *nè*.
Griessel réfléchit longuement.
– Le travail sur le terrain, reprit-il. Le terrain, et un gros coup de bol. Il n'y a que ça qui va nous sauver.

Dans Otto du Plessis Drive, coincé dans la circulation des heures de pointe qui avançait à la vitesse de l'escargot, le sniper vit le bus IRT le dépasser dans la voie rapide. Il l'envia.
Il entendit le jingle de 17 heures à la radio de son Audi A4 et monta un peu le son pour écouter les informations.

Dans un nouvel e-mail adressé aux médias, le sniper du Cap, qui a déjà blessé deux policiers, justifie ses actions en déclarant qu'aux grands maux on doit appliquer les grands remèdes. Cette citation a été rendue célèbre par l'extrémiste politique Guy Fawkes, un catholique romain qui avait essayé de faire sauter le Parlement britannique en 1605.
Le tireur, que certains médias appellent Salomon le sniper, à cause de ses citations tirées du livre des Proverbes de la Bible, a prétendu dans l'e-mail que le SAPS savait qui était le meurtrier de la juriste Hanneke Sloet.
Un porte-parole de la Direction des enquêtes criminelles prioritaires a annoncé qu'une déclaration serait faite plus tard dans la journée.

Salomon le sniper.
Ça lui plaisait. La sagesse de Salomon. L'opposé de ce matin, où on l'accusait d'incohérence et d'extrémisme religieux, d'homophobie et de racisme.
Salomon le sniper. Qui était assez sage pour savoir que le SAPS avait dû augmenter la sécurité dans les postes de

police de manière significative. Dans deux heures, il leur réservait une nouvelle surprise.

Avant d'aller annoncer à Manie et à Nyathi qu'il n'y avait aucun communiste avec un mobile justifiant l'assassinat d'Hanneke Sloet, Griessel s'assit à son bureau et téléphona à Hannes Pruis, le directeur de Silberstein Lamarque.
Pruis ne répondit pas à son portable. Griessel composa le numéro du bureau. Finalement, l'assistante personnelle de Pruis décrocha.
– Je suis désolée, monsieur, M. Pruis est en réunion.
– Allez me le sortir de là, rétorqua Griessel.
– Je suis désolée, capitaine, je ne peux pas faire ça.
– Mademoiselle, on a deux options. Soit vous allez me le chercher, soit je fais tout le trajet jusqu'en ville et je l'extirpe moi-même de cette réunion.
– Ne quittez pas.
Pendant qu'il attendait, il vérifia son ordinateur portable pour voir si Fritz lui avait déjà envoyé un e-mail.
Il se trouvait tout en haut, le seul qui n'était pas un communiqué des Hawks. L'objet disait : *Ton nouveau gendre*.
Il cliqua dessus.
L'hypocrite et le mec au tattouage, avait tapé Fritz en légende, faute d'orthographe comprise. Sur la photo, Carla riait, heureuse. Elle regardait droit vers l'appareil. Et à côté d'elle, un bras énorme passé de manière possessive autour de ses épaules, se dressait Monsieur Muscle, les yeux fixés sur elle avec une expression d'enchantement total. Griessel voyait les flammes noires d'un tatouage dépasser de la chemisette moulante et s'enrouler le long du biceps saillant.
– Merde, fit Griessel.
– Quoi ? lança Hannes Pruis au bout du fil.
– Monsieur Pruis…

– Vous avez intérêt à avoir une bonne raison, capitaine, je suis en réunion.

– Vous saviez pour Masondo, répondit Griessel.

– Je vous demande pardon ?

– Vous saviez que Masondo avait détourné des fonds du syndicat. Vous saviez qu'il était communiste. Et vous n'avez rien dit.

– Ça n'avait absolument rien à voir avec la mort d'Hanneke, lui renvoya Pruis, d'un ton brutal et coléreux.

Le manque de sommeil, la frustration, l'agressivité du bonhomme et la photo de Monsieur Muscle contribuèrent à ce que Griessel perde son sang-froid.

– Mais je vous ai posé spécifiquement la question à propos des communistes. Et vous êtes resté très vague et avez répondu peut-être. Et vous m'avez donné sept noms. Or, vous saviez très bien qu'il n'y avait qu'un seul communiste, et qu'il avait déjà posé problème. Pour autant que je sache, ça s'appelle faire obstruction à la justice.

– Vous me menacez maintenant ?

– Pourquoi n'avez-vous rien dit ?

– À présent, écoutez-moi bien. Je ne vais pas me laisser menacer par un simple capitaine. Si vous voulez porter des accusations, faites-le au tribunal et ensuite on verra.

– Je vais faire mieux que ça. Parce que ce n'est pas une menace. Je vais aller chercher un mandat de perquisition et je vais obliger vos employés à apporter les documents concernant cette transaction ici, jusqu'au dernier, et on va les passer en revue, un à un, jusqu'à ce que j'aie la preuve que vous m'avez menti. Et je vais parler à la presse de votre manque de coopération dans le meurtre d'une de vos propres employées. Et laissez-moi vous dire à présent ceci : s'il y a le moindre rapport entre Masondo et la mort de Sloet, c'est *vous* que je vais arrêter. Au revoir, monsieur...

– Capitaine, attendez...

– J'écoute, dit Griessel.

— Vous devez essayer de comprendre...

La morgue était encore là, mais quelque peu tempérée à présent, l'homme se raccrochait à un bout de sa conscience.

— Nous... Silberstein a signé une clause de confidentialité. Si on la viole... Je ne peux pas faire de commérages sur les différentes parties concernées par cette transaction. Et Masondo... C'était il y a longtemps. L'affaire a été réglée, il a été écarté. Hanneke n'avait aucun contact avec lui. Aucun.

— Est-ce qu'Hanneke était au courant de tout ça ?

— Nous étions tous au courant. C'est *nous* qui avions effectué l'examen préalable pour SA Merchant Bank, il y a déjà un an. Nous étions certains que ça ne mettait pas notre client en danger. Je n'arrive pas à comprendre comment vous avez pu croire qu'il y avait un lien entre cette affaire et la mort d'Hanneke.

— Parlait-elle parfois de lui ?

— En tant qu'équipe, nous avons parlé de lui une fois, au début de l'année dernière. Quand nous avons évalué le risque. Depuis, jamais. Les choses étant ce qu'elles sont, c'est une personne insignifiante. Il touche un salaire en tant qu'administrateur mais n'a aucune influence. C'est pourquoi je ne vous ai rien dit. Parce qu'il n'y a rien. Absolument rien.

— Vous êtes absolument certain que je ne vais pas trouver quelque chose demain ou après-demain qui montre que...

— Capitaine, laissez-moi vous dire, je ne mettrais pas mon entreprise et ma réputation professionnelle en danger si je pensais qu'il puisse y avoir le moindre doute. Si je croyais Masondo impliqué, j'irais immédiatement arrêter ce salopard moi-même.

30

– Benny, tu es sûr ? demanda Manie.
– Je suis sûr, brigadier.
Griessel lut le soulagement sur le visage de son officier supérieur, le poids énorme d'un imbroglio politique qui s'éloignait. Mais ensuite Manie fronça les sourcils :
– Alors, pourquoi est-ce que le sniper continue avec cette histoire de communiste ?
– Il nous mène en bateau, brigadier. Il sait probablement qu'il y a un communiste quelque part. Il veut nous faire perdre notre temps. Pour pouvoir descendre plus de policiers.
– Tu crois qu'il faisait partie de la transaction ?
– Je pense qu'il connaissait Sloet, brigadier. Et qu'elle a dit quelque chose.
– Ou alors il tente le coup… pour ainsi dire, renchérit Manie. Il y a simplement trop de possibilités différentes, Benny. (Puis il ajouta pensivement :) Pourquoi est-ce qu'il veut descendre nos hommes ?
Griessel secoua la tête et dit d'un ton résigné :
– Je comprendrais si vous donniez l'affaire Sloet à quelqu'un d'autre, brigadier.
– Non, Benny, répondit ce dernier sur un ton catégorique. C'est ton affaire. Ce que je vais faire, c'est te montrer comment les Hawks fonctionnent.

Ils se retrouvèrent dans la salle de réunion de l'Unité de lutte contre les crimes violents. La pièce était pleine, avec la branche « Systèmes d'information » au complet, tous les enquêteurs des « Crimes violents », un paquet de CATS, Bones Boshigo de la Brigade financière, l'adjudant des TOMS – la division « Opérations et stratégie », chargée des recherches – Nyathi, et Manie, tous assis devant lui. Il fallut vingt minutes à Griessel pour esquisser les grandes lignes de l'affaire Sloet et faire le point sur l'enquête. Avec la plus grande concentration – il ne voulait pas passer pour un clown devant eux. Il mit toutes ses cartes sur la table. Dit qu'ils n'avaient rien, excepté le fait que la victime connaissait son assaillant, d'une façon ou d'une autre. Ce qui pouvait tout signifier, depuis un ouvrier qui apportait ou réparait quelque chose pour elle jusqu'à un ami ou un collègue. Il parla du double de clé manquant de la porte d'entrée, de l'entreprise de déménagement, des agents de sécurité du bâtiment, des maçons et des commerçants, des pratiques chez Silberstein Lamarque et du peu qu'ils savaient de sa vie privée.

Il déclara enfin que toutes les suggestions seraient les bienvenues.

Musad Manie prit la parole en premier.

– Benny, c'est toi le leader JOC sur cette affaire.

– Putain, brigadier...

Il ne savait pas diriger un Centre opérationnel commun, habituellement c'était un boulot de colonel. Et il y avait encore beaucoup de choses qu'il voulait vérifier par lui-même.

– On est derrière toi, Benny. Philip, dis-lui ce que vous pouvez faire.

– On établit des liens, Benny, dit le capitaine van Wyk, de la branche « Systèmes d'information », avec sa voix douce. On prend tous ses contacts : téléphone, Internet, tout, et on commence à tracer des lignes. Au fur et à mesure que l'information arrive, on pourra te donner un tableau de tous les gens avec qui elle a été en contact. Et te dire qui ils sont. Casiers judiciaires, listes noires de crédit, contraventions... Il nous faut simplement le numéro de son téléphone portable et de son bureau, ses adresses e-mail, son identifiant Facebook... Oh, et ses coordonnées bancaires. On peut faire une analyse complète, chercher les tendances et les scénarios, tout ce qui sort de l'ordinaire.

— Il va falloir qu'on obtienne les noms et numéros de carte d'identité de tous les employés du cabinet juridique, de ses amis, des maçons, et des déménageurs, ajouta Nyahti. L'équipe des « Crimes violents » fera le boulot de terrain. Benny va vous répartir en groupes et attribuera les tâches.

— Au fur et à mesure que l'info arrive, on la saisit, dit van Wyk.

— Benny, est-ce que tu envisagerais de faire appel à la PCSI ? Pour retourner sur la scène de crime ? demanda Nyathi.

La PCSI était l'élite de la Forensique, l'unité d'enquête des scènes de crime de la Province, qui travaillait presque exclusivement pour les Hawks. Griessel ne les avait jamais vus en action, il avait juste entendu parler des joujoux de haute technologie qu'ils utilisaient.

— Il y a eu contamination, monsieur...

— Ces gars sont vraiment bons.

— Ça ne peut pas faire de mal, l'encouragea Manie.

— Qu'on les appelle, dit Benny. (Il réfléchit à ce qu'il lui fallait d'autre.) On doit rechercher des crimes similaires, dit-il. Durant les cinq dernières années. Meurtres et agressions de femmes vivant seules, en particulier quand le mobile n'est pas le vol. Larges blessures à l'arme blanche. Il faudra parler aux légistes, envoyer des communiqués aux équipes d'inspecteurs.

— Ne sois pas trop précis, dit Manie. D'abord, on ratisse large. On sort aussi les dossiers de liberté conditionnelle,

pour voir si quelqu'un ayant le même mode opératoire aurait été relâché au cours de l'année passée.
— Il y a la possibilité que le sniper l'ait connue... dit Griessel.
— On va connecter les bases de données des deux centres de commandement, dit Philip van Wyk. Voir si quelque chose en sort.
— Très bien, dit Nyathi, on gérera l'affaire au fur et à mesure de son déroulement. On se bouge.

Il essaya de puiser un peu de confiance dans la satisfaction qu'il avait éprouvée plus tôt, mais elle l'abandonna quand il enfila la salopette, la perruque et la casquette, et grimpa dans le Chana.
Puis la tension monta, du plus profond de lui, s'étendit lentement comme une fièvre. Il commença à transpirer, les mains moites sur le volant, il eut envie de vomir et ses pensées se mirent à papillonner d'un risque à l'autre. Doute. Il n'avait pas l'étoffe qu'il fallait. Ils allaient lui mettre la main dessus.
Seule une volonté absolue l'empêcha de tout laisser tomber.
Il descendit Koeberg Road en direction du sud, dépassa le poste de police de Milnerton sans regarder, sachant qu'ils seraient sur leurs gardes, à l'affût. Il avait trop peur pour faire demi-tour et prit Mansfield Road et Masson Road pour changer de direction en toute légalité avant de revenir sur Koeberg, la camionnette pointée vers le nord.
Juste avant 19 heures, Milnerton grouillait d'activité. Plus animée qu'il ne s'y était attendu. Il y avait surtout des voitures, se dit-il pour se consoler, des gens qui se dépêchaient de rentrer chez eux, très peu de piétons.
Il se gara juste après Loxton Road, de façon à avoir une vue dégagée de l'entrée du supermarché. D'abord, il parcourut des yeux les environs, pour être absolument certain

que personne ne leur portait la moindre attention, à lui ou à sa camionnette. Il grimpa par-dessus le siège, baissa le rideau d'un geste vif. Resta assis sans bouger un moment. Il respirait vite. De la sueur lui coulait le long de la joue – c'était la perruque, et les fenêtres fermées dans la chaleur estivale du Cap. Il s'essuya les mains sur la salopette, sortit le vieux Nokia de sa poche. Il avait mémorisé le numéro. Il le composa.

La sonnerie retentit six, sept fois.

– SAPS Milnerton, je peux vous aider ?

Il laissa transparaître son anxiété.

– Il y a un cambriolage au Spar, Milnerton Mall, venez vite !

– Monsieur, j'ai besoin de vos nom et adresse, s'il vous plaît.

– Non, non, ils vont me tuer, s'il vous plaît venez vite, c'est un cambriolage, quatre hommes ! Le Spar du Milnerton Mall, Millvale Road !

Puis il éteignit immédiatement le téléphone. Il avait les mains qui tremblaient, au point qu'il eut du mal à enlever le couvercle de la pile. Ses doigts glissaient. Il jura à voix basse et le couvercle céda enfin. Il arracha la pile et fourra le tout dans sa poche.

Après quoi il se pencha et ouvrit la boîte à outils.

Ce fut le soutien de ses collègues qui prit Griessel au dépourvu, qui lui fit ravaler son émotion. Il savait que c'étaient la fatigue, le manque de sommeil, la journée intense, et le stress de ces nouvelles responsabilités inattendues qui le déprimaient. Il devait cacher sa gratitude. Il donna la partie A du dossier à l'IMC pour qu'ils puissent copier toutes les informations, répartit les enquêteurs en équipes et affecta les tâches. Il nota leur zèle, leur concentration et leur bonne volonté. Il entendit leurs encouragements (« On va l'avoir, Benny ») et vit le brigadier Manie s'asseoir à l'écart et regarder tout ça avec satisfaction.

Une fois tout le monde occupé, il s'approcha du commandant en chef des Hawks.

– Brigadier, il y a certains interrogatoires que je veux mener moi-même...

– Vas-y, Benny, diriger le JOC est une position mobile, on reste constamment joignables par téléphone. Simplement, ils doivent te tenir informé, et toi, tu tiens Zola et moi...

Le téléphone de Benny sonna. Il répondit.

– C'est Faber de la PCSI. On est à l'appartement, vous pouvez venir nous ouvrir ?

Avant qu'il puisse répondre, il entendit la voix de Mbali dans l'embrasure :

– Brigadier, il vient de tirer sur quelqu'un d'autre. Et cette fois, c'est sérieux.

31

Paniqué, bouche ouverte, il cherchait son souffle. Son premier instinct fut d'enfoncer l'accélérateur, de s'enfuir, d'aller se cacher à l'abri du garage obscur, mais il dut réprimer ce souhait désespéré. Il se mit à beugler de frustration et de peur. Tout avait changé.
Ce n'était pas sa faute.
Après une éternité, ils étaient arrivés, trois véhicules de patrouille, avec sirènes et gyrophares, qui lui étaient passés devant à toute allure, faisant crisser les pneus au carrefour de Loxton Road. L'un d'eux s'était arrêté là dans un hurlement de freins, les autres avaient continué leur course, tourné dans Millvale, jusqu'à l'entrée du supermarché. À moins de cent mètres de lui.
Cinq hommes en tenue avaient bondi, les armes à la main.
Le fusil était prêt, il avait suivi le plus proche à travers la lunette. Il devait attendre, il le savait, le tir était trop difficile pendant qu'ils couraient.
Et puis le policier s'était arrêté, à sa grande surprise et à son soulagement, et il avait visé la jambe en toute hâte. Il tenait sa chance, il avait pressé la détente. Au même instant, l'homme s'était accroupi, le fusil s'était cabré et il avait su, immédiatement, il l'avait vu dans l'objectif, qu'il l'avait touché à l'abdomen, un tir au ventre. Un cri avait jailli de sa gorge, putain, et la panique l'avait submergé.
Pas le temps de dévisser le support, il avait complète-

ment perdu son sang-froid, jetant le fusil sur la moquette, arrachant le rideau, escaladant le siège avec une hâte fébrile. Sa salopette s'était accrochée dans quelque chose, il avait tiré, elle s'était déchirée, il avait bondi sur le siège, démarré et roulé, sans un regard. Hurlement suraigu d'un klaxon juste à côté de lui, il avait brusquement tourné la tête. « Putain », tout fort cette fois. Une femme dans une Toyota, le visage déformé par la rage, il s'était contenté de regarder droit devant lui, et avait continué. Il savait qu'il venait de commettre une grosse erreur. Deux. Trois.

Il avait tué un policier. Le Chana avait attiré l'attention. Et à présent, le fusil se trouvait à l'arrière, à la vue de tous.

Dans la salle de réunion des CATS, Griessel écoutait Mbali, visiblement bouleversée, téléphone à l'oreille, qui demandait encore et encore : « Est-ce que l'ambulance est arrivée ? » Puis, se dirigeant vers la porte, elle dit à Manie : « J'y vais, brigadier, je ne peux pas rester là. »

Les enquêteurs avec leurs portables demandaient aux postes de police de Bothasig, Table View et Maitland d'établir des barrages routiers, d'une voix forte où perçait l'urgence. Quelqu'un parlait d'un ton coléreux avec Telkom, donnant des informations sur le coup de fil que le poste de police de Milnerton avait reçu.

– Vous ne comprenez pas. Je ne peux pas attendre jusqu'à demain…

Il se rendit compte qu'il pouvait faire quelque chose lui aussi. Il activa la fonction « Rappel », obtint Faber de la PCSI.

– Vous devez aller à Milnerton d'abord. On vient de tirer sur un autre policier.

– Salomon ?

– On pense que oui.

– Vous avez une adresse ?

Il la donna. Faber répondit qu'ils étaient en route et coupa.

Griessel resta debout encore un moment, observant et écoutant, avec une envie diffuse de faire partie de cette équipe-là, en ce moment même. L'adrénaline de la poursuite, le sentiment d'urgence tragique, une proie tangible avec un nom.

Et puis soudain, la prise de conscience à nouveau de la pression encore plus forte sur son enquête. C'était à lui de se bouger le cul. D'empêcher Salomon de tirer encore.

Il ne partit qu'à 22 h 15. Quand tomba la nouvelle que l'agent de police Errol Matthys était mort des suites de ses blessures à la clinique de Milnerton, l'hémorragie interne et les dommages subis par les organes étant trop importants. Quand ils furent certains que les barrages avaient été mis en place trop tard, que le sniper était passé à travers les mailles du filet. Quand il n'eut plus rien d'autre à faire.

Il téléphona à Alexa tout en conduisant. Elle répondit elle-même.

– Comment se passe l'enquête ? demanda-t-elle.

Il entendit à sa voix qu'elle était sobre, et le soulagement l'envahit.

– Pas très bien. J'arrive.

– Je vais dire à Ella qu'elle peut aller se coucher alors.

– Je suis bientôt là.

Quand il s'arrêta devant chez elle vingt minutes plus tard, la lumière de la véranda s'alluma, elle ouvrit la porte et l'attendit sur le seuil.

– Tu es fatigué, dit-elle en l'embrassant sur la joue. Je t'ai gardé une pizza au chaud. C'est Ella qui les a commandées.

Il vit les rides profondes, le teint terreux et le visage luisant de sueur. Elle traversait un moment difficile. Un instant, il se remémora son double, la pure Annemarie van Eeden, et ressentit une immense compassion pour Alexa.

– Je suis très fier de toi, dit-il en refermant la porte derrière lui.

Ses épaules s'affaissèrent, comme si son courage avait atteint ses limites, et elle se mit à pleurer. Il la prit dans ses bras. Elle se laissa aller contre lui.

Pendant un long moment, ils restèrent simplement ainsi, jusqu'à ce qu'elle soit calmée.

Il respecta consciencieusement son contrat. Dans la cuisine, pendant qu'il mangeait la pizza et buvait un verre de jus d'orange, il lui raconta sa journée.

Elle rit quand Griessel lui décrivit Bones Boshigo et l'excentrique Len de Beer, et elle secoua la tête avec un petit sourire devant la fortune d'Henry van Eeden. Quand il lui parla d'Egan Roch, elle se pencha en avant avec une concentration plus grande et hocha la tête comme si tout ça faisait sens pour elle.

Elle emporta son assiette et ses couverts dans l'évier et se rassit. Ils allumèrent une cigarette ensemble.

– J'ai beaucoup réfléchi, dit-elle. Je ne sais pas si ça pourra t'aider.

– Tout peut m'aider, répondit-il, reconnaissant des efforts qu'elle faisait.

– Simone, la chanteuse aux photos... J'ai l'impression que, dans les années passées, les filles comme elle étaient plus nombreuses. En particulier dans la musique afrikaans. C'est un phénomène intéressant. Bizarre, sûrement, parce qu'il me semble que la plupart sont des femmes. C'est comme si... ce sont des papillons de nuit, Benny, dans la lumière éclatante des feux de la rampe. Elles ne sont pas accros à la chanson, elles sont séduites par la notoriété. Elles veulent être célèbres. C'est tout.

Il entendit le sérieux, la sincérité derrière ses paroles, et comprit qu'elle lui offrait un cadeau, une sorte d'excuse. Elle s'était accrochée à ça ce jour-là, son refuge au milieu du déluge.

Il aurait voulu la toucher.

— Je n'ai pas l'impression que ce soit une question de richesse, continua-t-elle. Les hommes, pour eux, la notoriété est synonyme d'argent. Et de sexe. Mais pour ces femmes, c'est juste l'idée d'être connues. D'être spéciales. J'ai du mal à comprendre ça. Je me suis demandé si ça avait quelque chose à voir avec les Afrikaners et ce que nous sommes devenus, dans cette Afrique du Sud ? Les hommes afrikaners ont perdu leur pouvoir, leur image de supériorité. Il y a tant d'indifférence envers les gens comme eux à présent, il n'y a que de la compassion pour la nouvelle nation, cette entité plus vaste. Est-ce que c'est pour les femmes une façon de restaurer un équilibre ? Un genre de rébellion, un moyen instinctif de combler le vide ? Peut-être que c'est un phénomène universel, trop de gens, plus d'individus ou de tempéraments particuliers, nous tous, nous ne sommes plus que des... canaux.

Ses yeux revinrent à lui, comme si elle avait deviné qu'elle était en train de partir dans une digression.

— Je ne sais pas, Benny, ces femmes, tellement avides de gloire. Elles se donnent un mal de chien, cours de chant et d'élocution, régimes... Leurs parents dépensent des fortunes en stylistes, photographes, musiciens et studios d'enregistrement. Les filles qui attendent aux portes des producteurs, un CD à la main... Elles se vendent sans la moindre honte. Elles n'ont aucune loyauté, elles sont comme des papillons qui butinent de fleur en fleur, à la recherche du nectar le plus puissant, qui leur permettra de réaliser leur rêve. Et elles affichent toutes cette propension au narcissisme, à l'envie, à la jalousie, ces longs cheveux, elles passent des heures devant le miroir, ou en photos promotionnelles.

Elles portent ces vêtements ajustés et ces décolletés, tout ce qui crie : « Regardez-moi, regardez-moi, s'il vous plaît, remarquez-moi simplement. » Ce que j'essaie de dire, c'est qu'Hanneke Sloet a pu avoir ce même désir, cette même personnalité. Le monde juridique était sa scène, ses feux de la rampe. C'est là qu'elle aurait voulu se faire un nom.

Les conversations de la journée lui revinrent à l'esprit.

– Sloet avait parlé à sa mère des sommes énormes qui tournaient autour des transactions BEE, dit-il à Alexa. Elle envisageait de se lancer seule. Elle avait déclaré au grand patron qu'elle voulait son poste.

– Cette soif terrible, dit-elle.

– Il y a neuf ans, elle a eu une liaison avec un des cadres dirigeants. Un homme marié, environ cinquante ans.

– Elle a probablement pensé qu'il l'aiderait dans sa carrière. Ça doit être pour ça qu'elle a rompu avec son petit ami. Parce qu'il ne lui servait plus à rien.

– Ça se défend, dit-il.

Elle sourit, un sourire d'autodérision.

– Tu n'as pas besoin d'un détective amateur, n'est-ce pas ?

– J'ai besoin de quelqu'un qui comprenne les femmes comme elle.

– Tu veux entendre ma théorie ?

– Je veux bien.

– Son ambition. Pour qui son ambition représentait-elle le plus grand danger ?

C'était une bonne question.

– Pas van Eeden. Il est déjà riche... Egan Roch, tu crois ? Tu crois qu'il avait encore de l'espoir ?

– Non, répondit-elle. L'hôtesse de l'air... Il est passé à autre chose. Ses collègues, à mon avis. Un de ses collègues.

JOUR 4

Jeudi

32

À 6 h 45, il était dans la salle pour la réunion générale, frais, ayant à peu près bien dormi. Et Alexa semblait tellement mieux, les pires symptômes du manque derrière elle. Elle n'avait pas de répétition ce jour-là. Ella devait venir la chercher pour aller faire du shopping. Elle l'avait envoyé bouler avec un vague et très général « truc de filles » quand il avait voulu connaître leur but précis, et il en était resté là avec joie.

Le fardeau de la culpabilité lui paraissait plus léger ce matin.

Les chefs d'équipe n'avaient pas grand-chose à relater – la plupart des informations concernant les maçons et les agents de sécurité du bâtiment ne seraient disponibles qu'aux heures de bureau. Griessel demanda à Cupido d'ouvrir la scène de crime pour la PCSI, et dit qu'il allait interroger les amis et collègues de Sloet. Son portable resterait ouvert.

Une fois la réunion terminée, Griessel se dirigea avec van Wyk vers le bureau de l'IMC.

C'était une grande pièce, où sept personnes travaillaient assises devant des ordinateurs portables dans le contre-jour d'une lumière tamisée. Un projecteur vidéo montrait un graphique sur le mur.

– Voici le tableau provisoire des contacts de Sloet pour le mois de janvier, dit van Wyk.

Au centre de l'écran se trouvait un petit carré, marqué des initiales HS. À partir de là, un réseau délicat de lignes ténues s'étirait vers le haut et le bas, comme les facettes d'un diamant.

— En haut, figurent les numéros des gens qui ont appelé son portable en janvier — les lignes en pointillés représentent les SMS — et ici, ce sont les personnes qu'elle a contactées. Au cours de la journée, nous ajouterons des noms aux numéros. Et nous obtiendrons les données des fournisseurs d'accès pour les appels passés de juillet à décembre de l'année dernière. Nous entrons chaque numéro dans la base de données de la RICA[1] pour l'identifier et nous faisons la même chose pour les casiers judiciaires. D'ici à ce soir, nous devrions avoir un tableau plus complet. Et bien entendu, nous allons inclure les derniers éléments concernant le sniper.

— Il y a des éléments nouveaux ?

— Le téléphone portable, et le véhicule.

— On a un véhicule ?

— Après avoir lu le compte rendu dans le journal de ce matin, une femme a déclaré qu'elle passait devant la scène de crime hier soir, pratiquement à l'heure exacte, quand un hippy en camionnette de livraison blanche lui a fait une queue-de-poisson. Mbali est avec elle en ce moment à Milnerton.

— Un hippy, répéta Griessel, sceptique.

Les femmes étaient généralement de meilleurs témoins oculaires que les hommes, il ignorait pourquoi, mais un hippy ?

— Oui, on va voir de ce côté-là. Il y a aussi le téléphone, au moins. Le sniper s'en est servi hier soir pour appeler le

---

1. *Regulation of Interception of Communications Act*, loi de sécurité sur l'interception des communications, obligeant tous les propriétaires de téléphone portable à déclarer leur numéro. (*N.d.T.*)

poste de police de Milnerton. Il n'est pas dans la base de la RICA, il n'a passé aucun autre coup de fil avec durant le mois précédent, et il l'a éteint. Mais c'est un téléphone sans abonnement, il achetait régulièrement une recharge, la dernière date du samedi 5 février, trente-neuf rands chez Clicks, dans Canal Walk. On suit cette piste. Naturellement, on va recouper le numéro avec tous les propriétaires de fusils… Pour l'instant, on a cent quarante-sept personnes qui possèdent un permis pour un .222 et un .223 dans la province du Cap-Occidental et qui ont aussi acheté des Remington Accutip l'année passée. Trois des fusils ont été volés entre-temps et donc les CATS doivent aussi suivre chacune de ces affaires. Ça va prendre un bon bout de temps. On n'a pas encore relié cette base de données à celle de Sloet, on n'a pas assez d'hommes disponibles, c'est tout. Cet après-midi, peut-être, quand on en saura plus sur la camionnette.

Mbali se tenait avec la femme sur le trottoir à côté de Koeberg Road. Elle devait parler fort pour se faire entendre par-dessus le bruit de la circulation ininterrompue.
— Comment pouvez-vous être sûre de l'heure ?
— Parce que j'ai quitté le bureau à exactement 19 h 10, répondit la femme.
Elle allait sur ses cinquante ans, cheveux lourdement laqués, visage sévère.
— En bas à Rugby.
— Oui. C'est à cinq minutes d'ici. Pas plus.
— Je vois. Où était-il garé ?
— Juste là.
Mbali regarda autour d'elle. C'était vraisemblable. Il aurait eu une vue parfaite d'ici, un tir sans bavure. Quatre-vingts mètres, peut-être.
— Et ensuite vous êtes passée.

— J'étais dans la file de gauche. Je suis toujours dans la file de gauche, parce que beaucoup de gens tournent à droite au carrefour de Bosmansdam. Et puis il a déboulé du parking, juste ici, il a fait une embardée pour entrer dans ma file.
— Mais il était devant vous ?
— J'ai voulu lui faire un doigt d'honneur. Alors je l'ai dépassé.
— Et c'est là que vous l'avez vu.
— Comme je vous vois. J'ai klaxonné et il m'a regardée. Il avait une petite casquette de base-ball, genre rouge passé, et de longs cheveux. Blonds. Un vrai hippy, et il avait ces yeux complètement fous, comme s'il allait me tuer. Terrifiant, vraiment, vraiment terrifiant.
— Vous avez vu les vêtements qu'il portait ?
— Pas vraiment. J'étais tellement furieuse, ce connard. Si je n'avais pas fait attention...
— Et vous dites qu'il s'agit d'un véhicule de livraison ?
La femme acquiesça avec une grande conviction.
— Beige clair, ou blanc sale, et pas neuve. Une Kia.
— Une Kia ? Au téléphone, vous avez dit que vous n'étiez pas sûre.
— Eh bien, après avoir appelé, je me suis souvenue qu'elle était pareille que la camionnette dont se servent les gens qui livrent nos pièces de rechange. Alors je les ai appelés. Ils utilisent des Kia. La K2700, qu'ils disent, ajouta-t-elle avec grande satisfaction, comme si elle venait de résoudre toute l'affaire.

Il lui fallut quinze minutes d'allers-retours téléphoniques entre les deux amies de Sloet – Aldri de Koker et Samantha Grobler – pour décrocher un rendez-vous commun à 14 h 30. Il téléphona à Phil Pagel, le légiste, et à Hannes Pruis, chez Silberstein Lamarque. L'avocat ne fut pas ravi d'avoir de ses nouvelles, et soupira longuement quand Griessel demanda s'il pourrait voir tous les collègues qui avaient travaillé avec Hanneke Sloet à 17 heures.

Puis il se rendit chez Roch.

En traversant Stellenbosch, il pensa à sa fille. Comment devrait-il aborder la situation avec Monsieur Muscle ? Pourquoi Carla ne lui en avait-elle pas parlé ?

Il décida d'arrêter. Il ne devait pas se laisser dominer par son imagination de flic. Il avait une bonne relation avec sa fille. Elle lui aurait dit s'il y avait quelque chose. Et Fritz était désespéré, avec cette histoire de tatouage. Dix contre un qu'il s'agissait juste d'une photo prise au hasard, pendant Rag. Carla ne tomberait jamais amoureuse d'un type avec un visage pareil, de toute façon – sourcils trop épais, yeux trop rapprochés. Et ce tatouage…

Il lui téléphonerait plus tard. Juste pour en avoir le cœur net. S'il trouvait quoi dire.

Au sommet du col d'Helshoogte, il découvrit les vignobles vert foncé de chaque côté de la route, la beauté des montagnes à l'arrière. Il venait trop rarement là. Il allait trop rarement où que ce soit, il ne faisait que bosser et dormir et un peu de musique avec Roes, et de temps en temps une visite chez Alexa. Peut-être qu'un jour il pourrait l'amener ici, dans une de ces maisons d'hôtes.

Peut-être. S'il parvenait à retomber sur ses pattes financièrement.

Le domaine de Bonne-Espérance était beaucoup plus calme le mardi matin. Il se gara à nouveau devant le centre de dégustation et se rendit directement à l'atelier, ne voulant pas que son arrivée soit annoncée.

En poussant la porte, il sentit l'odeur de bois, la chaleur. Roch était debout devant un des établis, une bouteille d'eau à la bouche. Il vit Griessel et la baissa lentement. Pas très heureux de cette deuxième visite.

— Capitaine, dit-il d'un ton abrupt en reposant la bouteille sur l'établi.
— Monsieur Roch.
— J'ai entendu dire que vous aviez mis la main sur Danielle finalement. Ou vous ne la croyez pas non plus ?
— On la croit.
— Alléluia.
— Est-ce qu'on peut parler ?
— Vous avez de nouvelles accusations ?
— Tout dépend si vous nous cachez encore des informations.
Roch leva les yeux au plafond.
— Je n'ai pas... (Il soupira.) Suivez-moi.

Cette fois, Roch n'offrit pas de café. Il s'assit dans son fauteuil, son langage corporel trahissant l'irritation. Griessel l'ignora.
— Vous avez dû vous demander qui avait assassiné Hanneke, commença-t-il d'un ton monocorde.
— Évidemment.
— Des idées ?
— Vous me demandez, *à moi* ?
— C'est exact.
Il regarda Griessel avec aversion.
— Pas étonnant que les escrocs aient pris le contrôle du pays.
— Je suis ici parce que j'ai besoin de votre aide, répondit Griessel.
— Après m'avoir insulté.
— Monsieur Roch, dans plus de quatre-vingts pour cent des cas similaires, le meurtrier est connu de la victime ou en relation avec elle. Vous avez au mur des outils en métal parmi lesquels pourrait se trouver l'arme du crime. Et vous n'avez pas dit toute la vérité...

Roch eut un geste de frustration à peine réprimé.
— Je n'étais même pas là.
— Vous allez coopérer ?
Roch regarda ses mains un long moment puis releva la tête.
— Oui.
— Il semblerait qu'il y ait deux possibilités. Elle a ouvert la porte à quelqu'un qu'elle connaissait, ou le meurtrier avait le double de sa clé. Avez-vous une idée de la personne à qui elle aurait pu le confier ?
— Quand elle vivait encore à Stellenbosch, elle me l'avait donné. Elle disait que ça ne servait à rien qu'elle le garde à l'intérieur.
Son attitude négative disparut tandis qu'il se redressait dans son fauteuil.
— Et la clé du nouvel appartement ?
— Je ne sais pas. En tout cas, pas à moi. Mais… c'était important pour elle que quelqu'un garde un double de ses clés. J'avais l'habitude de la taquiner avec ça, elle était tellement organisée, je lui disais qu'il n'y avait aucune chance qu'elle les perde. Alors elle répondait que ça n'était pas de ça qu'elle avait peur. Elle avait peur de tomber dans la douche, un truc comme ça.
— Et vous pensez qu'il y a de grandes chances qu'elle l'ait donné à quelqu'un ?
— Oui.
— Qui ?
— Je ne sais pas. Peut-être une de ses amies. Ou… Vous avez demandé à son travail ?
— Son assistante dit qu'elle ne sait pas non plus.
Roch hocha la tête.
— Vous croyiez qu'elle avait un nouvel homme dans sa vie, reprit Griessel.
— Je me trompais.
— Mais au début, c'est bien ce que vous avez pensé.

— Je suppose que c'est une réaction masculine.
— C'est tout ?
— Pourquoi ? Vous avez trouvé quelque chose ?

Même attitude imperceptible que la veille, le mouvement des yeux indiquant une certaine gêne.

— Monsieur Roch, je traiterai tout ce que vous me direz de la manière la plus confidentielle possible. Je comprends que ce soit difficile, vu les circonstances, de parler de choses personnelles. Mais je serais heureux que vous me disiez pourquoi ça a été votre première réaction.

Roch posa les coudes sur les bras du fauteuil, croisa les doigts, observa Griessel d'un air pensif.

— C'est *vraiment* difficile. J'ai toujours pensé qu'on ne parlait pas de… Vous voyez…

— Je comprends.

— C'est juste qu'Hanneke… Elle était… Nom de Dieu, capitaine, c'est… Ça me chiffonne.

— Essayez, ça pourrait nous aider, monsieur Roch.

— Je me le demande. Disons simplement… Elle était très… physique. Dès le début. Je veux dire, avant Hanneke, ça n'est pas comme si j'avais eu des tas de copines mais au moins, vous voyez… (Il devint écarlate et baissa les yeux.) Un homme a une certaine expérience, en particulier avec les femmes afrikaners. Elles sont réservées, si vous voyez ce que je veux dire. Nom de Dieu, je n'ai jamais parlé comme ça avec un étranger ! Hanneke… Comme j'ai dit, dès le début, elle a été *physique*. Et ça ne la gênait pas. Elle disait qu'elle *aimait* le sexe. C'était parce que… Elle avait commencé tard, tout au long de ses études, elle était restée, vous voyez, vierge. Et ensuite, elle est partie en Europe pour un an et elle a rencontré ce type, un Australien… (Jalousie évidente dans la voix.) Ils ont voyagé ensemble pendant un mois environ, et apparemment il en pinçait pour elle. Il l'a harcelée jusqu'à ce qu'elle cède et c'est là qu'elle a découvert le sexe. Comme vous pouvez imaginer, je ne voulais pas en entendre parler. Mais elle disait qu'ils... vous voyez, qu'ils étaient déchaînés, et qu'elle ne comprenait pas pourquoi elle avait attendu si longtemps. Et qu'elle ne se priverait plus jamais de cette façon.

Il jeta à Griessel un regard qui signifiait « c'est tout, je n'irai pas plus loin ».

33

— Et c'est pour ça que vous avez pensé qu'il y avait quelqu'un d'autre ?

— C'est exact.

— Vous lui avez dit pourquoi vous pensiez ça ?

— Oui. Et je le regrette. J'ai dit des choses… Mais alors, elle a répondu que ça n'était plus une priorité pour elle. Que *maintenant* elle tenait sa chance au travail. De se faire un nom.

— Vous l'avez crue ?

— Je ne l'ai crue que quand on s'est revus l'année dernière. Ici… (Il désigna la montagne.)

— Pourquoi ?

— Parce qu'elle était… tellement exaltée. Comme si ça faisait longtemps… vous voyez ?

— Qu'elle n'avait pas fait l'amour ?

Roch baissa les yeux et acquiesça.

— Donc, vous ne croyez pas qu'elle avait un autre homme dans sa vie ?

— Pas depuis la dernière fois. Non. Je ne le crois pas. (Roch changea de position dans son fauteuil, se pencha en avant.) Hanneke était… C'est quelque chose que j'avais remarqué dès le début. Elle était tellement différente. C'est comme si elle avait cette image très particulière, très forte d'elle-même. Un genre de vision. *Voici* ce qu'elle était, *voilà* ce qu'elle voulait être. Je ne suis pas comme ça. J'écoute mon cœur, comme qui dirait, je laisse les choses arriver, je vois où ça m'emmène. Mais Hanneke... Pour elle, ça n'était pas le chemin qui importait, c'était le but. C'était tout ce qui comptait.

— Et c'était quoi, son but ?

Il leva les mains en un geste d'ignorance.

— Je ne le lui ai jamais demandé franchement. Peut-être parce que... Je ne sais pas si elle aurait pu l'expliquer. Au début, j'ai cru que c'était la réussite professionnelle. Diriger l'entreprise. L'argent. Et puis j'ai pensé que c'était une cible mouvante, une fois qu'elle avait une chose, ça en amenait une autre. Mais plus tard, je me suis dit qu'elle avait un problème avec son père. Son paternel s'était comme qui dirait évaporé, à son adolescence. Il avait des difficultés... Elle ne voulait pas vraiment en parler, mais c'est l'impression que j'avais. Elle avait cette rage en elle, devant sa faiblesse. Alors je pense que son but était de réussir à l'oublier. De se débarrasser de ses gènes, d'une certaine manière.

Griessel digéra l'information avant de demander :

— À qui aurait-elle ouvert sa porte ?

— Très peu de gens. Ses parents, ses amies. Moi. Quelques personnes du boulot...

— Y avait-il des collègues qui ne l'aimaient pas ?

— On ne sait jamais, avec cette bande d'avocats. Ils sont tellement obsédés par l'argent, tant qu'elle avait de la valeur pour eux, ils l'aimaient.

— Vous ne les appréciiez pas ?

— Je ne les connaissais pas vraiment. J'ai assisté à une fête de Noël, et nous avions été invités à dîner avec certains des directeurs une ou deux fois, mais on parle de dix ou vingt personnes. Ça n'est pas vraiment mon genre.

— Avez-vous une théorie ? Sur son meurtrier ?

— J'ai simplement pensé, vous voyez... Je veux dire, c'est le pays dans lequel on vit. J'ai juste pensé que c'était un Noir qui l'avait suivie, depuis la rue, qui avait attendu qu'elle ouvre sa porte. Et l'avait tuée parce qu'il le pouvait. Voilà ce que j'ai pensé.

À 9 heures, le sniper acheta dix aérosols de peinture rouge et deux rouleaux de ruban adhésif à la quincaillerie de Melkbos. Il était nerveux en sortant de l'Audi A4, rongé par la peur diffuse que quelqu'un pointe soudain un doigt accusateur dans sa direction en criant : « C'est lui ! »

Ensuite, il acheta une deuxième série de dix aérosols et deux rouleaux d'adhésif au Makro de Montague Gardens, et dans un café de Blaauwberg Road il se procura tous les journaux du matin.

Dans le clair-obscur du garage, deux choses dominaient ses pensées, pendant qu'il recouvrait les fenêtres, les chromes et les phares du Chana de papier journal et de ruban adhésif : comment allait-il expliquer que le dernier tir était un accident ? Qu'il n'était pas un meurtrier. Et les vingt aérosols suffiraient-ils à repeindre le véhicule entier ?

Dans sa tête, il composait encore et encore des e-mails destinés à la police et aux médias, sans parvenir à trouver la bonne approche.

À midi, il se rendit compte qu'il n'avait pas assez de peinture.

Griessel quitta le domaine de Bonne-Espérance par l'avenue bordée de chênes, en s'interrogeant sur ce monde où un homme bien bâti, vigoureux, de belle allure et apparemment intelligent pouvait devenir écarlate en discutant de problèmes intimes avec un policier. Et la minute suivante, admettre sans ciller ses préjugés racistes.

Les gens n'étaient jamais simples.

Comme la vie.

Et d'où Egan Roch avait-il sorti cette ineptie de « Pas

étonnant que les escrocs aient pris le contrôle du pays » ? Il l'entendait et la voyait se répandre de plus en plus, cette idée que le crime était devenu incontrôlable. C'était tout simplement faux, les statistiques montraient que le SAPS était lentement en train de prendre le dessus. Mais ça n'était qu'une des raisons pour lesquelles il blâmait les médias, cette idée fausse. Parce que ça faisait vendre plus de journaux.

Roch était cultivé, il avait voyagé, il était plus malin que ça. C'était quelque chose que Griessel ne cessait de redécouvrir : avec les gens, on ne savait jamais à quoi s'attendre.

Ce qui le ramena à Carla. Elle n'avait pas assez d'expérience de la vie pour comprendre ce genre de choses. Elle pouvait facilement se laisser embobiner par les mauvaises personnes.

Et cette histoire sur Hanneke Sloet et son père l'avait perturbé. *Son paternel s'était comme qui dirait évaporé, à son adolescence.* Griessel lui-même s'était évaporé dans un brouillard alcoolisé quand Carla était ado. Quel effet cela avait-il pu avoir sur sa fille, sur son choix en matière d'hommes ?

Est-ce que ça aidait qu'il soit désintoxiqué à présent ?

En traversant Stellenbosch, il ne put se retenir plus longtemps. Il composa son numéro.

– Salut, papa ! (Surprise et joie dans sa voix.)

– Je suis en train de traverser ta ville, alors je me suis dit que j'allais t'appeler. (Ce qui était plus ou moins vrai.)

– Viens, on va prendre un café !

– Je ne peux pas, je dois retourner à Bellville.

– J'ai dit à tout le monde que c'était mon père qui s'occupait de l'affaire Sloet.

– Comment tu l'as su ?

– Les reines du théâtre lisent aussi les journaux, papa.

– Alors, quoi de neuf ?

Une des phrases de Fritz, une qu'il n'avait jamais utilisée

avec sa fille. Il était sûr qu'elle allait flairer quelque chose de louche à présent.

— *Ag*, pas grand-chose. Je suis juste super-occupée. Mais c'est *tellement* chouette, papa, je viens d'avoir un cours d'arts de la scène, c'est *trop* intéressant…

— Ne te surmène pas.

Il voulait lui tirer les vers du nez en l'appâtant avec « Tu devrais sortir aussi », mais il savait que c'était aller trop loin.

— Tu devrais te détendre aussi, dit-il.

— Oh, ne t'inquiète pas, Pa, on se détend pas mal.

La phrase sortit avant qu'il ne puisse la retenir.

— Les filles et toi ?….

En déguisant autant que possible la question.

— Pas *toujours*… répondit-elle sur un ton taquin.

Ça n'était pas ce qu'il voulait entendre.

— Dis juste à ces étudiants que ton père porte un Z88 et qu'il y a beaucoup de fusils de chasse dans l'armurerie de la police…

Carla éclata de rire, et il eut l'impression d'entendre une minuscule pointe d'hystérie dans sa voix.

— *Ag*, il y a des gars très sympas ici aussi…

Les bureaux de la Direction des enquêtes criminelles prioritaires se trouvaient dans l'ancien bâtiment des Contributions directes, dans AJ West Street, à Bellville. Griessel gara la BMW au sous-sol, entre les autres véhicules des Hawks – Golf GTI, Isuzu, 4 × 4 Nissan, Tiida, Ford Focus, et les deux grosses Ford Everest banalisées. Il grimpa les marches au pas de charge jusqu'au deuxième étage. Les bureaux et les box du SARS étaient toujours là. Selon la rumeur, les Travaux publics allaient rénover tout le bâtiment pour les Hawks d'ici à quelques semaines. Mais quand on était « de la vieille école », on n'ignorait rien des promesses des Travaux publics.

La salle de réunion du JOC était vide mais l'IMC était

une vraie ruche. Tous les postes informatiques étaient occupés, neuf inspecteurs des CATS se tenaient en demi-cercle autour de l'écran devant lequel Mbali était assise en compagnie d'un analyste. Griessel s'approcha et jeta un coup d'œil. Une barre sur l'écran affichait l'état d'avancement de la recherche.
Recherche complétée à 67 %.
— Des nouvelles ? demanda-t-il.
— On a une description de véhicule, répondit l'enquêteur à côté de lui. Une camionnette Kia. On cherche une correspondance dans la base de données, les propriétaires de Kia et de fusils .222.
— On est absolument certains qu'il s'agit d'un .222 ?
Mbali leva les yeux, vit Benny.
— Ils ont récupéré assez de fragments dans le corps de l'agent Matthys hier soir. C'est indéniablement un .222. Le problème, c'est que la plupart des camionnettes Kia sont enregistrées au nom de sociétés. Mais on espère que notre véhicule appartient à un particulier. Tu ne peux pas faire de trous dans la voiture de ton patron...
— Quel genre de personne tire sur des policiers avec un .222 ? demanda un des enquêteurs.
— Il l'a volé, c'est tout, répondit un autre.
Ils acquiescèrent d'un commun accord.
— Parce que c'est un connard, murmura celui qui se trouvait à côté de Griessel, mais très doucement, pour que Mbali n'entende pas.
Griessel s'apprêtait à opiner du chef quand son téléphone portable sonna dans la poche de sa veste.
— Excusez-moi, dit-il en sortant.
Il identifia le numéro de Cupido.
— Vaughn ?
— Benna, tu ferais mieux de venir. Les PCSI ont trouvé quelque chose de bizarre. Très bizarre, *pappie*.

34

Les minibus de la PCSI étaient garés devant l'immeuble d'appartements du 36 Rose Street, dans le Bo-Kaap. La femme de la sécurité ronchonna quand Griessel lui demanda d'ouvrir. Elle avait déjà dû monter et descendre pas mal de fois dans la journée.

— Les gens du téléphone sans fil doivent tester cet appartement. Quand est-ce que vous aurez fini ? demanda-t-elle dans l'ascenseur.

— Très bientôt, répondit Griessel.

Avant d'entrer dans l'appartement de Sloet, il vit que le ruban jaune de sécurité était accroché juste derrière la porte. Les techniciens se trouvaient de l'autre côté avec Cupido, près du canapé et des fauteuils. Ils le virent et se rapprochèrent.

— Benny, c'est juste là, dit Cupido en montrant une série de taches humides sur le sol. (À l'intérieur de l'une d'elles se trouvait un repère avec le chiffre cinq.) Marche jusque-là.

Griessel regarda et reconnut les taches. Il se baissa pour passer sous le ruban, et s'approcha avec précaution.

— Luminol, dit-il.

— Tout juste, *pappie*. On dirait que le Gros et le Maigre n'ont jamais pensé à faire le test... ils ont vu le sang en évidence et se sont dit que c'était tout. Mais ça n'était pas tout. (Cupido s'adressa à un technicien avec un appareil photo autour du cou :) Montrez-lui les photos.

L'équipe de la PCSI les entoura. Griessel en connaissait certains. D'autres étaient nouveaux et se présentèrent.

Celui à l'appareil photo était Rabinowitz, jeune, coupe militaire, en salopette bleu clair. Il tourna le Canon 7D pour que Griessel puisse voir le petit écran. Il savait à quoi s'attendre. La solution à base de luminol réagissait au sang en émettant une radiation bleutée pendant trente secondes seulement, qu'on devait saisir avec l'appareil photo. Il vit un cliché sous-exposé et quelques traces bleues qui luisaient faiblement.

– Le sang se trouvait là, au repère cinq, expliqua Rabinowitz.

– Mais quelqu'un l'a nettoyé, précisa Cupido.

– À l'eau et au savon, renchérit le technicien. C'est pour ça qu'on a quand même pu retrouver les oligoéléments.

Griessel regarda la photo puis le sol et de nouveau la photo. Le repère était posé à moins d'un mètre de l'endroit où le corps d'Hanneke Sloet avait été découvert.

– La même chose s'est passée dans la cuisine. Dans le bac...

Cupido montra l'évier de la cuisine. Griessel remarqua qu'on avait dévissé la petite porte en dessous. Elle était appuyée contre le placard, emballée dans un sac plastique.

– Mais il y a plus d'oligoéléments, donc il y avait plus de sang dans l'évier, dit Cupido.

– Regardez, fit le technicien, en lui montrant une nouvelle photo. L'évier de la cuisine, avec la même luminescence fantomatique, mais beaucoup plus marquée.

– Il y en a assez pour trouver de l'ADN ? demanda Griessel.

– Peut-être dans le bac, répondit le technicien.

– C'est son sang. Obligé, reprit Cupido. Je veux dire, il n'y a rien d'autre. Nulle part.

– Pourquoi aurait-il nettoyé le sol juste à cet *endroit-là* ? demanda Griessel en montrant le repère cinq.

— Wollie est notre expert en éclaboussures, dit le technicien en désignant un de ses collègues légèrement plus âgé, portant une barbiche.

Wollie s'approcha.

— Les traces de sang qu'on peut voir viennent de la blessure par arme blanche et sont très typiques. (Il montra l'éventail de fines gouttelettes de sang brun-rouge.) Elles sont dues au coup lui-même, les gouttes font entre 1,3 et 2 millimètres de large, ce qui indique une vitesse d'attaque relativement élevée, entre 2 et 5 mètres par seconde. C'est normal lors d'un traumatisme de cette sorte. La forme et la terminaison des gouttelettes nous indiquent l'angle et la hauteur du coup porté, ainsi que l'endroit où se tenait la victime.

Griessel acquiesça. Il avait entendu décrire la technique maintes fois au tribunal.

Wollie désigna la grande flaque de sang séché.

— Celle-ci ne présente pas d'éclaboussures, c'est là que la victime était allongée, avec le sang qui s'écoulait de la blessure à travers ses vêtements jusque sur le sol. La combinaison de la grande flaque et des éclaboussures nous raconte toute l'histoire, c'est précisément ce qu'on attend avec un coup unique à l'arme blanche. C'est pour ça que les résultats du luminol sont si curieux.

— Donc, que croyez-vous qu'il nettoyait ?

— La première possibilité serait son propre sang. Elle a pu le blesser. Le problème principal avec ça, c'est l'endroit où on l'a trouvé. Ça ne colle pas entièrement avec la scène. Vaughn dit qu'il n'y avait pas de blessures défensives ou de sang étranger sur les vêtements et les mains de Sloet. L'autre problème, c'est la quantité de sang et sa concentration. Il y en avait relativement peu au début. Il l'a étalé sur une plus grande surface en le nettoyant mais je pense que c'était assez localisé. Une tache, pas d'éclaboussures. Et comme il y a encore plus de sang qui a été rincé dans l'évier, ça n'a aucun sens non plus.

— Je vois, dit Griessel.

— Ce qui signifie qu'il a pu laisser une empreinte sanguinolente. Mais rien n'indique qu'il a marché dans ce sang. Les deux échantillons visibles ne sont pas contaminés. Je ne pense pas non plus qu'il s'agisse d'un vêtement. Disons une veste éclaboussée de sang qu'il aurait posée par terre. Les textiles absorbent le sang. Et nos éclaboussures visibles décrivent un schéma complet de l'attaque... pas d'obstruction. Tout ce que je vois, c'est qu'il a posé l'arme elle-même. Parce qu'il y avait du sang dessus.

— Rappelle-toi, il a ce grand truc en métal et il veut se pencher pour lui prendre le pouls, dit Cupido.

— L'autre solution, c'est qu'il voulait la fouiller ou récupérer quelque chose. Alors il a posé l'arme pour se servir de ses deux mains.

Griessel tenta d'imaginer la scène.

— Est-ce que sa robe avait des poches ?

— Non. Mais sa main. Souviens-toi des photos de la scène de crime, sa main qui était ouverte comme ça, dit Cupido.

— Nous pensons, reprit Wollie, l'homme des éclaboussures, que soit il a voulu vérifier qu'elle était bien morte, soit elle serrait quelque chose dans la main. Et il a dû poser l'arme sur le sol, ou peut-être en appuyer la pointe. Et quand il l'a reprise, il a vu le sang par terre. Alors il est allé chercher un torchon pour l'essuyer et l'a rincé dans la cuisine. Et ensuite, il a aussi rincé l'arme. Ce qui pourrait expliquer pourquoi il y avait plus de résidus dans l'évier que sur le sol.

— *Voilà*, dit Cupido.

— Attendez, lança Griessel, qui bataillait toujours pour visualiser la scène. Après l'avoir frappée, il a posé l'arme...

— *Yebo*, oui, dit Cupido.

— Et il a fait autre chose. Et quand il a repris l'arme, il s'est aperçu qu'il y avait du sang par terre.
— Comme un contour, expliqua Cupido. Et il s'est dit : non, ça me trahirait complètement.
— Alors il est allé chercher un torchon. Ici. Dans la cuisine...
— Dans le placard sous l'évier, renchérit Rabinowitz. C'est là que se trouvent les produits ménagers. On emmène la porte au labo. Et le sac en plastique dans lequel se trouvaient ses vêtements.
— Vapeurs de Super Glue, *pappie*. Pour les empreintes latentes, ces mecs sont high-tech.
— Il a essuyé la poignée de la porte d'entrée, insista Griessel, sceptique. Mais peut-être qu'on aura de la chance. (Il repensa aux différentes possibilités, puis ajouta :) Quand il a eu terminé, il a emporté le torchon avec lui. Et l'arme.
— Sûrement.
— Mais qu'est-ce qu'il aurait pu lui prendre ?
Il regarda fixement la tache de luminol humide.
— La question est, dit Cupido : Qu'avait-elle en sa possession ?

Il s'acheta un sandwich et une boisson gazeuse au Woolies de Mill Street puis alla se réfugier dans la paix de son appartement, pour pouvoir réfléchir.

Il s'assit devant le comptoir du petit déjeuner et mangea, laissant ses pensées vagabonder, tous les trucs qu'il avait refoulés.

La veille au soir, sa conversation avec Alexa. Quand elle avait parlé des hommes afrikaners qui avaient perdu leur pouvoir et des femmes qui se rebellaient contre ce même pouvoir, beaucoup de choses lui étaient passées par la tête. Trop rapidement, parce qu'il avait dû se concentrer sur ce qu'elle disait. Ensuite, il avait à nouveau eu peur de trop s'attacher à elle, parce que *cette* histoire entre eux ne pouvait pas marcher. Le problème, c'est qu'il ne connaissait rien à tous ces trucs philosophiques. D'ailleurs, il ne le voulait pas non plus. Il refusait de s'inquiéter pour l'image de supériorité des gens ou le fait qu'ils soient des canaux, parce que franchement il trouvait que c'était de la foutaise.

Il était dans la police depuis vingt-six ans, et, pour autant qu'il puisse en juger, les gens étaient exactement pareils qu'à ses débuts. Ils volaient et tuaient pour les mêmes raisons. Afrikaners, Anglais. Blancs, Noirs ou métis. Et il soupçonnait qu'il en avait toujours été ainsi, depuis des centaines d'années. Il y avait toujours eu des femmes qui réclamaient plus d'attention que d'autres. Son instinct lui soufflait que la vie, les actions des gens, se résumaient à la bonne vieille règle de criminologie : prédisposition, environnement et circonstances. La nouvelle Afrique du Sud n'y avait rien changé. Pas plus que Facebook, Twitter ou Linked Up ou In, quel que soit le dernier truc à la mode.

Ça lui était égal qu'Alexa s'interroge sur ce genre de choses ; il comprenait qu'elle vivait dans un autre monde – c'était une artiste, ils pensaient différemment. Mais un jour ou l'autre, il serait totalement honnête avec elle, lui dirait que ce genre de truc lui passait complètement au-dessus de la tête. Il ne pouvait pas la mettre dans l'embarras devant ses amis et, en plus, lui mentir sur ce qu'il était.

Et quand il lui aurait dit ça, il la perdrait.

Mais plutôt ça qu'autre chose. Parce que, lorsqu'il revoyait les photos du père d'Hanneke Sloet, cette expression de… défaite, celle d'un homme qui avait essayé de se conformer à ce que sa femme voulait qu'il soit et qui avait perdu la bataille. Il n'était pas prêt à ça, il avait assez de soucis. Il devait protéger et préserver le peu de dignité qu'il lui restait – ce qui faisait dire à Carla : « Mon père s'occupe de l'affaire Sloet. » Être un enquêteur. Même si une grande partie de ce monde-là regardait son travail de haut. Des gens comme

Roch et Hannes Pruis, qui « ne se laisserait pas intimider par un simple capitaine ». Et sûrement quelqu'un comme Hanneke Sloet aussi. Il voyait des femmes semblables à elle dans le centre commercial de Gardens, jolies, à l'aise financièrement et sophistiquées, toutes pomponnées, sur leur trente et un… Quand il passait à côté d'elles avec ses fringues Mr Price, sa coupe de cheveux bon marché et son visage ravagé par l'alcool, il n'existait tout simplement pas à leurs yeux. La seule raison pour laquelle Alexa s'était rapprochée de lui s'expliquait par son état, sa fragilité, elle n'avait pas idée qu'elle valait tellement mieux.

Le monde était un univers de hiérarchies, de ralliements et de classes. Les riches et les pauvres. Sloet avait vécu chez les premiers et, comme tous les autres, elle en voulait plus. Plus d'argent, plus de pouvoir, plus de statut social, plus de protection contre le risque de retomber parmi les classes laborieuses. Anni de Waal et Alexa pouvaient dire ce qu'elles voulaient, l'opération des seins faisait partie de cette ambition : créer plus de distance. Il n'arrivait pas à l'expliquer correctement, c'était juste une impression, une intuition, elle voulait encore plus faire partie de l'élite, signifier qu'elle appartenait à une certaine catégorie et que seuls les hommes de cette catégorie avaient le droit de la regarder. Parce que c'est ce que faisaient les gens qui avaient de l'argent. Ils se mettaient de plus en plus à l'écart, comme Henry van Eeden avec ses hauts murs et sa Lamborghini à deux millions de rands.

Sloet avait travaillé dur sur la transaction parce que ça lui ouvrait des portes vers de nouvelles opportunités qui permettraient de creuser encore davantage le fossé. Elle avait eu une idée, un plan. Pour prendre plus de pouvoir dans le cabinet juridique ou, s'ils refusaient, pour se débrouiller seule. Être un acteur, un intermédiaire. Il ne pouvait pas dire ça à Alexa la veille, mais dans l'ensemble l'ambition de Sloet ne mettait personne en danger, quand on y pensait.

Silberstein Lamarque aurait pu tout simplement lui dire : « Remballez vos affaires, nous ne sommes pas intéressés. » Mais plus probablement, ils auraient eu la réaction opposée.

Ce qui le ramena à la remarque de Cupido : « La question est : Qu'avait-elle en sa possession ? »

Ça changeait tout. Jusqu'à présent, ils s'étaient interrogés sur « ce qu'elle avait fait », pas sur « ce qu'elle possédait ».

Et c'était la première fois que les choses commençaient à prendre sens à ses yeux. Ça éliminait la notion de hasard, expliquait pourquoi l'agresseur était venu à sa porte, lui donnait un mobile pour apporter un grand couteau avec lui. Un mobile tangible : le vol. Pas au sens conventionnel du voler-son-téléphone-et-son-ordinateur. Quelque chose de spécifique qu'elle détenait. Quelque chose de grande valeur aux yeux de quelqu'un. De quelqu'un qu'elle connaissait et qu'elle avait laissé entrer. Quelqu'un avec qui elle aurait pu vouloir négocier.

Et c'était dans la prédisposition, l'environnement et les circonstances qui entouraient Hanneke Sloet que se trouvaient le qui et le quoi. C'est ce qui l'avait instinctivement conduit vers Roch le matin, pour lui poser plus de questions. C'est pour ça qu'il avait prévu de parler à ses deux meilleures amies dans l'après-midi. Et à chacun des collègues qui avaient travaillé avec elle sur la grosse transaction.

35

À 13 h 10, il frappa à la porte du bureau de Phil Pagel, à la faculté des sciences de l'université de Stellenbosch, près de l'hôpital Tygerberg.
– Entrez, cria la voix bien modulée.
« Prof » Pagel, au long visage aristocratique, était assis derrière le bureau. Comme d'habitude, il était habillé de manière extravagante. Il était bronzé et en forme pour ses presque soixante ans.
– Nikita, dit le pathologiste, comme s'il était sincèrement heureux de voir Griessel.
Pagel l'appelait « Nikita » depuis treize ans. Il avait jeté un coup d'œil à Griessel à l'époque et avait dit : « Je suis sûr que le jeune Khrouchtchev devait avoir cette tête-là. »
– Bon après-midi, Prof.
– Entre, assieds-toi. Et comment s'est passée ta soirée chez les riches et célèbres ?
Il avait oublié qu'il lui avait demandé son avis pour le cocktail.
– *Ai*, Prof, répondit-il. Pas très bien.
– Qu'est-ce qui s'est passé ?
Griessel lui raconta. Toute la vérité.
Pagel rejeta sa grande tête en arrière et éclata de rire. Et Benny, mort de honte, ne put que sourire faiblement. Il savait que ça aurait été drôle si ça ne l'avait pas concerné personnellement.

— Que je te raconte, dit Pagel une fois calmé, mon grand faux pas, Nikita. Tu sais qui était Luciano Pavarotti ?
— Le gros type, Prof ? Avec le mouchoir ?
— Celui-là même, Nikita, à mon avis le meilleur ténor de toute l'histoire de l'opéra. Une voix phénoménale. Je ne parle pas de ses dernières années, de son travail plus populaire, je parle de ses débuts. L'oreille absolue. Il chantait si naturellement, sans effort. Incroyable. Bref, dire que j'étais fan est en dessous de la vérité. J'avais tous ses enregistrements, je les écoutais en boucle, c'était mon rêve de l'entendre en chair et en os, juste une fois. Et puis, en 1987, Joan Sutherland et lui ont donné un concert au Met, à New York. Sutherland, Nikita. La Stupenda. La soprane des sopranes. Et mon bon ami James Cabot, de Johns Hopkins, m'a fait savoir que non seulement il avait des places, mais qu'il pouvait aussi nous introduire dans la loge après. Je pouvais rencontrer Pavarotti. Pour faire court, Nikita, pour la première fois de ma vie, j'avais l'argent et le temps, et nous sommes allés à New York. Nous avons assisté au concert. Bouleversant, indescriptible. Le quatuor de *Rigoletto*, magnifique, je m'en souviendrai toute ma vie. Bref, ensuite on s'est rendus dans les coulisses. Maintenant, il faut que je te dise, je m'étais entraîné à parler mon peu d'italien d'opéra pendant deux semaines, je voulais exprimer mon admiration pour le grand homme dans sa propre langue. Je voulais dire : « *Voi siete magnifici. Sono un grande fan.* » Vous êtes merveilleux. Je suis un grand admirateur. Mais je suis resté sans voix, Nikita, exactement comme toi avec la ravissante Miss Beekman. Totalement sous le charme de la star, submergé par l'émotion du moment, j'ai dit à l'homme que j'admirais tant : « *Sono magnifici.* » Je suis merveilleux.

Et Phil Pagel se remit à rire de bon cœur.
— C'est vrai, Prof ? demanda Griessel, sidéré.
— C'est vrai, Nikita. L'homme m'a jeté un coup d'œil

ébahi, s'est retourné et s'est mis à parler à quelqu'un d'autre. Le temps que je réalise l'étendue de mon *faux pas*, il était trop tard. J'en ai rougi pendant des mois, et je l'ai regretté et me le suis reproché. Mais qu'est-ce qu'on peut faire d'autre que d'en rire ? En sachant que l'intention était bonne. Et continuer à se délecter de sa voix.

Griessel sentit le soulagement l'envahir lentement. Si pareille chose pouvait arriver à Phil Pagel, cet homme qu'il admirait tant...

– Un *vopah*, Prof ?

– *Faux pas*, rectifia Pagel en épelant le mot. C'est du français. Ça veut dire se ridiculiser. Ça atténue quelque peu le côté caustique du concept.

– *Faux pas*, répéta Griessel, pour s'entraîner.

Le mot lui plaisait.

– Ça nous arrive à tous. Mais tu n'es pas là pour entendre des histoires embarrassantes, Nikita... (Il rapprocha un épais dossier.) Résultat de ton coup de fil, j'ai relu mes notes sur l'affaire Sloet. Ça me rappelle notre affaire à l'*assegaï* il y a quelques années. Tu te souviens, Artémis, le meurtrier vengeur ?

– Je m'en souviens bien, Prof.

– C'est la dernière fois que j'ai vu des blessures similaires, Nikita. Pas identiques. Similaires. Le coup unique porté à Sloet est problématique, ça nous fournit beaucoup moins d'informations. Et donc, par définition, la moindre conclusion se doit d'être spéculative. Mais tu es là parce que tu veux m'entendre spéculer.

– S'il vous plaît, Prof.

– L'arme qui a servi à ce meurtre a des caractéristiques communes avec la lame d'une *assegaï*. La géométrie à facettes... d'où la forme, si on examine la lame par l'avant, ça vient de la façon dont elle est fabriquée. La longueur : il n'y a aucun hématome dû à une poignée ou une garde. L'angle plat du point d'entrée. Mais il y a quelques différences cruciales. Et je répète, Nikita, il ne s'agit que d'hypothèses, étant donné qu'on n'a qu'un seul coup porté, directement devant. Néanmoins : la géométrie en diamant semble plus marquée ici, l'arête centrale est plus épaisse d'environ cinq millimètres. La largeur de la lame, là encore, est plus étroite que la coupe transversale d'une *assegaï* d'à peu près un centimètre. Ces mesures pourraient correspondre à un sabre, mais les bords tranchants sont trop inégaux, on dirait du travail d'amateur, bâclé. Il voulait l'aiguiser, mais pas nécessairement avec soin. C'est pour ça que j'ai d'abord écrit « fait maison ». Plus je regardais et mesurais, plus j'avais l'impression qu'il s'agissait d'une lame fabriquée par un amateur. Un morceau de métal qu'on aurait poli et aiguisé, de l'intérieur vers l'extérieur, pour obtenir la forme en diamant et le tranchant acéré. L'analyse au spectroscope n'était pas concluante, il y avait trop peu de résidus, mais c'est l'impression que j'ai eue, Nikita.

– Prof, il a apporté ce truc avec lui. Donc il ne pouvait être ni trop grand ni trop lourd.

– Je peux te dire que la lame mesurait au moins vingt centimètres, sans aucun doute. Mais jetons un coup d'œil à l'emplacement de la blessure et à l'angle du coup porté. Une arme courte donne un angle typique de cent trente degrés ou plus dans la poitrine – le mouvement ascendant ou descendant d'un couteau ou d'un poignard, avec le maximum d'élan. L'angle du coup porté à Sloet est tout juste inférieur à cent degrés. Donc un peu plus haut. Si on tient compte de la déviation standard due à la taille de la personne, on dirait une action horizontale. Là encore, comme avec un sabre. Ce qui me fait dire que c'était une arme plus longue. Quarante centimètres ou plus. Même si l'arme mesurait soixante ou soixante-dix centimètres, étant donné la largeur, l'ampleur et le poids moyen de l'acier, elle aurait pu ne pas peser plus d'un kilo…

Griessel secoua la tête.

— Mais pourquoi, Prof ? Pourquoi fabriquer un truc aussi long et l'apporter ? C'est beaucoup de souci. Sauf si on veut faire peur à quelqu'un. Mais ce type ne voulait pas faire peur. Il voulait tuer.

— D'un point de vue criminalistique, c'est sans risque, Nikita. Intelligent. Pas de trace balistique, pas de contact physique avec la victime...

Griessel réfléchit à la question. Puis il parla à Pagel des dernières découvertes de la PCSI et de la théorie selon laquelle Sloet aurait tenu quelque chose à la main.

— Mmm, fit Pagel en attrapant ses lunettes. (Il ouvrit le dossier et continua à parler tout en cherchant.) J'en doute. C'est une des choses curieuses, l'absence de blessures défensives, ou d'hématomes, dit-il, profondément plongé dans ses pensées. On dirait une attaque surprise. Par-devant. Mais il y avait une petite anomalie... Ah, c'est là ! (Il leva les yeux vers Griessel.) D'un point de vue pathologique, rien ne prouve qu'on lui a pris un objet dans la main. L'autre possibilité, ce que j'ai remarqué à l'autopsie : elle ne portait pas de slip, Nikita. En soi, ça ne veut rien dire. C'était une chaude soirée d'été, la température frisait les trente degrés. J'ai cru comprendre que les femmes trouvent parfois les sous-vêtements inconfortables quand il fait chaud. Après tout, elle était seule chez elle, elle a quitté son slip, peut-être que le soutien-gorge était moins facile à enlever ? Maintenant, si on se réfère aux nouvelles preuves forensiques, on peut se demander s'il lui aurait enlevé le slip, *post mortem* ? Ou découpé ? Ça s'est déjà vu, comme tu sais.

— En souvenir, Prof, ajouta Griessel à contrecœur, parce que c'était comme ouvrir une boîte de Pandore sur l'univers d'un tueur en série, quelqu'un qui aimait garder un souvenir de chacune de ses victimes.

— Exactement, Nikita. Un trophée. Pour enlever le slip, il aurait dû poser son arme.

Il ne voulait pas être en retard à son rendez-vous de 14 h 30 avec les deux amies, alors il téléphona au bureau de la DPCI en conduisant et demanda à parler au capitaine Philip van Wyk, de l'IMC. Il devait entrer l'hypothèse d'un tueur en série dans le système, même si les preuves étaient minces. Mais la scène de crime impeccable et la blessure unique pouvaient indiquer un tueur organisé et expérimenté. Pour ce qu'il en savait, il n'y avait pas d'enquête sur un *modus operandi* similaire au Cap.

On lui passa enfin van Wyk. Il se rendit compte que le centre de traitement était en plein travail et se dépêcha d'expliquer ce qu'il voulait.

— Il va falloir demander à l'IPS à Pretoria de faire une recherche nationale, dit van Wyk, en parlant de l'Unité de psychocriminologie. Je ne crois pas qu'il y ait des cas approchants dans le coin. Ça pourrait prendre un moment, mais je vais enclencher le processus immédiatement. Écoute, les gens qui bossent sur ton graphique sont tombés sur quelque chose.

— Oh ?

— Je passe le téléphone à Fanie Fick…

— Philip, juste une seconde…

— Oui ?

— Vous avez bien les relevés bancaires de Sloet ?

— Oui.

— On peut voir qui s'occupait de ses assurances ?

— À court terme ou à long terme ?

— À court terme.

— C'est facile.

— Je veux savoir si elle avait assuré des objets de grande valeur. Bijoux… Je ne sais pas, quelque chose de relativement petit et de grande valeur.

— Je vais regarder.

— Vous avez trouvé quelque chose sur la Kia ?

— Une ou deux pistes, pour l'instant. Les CATS sont en train de creuser de ce côté.
— Merci. Philip, tu peux me passer Fick à présent.
— Le voilà...
— Benny ? demanda Fanie « Fucked » Fick au bout d'un moment, d'un ton calme et contrit, son ton habituel depuis l'humiliation de l'affaire Steyn.
— Tu as trouvé quelque chose ?
— Peut-être. Tu sais, le SMS que Sloet avait envoyé le soir de sa mort, vers 21 h 52 ?
Il dut réfléchir d'abord.
— Oui... À Henry van Eeden, je crois.
— C'est exact. On a croisé le numéro de van Eeden avec tout le reste. Et on a trouvé deux appels de lui vers Sloet, plus tard dans la soirée. Le premier à 22 h 48, le second vers 23 h 01. Elle n'a répondu à aucun des deux, mais je vois que le légiste situe l'heure du décès aux environs de 22 heures, à deux heures près, avant et après. Alors elle aurait pu être déjà morte...
— Van Eeden lui a téléphoné...
— C'est exact. Mais maintenant, je dois ajouter que son premier appel a été enregistré au niveau du relais Vodacom de Somerset West, celui de 22 h 48. Et treize minutes plus tard, à 23 h 01, le second appel a été enregistré à Nyanga et Gugulethu. On dirait qu'il se trouvait sur la N2, en direction de la ville.
— OK, dit Griessel tout en essayant de comprendre.
— Donc tu étais au courant ?
— Non.
— C'est la seule chose bizarre qu'on ait trouvée jusqu'à présent.

Il s'arrêta devant les bureaux de Blue Oceans Productions, dans Prestwich Street, où il devait interroger les deux amies de Sloet. Il avait quelques minutes de retard, mais il chercha d'abord le numéro d'Henry van Eeden dans son portable et l'appela.

L'homme répondit au bout de trois sonneries. Griessel se fit connaître, la voix de van Eeden était aussi chaleureuse que la veille.

– Bon après-midi, capitaine. Je suis heureux que vous appeliez...

– Comment ça ?

– Hier... après votre départ, quelque chose a continué à me tracasser. Quelque chose qu'Hanneke avait dit, simplement, je n'arrivais pas à le resituer, ça fait deux mois après tout. Ça a un rapport avec ce que vous avez dit concernant l'éventuelle implication d'un communiste.

– Oui ?

– Tard la nuit dernière, je me suis souvenu de ce que c'était. Le 22 décembre, nous avions eu une petite réunion avec les représentants de tous les grands partenaires, juste avant Noël. Après qu'on avait levé la séance, Hanneke a reçu un appel sur son portable. Elle semblait un peu bouleversée, alors je lui ai demandé si tout allait bien et elle a répondu : « Oui, juste un Russe ennuyeux. »

– Un Russe ennuyeux ?

– C'est exact. Mais les Russes ne sont plus communistes depuis longtemps, c'est pour ça que je n'ai pas fait le rapprochement tout de suite. Ça n'est peut-être d'aucune utilité, mais j'ai pensé que je devais vous en parler.

– Vous ne savez pas qui est le Russe ?

– Non, désolé...

– Merci, monsieur van Eeden, on va voir si on trouve quoi que ce soit. Je me demandais si vous pourriez m'aider à comprendre autre chose.

– Naturellement, si je peux...

– Nos relevés montrent que vous avez téléphoné à Hanneke Sloet deux fois, le soir de sa mort.

— C'est exact. J'en ai parlé au sergent Nxesi. (Van Eeden prononça le nom de famille xhosa avec un claquement de langue parfait.)
— Je n'en ai trouvé aucune trace dans le dossier. Pouvez-vous me dire pourquoi vous l'avez appelée ?
— Bien entendu. Au sujet de son SMS.
— Mais elle a envoyé le SMS avant 22 heures. Vous n'avez rappelé qu'avant 23 heures...
— Je ne l'ai reçu qu'à 22 h 45. J'avais une intervention à la conférence BEE au Lord Charles...
— À Somerset West.
— C'est exact. Vous savez comment c'est, vous coupez votre téléphone pendant votre intervention. J'ai terminé vers 22 h 30, et j'ai rallumé mon portable en regagnant ma voiture. C'est là que j'ai eu son SMS. Et je l'ai alors rappelée.
— Que disait le SMS ?
— Je ne me souviens pas des mots exacts, mais c'était au sujet du rapport qu'elle avait envoyé. Elle voulait que j'y jette un coup d'œil de toute urgence.
— Pourquoi lui avez-vous téléphoné ?
— Je voulais lui dire que je ne pourrais le regarder que le lendemain.
— Et elle n'a pas répondu ?
— C'est exact. J'ai pensé qu'elle prenait peut-être un bain. Alors j'ai rappelé, sur le chemin du retour.
— Vous n'avez pas laissé de message.
— Je me suis dit que ça n'était pas la peine. Elle aurait vu les appels manqués.

36

Aldri de Koker était grassouillette et affable, avec un air maternel.

– Hanneke et moi, on était colocataires à l'université, dit-elle.

– On a fait droit privé ensemble la deuxième année, ajouta Samantha (« Appelez-moi Sam ») Grobler, la productrice de films.

Ils étaient assis dans la salle de réception de Blue Ocean Productions, cuir noir et verre, affiches de films encadrées au mur. Grobler était grande et très mince, avec de hautes pommettes saillantes. Le chemisier moulant laissait voir une poitrine hors de proportion avec sa minceur. Griessel se demanda si elle aussi s'était fait refaire les seins.

– C'est comme si on s'était toujours connues, dit de Koker.
– Elle nous manque tous les jours.
– Je n'arrive pas à croire qu'elle ne soit plus là.
– Elle est dans un meilleur endroit…
– Je sais…
– Vous avez toutes les deux parlé à Hanneke le 18 ? demanda Griessel.
– On se parlait tous les jours, répondit Grobler.
– Même si c'était juste une minute ou deux, renchérit de Koker.
– Quel genre de travail est-ce que vous faites ? lui demanda Griessel.

— Relations publiques. J'ai ma propre agence.
— Et elle gagne de l'argent comme c'est pas permis, ajouta Grobler.

À travers la grande table basse en verre, Griessel voyait ses longues jambes minces en jean délavé moulant. Et les sandales à talons hauts. Il avait du mal à accorder ces deux-là – la rondouillette de Koker en large jupe rouge, chemisier flottant et chaussures plates, et son amie, à la minceur soulignée et sexy.

— De quoi avez-vous parlé avec elle ce jour-là ?
— Boo Radley's, répondirent-elles à l'unisson, avant de se regarder et d'échanger un sourire compréhensif.
— Boo Radley's ?
— C'est un pub et un bistro, dit Grobler. Dans Hout Street.
— On y allait tous les mercredis soir, ajouta de Koker.
— Soirée entre filles. Musique live.
— Sam et moi y allons toujours.
— On continue à commander une Corona pour Hanneke...

Elles parlaient vite, sans pause entre leurs phrases respectives, comme si chacune d'elles savait ce que l'autre allait dire. Griessel devait se concentrer pour ne pas perdre le fil.

— Avec une tranche de citron...
— En souvenir...
— Mais c'était un mardi, dit Griessel.
— On préparait, répondit Grobber.
— C'est ce qu'on faisait le mardi, on confirmait la soirée du mercredi.
— Vous l'aviez vue le mercredi d'avant ?
— Oui.
— Un grand moment. La première soirée d'Hanneke chez Boo depuis son déménagement.
— Et sa dernière, ajouta de Koker à voix basse.
— Elle ne voudrait pas qu'on y pense de cette manière, lui renvoya Grobler.

– Je sais...
– A-t-elle dit quelque chose sur l'appartement ? Sur le déménagement, ou les ouvriers... ?
– Elle a juste dit qu'elle ne comprenait pas pourquoi elle avait attendu si longtemps pour s'installer en ville.
– Elle aimait la ville...
– Et elle a dit que l'appartement était fabuleux...
– On se demandait encore qui elle allait inviter à la pendaison de crémaillère.
– Elle voulait faire ça ce mois-ci.
– Si son travail le permettait.
– Elle y passait un nombre d'heures incroyable.
– Rien sur d'éventuels problèmes avec les maçons ? demanda Griessel.
– Non.
– Quelqu'un qui l'aurait mise en colère ?
– Seulement les agents.
– Quels agents ?
– Les agents immobiliers. Ils lui avaient promis le réseau sans fil pour son emménagement, mais il n'était toujours pas opérationnel.
– Elle leur en a fait voir de toutes les couleurs.
– C'est tout ?
– Oui.
– Personne qui l'ennuyait ?
– Non.
– Les déménageurs ?
– Non.
– Les agents de sécurité ?
– Non.
– Des problèmes au travail ?
– Juste les longues heures...
– Pas de différends ?
– Non.
– Était-elle très à cheval sur la sécurité ?

— Très.
— Sa porte était toujours fermée au verrou ?
— Bien entendu.
— Avait-elle des objets de grande valeur dans son appartement ? Des bijoux, ce genre de chose...
— Pas vraiment.
— Et le Aalbers ? demanda de Koker.
— C'est possible. Elle l'avait payé quinze mille, continua Grobler.
— Le quoi ? demanda Griessel.
— Le tableau. Dans son salon. C'est un Aalbers.
— Celui avec les rayures ?
— C'est censé représenter les replis du cerveau. Il s'appelle *Mémoire*.
— Elle a payé quinze mille pour ça ?
— C'est un Aalbers, répéta de Koker, comme si ça expliquait tout.
— Rien d'autre ?
— Non, répondirent-elles à l'unisson.
— Aurait-elle parlé de clés qui manquaient ?
— Non...
— Quelque chose au sujet de son double ? De la personne à qui elle l'aurait confié ?
— Le double de son appartement ? demanda de Koker.
— C'est exact.
— À moi.
— Elle vous a dit qui...
— Non, elle m'avait donné la clé.
— Le double ?
— Oui.
— Du *nouvel* appartement ?
— Oui...
— Qu'en avez-vous fait ?
De Koker prit un grand sac en raphia par terre, le posa sur ses genoux, plongea la main dedans et en sortit presque

instantanément un porte-clés – un petit ours rose, attaché à un anneau avec une simple clé.
— Le voilà.
Un « Putain » bien senti lui vint au bout de la langue. Juste à temps, il trouva un substitut :
— *Faux pas.*
— Quoi ? demanda de Koker. Personne ne m'a rien demandé à ce propos.
— Quand vous l'a-t-elle donné ?
— Le 4. Le lendemain de son emménagement. Elle m'a téléphoné pour savoir si je voulais passer. Sam était encore en tournage à l'extérieur...
— Au Mozambique, dit Grobler. Une chaleur épouvantable.
— Elle m'a demandé si je voulais bien garder la clé. D'habitude, elle la donnait à Mister Big...
— Mais ils avaient rompu, continua Grobler.
— Mis à part la petite histoire de décembre, renchérit de Koker.
— C'est vrai, fit Grobler.
— Attendez, s'il vous plaît, intervint Griessel, en levant les mains. Mister Big ?
— Egan, expliqua Grobler.
— Roch, termina de Koker.
— Pourquoi Mister Big ? demanda-t-il.
— *Sex and the City*, lança Grobler.
— La série télévisée, précisa de Koker.
— Je ne la connais pas, dit Griessel.
Il vit les deux femmes échanger un regard éloquent, comme s'il venait de rater son test.
— On a surnommé Egan « Mister Big », expliqua de Koker.
— Et apparemment pas sans raison, ajouta Grobler sur un ton suggestif, et Griessel se dit qu'elle devait avoir l'habitude de flirter avec les hommes.
— Et elle vous a parlé d'elle et de Roch en décembre ?

— Bien sûr, dit Grobler. On n'avait aucun secret les unes pour les autres.

— Qu'a-t-elle dit ?

— Une fille doit faire ce qu'une fille doit faire.

— Quand on a une nouvelle paire de nibards, il faut leur faire prendre l'air, lança de Koker avant de se mettre une main devant la bouche, comme si elle n'arrivait pas à croire ce qu'elle venait de dire. C'est *toi* qui as commencé, dit-elle en pointant un doigt accusateur vers Grobler.

Le portable de Griessel sonna.

Il voulait leur expliquer qu'il était leader du JOC, qu'il devait répondre, mais se rendant soudain compte qu'il aurait l'air de se vanter, il se contenta d'un « Excusez-moi », se leva, prit le téléphone et se dirigea vers la porte.

— Griessel, répondit-il en sortant dans le couloir et en refermant derrière lui, bien que ses pensées soient encore à l'intérieur.

— Hannes Pruis m'a demandé de vous envoyer l'agenda de Sloet par e-mail, dit une voix d'homme rauque, pressée et quelque peu confuse. Mais nous n'avons pas votre adresse.

— Je vous vois dans une heure, répondit Griessel.

Il n'avait pas souvenir d'avoir demandé à Pruis d'envoyer l'agenda...

— Il y en a trop à imprimer, reprit l'homme, on préférerait par e-mail.

— OK, dit-il en épelant son adresse électronique.

— Merci.

Et l'homme raccrocha.

Griessel secoua la tête, rangea le téléphone et regagna la pièce.

— Excusez-moi, dit-il aux deux femmes. On en était où ?

— Mister Big, répondit Grobler.

— Oh. Oui. Donc, elle vous avait raconté pour Egan et elle. En décembre ?

— Tout, répondit Grobler.

– Pour elle, il s'agissait simplement d'un seul...
– Petit coup vite fait, termina Grobler.
– ... épisode ? dit Griessel.
– Oui, répondit de Koker.
– Et il n'y avait pas d'autre homme dans sa vie ?
– Si, dit de Koker.
– Hannes Pruis, renchérit Grobler.
– Le porc, ajouta de Koker.
– Hannes Pr...

Son téléphone sonna à nouveau. Il réussit à transformer son instinctive consonne occlusive en un nouveau « *Faux pas* », sortit l'appareil de sa poche et se leva.

– Vous n'avez pas besoin d'aller dehors, on comprend, dit Grobler.

– Pour l'enquête et tout, ajouta de Koker.

Il vit qu'il s'agissait de la DPCI sur l'écran. Il n'avait pas envie de recevoir d'appel pour l'instant, il voulait entendre l'histoire d'Hannes Pruis, sa bouée de sauvetage maintenant que leur flot de paroles avait emporté sa théorie du double de clé. Mais il devait répondre. « Excusez-moi », dit-il aux jeunes femmes. « Griessel », lança-t-il dans l'instrument à mi-chemin entre son fauteuil et la porte.

– Benny, c'est Fanie Fick. Tu viens de recevoir un coup de fil ?

– Oui, répondit Griessel.

– C'était le sniper, dit Fick.

– Pardon ?

– Salomon. Le sniper. C'est le même téléphone que celui dont il s'est servi pour appeler Milnerton hier.

– Putain, fit Griessel avant de pouvoir s'en empêcher.

Puis il regarda la grassouillette et maternelle Aldri de Koker dans les yeux d'un air coupable.

37

— Il a d'abord appelé le standard du bureau de la Province, il y a un quart d'heure, dit Fick. Ils ne peuvent pas nous dire à qui il a parlé. Pas de registres, trop d'appels. On s'est fait prendre en train de piquer un roupillon, c'était tellement inattendu, mais ensuite on a compris qu'il était à nouveau en ligne. Qu'est-ce qu'il t'a dit ?

— Il voulait mon adresse e-mail. Il a dit qu'Hannes Pruis voulait envoyer l'agenda d'Hanneke Sloet. (Donc le sniper était au courant pour Pruis.)

— Tu veux qu'on vérifie tes e-mails ?

— Oui, s'il… (Il se souvint de la photo de Carla et de Monsieur Muscle que Fritz avait envoyée.) Non, attends, j'arrive.

— Il était en ville quand il a téléphoné, Benny. L'appel était trop bref pour qu'on puisse le trianguler. S'il remet ça, essaie de faire durer.

— Son téléphone est éteint pour l'instant ?

— Totalement.

— C'est bon. J'arrive. Donne-moi… (Il voulait toujours entendre l'histoire d'Hanneke Sloet et d'Hannes Pruis) quarante minutes.

Il rangea le téléphone. Les deux femmes, assises, le regardaient attentivement. Il lui fallut un moment pour rassembler ses idées.

— Hannes Pruis ? Hanneke et lui avaient une liaison ?

— Une liaison ? fit de Koker, un peu choquée.
— Jamais ! s'exclama Grobler. Pas Mister Small !
— Mais juste à l'instant, vous avez dit qu'ils avaient...
— Vous avez demandé si elle avait un homme dans sa vie, répliqua de Koker.
— Hannes Pruis s'arrangeait pour être le seul homme dans sa vie, renchérit Grobler.
— Un vrai négrier, dit de Koker. Un homme mesquin. Jaloux de Mister Big, il faisait son maximum pour qu'ils n'aient aucun temps libre ensemble.
— Donc Pruis en pinçait pour Hanneke ?
— Tous les hommes en pinçaient pour Hanneke.
— Mais il était jaloux de Roch ?
— Vous ne l'auriez pas été aussi ?
— Mais a-t-il fait quelque chose ? Je veux dire, l'a-t-il harcelée ?
— Il la faisait *travailler* tard.
— Elle se tuait au travail pour lui.
— Donc il s'agissait d'une relation de travail ?
— Ils se comprenaient, dit Grobler. Hanneke comprenait...
— Et Pruis lui, il prenait seulement, ajouta de Koker.
— Vous auriez dû l'entendre au service funéraire.
— Comme s'il savait quoi que ce soit d'elle.
— Il l'utilisait, oui. Il l'utilisait.
— Elle se tuait au travail.
— Même les week-ends...
— On devait supporter ça. Et Mister Big aussi. C'est pour ça qu'ils ont rompu.
— À l'exception du petit coup vite fait.
— On l'a à peine vue, ces derniers mois.
— Attendez, dit Griessel. Juste une minute.
Elles le regardèrent, dans l'expectative.
— Elle n'a jamais eu d'aventure avec Hannes Pruis.
— Pas comme avec Mister Big, dit Grobler.

— Ça veut dire : « Non, absolument pas », expliqua de Koker. Sauf qu'il la faisait travailler trop dur.
— Il n'y avait aucun autre homme dans sa vie ?
— Non, répondit Grobler. Où aurait-elle trouvé le temps ?
Griessel poussa un soupir, comme s'il avait survécu à un sprint.
— Merci, dit-il.
— *Faux pas*, demanda Grobler, c'est un genre de code policier ?

Il savait que tout allait trop vite, il devait rester attentif. Dans la BMW, il appela d'abord Cupido et lui demanda s'il pouvait se rendre immédiatement au cabinet juridique pour superviser les interrogatoires du personnel.
— Bien sûr, Benna.
— J'ai trouvé le double, Vaughn. Elle l'avait donné à une de ses amies. Aldri de Koker.
— J'en suis comme deux ronds de flan... Aldri ? C'est quoi ce nom-là ? Aldri ? Écoute, nous les métis, on a nos bizarreries, mais Dieu sait que vous, les Blancs, vous êtes capables de trouver des noms merdiques. On a quelle approche avec les avocats à présent ?
Il repensa au sniper qui était au courant pour Pruis.
— Les alibis, Vaughn. Pour le 18 janvier, *et* pour le sniper.
— Tu crois ?
— Mieux vaut être sûr. Interroge-les sur les bagarres, la jalousie, la politique maison, les liaisons. Qui cela aurait-il pu mettre en colère si elle avait décidé de se lancer seule ? Oh, et est-ce qu'elle avait quelque chose de valeur dans son appartement, quelque chose qui aurait pu appartenir aux avocats ? N'importe quoi. Des documents... Je ne sais pas, Vaughn, quelque chose de précieux.
— OK. Tout le tintouin, dit Cupido. Je suis parti.
Griessel mit le gyrophare et la sirène et se rendit à Bellville.

Cet enfoiré lui avait téléphoné. Putain, et il n'avait pas été à la hauteur. Il se repassa la conversation avec Salomon dans sa tête. La voix rauque, à demi étouffée, il devait avoir plaqué quelque chose sur le combiné. Les paroles hâtives. Il voulait aller vite, il savait qu'on pouvait remonter jusqu'à lui.

Mais il était calme. Il avait descendu un policier hier, et aujourd'hui il était calme. Et culotté.

Pour la première fois, Griessel ressentit de la rage envers ce salopard détraqué. Mais il savait aussi une chose : il ne s'agissait pas du fêlé habituel.

Que voulait-il envoyer ? Pourquoi maintenant ? Jusqu'à présent, il s'était uniquement servi de l'adresse de John Afrika.

Il y avait quelque chose d'autre, il avait la sensation de devoir noter un truc. Et maintenant, il n'arrivait plus à s'en souvenir, ces femmes lui avaient vidé la tête avec leurs parlotes.

Une question qu'il aurait oublié de leur poser ?

Son téléphone sonna encore. C'était le colonel Nyathi.

– Benny, on a une réunion dans une demi-heure, dans le bureau du brigadier.

Il n'y avait pas de nouveaux e-mails.

Il effaça celui de Fritz après avoir jeté un dernier coup d'œil à Carla et à Etzebeth. Puis il emporta son ordinateur à l'IMC.

L'activité frénétique du matin s'était calmée, seuls les employés se trouvaient devant leurs postes de travail, concentrés. Il posa son portable sur le bureau de Fanie Fick.

– Il n'a rien envoyé pour l'instant, dit Griessel.

– Je sais. On surveille le serveur. Mets ton ordinateur ici et connecte-toi. Je vais garder un œil dessus, dit Fanie, avec son air de s'excuser et ses yeux tristes, comme un chien policier.

— Merci, dit Griessel en cherchant une prise murale.

Il avait du mal à regarder Fanie Fucked. Comme s'il voyait sa propre fin.

— On a à peu près tous les noms et les numéros des ouvriers du 36 Rose Street, continua Fick. Plus ceux des déménageurs et des agents de sécurité. Ses relevés Vodacom pour les six derniers mois de l'année passée arrivent dans pas longtemps. (Il jeta un coup d'œil à sa montre.) Je devrais pouvoir lancer les recoupements vers 8 heures.

— Tu m'appelles…

— Sans faute.

— Quelque chose sur la camionnette du sniper ?

Fick secoua la tête.

— Il y a de grandes chances qu'il ait volé la Kia. Ils ne trouvent rien.

— Il est malin, dit Griessel.

— On va l'avoir, répondit Fick.

Griessel ouvrit sa boîte de réception et tourna l'écran de façon que Fick puisse voir.

— On n'a toujours pas les relevés de portable de Sloet pour décembre ?

— Ils devraient arriver d'un instant à l'autre.

— Tu peux voir si quelqu'un avec un nom russe lui aurait téléphoné le 22 ?

— Bien sûr.

— J'ai une réunion… (Il sortit son calepin et son stylo.) Si tu as l'occasion… je veux juste vérifier le casier judiciaire de quelqu'un…

— Bien sûr, dit Fick. (Avide d'aider. D'être à nouveau sur une enquête.)

— Il n'y a pas d'urgence…

Griessel lui écrivit le nom et le prénom, arracha la feuille. Fick lut.

— Calla Etzebeth. Quel rapport ?

— Je ne sais pas encore.

– OK.
– Merci, Fanie.
Il eut du mal à dissimuler la pitié dans sa voix.

À un moment de la matinée, entre l'odeur entêtante de la peinture rouge et le doute qui le rongeait comme un lent cancer, le sniper fut sur le point de tout laisser tomber.
Cette idée lui procura un grand soulagement. Juste partir. Prendre le Chana, le fusil, le portable, la perruque et les vêtements, et verser de l'essence dessus. Mettre le feu à tout ça et juste partir.
Il reposa l'aérosol, dénoua le bout de tissu qu'il s'était mis sur la bouche, quitta ses gants et s'assit sur le sol du garage, la tête entre les genoux.
Au bout d'un moment, il s'imagina comme ça, battu et découragé, et ne put le supporter. Les choses ne pouvaient pas s'arrêter là, parce qu'autrement ils auraient gagné.
Ce fut le point décisif, cette certitude : sa vie en dépendait.
Il remonta lentement la pente du désespoir, se réchauffa les mains aux cendres rougeoyantes d'anciens feux. Puis le plan lui apparut, la stratégie, il prit conscience que la meilleure défense était l'attaque. Qu'il avait les atouts en main. Il devait juste les abattre correctement.
Il se leva, alluma son ordinateur et chercha « Benny Griessel, SAPS » sur Google. Dans les banques de données de Media 24 et « iol.co.za », il découvrit assez d'informations sur la carrière de l'inspecteur pour travailler dessus : les deux années précédentes, Griessel avait été affecté au bureau du général John Afrika, chef du Renseignement pour les enquêtes criminelles de la province du Cap-Occidental, avant d'être transféré chez les Hawks, sans doute assez récemment.
Ce qui lui donna une nouvelle idée.
Il utilisa l'annuaire téléphonique de la Péninsule et nota les numéros éventuels.

Il réfléchit au temps dont il disposait et au fait qu'on pouvait déterminer l'origine d'un coup de téléphone avec un portable. Il prit l'Audi et se rendit en ville, jusqu'au grand parking du Waterfront. Là, il inspira un grand coup, cala le papier et le crayon sur son genou et appela le bureau provincial du SAPS. Demanda le service administratif. Une femme à l'accent métis répondit.

— À qui est-ce que je parle à présent ? demanda-t-il d'un ton agacé.

— Le sergent April.

— C'est le colonel Botha, Direction des enquêtes criminelles prioritaires. (Un rang élevé, délibérément intimidant. Il continua, la frustration et l'irritation évidentes dans sa voix :) Est-ce que vous nous avez envoyé l'adresse postale correcte du capitaine Benny Griessel ? Parce que son courrier n'arrête pas de nous être retourné.

— Le colonel sait que je ne suis pas autorisée à communiquer ce genre d'informations par téléphone.

— Sergent, que voulez-vous que je fasse ? Si je n'ai pas l'information correcte, le capitaine ne sera pas payé à la fin du mois. C'est ce que vous voulez ?

— Non, colonel.

— Et c'est de *votre* faute. J'ai bien envie de téléphoner à John Afrika, ça ne peut pas continuer comme ça.

— Est-ce que le colonel ne pourrait pas demander au capitaine en personne ? tenta-t-elle pour faire diversion.

— Quel est votre nom ?

— Veronica… (Très intimidée.)

— Benny est occupé avec l'affaire Sloet, Veronica. Vous voulez vraiment que je le dérange avec des inepties pareilles ?

— Non, colonel.

— Je vais vous donner l'adresse que j'ai et, ensuite, vous me direz si vous avez la même.

Il retint son souffle, incertain de l'issue de son bluff, conscient des secondes qui s'écoulaient, du fait que cet

appel ne devait pas trop durer. Elle hésita et il tenta une autre approche.
– Sergent, je comprends, ça n'est pas votre faute. Mais s'il vous plaît, aidez-moi... vous savez comment ça se passe si quelqu'un ne touche pas son salaire.
Elle finit par pousser un soupir puis demanda, résignée :
– Quel est son numéro personnel, colonel ?
Le cerveau du sniper marqua une pause et il se botta le cul mentalement, il aurait dû y penser. Puis il eut une inspiration :
– Ça n'est pas marqué non plus.
– Benny Griessel ?
– C'est exact.
– Ne quittez pas, dit-elle sur un ton d'excuse.
Il l'entendit taper sur un clavier. Et dire :
– Il n'y a qu'un Benjamin Griessel. Numéro 28, Nelson's Mansions, Vriende Street, Gardens ?
– Ça n'est pas ce que nous avons. (Il nota hâtivement l'adresse, ravi du succès de son petit stratagème. Puis il commit une autre erreur :) Et son e-mail ?
– Colonel, il aura une adresse DPCI...
Il se débattit pour trouver une réponse.
– On doit supprimer l'ancienne.
– Oh. D'accord.
Soulagement. Mais il devait obtenir l'adresse e-mail. Comment ?
Une possibilité germa dans son esprit, une autre gageure, mais avec une conséquence irrésistible : il pourrait parler à Griessel en personne. Se payer la tête de celui qui le pourchassait.
– Est-ce que c'est le bon numéro de portable ? dit-il en lui en donnant un fictif.
– Non, répondit-elle, avant de lui épeler lentement le numéro correct.
Il mit fin à la communication, coupa son téléphone et,

exalté par le succès, se rendit à Sea Point, pour changer d'endroit. Il se gara de l'autre côté de la piscine, dans la zone qui donnait sur l'océan étal, sans le moindre souffle de vent en cette journée d'été. Il appela le capitaine. À ce moment précis, quand l'homme répondit, il se sentit comme coupé de la réalité, curieux d'entendre sa propre voix. Allait-elle trembler, allait-elle hésiter ?

Rien de tout ça.

Le Benny Griessel dont il avait vu des photos dans les journaux avait l'air perturbé, absent. Et cela lui fit plaisir – c'était le résultat de la pression qu'il avait exercée, de ses actions, de son combat. Il nota l'adresse e-mail, posa le téléphone, ôta la batterie. Rangea le tout dans la boîte à gants et rentra chez lui avant l'heure d'affluence. Pour écrire son e-mail. Sachant que le calme qui était en lui allait durer.

Ce soir, dans l'obscurité, il irait reconnaître les environs de Vriende Street et des Nelson's Mansions. Dans l'Audi et à pied.

Parce que c'était là qu'il voulait tirer son prochain coup de feu.

38

Ils étaient tous assis autour de la grande table dans le bureau de Musad Manie – le brigadier lui-même, Zola Nyathi, Werner du Preez des CATS, Philip van Wyk de l'IMC, Cloete des relations publiques, Mbali et Griessel.

La voix du capitaine Ilse Brody, la psychocriminologue du Département d'enquête psychologique de Pretoria, leur parvenait clairement dans le téléphone installé pour l'audioconférence au centre de la table.

– Vous savez tous qu'un profil est une cible mouvante. Mais voilà ce que j'ai : mâle, Blanc, et de langue afrikaans. C'est ce que trahissent sa terminologie et son idéologie, ainsi que son âge. Il aime beaucoup le mot « communiste ». Il utilise aussi le terme « camarades communistes ». Ce qui, à mon avis, indique fortement quelqu'un qui a grandi sous le précédent régime. Il pourrait se situer dans une fourchette allant de quarante à soixante-dix ans. Mais il faut une certaine aptitude physique pour faire ce qu'il fait, donc je pencherais plutôt pour la tranche quarante, cinquante-cinq ans. Si je prends en compte tout ce que j'ai, mon hypothèse la plus plausible est qu'il a entre quarante-cinq et cinquante ans.

« Il a un fusil de chasse à sa disposition, avec lunette et munitions, et donc très certainement un permis de port d'armes. Il a les moyens et l'espace nécessaires pour s'adapter à son but spécifique. Il a accès à Internet, connaît les serveurs anonymes, fait des citations en latin et sait s'exprimer. Tout ça, ajouté aux horaires de ses attaques, me fait penser à un employé de bureau qui n'est pas au chômage.

« Je reviendrai sur le timing plus tard, parce qu'il a des implications plus intéressantes. Mais jetons d'abord un coup d'œil aux références religieuses et politiques. Il y a un certain degré d'autojustification dans celles-ci, mais mon instinct me dit qu'on travaille avec quelqu'un qui se situe à droite de l'échiquier politique. Probablement pas très à droite, il n'est pas assez fanatique pour les Boeremag[1], mais il pourrait avoir de la sympathie pour eux. Et si je peux glisser une remarque ici : les cheveux longs que le témoin oculaire a aperçus ne collent pas avec ce tableau-là. L'anticommuniste, le fanatique religieux de droite aurait les cheveux courts, probablement une moustache, une barbe ou les deux. Il y a de grandes chances que ce soit une perruque.

« Il est croyant, mais je ne pense pas qu'il appartienne à un groupuscule extrémiste. À dire vrai, je ne crois pas qu'il soit d'aucune manière un homme de collectivité ou de groupe. Il se voit comme le chevalier blanc, le loup solitaire, le défenseur isolé de la morale et de la justice. Il n'y a pas de psychose, mais plus certainement un trouble de la personnalité – peut-être une sorte de complexe du Messie.

Ils entendirent un froissement de papier sur la ligne. Puis elle continua :

– Cela nous offre certaines possibilités. Il est à la marge d'un point de vue social et professionnel, pas le genre de type « viens-faire-un-barbecue-chez-moi-ce-soir ». Un introverti, qui vit sans faire de vagues, prend tout au sérieux, lui-même et la vie. Il se peut qu'il soit marié, mais il ne se montre ni aimant envers sa femme ni impliqué dans la vie de cette dernière, plutôt froid et distant. Le genre qui pense être le maître de maison, celui qui prend les décisions.

« Le plus intéressant, à mes yeux, est la régression tempo-

---

1. Groupuscule d'extrême droite prônant des thèses racistes. *(N.d.T.)*

raire de sa correspondance. Ses premiers e-mails sont courts et percutants, prudents et pleins de confiance, et sans fautes d'orthographe ou de grammaire. On dirait qu'il a passé du temps à les écrire, qu'il s'est donné du mal. Il savait qu'il avait l'avantage, qu'il écrivait en position de force. Il cherche à se positionner et à se justifier, comme s'il préparait la scène pour la future attention des médias. Ce qui me ramène à la mégalomanie et au complexe du Messie. Ne vous y trompez pas, c'est comme ça qu'il se voit : il a l'avantage moral sur le SAPS. Ensuite, dans l'e-mail du 27 février à la presse, les choses changent. Pas de fautes d'orthographe mais des fautes de frappe ou de typo. Soudain, il est pressé et nerveux, comme si la situation le dépassait.

« Je crois que l'e-mail du 27 février est important, parce qu'il nous montre qu'il a été confronté à la pression et à la tension. Je pourrais spéculer et dire que c'est parce qu'il se présentait aux médias avec ce message, sauf que les choses ne se sont pas déroulées exactement comme il s'y attendait. Il a raté son coup, peut-être parce qu'il a failli être découvert, parce qu'il l'a échappé belle. Vous pourriez jeter un coup d'œil là-dessus. Une amende pour excès de vitesse ? Un feu rouge grillé ? Ou peut-être que c'était simplement parce que sa motivation du début était en train de s'émousser, et qu'il a commencé à s'interroger sur la justification morale derrière tout ça. Il connaît clairement la différence entre le bien et le mal – les versets de la Bible en sont une preuve évidente – mais tirer sur quelqu'un dans la vraie vie est une expérience traumatisante. Ce que j'essaie de dire, c'est qu'il n'est pas équilibré à cent pour cent. Par contre, hautement motivé – il faut avoir une foi considérable en sa propre cause pour préparer un véhicule et une arme, attendre en embuscade et tirer sur un policier. Et ce mélange le rend dangereux. Le dilemme, c'est que plus il tue de policiers, moins il a à perdre. Mbali, vous m'avez demandé ce matin de prendre le calibre et le tir manqué en compte...

– Oui, s'il vous plaît, dit Mbali.

– Si on met le calibre en relation avec le tir manqué et le stress de l'e-mail, on peut en déduire qu'il n'a pas reçu d'entraînement militaire particulier. Je sais que les hommes du temps de l'Apartheid ont tous fait leur service militaire, mais il y a de grandes chances que celui-là ait été dans une unité de soutien et n'ait pas eu l'expérience du combat.

– Merci, dit Mbali, en prenant des notes.

– Ça vaut ce que ça vaut, ajouta la psychologue. Maintenant, j'ai promis de dire quelque chose d'autre sur le timing : qu'il s'agisse d'un employé de bureau, qui fait 9 heures-17 heures, coule de source. Mais cela pourrait aussi signifier qu'il doit travailler parmi d'autres personnes, qu'il n'est pas seul dans un bureau, avec une porte qu'il peut fermer. Étant donné la personnalité en marge que nous donne le profil, je pense qu'il n'est pas populaire au travail, au mieux un poste de cadre moyen, mais plus vraisemblablement dans une position moins élevée. Pour un homme de son âge et avec ses capacités intellectuelles, ça doit être frustrant et insultant et ça entre peut-être en jeu dans sa motivation de reconquérir du pouvoir et de la dignité personnelle de cette façon.

« Mais il y a une autre explication. Nous savons que, lors des crimes commis après 17 heures, les récits des témoins oculaires sont généralement moins précis. Les gens sont fatigués, ils se dépêchent de rentrer chez eux, ils rechignent à être impliqués. Donc, la question est : Est-ce que Salomon le sait ?

– Qu'est-ce que vous voulez dire ?

– Ce ne sont que des hypothèses, Mbali, mais ça pourrait signifier qu'il connaît la nature des enquêtes de police. Il a pu travailler pour, ou avec, le SAPS. Il y a aussi le fait qu'il tire spécifiquement sur des membres de la police. Il se pourrait qu'il ait une dent contre eux. Sans doute pas lui-même un policier, si on regarde le calibre et la maladresse au tir, mais on ne sait jamais. Je jetterais un coup d'œil aux renvois à la vie civile pour manquement parmi le personnel administratif ou les réservistes, aux gens qui ont été arrêtés ou sur lesquels on a enquêté pour mauvaise conduite.

— Dans l'année passée à peu près ?
— Dans les dix ans passés.

Le colonel Werner du Preez, des CATS, fit entendre un soupir.

— Je suis désolée, mais c'est la réalité, dit la psycho-criminologue. S'il a accumulé de la rancune, ça a pu prendre des années pour en arriver jusque-là.

— Ilse, c'est Musad Manie. Le sniper a appelé le capitaine Benny Griessel directement pour obtenir son adresse e-mail...

— À quelle heure, brigadier ? demanda le capitaine Brody.

Manie regarda Griessel.

— Environ 15 h 30, répondit ce dernier. De quelque part en ville.

— Intéressant. A-t-il déjà envoyé quelque chose ?
— Pas encore.
— Ma question, poursuivit Manie, est la suivante : Est-ce qu'on devrait essayer d'entamer un dialogue avec lui par l'intermédiaire de Benny ?

Long silence sur la ligne.

— C'est très difficile à dire, brigadier, finit-elle par répondre. Toutes les règles habituelles de l'interrogatoire s'appliquent. Si vous voulez qu'il fasse toute la conversation, alors vos interventions doivent être très courtes et laconiques. C'est presque comme pour une négociation avec prise d'otage, il faut reformuler ce qu'il dit afin de le faire sortir de sa réserve. Mais dans ce cas précis, il est bien à l'abri dans son anonymat, il a le temps de réfléchir à tout ce qu'il dit avant de répondre à un e-mail.

— Donc vous nous le déconseillez ?
— On est en terrain glissant. Peut-être trop glissant.

— Ilse, ici Werner du Preez, des CATS. Il semblerait que notre recherche sur la Kia ne donne rien du tout. Nous devons supposer qu'il s'agit d'un des trois véhicules volés dans les mois passés qui n'ont pas été retrouvés...

— Colonel, avec tout le respect que je vous dois, ça me surprendrait beaucoup. Les employés d'âge moyen ne sont pratiquement jamais des voleurs de voitures. Ils n'ont tout simplement pas les compétences...

— Mais il y a une très forte probabilité que le fusil ait aussi été volé, intervint Mbali. Nous avons éliminé pratiquement tous les propriétaires officiels.

— Laissez-moi réfléchir une minute, dit Ilse Brody. (Silence dans la pièce pendant qu'ils attendaient sa réponse. Puis elle reprit :) Comme nous le savons tous, rien n'est impossible. Mais ça ne colle vraiment avec rien d'autre. Ma meilleure hypothèse, ce serait quelqu'un de proche des services de police. Peut-être un fusil qui aurait été remis à la police ? Une camionnette confisquée ? Je ne sais pas...

— Que va-t-il faire si on donne le signalement du véhicule aux médias ? demanda du Preez.

— Colonel, est-ce qu'il sait que nous sommes au courant pour la Kia ?

— Il doit s'en douter.

— Je ne le conseillerais pas. Il changera simplement de véhicule. Et naturellement, la moindre Kia sur la route va provoquer la panique du public...

— C'est ce que je pensais. Et puis il y a l'éventualité d'avoir des imitateurs...

— Je ne pense pas que les imitateurs soient à craindre dans cette affaire. Comme vous le savez, colonel, ça arrive essentiellement dans les cas de délinquance financière dans ce pays.

— Un conseil, Ilse ? demanda Manie.

— Brigadier, la clé de l'histoire réside dans cet e-mail du 27 février. Depuis la nuit dernière, c'est devenu un meurtrier. Il va sentir la pression et je crois qu'il la supporte mal. Dans son prochain message, il va essayer de justifier ce meurtre, offrir d'autres versets de la Bible. Je pense en particulier à « un temps pour tuer » et « un temps pour la guerre ». Il va tenter d'en rejeter la responsabilité sur tous les autres, sauf lui, du style « La police m'a poussé à faire ça ». Notre communiqué aux médias doit rester cohérent : il est psychologiquement instable, c'est un extrémiste et un meurtrier. On doit continuer à mettre en cause sa supériorité morale, cette histoire de Messie. C'est comme ça qu'on peut lui mettre encore plus la pression. Pour qu'il commette plus d'erreurs. C'est notre seule chance de le coincer.

Après la réunion, Griessel se rendit dans son bureau et téléphona à Cupido :
— Comment ça se présente, Vaughn ?
— Presque fini, mais on dirait les trois singes de la sagesse, Benna. Ils n'ont ni entendu, ni vu, ni dit quoi ce que ce soit de mauvais, c'était une bande de joyeux avocats, une grande famille qui travaillait ensemble au paradis.
C'était comme ça que ça se passait en général. Il mit Cupido au courant de sa brève conversation avec le sniper et de la théorie du capitaine Ilse Brody sur un personnage en marge professionnellement.
— Il la connaissait, Vaughn, et il connaissait Pruis. Je pense de plus en plus qu'il bosse dans un coin chez Silberstein. Demande-leur si un type de ce genre leur dit quelque chose. Dans les cinquante ans. Solitaire. Un rôdeur, mauvais caractère, silencieux et arrogant, avec une attitude suffisante, comme s'il était au-dessus d'eux.
— Ce sont des avocats, Benny, ils se croient tous meilleurs que les autres. Mais je vois ce que tu veux dire. Je vais demander.

— Je veux faire une réunion générale à 18 heures. Tu pourras être là ?

— Repousse-la d'un quart d'heure et j'y serai.

Il appela Alexa. Elle répondit immédiatement, un peu anxieuse.

— Ne me dis pas que tu es déjà en route.

— Non, répondit-il. Pourquoi ?

— Je n'ai pas le droit de le dire. (Il y avait une note espiègle dans sa voix.) Tu me téléphoneras avant de venir ?

— Je le ferai, mais ça pourrait s'éterniser ce soir.

— Peu importe, tant que tu appelles.

— Promis. Ella est encore là ?

— Elle est là, et elle partira juste avant que tu arrives.

Il entendit Ella dire quelque chose en arrière-plan, puis les deux femmes se mirent à rire comme des conspiratrices. Mais avant qu'il puisse demander ce qui se passait, Fick s'encadra dans la porte, son visage de limier rempli d'excitation pour la première fois depuis des mois.

— Benny, tu ferais mieux de venir. Le sniper t'a envoyé un e-mail...

39

De : 762a89z012@anonimail.com
Envoyé : Mardi 1er mars. 16:57
À : jannie.erlank@dieburger.com
Cc : j.afrika@saps.gov.za ; b.griessel@dpmo.saps.gov.za
Objet : Dommages collatéraux

Je veux transmettre mes condoléances sincères à la famille du policier Errol Matthys. Je n'ai jamais eu l'intention de le tuer et j'aimerais m'excuser pour ce tragique incident. Si le SAPS n'avait pas protégé les meurtriers d'Hanneke Sloet, je n'aurais pas eu besoin d'avoir recours à des extrema remedia. Malheureusement, Errol Matthys fait partie du SAPS et du gouvernement de ce pays, et ils ne font pas ce qui est juste : Deutéronome 16,20 : « C'est la stricte justice que tu rechercheras, afin de vivre et de posséder le pays que Yahvé ton Dieu te donne. »

Après cet incident tragique, je laisse une journée de répit au SAPS pour dire la vérité : 1 Rois 22,16 : « Combien de fois me faudra-t-il t'adjurer de ne me dire que la vérité au nom de Yahvé ? » Aujourd'hui, je ne vais pas tirer sur un policier. Proverbes 3 : 8 : un temps pour la paix. Si le SAPS ne fait toujours pas d'annonce concernant l'arrestation des meurtriers d'Hanneke Sloet, ce sera à nouveau le temps de la guerre. S'il y a d'autres dommages collatéraux, ce ne sera pas moi qu'il faudra blâmer.

Je n'ai pas d'autre choix. Je les ai prévenus il y a quarante jours.

Salomon.

Ils s'entassèrent autour de l'écran pour le lire. Griessel remarqua leur attention et leur concentration. Ce fumier de sniper les menait par le bout du nez.

— Il tente désespérément de reprendre de la hauteur morale, dit Mbali.

— De nouveaux versets, dit le brigadier Manie. Maintenant, il veut hériter de la terre.

— Et quelques anciens, ajouta Nyathi.

— Et le même latin, renchérit Manie. C'est tout ce qu'il connaît. Mais Ilse avait raison. Il se décharge de toute responsabilité.

— Et il aime son surnom, continua Mbali.

— Benny, tu n'as rien à dire ? demanda Manie.

La rage qu'il éprouvait envers le sniper grandissait en lui. Mais s'il se laissait aller à dire ce qu'il avait envie de dire, il décevrait grandement Mbali.

— Brigadier, pourquoi est-ce qu'il s'est donné autant de mal pour obtenir mon adresse e-mail ? Pour envoyer un ramassis de conneries pareil ? Ça n'a pas de sens.

Il y avait trente-sept personnes dans la grande salle du rez-de-chaussée.

Griessel se lança dans un résumé des nouvelles informations qu'il avait recueillies : Roch et les deux amies de Sloet qui avaient déclaré qu'elle passait pratiquement tout son temps au travail. Les taches de sang nouvellement trouvées, apparemment dues à l'arme qui aurait été posée à même le sol. La théorie de Phil Pagel sur une arme fabriquée à domicile, la taille et la longueur de cette dernière, et la probabilité infime qu'il s'agisse d'un tueur en série bien organisé qui aurait pu emporter ses sous-vêtements en souvenir. L'hypothèse la plus sérieuse étant le vol pur et simple, quelque chose de petit et de précieux que Sloet aurait eu en sa possession.

Un des inspecteurs de la Brigade de lutte contre les crimes violents se leva.

– Benny, le vol est notre meilleure piste. On a découvert que quatre gars qui travaillaient dans l'immeuble avaient déjà été condamnés.

– Bon travail, dit Nyathi, tandis qu'une rumeur se faisait entendre dans la pièce.

– Un type qui travaillait pour l'entreprise de déménagement a fait de la taule pour vol, continua l'inspecteur. Trois des ouvriers et plombiers ont aussi des casiers judiciaires. Effraction, agression avec vol. On les amène à l'instant. Mais on doit savoir ce qui a été dérobé dans son appartement.

– On a des nouvelles, Philip ? demanda Griessel au capitaine van Wyk.

Ce dernier secoua la tête.

– On a jeté un coup d'œil à la police d'assurance de Sloet. Il n'y avait aucun objet de valeur spécifié. Juste les trucs habituels. Ce qui se trouvait dans la maison et la voiture.

– Ses amies disent pareil, reprit Griessel. Et Sloet avait donné son double de clé à l'une d'elles. Ce qui nous laisse deux possibilités : elle a oublié de fermer l'appartement à clé, de mettre le verrou et la chaîne de sécurité. Ou elle connaissait le suspect.

– Et la drogue ? demanda l'inspecteur des « Crimes violents ».

– Rien dans son appartement, rien dans son sang, répondit Griessel.

– Les gens négligent de signaler les objets de valeur, dit Nyathi. Cuisinez les quatre qui ont des casiers, mettez-leur vraiment la pression. Si un alibi vous paraît un peu faiblard, vous venez me voir immédiatement et on demande un mandat de perquisition. Est-ce qu'on poste des hommes devant chez eux pour être sûrs qu'ils n'envoient pas leurs potes se débarrasser des preuves ?

— On travaille avec les hommes en tenue, monsieur, répondit l'inspecteur. Tous les endroits sont sécurisés.

— Bien, fit Nyathi. Quoi d'autre ?

Le capitaine Philip van Wyk se leva à nouveau.

— Les relevés de téléphone portable de Sloet de juillet à décembre de l'année dernière sont arrivés, on est en train de les entrer dans le système. Il y a beaucoup de données nouvelles, avec les ouvriers qui ont travaillé dans l'appartement en plus. On va bosser toute la nuit et on devrait avoir tout ça sur le graphique demain matin tôt. Ensuite, on a recherché des meurtres en série avec un *modus operandi* similaire, et on n'a rien trouvé. Ni localement ni nationalement. Et encore une chose, ça ne veut peut-être rien dire : j'ai demandé à un de mes gars d'entrer les comptes de Sloet dans notre programme d'analyse. Il semblerait qu'elle ait dépensé de moins en moins tous les mois, en particulier avec sa carte de crédit, à partir de janvier l'année dernière. Au début, la diminution était relativement faible, entre trois et cinq pour cent en janvier et février, mais ensuite ça s'est accentué. En décembre, ça représentait une baisse de douze pour cent par rapport à l'année précédente, alors que ses revenus ont augmenté durant cette même période.

— Ça pourrait venir de son travail, dit Griessel. Ses amies ont dit que l'année dernière elle avait eu beaucoup moins de temps libre.

Il remercia van Wyk et demanda à Cupido si l'interrogatoire chez Silberstein avait donné quelque chose. Vaughn lui vola la vedette avec ses habituels bons mots sur le caractère, la pompe et le faste dont faisaient preuve les avocats. Ils avaient tout vérifié, dit-il, même la carte d'accès de Sloet et les clés permettant d'entrer dans le bâtiment, et aucun objet de valeur ne manquait.

– Et le profil du solitaire détestable ne colle pas. Pruis le génie m'a dit qu'ils n'engageaient pas de gens comme ça.

Quand il sortit de la réunion et ralluma son portable, il trouva un message vocal. C'était le général Afrika.

– Benny, je vois que cette fripouille a ton e-mail aussi à présent. Je voulais juste savoir s'il t'avait envoyé autre chose.

Avant qu'il puisse rappeler, l'équipe des « Crimes violents » amena le premier des quatre suspects avec un casier : l'aide-plombier. Peu après, l'emballeur de l'entreprise de déménagement et les deux ouvriers du bâtiment arrivèrent.

Un duo d'inspecteurs expérimentés questionna chacun d'eux séparément dans un bureau de la DPCI tandis que deux autres se tenaient non loin pour répondre aux appels et vérifier les alibis avec le concours des commissariats. Nyathi en personne se rendit au KFC pour acheter des boissons fraîches et quelques cartons de poulet. Ils mangèrent et travaillèrent sans interruption.

Griessel passait de pièce en pièce pour écouter. Le découragement le gagna peu à peu, à chaque fois qu'un suspect se trouvait innocenté.

À 10 h 45, il se rendit dans le bureau de Manie. L'officier supérieur était au téléphone mais il fit signe à Griessel d'entrer. Benny s'assit et l'écouta donner les dernières informations au lieutenant général, à Pretoria, d'un ton apaisant.

– Je sais que les médias s'en donnent à cœur joie, général... Non, je n'ai pas regardé les nouvelles à la télé... Je comprends, général. L'unité entière y travaille, mais... Non, général, nous n'avons pas d'excuse... Je vous assure, nous faisons absolument tout ce qui est en notre pouvoir...

Tout cela avec une patience stoïque, jusqu'au moment où il reposa enfin le combiné avec douceur et précaution sur son socle.

– Je suis désolé, brigadier.

— Tu n'as pas à être désolé de quoi que ce soit, Benny.
Manie s'essuya le front d'un geste las, premier signe visible que la pression commençait à l'atteindre.
— Les hommes aux casiers, brigadier... On n'a rien pu trouver. Ils sont tous cleans.
— Tu t'y attendais, Benny.
— Oui, brigadier. Elle n'aurait ouvert sa porte à aucun d'entre eux.
— Et elle aurait fermé la porte à clé. Dans cet immeuble à moitié vide.
— Oui, brigadier.
Manie se leva et prit sa veste.
— En d'autres termes, l'IMC est notre dernier espoir.
— Oui, brigadier.
De nouveau la main qui essuie le front, sourcils levés.
— Je veux que tu saches, je pense que tu as fait de l'excellent travail jusque-là, Benny. Ce que dit le général ne fait aucune différence.
— Pas assez excellent, brigadier.
Manie lui agrippa le bras.
— Allez, rentrons à la maison. Demain est un autre jour.

Griessel alla récupérer le dossier de l'affaire et sa veste dans son bureau, enfila le couloir silencieux jusqu'à l'ascenseur. Il entendit des bruits de pas précipités du côté de l'escalier.
— Capitaine !
Il se retourna. Fick trottinait vers lui.
— Il y a un autre e-mail, Benny. Du sniper.
— Tu l'as lu ?
— C'est ça le truc. Il n'a rien écrit. C'est juste une photo.
— De quoi ?
— D'un homme.
— Qui ?
— Je n'en ai pas la moindre idée.

C'était une photo en noir et blanc, la tête et les épaules d'un Blanc en veston noir d'une coupe parfaite, avec cravate et chemise immaculée. Il avait le visage légèrement orienté vers la droite, les yeux détournés de l'appareil photo. Son sourire laissait voir de petites dents pointues, comme celles d'un requin. Des rides couraient autour de ses yeux et de sa bouche, il devait avoir dans les cinquante ans et quelques. Les cheveux étaient plaqués en arrière, à l'aide d'un gel ou d'une huile capillaire peut-être, de sorte que son front s'étirait en hauteur au-dessus des sourcils noirs. Il était rasé de près.
– Vous le connaissez, capitaine ?
– Jamais vu de ma vie, répondit Griessel. Il a écrit quelque chose avec ça ?
– Rien. Il vous l'a envoyé à vous, capitaine, et au général Afrika. Et il a enregistré la photo sous « MK ».
– Qu'est-ce que tu veux dire ?
– On dirait que la photo a été scannée à partir d'un journal, ou un truc du genre, et ensuite il l'a enregistrée en fichier « jpeg », sous le titre « MK ».
– MK, répéta Griessel.
– Ça ne peut pas être Umkhonto we Sizwe[1], ce type est blanc.
– Il y avait des Blancs dans Umkhonto, objecta Griessel.
– Par où on commence, capitaine ? Ça pourrait être n'importe qui.
Il réfléchit à la question. Pouvait-il s'agir d'un banquier ou d'un homme d'affaires, avec ce costume ? Peut-être que Boshigo le connaissait.
– On envoie la photo par e-mail à Bones.
– Je peux l'envoyer par MMS, dit Fick.

1. Ou MK : branche militaire de l'ANC sous l'Apartheid.

Il s'assit et tripota la souris et le clavier.

– Je l'appelle immédiatement, dit Griessel en composant le numéro de Boshigo.

– L'homme qui ne dort jamais, répondit Bones en décrochant. (On entendait la télévision en arrière-plan.)

– Désolé, Bones...

– T'inquiète pas, Benny. Qu'est-ce que je peux faire ?

Griessel lui expliqua pour la photo.

– Il nous mène en bateau, *nè*, dit Bones. Attends, la photo arrive... (Au bout de quelques secondes :) Désolé, Benny, je ne le connais pas.

– Merci, Bones. Je voulais juste être sûr.

– On dirait un escroc des années cinquante, ajouta Bones. Ou un usurier...

40

Il regarda à nouveau la photo de plus près. Bones avait raison. Il y avait quelque chose qui rappelait une époque révolue. La coupe de cheveux ?
On lui avait envoyé la photo, ainsi qu'à John Afrika. Peut-être le général savait-il de qui il s'agissait. Il l'appela. Et tomba directement sur la boîte vocale. Il ne laissa aucun message, il réessaierait le lendemain. Puis il appela Nyathi et Manie, pour les informer des derniers développements. Quand il eut terminé, il demanda à Fanie Fick :
— Tu me tiens au courant si autre chose arrive ?
— Bien sûr. Oh, et ce nom que tu m'avais donné : j'ai trouvé trois Calla Etzebeth potentiels dans le registre national des personnes...
— Oh. Oui... celui que je cherche a dans les vingt ans, dit Griessel.
— OK. Ça doit être Carel Ignatus Etzebeth. Et il n'y a rien. Pas de casier.
— Merci beaucoup, répondit Griessel en cachant son soulagement.
— Son numéro de téléphone portable a été enregistré, au titre de la RICA. Tu veux que je le trace ?
C'était la seule manière de découvrir si Carla était sérieusement engagée avec Neandertal. Mais ce serait aussi abuser du temps et de la main-d'œuvre des Hawks.

— Tu es occupé, ça ne vaut probablement pas le coup, répondit-il.

— Ça ne me gêne pas, capitaine. De toute façon, je dois attendre que les autres informations aient été traitées.

Au sous-sol, à côté de la BMW, il jeta un coup d'œil à sa montre. 23 h 30. Il appela Alexa pour lui dire qu'il était en route.

— Hello, Benny, répondit Ella dans un murmure.

— Tout va bien ?

— Oui, Alexa va bien. Mais elle s'est endormie. Ne t'inquiète pas, elle était assez fatiguée après la journée de shopping et tout le reste. Je crois qu'on ne devrait pas la réveiller.

— Je suis désolé, c'était...

— Ça va. On a regardé les infos, on sait que c'est dur pour toi. Entre nous, elle a acheté une robe vraiment sexy, et puis on t'a préparé un dîner, avec chandelles et tout le tremblement. Et Alexa est vraiment mauvaise cuisinière — le canard est tellement dur qu'on peut à peine le mâcher. Mais elle voulait faire ça pour toi, pour te remercier. Je crois qu'elle espérait que ce soir... tu vois... (d'un ton allusif).

Il ne voyait pas.

— Qu'est-ce que tu veux dire ?

— Sers-toi de ton imagination, Benny. De toute façon, je vais dormir ici cette nuit, on reparlera demain... Bonne chance, Benny.

— Je... dit-il, mais elle avait déjà raccroché.

— *Faux pas*, dit-il debout à côté de la voiture, d'un ton très calme et extrêmement frustré.

Allongé sur le dos dans le noir, il avait repoussé les draps et les couvertures à cause de la chaleur. Il allait avoir du mal à s'endormir, il le sentait, même s'il était de retour dans son appartement, même si les bruits étaient familiers et apaisants – vibrations de son frigo du mont-de-piété en bas, télé de la voisine, bourdonnement de la circulation dans Annandale Street. Maintenant que cette journée de dingue était finie, la rage qu'il éprouvait envers le sniper le submergea, lentement, comme la marée montante.

Il avait vraiment commencé à haïr cet enfoiré pendant la lecture du dernier e-mail, en compagnie de ses collègues devant l'écran. Ce connard qui lui avait téléphoné, assis à l'autre bout de la ligne à lui mentir, pendant qu'il se débattait et bataillait et pataugeait et courait d'un faux espoir à un autre. Pas seulement lui. Mbali Kaleni semblait perdue ce soir, épuisée et désespérée, parce que rien n'aboutissait. Et la voix de Musad Manie, quand il avait parlé au général à Pretoria, trahissait une impuissance pour la première fois, comme s'il savait qu'ils étaient à bout. Et ce truc avait à peine commencé.

Et puis il avait envoyé cet e-mail d'excuse insensé, si content de lui, dans lequel il accordait un « répit » au SAPS. Comme un foutu seigneur.

C'était quoi, ce type ?

Quel genre d'homme appelait les flics pour empêcher un cambriolage avant de descendre l'un d'entre eux ? C'était la forme de lâcheté la plus vile.

S'il croyait vraiment que le SAPS protégeait quelqu'un, pourquoi ne pas alerter la presse ? Pourquoi ne pas révéler cette information, ses soupçons et ses accusations, aux médias ? Il devait savoir qu'ils se jetteraient dessus comme des vautours pour essayer de déchiqueter la carcasse du SAPS.

Nom de Dieu.

Ça n'était pas seulement le sniper, mais toute l'affaire Sloet. La frustration, la pression, tout essayer et n'arriver à rien. Tourner en rond, impuissant. Il haïssait ce genre d'enquête où le dossier était vide – où on avançait dans le noir, en aveugle.

Et puis le sniper avait débarqué et rendu les choses encore plus difficiles. L'injustice criante de tout ça le transperça, alimentant sa haine.

Si ça ne tenait qu'à lui, il ferait fi des conseils de la psychocriminologue et répondrait à cette petite merde.

– Espèce de lâche, tu nous fais marcher, tu mens, tu te caches derrière des e-mails anonymes et des photos mystérieuses, tu rôdes dans une putain de Kia et tu tires sur des policiers qui essaient de faire leur travail ingrat. Parce que tu es obsédé par les communistes et la mort d'Hanneke Sloet. Tu te prends pour un super-héros mais tu n'as pas le cran de venir nous dire en face qui tu crois être le meurtrier de Sloet. Et pourquoi ça ? Parce que tu es un connard malade qui se prend pour le Messie, parce que tu sais que les putains de médias se délectent de la moindre minute de cette affaire. Que je te dise, tu n'es rien. Tu es un canard boiteux, une chiffe molle, une merde absolue et je vais te mettre au trou pour si longtemps, avec des gens qui vont t'en faire baver à un tel point, que tu vas regretter de ne pas avoir ton putain de petit .222 de pédale pour te faire sauter la cervelle et en foutre partout sur ta pauvre perruque.

La rage qu'il éprouvait était tellement forte qu'il faillit se lever et sortir le vieil ordinateur qu'il avait acheté dans une vente aux enchères de la police quelque temps avant, pour taper comme un forcené sur le clavier jusqu'à ce qu'il ait envoyé l'e-mail, et soudain il se demanda d'où venait toute cette fureur.

Mais il le savait.

Il soupira, arrangea l'oreiller, se tourna sur le côté.

Elle datait de la veille. Quand il s'était assis pour raconter sa journée à Alexa.

Pour la première fois de sa vie. Il n'avait jamais fait ça

quand il était marié à Anna. Il avait voulu tenir la mort et les massacres éloignés d'elle et des enfants, il avait voulu un endroit qui soit pur et normal.

Et la nuit précédente, il s'était rendu compte – de manière fugace et à contrecœur – qu'il éprouvait une sorte de soulagement à se décharger de ses expériences et de ses frustrations. Une sorte de libération, rien qu'en le disant à quelqu'un. Pour la première fois, il avait vraiment compris ce que Doc Barkhuizen voulait exprimer avec son « N'intériorise pas ton travail ».

Et l'idée qui l'avait accablé, pendant cette conversation avec Alexa, c'était à quel point sa vie aurait pu être différente s'il n'avait pas été aussi stupidement aveugle. Il avait évité d'y penser toute la journée, mais à présent il devait l'admettre : Anna aurait écouté. Anna aurait compati. Anna aurait compris s'il était rentré le soir et lui avait tout raconté : la mort, et à quel point cela lui faisait peur. Le sang, et l'odeur, et les corps sans vie, sans défense, des enfants et des femmes et des personnes âgées, et la certitude qu'on pouvait faire subir ça à d'autres. La pression. La tension constante – le manque d'argent, les longues heures, les attentes des familles de victimes, et les chefs. Et les railleries du public et de la presse.

S'il avait partagé tout ça avec Anna, dix contre un qu'il ne se serait jamais mis à boire, et dix contre un qu'Anna ne l'aurait pas quitté, et que ce soir il serait endormi pelotonné contre son dos dans leur lit conjugal, sans la frustration et la haine qu'il ressentait.

Et il avait cru en avoir terminé avec toute cette histoire de divorce.

La vie n'était jamais simple. Ça n'aidait en rien de raisonner ainsi.

Surtout pas aujourd'hui, alors qu'il avait eu sa dose.

Aujourd'hui, après l'audioconférence avec Ilse Brody, la psychocriminologue, Cloete leur avait lu des choses trouvées sur Internet dans le bureau de Manie. Les réactions des gens aux bulletins d'information concernant le sniper, sur Twitter et Facebook. Et ils étaient tous restés assis là, ressentant l'injustice criante de tout ça, parce qu'il n'y avait que mépris pour eux.

Et lui, Griessel, s'était dit : voilà comment ça va être chez les Hawks – grosses affaires, grosse publicité, grosse pression. Et reconnaissance, que dalle. Le SAPS pouvait faire ce qu'il voulait, il pouvait résoudre une affaire après l'autre, il pouvait faire baisser les statistiques du crime, lentement mais sûrement, malgré ça, tant qu'il vivrait, le SAPS n'obtiendrait ni remerciements ni respect.

Et il n'avait aucun choix, il devait le supporter. Parce que c'était tout ce qu'il était. Un policier. Il ne savait rien faire d'autre. Et il n'en avait pas envie. Mais Dieu sait que, quand on regardait devant soi et qu'on ne voyait que des emmerdes, alors on se demandait si ça en valait la peine.

Et il s'était dit que peut-être il pourrait en parler à Alexa le soir. Peut-être que ça l'aiderait d'évacuer un peu de ce qu'il avait dans le crâne.

Alexa, qui avait acheté une robe sexy, lui avait préparé à dîner et allumé des chandelles.

Et qui avait fini par s'endormir, parce que le sniper avait foutu sa soirée en l'air.

Je crois qu'elle espérait que ce soir... tu vois...

Si Ella voulait dire ce qu'il croyait qu'elle voulait dire...

Nom de Dieu. Ça faisait presque un an qu'il avait eu une aventure, deux semaines avant il s'était réveillé sur ce même lit après avoir rêvé qu'Alexa et lui étaient allongés nus, ses mains à lui partout sur son corps à elle, et tout semblait à sa place.

Ce soir, ce rêve aurait pu devenir réalité. S'il n'y avait pas eu le sniper.

Enfoiré.

JOUR 5

Mercredi

41

Le premier moment décisif eut lieu à 5 heures et demie du matin, quand ils appelèrent Griessel.

Il émergea en sursaut d'un profond sommeil, tâtonna éperdument pour trouver son portable sur la table de chevet, le fit tomber par terre. Il finit par mettre la main dessus, à quatre pattes sur la moquette.

– Allô ?

Il avait la bouche sèche et la voix rauque.

– Benny, je suis désolé de te réveiller, dit van Wyk de l'IMC.

Griessel se redressa, s'assit sur le lit.

– Vous avez trouvé quelque chose ?

– Le type de la photo. Il est russe. Et il connaissait Sloet.

– Un Russe. (Henry van Eeden avait raison.) Qui c'est ?

– Makar Kotko. Comme dans « MK ».

– Makar Kotko, répéta-t-il en se délectant du nom étranger. Et quel rapport avec tout ça ?

– Benny, le brigadier et Nyathi sont en chemin aussi. La situation est un peu sensible. Je ne veux pas en dire trop au téléphone…

Il n'était pas d'humeur pour « sensible ». Pas à cette heure de la journée. Il réprima un soupir.

– J'arrive, dit-il.

— *Uyesu*, fit Nyathi.

Ils regardaient fixement la photo imprimée sur une simple feuille A4, l'air incrédules. La définition n'était pas très bonne. Makar Kotko, tel qu'il apparaissait sur le cliché du sniper, mais replacé dans son contexte parmi trois autres personnes. Kotko se trouvait au milieu, serrant la main de l'homme à son côté. Les deux autres, à chaque bout, souriaient.

Manie se passa la main sur le front.

— C'est pour ça que je vous ai appelé si tôt, dit van Wyk.

— C'était la chose à faire, répondit Manie.

Il semblait vieilli, son visage marqué de rides profondes.

— C'est le gars de la Ligue de la jeunesse ? demanda Griessel en montrant l'homme qui échangeait une poignée de main avec Kotko, parce qu'il n'était pas totalement sûr.

— C'est exact, répondit van Wyk.

— Edwin Baloyi, ajouta Manie, sur un ton de reproche.

— Le secrétaire général de la Ligue de la jeunesse de l'ANC, renchérit Nyathi, abasourdi. Le moulin à paroles…

— Alors qui est Kotko ? demanda Manie, avant de lever la main. Non, expliquez-moi d'abord comment vous avez obtenu cette photo.

Griessel savait ce que ça signifiait. C'était une mise en route, afin que Manie ait une réponse toute prête pour ses supérieurs quand le cirque commencerait.

— La nuit dernière, on a entré dans le système les enregistrements du portable de Sloet durant l'année passée, commença van Wyk. En démarrant en décembre et en remontant en arrière, parce qu'on s'est dit que les mois les plus proches de sa mort étaient plus importants. Et ils l'étaient effectivement. En décembre, il y avait seize numéros qui ne collaient pas avec ceux que nous avions dans le rapport – correspondant à sa famille, ses collègues, ses amis, ou à ses responsabilités professionnelles. Alors nous les avons parcourus et comparés à ses relevés bancaires et à son compte de carte de crédit, pour éclaircir les choses. Quinze d'entre eux avaient un sens. Agents immobiliers, fondé de pouvoir, banquier, les déménageurs, la mairie, et cetera. Mais un numéro, un portable, ne correspondait à rien. Quelqu'un qui l'avait appelée le samedi 18 décembre, le lundi 20 et le mercredi 22. Benny nous avait demandé de regarder spécifiquement le 22 si un Russe avait pu lui téléphoner. Ce type l'a appelée trois fois ce jour-là. À 17 h 45, la conversation a duré dix-sept secondes. Puis il a rappelé à 20 h 30, elle n'a pas répondu et il a laissé un message vocal, et le dernier appel a été passé à 22 h 41, de nouveau sans réponse, de nouveau boîte vocale. Et quand on a vu le nom, on s'est posé des questions, parce qu'il sonnait vraiment russe et que les initiales étaient MK. Alors on a cherché sur Google et on est tombés sur cette photo. (Van Wyk désigna la sortie papier devant eux.) C'est la même que celle envoyée par le sniper, sauf qu'il l'a découpée pour ne laisser que Kotko.

– Qui est-ce ? demanda Manie.

– Brigadier, nous avons commencé les recherches à son sujet juste après 5 heures, donc on n'a pas encore grand-chose. Son nom complet est Makar Vladovich Kotko. C'est un citoyen russe et il est le directeur de la ZIC. Zoloto Investment Corporation. Une entreprise sud-africaine – il y a très peu d'informations sur leur site web, on dirait qu'ils sont consultants. Mais la ZIC est une filiale de MZ. Magadan Zoloto, ou Magadan Gold, une compagnie minière russe.

– Qu'est-ce qu'il fabrique sur cette photo avec Baloyi ? demanda Manie d'un ton qui donnait le sentiment qu'il ne voulait pas vraiment connaître la réponse.

– La photo est parue en août de l'année dernière dans *Hlomelang*, la newsletter officielle de la Ligue de la jeunesse. Kotko avait visité leurs bureaux pour faire un don. Au nom de la ZIC. Cinq cent mille rands.

– *Uyesu*, répéta Nyathi.

– Ce n'est pas tout, brigadier, continua van Wyk en posant

une autre sortie d'imprimante entre eux, un article de journal (« Les Russes intéressés par les mines sud-africaines ? » disait le gros titre). Ça vient du *Mining Weekly* de novembre de l'année dernière. Apparemment, la ZIC de Kotko cherche à investir dans certaines de nos compagnies minières. Et Gariep Minerals est l'une d'elles.

Manie regarda Griessel.

— Gariep fait partie de la transaction BEE ?

— Il aurait pu rencontrer Sloet comme ça, brigadier.

Le brigadier Manie lut l'article, puis regarda à nouveau la photo, longuement, impassible.

— Comment peut-on savoir si le sniper n'est pas encore en train de nous mener en bateau ? finit-il par demander.

— On n'en sait rien. Mais il semblerait que Kotko ait dans les cinquante ans. Sans aucun doute un produit de l'ère communiste russe, dit van Wyk.

— Et il connaissait suffisamment bien Sloet pour avoir son numéro de portable, ajouta Griessel. Ça n'était pas le genre de femme à le distribuer à tout-va.

— Est-ce que Kotko est au Cap ?

— Les bureaux de la ZIC se trouvent à Sandton. D'après leur site web. Nous avons demandé les enregistrements du portable de Kotko. Nous allons devoir vérifier s'il se trouvait au Cap au moment de la mort de Sloet.

— Ce qui m'inquiète, dit Nyathi, c'est pourquoi le sniper prétend que la police protège Kotko. Et qu'il nous envoie ensuite une photo découpée d'un meeting de la Ligue de la jeunesse.

Manie soupira.

— C'est un champ de mines et il va falloir qu'on soit très prudents. Benny, va chercher Bones. Qu'il vienne donner un coup de main.

— On doit aussi prévenir Mbali, brigadier. Parce que quelque part entre le Russe et Sloet, il y a le sniper.

Le deuxième moment décisif eut lieu à 6 h 30, quand van Wyk entra dans le bureau de Griessel. Il avait les yeux rougis à cause du manque de sommeil. Il posa quelques feuilles de papier sur le bureau en disant :
— Kotko a peut-être un lien avec la Mafia russe.
— *Faux pas*, dit Griessel en griffonnant frénétiquement dans son calepin.
— C'est là-dedans, ajouta van Wyk, en tapotant les feuilles. Magadan Gold appartient à Arseny Egorov. Egorov est ce qu'ils appellent un oligarque, un milliardaire qui a bâti sa fortune après la chute du communisme. Personne ne sait vraiment comment il a démarré, mais ensuite il a investi dans les médias, puis l'exploitation minière et le pétrole. L'année dernière, il a quitté la Russie, parce que les hommes de Poutine enquêtaient sur lui pour « irrégularités ». Il vit en Angleterre à présent, mais il y a un certain nombre d'histoires dans le *Wall Street Journal* et *Fortune* à propos de ses liens avec le gang Solntsevo. On parle de crime organisé. Des types dangereux...
— On doit porter ça à Oom Skip, dit Griessel.
Oom, ou plutôt le colonel Skip Scheepers de l'Unité de lutte contre le crime organisé des Hawks, avait passé l'âge de la retraite, mais la Direction des enquêtes criminelles lui avait demandé de rester à cause de ses connaissances encyclopédiques sur les gangs internationaux.
— J'ai déjà téléphoné à Oom Skip. Bones et lui vont jeter un coup d'œil là-dessus.

Le troisième moment décisif eut lieu onze minutes plus tard.
Le colonel Zola Nyathi, avec une expression sévère et un bref « S'il te plaît, suis-moi », vint chercher Griessel et se dirigea vers le bureau du brigadier Manie.

Quand ils entrèrent, le général Afrika leva les yeux. Griessel remarqua son expression de dégoût et son air déçu, comme si ce dernier ne voulait pas de lui dans la pièce. La première chose qui lui vint à l'esprit en voyant l'attitude de Nyathi et d'Afrika fut qu'ils avaient découvert ce qu'il avait fait pour espionner Neandertal. Son cœur se serra.

— Benny, lança Afrika d'un ton abrupt.

Nyathi referma la porte derrière eux.

— Asseyez-vous, dit le brigadier Manie.

Griessel les salua en essayant mentalement de trouver des excuses. Nyathi et lui prirent un siège, de chaque côté d'Afrika.

— Général, veuillez répéter ce que vous nous avez dit, au colonel Nyathi et à moi, dit Manie.

Afrika ne répondit pas tout de suite. Les yeux rivés au sol, il finit par lâcher :

— Je connais Kotko.

Ce n'était pas ce à quoi Griessel s'attendait. Il laissa pratiquement échapper un :

— Pardon ?

Afrika balaya la question d'un geste de la main.

— Je veux qu'on note dans le rapport que je n'avais aucune idée du fait que Kotko était en relation avec Sloet. Je veux qu'on note dans le rapport que je ne savais pas qu'il s'agissait du communiste dont parlait le sniper. Et je veux qu'on note dans le rapport que j'ai volontairement partagé ces informations.

— Très bien, général. S'il vous plaît, dites-nous comment vous avez connu Kotko.

Les émotions allaient et venaient sur le visage de John Afrika.

— Les gens font des erreurs, Musad, dit-il. On fait tous des erreurs…

42

Afrika mit une main dans sa veste et en sortit une feuille de papier pliée. Il l'ouvrit, la regarda, prit une profonde inspiration et commença sur un ton solennel, comme s'il témoignait devant un tribunal :

— Le matin du jeudi 23 septembre de l'année dernière, j'ai reçu un coup de fil d'un membre du Comité ministériel. Cette personne...

— Le Comité ministériel pour la police ?

— Oui. Cette personne m'a demandé d'aider un certain M. Kotko pour une requête...

— Qui est cette personne, général ?

— Musad, je ne vais pas vous dire ça maintenant.

Manie demeura assis, immobile et impassible.

— Cette personne m'a demandé mon aide pour une requête de ce M. Kotko, qui m'était entièrement inconnu à l'époque. Peu de temps après, j'ai reçu un appel de Kotko, qui m'invitait à déjeuner ce jour-là. J'ai accepté. Kotko m'a expliqué qu'il connaissait un certain nombre de membres du gouvernement depuis l'époque de la Lutte. Et qu'il était homme d'affaires, vivait à présent à Johannesburg et investissait dans l'économie. Et puis il m'a demandé d'aider deux de ses amis. Ces deux derniers — Afrika consulta la feuille qu'il avait à la main —, nommés Fedor Vazov et Lev Grigoryev, avaient été arrêtés la veille, le 22 septembre, et emmenés au poste de police de Table View, après une plainte pour voies de fait dans une boîte de nuit. Ils étaient toujours détenus. D'après Kotko, toute l'affaire n'était qu'un malentendu, une de ces histoires où tous les gens impliqués avaient un peu trop bu. Et le membre du Comité ministériel et lui-même apprécieraient vraiment beaucoup si je pouvais régler le problème. Après le repas, j'ai téléphoné au commissariat. Le commandant a confirmé qu'il s'agissait d'une rixe dans un bar et qu'il allait être difficile de poursuivre les suspects. Je lui ai demandé de les relâcher et de laisser tomber les charges. Ce qui a été fait.

– C'est tout, général ? demanda Nyathi, d'une voix visiblement soulagée.

Afrika hocha lentement la tête en signe de dénégation.

– Non, Zola, ça n'est pas tout. (Il consulta de nouveau ses notes.) Le 29 septembre de l'année dernière, en retirant de l'argent dans un distributeur de Long Street, j'ai remarqué que le solde de mon compte était plus important que ce à quoi je m'attendais. Je suis entré dans la banque et j'ai demandé un relevé. J'ai vu que le 27 on avait déposé vingt-cinq mille rands sur mon compte. Je me suis renseigné sur l'origine de cet argent, et la banque m'a informé qu'il provenait d'Isando Friendship Trust. J'ai dit que ça devait être une erreur et j'ai expliqué à la banque que je devais contacter le Trust. Mais je n'ai pas pu les localiser.

Afrika replia lentement la feuille.

– J'ai appelé Kotko, parce que je le soupçonnais d'être derrière cet argent. Il a répondu que c'était juste pour me remercier. De mon aide. Alors j'ai dit que je ne pouvais pas l'accepter, qu'il devait se débrouiller pour annuler le paiement ou alors me donner le numéro de compte du Trust, afin que je les rembourse. Il s'est contenté de rire en disant qu'il ignorait si on pouvait faire ça, qu'il allait falloir qu'il se renseigne. Il ne m'a jamais recontacté.

Le silence se fit. À l'extérieur, un pigeon voleta devant la fenêtre puis se percha sur le rebord.

Nyathi poussa un profond soupir.
— Vous savez ce que veut dire *isando*, général ?
— Non, Zola.
— Ça veut dire « marteau » en xhosa. Et en zoulou.
— Je vois.
— Général, vous ne vous doutiez pas que Kotko était le communiste dont parlait le sniper ?
— Non. Pas du tout.
— Je dois vous demander : quand vous nous avez apporté l'affaire Sloet, et les e-mails, pourquoi avez-vous explicitement insisté pour que ce soit Benny et Mbali qui travaillent sur les enquêtes ?
— Parce que je sais à quel point ils sont brillants.
— Ça n'est pas parce que vous nous aviez recommandé Benny en décembre ? Et que vous pensiez qu'il vous devait quelque chose ?
— Écoutez, Zola, je comprends que vous ayez à poser ces questions, mais je vous affirme que c'est faux.
— Et vous êtes le seul à savoir ce qui est arrivé à Mbali à Amsterdam ? Vous l'avez fait admettre dans le programme d'entraînement hollandais quand elle travaillait encore à Bellville, et les Hollandais vous ont fait leur rapport.

Afrika leva les bras au ciel.
— Je sais de quoi ça a l'air. Mais je vous le dis à présent, ça n'est pas comme ça. (Pour la première fois, il regarda Griessel.) Benny, tu me connais... Musad, vous et moi, on a fait un bon bout de chemin ensemble. Vous savez que je ne ferais jamais une chose pareille. Dites-le-leur.

Manie joignit ses grandes mains.
— Général, comment un Afrikaner conservateur blanc peut-il être au courant de votre lien avec Kotko ?
— Je n'ai pas de lien avec Kotko.
— Général, comment est-il au courant ?
— Je ne sais pas. Je veux dire, nous avons déjeuné ensemble chez Balducci. Le monde entier passe devant ce restaurant.

Et je ne saurais pas à qui le commandant de Table View a pu parler.

Manie acquiesça d'un air pensif.

— Y a-t-il eu des contacts entre Kotko et vous depuis que le sniper a commencé à envoyer des e-mails ?

— Depuis septembre, affirma solennellement le général, je n'ai plus jamais eu de contact avec lui.

— Est-ce que la personne du Comité ministériel est au courant pour les e-mails du sniper ?

— Non.

— Que se passera-t-il si on arrête Kotko ?

Afrika observa le pigeon sur le rebord de la fenêtre et secoua la tête.

— Mon Dieu, Musad, on va être dans le pétrin. Il a des relations...

— Pensez une seconde au pétrin dans lequel on est en ce moment, général. Si on l'arrête, ça va déclencher une dramatique tempête politique. Et une autre tempête médiatique, parce que le monde entier pourra voir cette photo de lui et de Baloyi. Et si on ne le fait pas avant 16 heures, ce cinglé va tirer sur un autre de nos hommes ce soir.

Quand le général fut parti, Manie envoya chercher Mbali et lui annonça la nouvelle.

— *Hayi*, murmura-t-elle, incrédule et déçue.

— *Ewe*, répondit Nyathi en lui mettant la main sur l'épaule.

— Que ça nous plaise ou non, on travaille contre la montre, dit Manie. Benny, il va falloir que tu t'envoles pour le Gauteng, je vais demander à Mavis de vérifier l'heure du prochain vol mais je crois qu'en attendant tu ferais mieux de préparer un sac. Je vais parler à la Direction à Johannesburg pour qu'ils localisent Kotko et le surveillent. Vaughn peut assurer la coordination de ce côté-ci, on a besoin de

plus de munitions quand tu l'interrogeras, ces coups de fil de décembre ne sont pas suffisants.
— Très bien, brigadier.
— Mbali, tout semble indiquer que le sniper connaissait les agissements de John Afrika et de Kotko, c'est notre meilleure chance de le pincer. Vaughn et toi devez rester en relation étroite, parce que les deux affaires vont de pair à présent. Mais commencez par le poste de police de Table View. Cherchez les gens qui étaient là en septembre l'année dernière, qui ont été renvoyés pour manquement, ou font l'objet d'une enquête.
Elle acquiesça respectueusement.
Le brigadier vérifia sa montre.
— On doit faire un communiqué au sujet de Kotko vers 14 heures, 14 h 30, pour qu'il puisse être diffusé à la radio et sur Internet. Il n'y aura pas de policier tué ce soir.

Griessel mit Cupido au courant.
— Vaughn, mon téléphone n'a pas de haut-parleur. Tu pourrais appeler Hannes Pruis, qu'on puisse entendre tous les deux ce qu'il dit ?
— Pas de problème. T'as le numéro ?
Griessel le lui donna.
Cupido composa le numéro, retourna le téléphone et le posa sur son bureau. La sonnerie était clairement audible.
— Il va t'entendre parler ?
— Facile.
— Allô ? répondit l'avocat d'un ton irrité, probablement parce qu'il était juste 7 heures.
— Monsieur, c'est Benny Griessel, des Hawks...
— Oui, capitaine, dit-il sans enthousiasme.
— Nous avons hâte d'en apprendre plus sur les liens entre Silberstein et un certain Makar Kotko, de la ZIC...
Le silence au bout du fil confirma les soupçons de Griessel.

— Monsieur Pruis, vous savez de qui je parle ?
— Je... le nom me semble familier...
— Vous allez devoir venir nous expliquer pourquoi vous avez dissimulé des informations au sujet de Kotko et de sa relation avec Hanneke Sloet.
— Je n'ai rien dissimulé, capitaine. Comment aurais-je pu savoir qu'il avait un rapport avec ça ?

Mais Pruis était sur la défensive.

— Avec toutes les recherches que vous faites, vous deviez savoir que Kotko avait des liens avec le crime organisé ?

Pruis ne répondit pas.

— Vous avez quarante minutes pour vous présenter à nos bureaux, dit Griessel. Ou j'arrive avec un mandat et l'Unité de lutte contre le crime organisé au complet.

Griessel et Cupido regardaient le téléphone retourné. Pruis prit son temps pour répondre.

— Quelle est votre adresse ?
— Nous sommes dans l'annuaire. Demandez le capitaine Vaughn Cupido quand vous arriverez.

Il fit signe à Cupido de mettre fin à la communication. Cupido eut un large sourire, reprit le téléphone et coupa.

— Tu lui passes un sacré savon, Cupido. Il savait depuis le début, et il n'a pas dit un mot.
— Je ne peux pas lui appliquer le traitement Cupido si Mbali est là, Benna.

Griessel comprit.

— Alors, fais-la entrer seulement quand tu auras réussi à faire parler cet enfoiré.

43

À 8 h 30, Griessel se rendit chez lui pour faire son sac. La circulation sur la N1 en direction de la ville était dense et on roulait au pas.

Il pensait à John Afrika. Il s'était senti désolé pour lui dans le bureau de Manie. Afrika avait toujours été bon avec lui. Franc. Juste. Afrika avait cru en lui quand le reste du SAPS le considérait comme un ivrogne. Afrika et Mat Joubert. Et Mat avait quitté la police.

Le problème, c'est qu'il n'était pas sûr de pouvoir blâmer Afrika. Qu'est-ce qu'on fait si un membre du Parlement vous appelle et demande « un petit coup de main » ? Vous êtes métis, mais pas encore assez noir pour la discrimination positive, vous avez une femme et des enfants, un emprunt pour la maison. Vous avez dans les cinquante ans, peut-être encore cinq ou six ans à faire, vous espérez obtenir une dernière promotion pour donner un petit coup de pouce à votre retraite...

Afrika avait essayé de rendre l'argent. Et l'accusation d'ivresse sur la voie publique des Russes était une vétille.

Qu'aurait-il fait si quelqu'un avait viré vingt-cinq mille rands sur son compte et que c'était un casse-tête administratif du diable pour les rembourser ? Alors qu'il devait payer les frais d'études de Carla et de Fritz, la pension d'Anna et ses nouvelles fringues hors de prix ? Combien de temps et avec quelle détermination poursuivrait-il ses tentatives pour rendre l'argent ?

Est-ce qu'Afrika avait dit toute la vérité ? Et que soupçonnaient Manie et Nyathi, dès le samedi soir, quand la Girafe était entrée dans son bureau et avait dit : « Si tu découvres des trucs pas nets là-dedans, tu viens nous voir… » ? Le dimanche, à Greenmarket Square, Mbali lui avait demandé pourquoi c'était *elle* qu'ils avaient mise sur l'affaire du sniper. Tout le monde avait eu des soupçons, sauf lui.

Les Hawks étaient un autre monde. Et il avait toujours un pied dedans et un pied dehors.

Qu'allaient-ils encore faire ressurgir ? Qui Afrika protégeait-il au Comité ministériel ?

C'était son premier aperçu de la politique politicienne, son premier avant-goût de ce qu'on ressent quand on est pris entre deux feux.

Ce pays n'était pas simple.

Il devait s'en tenir à son enquête. Aux paroles d'Henry van Eeden : « Alors je lui ai demandé si tout allait bien et elle a répondu : "Oui, juste un Russe ennuyeux." »

Et l'amie de Sloet, Sam Grobler : « Tous les hommes en pinçaient pour Hanneke. » Griessel pouvait le comprendre en regardant les photos, cette sensualité brûlante.

Makar Kotko avait rencontré Sloet quelque part. Et il l'avait désirée et lui avait téléphoné. Encore et encore. Mais il n'était pas ce qu'elle voulait. Elle avait dit « non ».

Ou pas ? Quand il pensait au vibromasseur, aux films pornos, à Roch lui expliquant son avidité : si elle connaissait les relations de Kotko avec le crime organisé, si elle aimait le risque…

Non. Quand on comparait le Russe aux petites dents pointues et aux cheveux gominés à Egan Roch. Ça n'était pas possible.

Si elle avait dit « non » à Kotko, était-ce un mobile pour la tuer ?

Lui aurait-elle ouvert sa porte ?
C'était la grande question.
Peut-être. S'il représentait une valeur marchande à ses yeux. Ou aux yeux de Silberstein Lamarque.
Sa rêverie fut interrompue dans Roeland Street par un coup de fil de Nyathi.
— Benny, on envoie Bones à Jo'burg avec toi.
Il comprit immédiatement. C'était mieux ainsi. Vu les circonstances, un inspecteur noir était beaucoup plus politiquement correct.

Ses options vestimentaires étaient limitées. Il n'avait pas fait de lessive depuis la semaine précédente, à cause de l'enquête et des nuits passées chez Alexa. Sa vie tout entière était en désordre. Et pour combien de jours devait-il préparer son sac ?
Il sortit sa valise cabossée. Il détestait ce truc, trop de mauvais souvenirs – c'était celle qu'il avait emportée quand Anna l'avait fichu dehors. C'était déprimant de voir que sa vie pouvait tenir si facilement dans une valise. Ça avait été la période la plus sombre : les symptômes du manque après plus de dix ans de boisson. Sans maison, sans direction, sans espoir, seul.
Mais pas irrémédiablement perdu.
Et regardez-le à présent. Toujours debout.
Il emballa tous ses vêtements propres. Mit sa nouvelle veste, de façon à ne pas embarrasser ses collègues du Cap quand ils seraient dans le Gauteng.
Puis il téléphona à Alexa pour la prévenir.

— Quel est votre problème ? demanda Cupido à Hannes Pruis.
Ils étaient assis, dans le plus petit bureau que Cupido

ait pu trouver, sur des fauteuils délabrés. Pruis tournait le dos à la porte, Cupido à seulement cinquante centimètres de lui, le visage aussi près que possible de celui de l'avocat.

— Mon problème ? demanda Pruis, indigné.

Mais l'arrogance de la veille avait disparu. L'homme était tendu.

— Oui. Votre problème. Le capitaine Griessel vous a interrogé sur les communistes. Hier, j'ai posé à nouveau la question, à vous et à vos copains les avocats, mais vous ne saviez rien. Vous avez dû penser qu'on était un tas de putains de flics abrutis, qui ne trouveraient jamais rien sur Kotko.

— Ce n'est vraiment pas nécessaire de jurer.

— Parce que maintenant vous décidez de ce qui est nécessaire ? Vous, qui mentez sans un battement de cils, alors que c'est quelqu'un de chez vous qui s'est fait descendre avec une *moerse* lame en fer ? Où est votre moralité ? Où est votre conscience ? Ou bien est-ce que vous l'échangez contre votre licence d'avocat ?

— Kotko n'est pas un communiste.

— C'est ça votre défense ? Le mieux que vous puissiez faire ?

Pruis agita les mains en un geste d'impuissance.

— Mais il ne *l'est pas*. C'est un homme d'affaires. Un capitaliste...

— Vous êtes plutôt pathétique. Où se sont-ils rencontrés, Kotko et Sloet ?

— À Johannesburg.

— Quand ?

— Le vendredi 17 décembre.

— Continuez.

— Hanneke et moi assistions à une réunion d'Ingcebo à Johannesburg. Ensuite, il y avait un cocktail au Radisson Blu de Sandton.

— C'est un hôtel ?

— Oui.
— Qui était là ?
— Des gens de toutes les parties concernées. Ingcebo, Gariep, SA Merchant Bank, les autres cabinets juridiques…
— Et ensuite ?
— Kotko était là aussi. Avec quelques politiciens.
— Quels politiciens ?
— Des gens de la Ligue de la jeunesse. Edwin Baloyi. Quelques autres.
— Et ensuite ?
— Ensuite, Kotko a vu Hanneke. Il est venu lui parler et…
— Pourquoi ?
Pruis haussa les épaules.
— Pourquoi à votre avis ? Hanneke était une femme attirante.
— Donc il voulait la draguer.
— Ça y ressemblait.
— Où étiez-vous ?
— J'étais à côté d'Hanneke.
— Et ensuite ?
— Quand il apprit ce qu'elle faisait, il a décrété qu'il voulait acheter des actions de Gariep pour un client, et il a voulu savoir si ça nous intéresserait de traiter le contrat.
— Et évidemment vous avez dit : Oui, s'il vous plaît.
— C'est ce que nous faisons, capitaine. Nous traitons des contrats.
— Qui était son client ?
— Magadan Zoloto. La compagnie minière russe.
— Quand avez-vous découvert que Kotko était russe ?
— Ce soir-là.
— À Johannesburg.
— Sandton.
— Admettons, ça fait une différence ?
Pruis ne réagit pas.

— Et quand avez-vous découvert ses liens avec le crime organisé ?
— D'après notre examen préalable, la ZIC n'avait rien à se reprocher.
— Et Magadan ?
— Les allégations contre M. Arseny Egorov ne sont que ça. Des allégations.
— Oh. Donc c'est *monsieur* Egorov. Quand avez-vous entendu les *allégations* à son propos ?
— Le lundi.
— Quel lundi ?
— Le 20 décembre.
— Est-ce qu'Hanneke Sloet vous avait dit que Kotko l'avait appelée ce samedi-là ?
— Oui.
— Et le lundi ?
— Oui.
— Que lui a-t-il dit ?
— Il lui a dit qu'il venait au Cap et qu'il voulait l'inviter à dîner.
— Et qu'a-t-elle répondu ?
— Elle a répondu que son emploi du temps était surchargé. Elle faisait ses paquets. Pour le déménagement. Et que pour Noël, elle était chez ses parents.
— Elle vous a dit tout ça ?
— Oui. Elle se doutait que l'intérêt de Kotko n'était... pas nécessairement mû par les affaires.
— *Mû par les affaires*. Bordel de merde. Et ensuite ?
— Ensuite, on l'a invité dans nos bureaux. Le mercredi 22 décembre.
— Quelle heure ?
— Le matin. De 10 à 12.
— Malgré le fait que vous saviez déjà pour ses liens avec la Mafia ?

Pruis hocha légèrement la tête.

– Et il est venu ?
– Oui.
– Que s'est-il passé ?
– Il nous a missionnés pour représenter la ZIC dans l'achat d'actions de Gariep Minerals. Nous avons accepté et discuté la structure des coûts.
– Et ça devait vous rapporter combien ?
Pruis détourna le regard.
– Combien ?
– Quinze, fit-il à contrecœur.
– Millions ?
– Oui.
– Dieu du ciel. Saviez-vous qu'il lui avait téléphoné trois fois cet après-midi et ce soir-là ?
– Oui.
– En fait, l'homme la harcelait.
– Oui.
– Et pourtant, vous n'avez jamais pensé à nous le dire ? Parce que vous bossez encore sur le contrat Kotko et que vous allez vous mettre quinze millions dans la poche, et que vous préférez laisser un meurtrier en liberté plutôt que perdre un putain de centime. Vous me dégoûtez, vous savez ça ? Est-ce que Kotko était au Cap le jour de la mort de Sloet ? Le 18 janvier ?
Pruis pinça les lèvres. Détourna les yeux.
Cupido connaissait d'avance la réponse.

44

Cupido referma la porte du petit bureau derrière lui et téléphona à Griessel.

— T'es où, Benna ?
— Sur la N1. Je suis là dans dix minutes.
— Kotko était au Cap le 18, le jour de sa mort. Il avait rendez-vous avec Silberstein et Sloet, juste avant déjeuner. Parce qu'ils devaient discuter de son contrat. Mais il bandait pour elle, et pas qu'un peu.
— Putain, fit Griessel.
— C'est notre homme, Benny.
— Mais quel était son mobile ?
— Là encore, je crois que c'est le refus, Benny. Elle ne voulait pas coucher avec lui.
— Et l'arme qu'il aurait posée par terre ? Qu'est-ce qu'il voulait lui prendre ? Hier, tu as demandé ce qu'elle avait.
— Peut-être qu'il voulait juste vérifier si elle était morte...
— On va avoir besoin de plus que ça vu les circonstances.
— C'est vrai. Laisse ça à Beaver. Fais un saut quand tu arrives.

Cupido reposa le téléphone et rouvrit la porte. Pruis était debout avec son portable, occupé à taper un SMS.

— Qu'est-ce que vous faites ?
— Je mets mes collègues au courant de l'endroit où je me trouve.

— Si je vous prends à laisser échapper un putain de mot au sujet de l'enquête, je vous enferme.

— Vous voulez lire ?

Il leva le téléphone pour que Cupido puisse voir. *Chez les Hawks. Annulez tout pour aujourd'hui.*

— OK.

Pruis envoya le SMS.

— Pourquoi l'a-t-il tuée ? reprit Cupido.

— Pourquoi pensez-vous que c'était *lui* ?

— Parce que beaucoup de choses concordent. Qu'est-ce qu'elle avait sur lui ?

— Que voulez-vous dire ?

— Vous avez dit avoir découvert qu'il faisait partie du crime organisé. Avez-vous, disons, utilisé cette information comme moyen de pression ? Pour obtenir une plus grosse part du gâteau ?

— Non. Nous ne faisons pas ça.

— *Ja*, tu penses.

— Nous ne faisons pas ça.

— Alors pourquoi l'a-t-il tuée ?

— Je ne sais pas.

Mais Cupido n'était pas convaincu.

— Je vous préviens, je vais demander une injonction du juge pour cette procédure d'examen préalable et si je découvre là-dedans quelque chose que vous nous avez caché, je vous jure, on vous poursuivra pour obstruction, je vous détruirai, nom de Dieu.

Pruis s'assit, mais son regard allait du mur à la table. Il ne dit rien.

Cupido sortit son téléphone.

— Très bien. Si vous voulez jouer à ça.

Il composa le numéro.

— Attendez, lança Pruis.

— Quoi ?

— La recherche préliminaire n'avait pas donné grand-chose.

— Mais ?
— Nous étions… prudents. Alors nous avons demandé à Hanneke d'enquêter plus avant.
— Et ?
— Elle a embauché une société de détectives privés pour faire des recherches sur Kotko, en janvier… Jack Fischer et Associés.
— Ces connards ? Et ensuite ?
— Ils ont découvert qu'il avait fait partie du KGB.
— Kotko ?
— Oui.
— Comme dans les services secrets russes ? Ce KGB-là ?
— Oui. Il était directeur du bureau africain du KGB. Dans les années quatre-vingt. Avant la chute du Mur.
— Putain.
— C'est comme ça qu'il avait connu de nombreux membres de notre gouvernement. Et ensuite, il s'est occupé de la sécurité pour Arseny Egorov. Dans les années quatre-vingt-dix.
— Son collecteur de fonds.
— Quelque chose dans ce goût-là.
— Et c'est tout ?
— Non.
— Alors dites-moi.
— Apparemment, il aimait torturer les gens. À l'époque.
— Torturer ?
— C'est exact. Quand il les interrogeait.
— Comment ?
— Avec une baïonnette. Dans l'anus.

Dans le bureau du brigadier Manie, Cupido les mit au courant des dernières informations.

Pour la première fois depuis le début de l'enquête, Griessel sentit le vieux frémissement, son instinct qui se réveillait. C'était le bon.

– D'après l'avocat, Sloet connaissait l'histoire avec le KGB, dit Cupido. Elle avait mené l'enquête, avait obtenu le rapport de Jack Fisher et Associés. Mais il ne voyait pas pourquoi Sloet aurait voulu faire chanter Kotko avec ça. Elle était la cheville ouvrière de toute la transaction, Kotko avait confié le contrat à Silberstein parce qu'elle lui plaisait énormément.

– De toute façon, ce ne sont que des présomptions, dit Manie. Rien ne peut être utilisé devant un tribunal.

– Jack Fischer et Associés ont dû obtenir l'information sur la baïonnette grâce à une source, brigadier, dit Griessel. Il va falloir qu'on trouve de qui il s'agissait.

– Jack Fischer n'est plus un ami du SAPS, rétorqua Manie d'un ton dubitatif.

– Il y a d'autres moyens, répondit Griessel. Si Kotko aime les lames, quelque part dans Johannesburg, quelqu'un le saura. On retrouvera un schéma de fonctionnement.

– Passe-le à la moulinette, Benny, intervint Nyathi.

– Oui, monsieur.

Manie était toujours sceptique.

– Il était du KGB. Les interrogatoires ne lui font pas peur. Et il a des relations. On doit prouver qu'il était sur la scène de crime. De manière scientifique.

Ils savaient tous qu'ils n'avaient rien pour l'instant permettant de faire ça.

– Est-ce qu'on a assez pour un mandat de perquisition ? demanda Nyathi. Pour sa maison et son bureau ?

– Pas encore, répondit Manie. Attendons de voir ce qu'il se passe dans les prochaines heures. Ce qui nous amène au sniper. Werner, vous avez combien d'hommes disponibles ?

– La moitié de l'équipe est à Table View, brigadier, répondit du Preez.

– J'ai l'impression... dit Manie. Il y a un paquet d'anciens policiers chez Jack Fischer et Associés. Qui en veulent peut-être au SAPS. Ils ont enquêté sur Kotko, ils ont pu tomber sur des preuves du virement à John Afrika. Trouvez une liste du personnel de chez Fischer et transmettez-la à l'IMC pour qu'ils la recoupent avec les propriétaires de .222 et de camionnettes Kia. Tout.

— Je veux que l'IMC jette un coup d'œil aux fichiers Internet de Fischer. Si quelqu'un utilisait un compte « anonimail », on en aurait une trace dans un journal d'activité. Et je vais aller parler à Jack Fischer, après avoir interrogé Pruis, dit Mbali, un éclat guerrier dans le regard.

— Je crois qu'on devrait plutôt envoyer Oom Skip Scheepers, lui répondit Manie.

— Pourquoi, monsieur ? répliqua-t-elle sur un ton indigné.

— Parce que Jack Fischer est un ancien du SAPS. Et que Scheepers était le supérieur de Jack, il y a des années de ça. On n'attrape pas les mouches avec du vinaigre, Mbali, il faut l'amadouer. C'est une course contre la montre, on n'a pas le temps.

Elle acquiesça, mécontente.

— Brigadier, je veux inculper Pruis. Pour obstruction, lança Cupido.

— Lâchez-lui la bride, répondit Manie. Mieux vaut s'en servir comme moyen de pression. Pour l'instant.

— On doit y aller, brigadier, intervint Griessel. Notre avion est à 10 heures.

Manie acquiesça.

— En attendant, je vais parler avec les *manne* là-haut, Benny, pour m'assurer que le timing est bon. Ça va demander quelques manœuvres alambiquées. Avec de la chance, on aura quelque chose sur la table à ton arrivée. Mais bonne chance. Et bonne chasse.

Mbali et du Preez demandèrent à Hannes Pruis de les accompagner jusqu'à la salle d'interrogatoire des CATS. Il faisait froid dans le couloir mais Pruis quitta sa veste. Il avait des taches de sueur sous les bras et dans le dos.

Ils s'assirent. Pruis demanda de l'eau. Mbali alla chercher une carafe et un verre. Pruis but longuement, essuya la sueur sur son front et déclara que ça donnait l'impression qu'il avait protégé Kotko, qu'il s'en rendait compte. Mais il voulait que ce soit bien clair : avant ce matin et le coup de fil du capitaine Griessel, il n'avait pas fait le rapprochement entre Kotko et le communisme. Le communisme n'existait plus en Russie depuis vingt ans. Vingt ans. S'ils l'avaient interrogé sur un Russe, ça aurait été une autre affaire. Et il n'avait jamais, mais jamais, établi de lien entre Kotko et le meurtre d'Hanneke Sloet. Ça n'était tout simplement pas possible, il n'y avait aucun mobile valable à ses yeux...

— Mais vous saviez pour la baïonnette ? demanda Mbali, totalement incrédule.

— Mais Hanneke n'a jamais été torturée... Je le jure, ça ne m'a jamais traversé l'esprit.

— *Hayi*, dit Mbali, sans essayer de cacher son dégoût.

Du Preez montra la caméra à côté de la table.

— Nous allons enregistrer l'interrogatoire, monsieur Pruis.

L'avocat acquiesça.

Du Preez mit la caméra en route et fit un signe de tête à Mbali.

— Connaissiez-vous les liens de Makar Kotko avec des officiers supérieurs du SAPS ? commença-t-elle.

Pruis écarquilla légèrement les yeux.

— Non.

— Vous en êtes absolument certain ?

— Oui. Nous savions qu'il avait des relations avec des membres du gouvernement. Et de la Ligue de la jeunesse.

— Mais personne du SAPS ?

— Non.

— Vous aviez demandé à Sloet d'embaucher Jack Fischer et Associés pour enquêter sur Kotko ?

— Oui.
— Avez-vous le rapport de Fischer ?
— Oui. Dans mon bureau.
— Allez-vous le mettre à notre disposition ?
Il n'hésita qu'un moment.
— Oui.
— Et il n'y a rien dans le rapport au sujet d'un membre du SAPS ?
— Pas que je sache.
— Avez-vous effectué ou demandé que soient effectuées d'autres recherches sur Kotko ?
— Nous avons fait une procédure d'examen préalable sur la ZIC. Son entreprise.
— Et vous n'avez rien trouvé sur aucun membre du SAPS ?
— Non.
— Connaissez-vous le trust que contrôle Kotko ?
— Quel trust ?
— Isando Friendship Trust.
Pruis secoua la tête.
— Je n'en ai jamais entendu parler.
— Vous en êtes absolument sûr ?
— Oui.
— Qui était au courant de l'intérêt que Kotko portait à Sloet ?
— Comment pourrais-je savoir à combien de personnes elle en avait parlé ?
— Qui, dans votre cabinet juridique, était au courant ?
— De son intérêt sentimental ?
— Oui.
— Moi, seulement. Ce n'est pas le genre de chose qu'Hanneke ou moi voulions clamer sur les toits.
— Le 18 janvier, Sloet et vous aviez rendez-vous avec Kotko dans vos bureaux ?
— Oui.
— Avez-vous fait comprendre à Kotko, d'une façon ou

d'une autre, que vous connaissiez ses antécédents avec le KGB ?
— Non, bien sûr que non.
— Et son histoire de baïonnette ?
— Non.
— Kotko aurait-il pu avoir eu vent de l'enquête de Jack Fisher, par un moyen quelconque ?
— Nous les payons pour qu'ils soient discrets.
— Aurait-il pu savoir ?
— Je ne pense vraiment pas.
— Mais ce n'est pas impossible ?
— Rien n'est impossible. C'est juste très improbable.
— Monsieur Pruis, dit du Preez, si un autre membre du SAPS se fait tirer dessus aujourd'hui et qu'on découvre la moindre preuve que vous ne nous avez pas dit toute la vérité, ma priorité personnelle numéro un sera de vous poursuivre en justice. De toutes les façons possibles. Vous comprenez ?
— Oui.
— Y a-t-il autre chose que vous voudriez nous dire ?
— Je suis désolé. Mais je vous le répète, il n'y a rien d'autre.
Mbali se leva.
— On ferait bien de mettre Benny au courant de tout ça, dit-elle.

45

Après le décollage, Bones regarda les mains de Benny fermement cramponnées aux accoudoirs.
– Ça va, Benny ?
– Je n'aime pas l'avion.
– C'est plus sûr que la voiture, *nè*.
– Ils tombent, Bones. De temps en temps.
Boshigo se mit à rire.
Plus tard, tandis qu'ils faisaient honneur au repas léger avec l'enthousiasme de flics qui n'avaient pas eu le temps de prendre un petit déjeuner, il lança :
– Tu sais que je sers juste de façade pour ce voyage ? Le visage noir qui apaise les dieux...
Griessel avait la bouche pleine. Il ne put que hausser les épaules.
– Alors, qu'est-ce que tu penses de tout ce bazar, Benny ? La politique, les soupçons de corruption...
Il finit de mâcher avant de répondre.
– Qu'est-ce qu'on peut dire, Bones ? C'est comme ça. Et ça n'est pas nouveau. Quand je travaillais à la Brigade criminelle, autrefois... Les trucs qu'on devait faire. À cause de la politique. Étouffer des scandales. Fermer les yeux. À l'époque, on n'en entendait jamais parler dans la presse. Ils s'en tiraient en ayant commis des trucs bien pires.
– Rien ne change, dit Boshigo, pensif.

Quand l'hôtesse de l'air eut débarrassé leurs plateaux vides et leurs couverts en plastique, Bones reprit :
— Hier soir, quand tu as téléphoné, je regardais un film. *Dans l'ombre de la Lune*, un documentaire sur les astronautes qui sont allés là-haut. Et à la fin du film, un des astronautes, quand ils sont dans l'ombre de la Lune, a regardé la Terre et a dit : « Elle est si petite et si fragile. » Mais tous ceux qu'il connaissait étaient là-bas, *nè*. Et après être revenus, ils ont fait ce tour du monde et, dans chaque pays, les gens leur disaient : « On l'a fait. » Pas « Vous les Américains, vous l'avez fait ». Non. « On l'a fait. » Ça m'a complètement ému, *nè*. J'ai grandi à Fort Beaufort. Quand j'étais petit comme *ça*, mon père m'a emmené dehors un soir, il m'a montré la Lune. Il a dit : « Benedict, des gens ont marché là-dessus. Pourquoi ? Parce qu'ils en avaient rêvé, *nè*. » Il a ajouté : « Tu dois aller dans ce monde, *ukuphupha*, avec un rêve. Et tu dois suivre ce rêve, jusqu'à ce que tu l'attrapes. » Ce matin, quand j'ai entendu toutes ces manigances, je me suis dit : « Qu'est-ce qui nous arrive ? Madiba avait un rêve, Benny. Le Grand *Ukuphupha* pour l'Afrique du Sud. Mais maintenant, on est en train d'oublier ce rêve. » Je suis resté assis là hier soir à regretter mon père, *nè*, il est mort en 2005, et je me suis dit : « Pourquoi est-ce qu'on ne peut pas être "nous" à nouveau ? » Dans ce pays. Dans le monde entier. Parce qu'on est tous sur la même petite planète.

— D'après la carte de crédit de Kotko, la nuit du 18 janvier, il a payé pour deux chambres au Southern Sun Cullinan Hotel, dans le quartier du Strand, annonça le capitaine Philip van Wyk.
— Deux ? demanda Manie.
— C'est exact, brigadier. On attend que l'hôtel nous confirme qui a signé le registre. Mais il y a eu deux autres paiements avec la carte. L'un pour dîner, un montant de

mille deux cent trente-deux rands et quarante-cinq cents au Buena Vista Social Café, sur le Waterfront. L'autre de trois mille rands pour Midnite Moves.

— L'agence d'escortes ? demanda Cupido.

— Oui, répondit van Wyk. Ses relevés de téléphone montrent qu'il a appelé Midnite Moves à 18 h 32 et 18 h 51. J'ai pensé que vous voudriez le savoir.

— Merci, Philip, dit Manie.

— Ça ressemble à un type qui se fabrique un alibi, dit Cupido.

— Exactement, répliqua le brigadier Manie. Il faut que tu ailles vérifier, Vaughn.

Griessel contemplait l'étendue du Karoo qui se déroulait sous leurs pieds et se demandait pourquoi il ne pensait jamais à ce genre de choses. Des rêves pour un pays. Et une planète qui était *unique*. Des trucs profonds.

Comme Alexa et « l'image de supériorité des hommes afrikaners » ou le fait qu'ils étaient tous devenus des canaux. L'ennui, c'est que s'il n'était pas en train de se démener en tous sens avec des dossiers, il pensait à son solde bancaire et à son problème de boisson et à son divorce et au petit ami de Carla et au tatouage de Fritz. Et à la façon de ne pas se ridiculiser. S'il rêvait, c'était de sexe. Avec Alexa.

Comment dépasser tout ça et commencer à se préoccuper de la planète ?

Mbali s'apprêtait à sortir des toilettes pour femmes au deuxième étage du bâtiment des Hawks quand deux inspecteurs passèrent devant la porte.

— Maintenant, tu sais pourquoi Afrika a voulu qu'elle soit JOC sur l'enquête du sniper, dit l'un d'eux.

— À cause d'Amsterdam ? demanda l'autre.

– Exact.

La remarque la brûla jusqu'au tréfonds.

Dans son bureau, son téléphone sonnait. Elle répondit. C'était un membre des CATS, qui lui annonçait qu'aucun suspect n'avait travaillé au poste de police de Table View en septembre et n'avait été renvoyé depuis. Et le commandant affirmait qu'il n'avait parlé à personne du coup de fil du général Afrika demandant qu'on relâche les deux citoyens russes.

Elle fit ce qu'elle faisait toujours quand elle était contrariée. Elle quitta son bureau tellement bien rangé que c'en était douloureux à regarder, attrapa son gigantesque sac à main noir et le jeta sur son épaule. Elle referma la porte du bureau derrière elle, se dirigea vers l'ascenseur et descendit au rez-de-chaussée. Elle sortit du bâtiment, remonta Market Street jusqu'à Voortrekker. Aux feux, elle attendit de pouvoir traverser, puis tourna à gauche, dépassa l'entrée du ministère des Affaires intérieures, où se bousculaient vendeurs de photos d'identité et colporteurs de stylos et d'étuis pour passeports. Dépassa la Société des courses hippiques. Sans considérer avec aversion pour une fois les bons à rien qui traînaient dans le coin. Dépassa K's Hair Design et entra chez Catch of the Day.

La petite femme aux cheveux gris la salua.

– Comme d'habitude ? demanda-t-elle à Mbali.

– Oui, s'il vous plaît.

Elle regarda la femme ramasser les frites avec une petite pelle en métal et les glisser dans le sac en papier blanc jusqu'à ce qu'il soit plein, les saupoudrer de sel et de vinaigre, emballer le tout dans une feuille de papier marron. Elle posa le paquet à côté de la caisse.

– Vous devriez manger du poisson.

– La prochaine fois peut-être.

– Une frite médium. Un Coca. Vingt-six soixante-quinze.

Mbali avait préparé la monnaie. Elle la lui tendit, prit

les frites et la cannette de Coca et les glissa avec précaution dans son sac. Pour que ses collègues ne les voient pas.
— Merci.
— À demain. Attrapez les méchants.
— Au revoir.

Elle sortit. Avec sa source de réconfort bien à l'abri dans son sac, elle s'autorisa enfin à songer à l'inquiétude et à la tension qui l'habitaient.

Voilà donc ce que pensaient les gens : John Afrika avait demandé qu'elle mène l'enquête parce qu'il croyait pouvoir la manipuler.

C'était une triple claque. Elle ne faisait aucun progrès. On ne lui avait pas confié l'enquête à cause de son mérite. Et Afrika avait cru pouvoir la contrôler parce qu'il était au courant du fiasco d'Amsterdam – la plus grande, la plus horrible humiliation de toute sa vie. Qui n'était arrivée que parce qu'elle n'avait pas voulu laisser tomber son pays.

Le malaise et les soupçons du dimanche étaient à présent confirmés.

Qu'allait-elle faire ?

De retour dans son bureau, elle ferma la porte, s'assit, sortit le Coca et les frites et les posa sur la table.

Elle déplia le papier. L'odeur était forte.

Elle attrapa la première frite avec les doigts et la croqua.

Elle allait montrer à John Afrika. Et à tous les autres, comme Vaughn Cupido et les parasites qui le suivaient, ceux qui colportaient les potins et ricanaient et faisaient des insinuations sur son côté tatillon, sa silhouette, son orientation sexuelle. Musad Manie, qui ne voulait pas qu'elle « parle aigrement » à Jack Fischer. Elle allait leur montrer, elle allait attraper ce sniper. Toute seule. À sa manière posée, consciencieuse, dans les règles, dont elle savait qu'elle irritait immensément ses collègues.

Elle mangea toutes les frites, gravement, une par une.

Avant qu'elles refroidissent. Elle froissa le sac et l'emballage et alla les jeter dans la poubelle des toilettes pour femmes. Sinon, elles laissaient une odeur dans son bureau, et ils cancanaient là-dessus aussi.

Elle se lava les mains.

Revint, s'assit devant son portable et ouvrit un nouveau dossier Word sur l'ordinateur. Elle commença à taper.

- *Le sniper est au courant du versement de Kotko à Afrika.*
- *Banque d'Afrika ? (Où l'Isando Friendship Trust a-t-il son compte ?)*
- *Le sniper devait savoir que Kotko se trouve derrière l'Isando Friendship Trust.*
- *Qui gère le trust ?*
- *Comment fonctionne-t-il ?*
- *Le sniper sait que Kotko connaissait Sloet.*
- *Kotko en aurait-il parlé à un Afrikaner blanc d'âge moyen ? (Improbable)*
- *À qui Sloet en a-t-elle parlé ? (Demander à Benny)*
- *Le sniper doit avoir connu Sloet.*
- *Il a tellement soif de justice dans l'affaire Sloet qu'il est prêt à tirer sur des officiers de police. Pourquoi ? Famille ? (Demander à Benny)*

Elle sauvegarda le document. Ouvrit le tiroir et en sortit une barre chocolatée.

À midi un quart, le capitaine Moses Zondi des Hawks de Johannesburg les attendait dans le hall d'arrivée. C'était un homme costaud avec une petite cicatrice faite au couteau dans le cou. Boshigo et lui se saluèrent comme de vieux amis.

Dehors, Benny alluma une cigarette.

– Ce truc va te tuer, dit Boshigo l'athlète.

Tandis qu'ils se dirigeaient vers la voiture, Moses Zondi leur expliqua :

– Kotko se trouve à son bureau de Sandton. Il est sous surveillance vidéo et la Task Team est juste à côté. S'il bouge, on le saura. On a une autre équipe devant sa maison à Magaliesview, près de Montecasino, à Fourways. Dès qu'on a récupéré le mandat de perquisition, on entre. Task Team, équipe forensique, tout le tremblement.

– T'as la bonne adresse cette fois, frangin ? demanda Bones Boshigo.

Un an auparavant environ, les Hawks du Gauteng avaient fait une descente au mauvais endroit en voulant arrêter le fugitif Radovan Krejcir pour fraude. Depuis, ils avaient dû endurer nombre de railleries de la part de leurs collègues.

– C'est pas drôle, répliqua Zondi, puis il lui renvoya la balle : On raconte que les Hawks de Slaapstad[1] auraient fait un truc vraiment débile à Amsterdam. Qu'est-ce qui s'est passé ?

– Le boss n'a rien dit.

– Ce qui me fait penser que tu dois appeler ton patron, immédiatement.

– Pas moi, répondit Boshigo. C'est Benny qui dirige cette enquête. Je suis juste le joli Noir de service, *nè*.

Griessel tira un grand coup sur sa cigarette, se la coinça entre les lèvres et sortit son téléphone. Il appela Manie.

– D'abord les bonnes nouvelles, Benny, annonça le brigadier. Skip Scheepers a obtenu il y a une demi-heure que Jack Fisher lui donne le nom de leur source, celle qui savait pour Kotko et les baïonnettes à l'époque du KGB. La source est un membre du comité exécutif du Congrès

---

1. Surnom de la ville du Cap, considérée comme une ville endormie et tranquille. Un mélange de *Kaapstadt* et de *slaap*, le sommeil. *(N.d.T.)*

du peuple, le parti d'opposition. Dans les années quatre-vingt-dix, il faisait encore partie des Renseignements de l'ANC, il a rencontré Kotko à Lusaka. Le colonel Nyathi lui a parlé et il est prêt à faire une déclaration officielle. Je pense que la source fait de la politique politicienne, mais à présent c'est en notre faveur.

« La deuxième chose, c'est que, d'après l'enquête de Fischer et Associés, Kotko et son entreprise, la ZIC, investissaient afin de blanchir l'argent de son boss, Arseny Egorov. D'après eux, si on creuse assez profond, on trouvera suffisamment de preuves pour le poursuivre en justice.

« Et la troisième chose : Kotko était au Cap le soir de la mort de Sloet. Ses relevés de carte de crédit le confirment. Et on a tracé son portable pour le mois de janvier. Il a appelé quatre fois, et tout a été enregistré à l'antenne relais de Dock Road, sur le Waterfront.

Ça n'était qu'à quelques pâtés de maisons du bâtiment où se trouvait l'appartement de Sloet, et Griessel se retint de pousser son habituel « putain ».

– Il y avait des appels destinés à Sloet, brigadier ?

– Non. Mais deux d'entre eux étaient pour une agence d'escortes. On est en train de voir combien de temps les filles sont restées avec lui. Tout ça est suffisant pour un mandat de perquisition, Benny. Dès que les gars du Gauteng en auront fait la demande, on sera fixés dans le quart d'heure. Mais maintenant la mauvaise nouvelle : si on veut que quelque chose passe à la radio avant 16 heures, il faut qu'on prenne des grandes décisions à trois...

Très peu de temps.

– Le prix d'excellence, ça serait de pouvoir annoncer qu'on a arrêté Kotko, continua Manie. Mais vous devez être absolument sûrs que le dossier est inattaquable. Le ciel va nous tomber sur la tête, Benny. Ce type a des relations. On parle de gens au gouvernement, de Comité ministériel, de Ligue de la jeunesse. On parle de pression infernale, de semaines d'hystérie dans les médias. On risque tous notre poste. Le mien, le tien, celui du général là-haut. Tu comprends ça ?

— Oui, brigadier.

Ils avaient atteint le véhicule de service de Moses Zondi, une BMW gris métallisé série 3.

— Le prix d'honneur serait de laisser filtrer qu'on le garde pour l'interroger. Je ne sais pas si cela suffira pour calmer le sniper, mais on va devoir essayer. Même drame, mêmes implications politiques, donc il va falloir évaluer quelles sont nos chances.

— Oui, brigadier.

Zondi prit la valise de Griessel, la mit dans le coffre de la BMW, lui fit signe de monter. Griessel s'installa à l'arrière.

— Le plan est le suivant, continua Manie au téléphone. Tu te rends directement aux bureaux de Kotko. Pour autant qu'on sache, il n'y a que lui et une secrétaire. Tu commences aussi sec à l'interroger, l'équipe de la DPCI s'assurera que la secrétaire n'appelle personne ou ne fait pas de conneries avec son ordinateur ou divers documents.

— Attachez-vous, fit Moses Zondi avant de coller un gyrophare bleu sur le pare-brise.

Griessel se coinça le téléphone contre l'oreille et boucla sa ceinture.

— À la minute où le mandat de perquisition est émis, poursuivit Manie, on envoie nos équipes fouiller son bureau et sa maison. Les chefs d'équipe parleront à Bones, pour qu'on ne t'interrompe pas.

— Très bien, brigadier.

Zondi démarra en faisant crisser les pneus.

— Bones te tiendra informé s'ils découvrent quoi que ce soit qui puisse influer sur ta décision.

— Je vais lui transmettre les instructions, brigadier.

— Appelle-moi à 14 h 50, Benny. Au plus tard. Et ensuite, dis-moi ce qu'on va faire.

Ils quittèrent l'enceinte de l'aéroport O.R. Tambo et émergèrent dans la lumière d'été du Gauteng, d'une clarté aveuglante. Zondi chaussa une paire de lunettes noires et déclencha la sirène.

46

12 h 34.
La circulation s'ouvrit devant la sirène hurlante. Griessel devait parler fort par-dessus le vacarme. Il répéta à Boshigo ce que le brigadier Manie lui avait dit.
— C'est comme au bon vieux temps, dit Bones.
— Quand tu travaillais avec Vusi ? lança Zondi en décochant un clin d'œil à Benny dans le rétroviseur.
— Exactement, répondit Boshigo, avec un sérieux absolu.

Cupido fit venir trois véhicules de patrouille du commissariat de Caledon Square en renfort. Comme il n'avait pas de mandat, il allait devoir compter sur l'effet produit. Et l'agressivité.
Ils s'arrêtèrent dans un crissement de pneus devant le vieux bâtiment chaulé d'un étage de Bree Street. Tout le monde bondit des véhicules, courut jusqu'à la grille de sécurité peinte en noir. Juste à sa droite, sur le mur, se trouvait un placard publicitaire, *Midnite Moves, Club privé*, avec une tête de loup en train de hurler se découpant sur une pleine lune jaune. Cupido secoua bruyamment les barreaux en fer de la porte. Verrouillée. Il jeta un coup d'œil à l'intérieur obscur. Quelqu'un remuait sur un fond de bouteilles d'alcool.
— SAPS, hurla-t-il. Ouvrez.

Il fallut un moment pour qu'un interphone bourdonne, faisant jouer le verrou.

Cupido entra seul.

Lumière tamisée, moquette rouge et canapés beiges bon marché, bar en pin contre le mur du fond. Cigarette à la main, un homme maigrichon au teint terreux se tenait derrière, lissant nerveusement de l'index une fine moustache noire. Son regard inquiet allait et venait de Cupido aux hommes en uniforme à l'extérieur.

Cupido sortit son badge de sa poche, l'abattit sur le comptoir en disant :

— Lis et pleure.

L'homme se pencha prudemment en avant et lut.

— C'est quoi ton nom ? demanda Cupido.

— Affonso ? répondit-il avec une hésitation étrange, en courbant ses épaules étroites.

— Affonso qui ?

— Affonso Britos ?

— Tu me le demandes ou tu me le dis ?

— Je vous le dis ?

Cupido regarda l'homme d'un air sévère. Ça devait être la nervosité qui provoquait les points d'interrogation.

— Capitaine Vaughn Cupido. Tu connais la Direction des enquêtes criminelles prioritaires, Affonso Britos ?

— Désolé. Je ne suis pas sûr. (Ton d'excuse respectueux.)

— Les Hawks.

— Ouais. Je connais les Hawks.

— Génial, Affonso. Qu'est-ce que tu sais des Hawks ?

— Ils foutent la trouille ?

— C'est la bonne réponse. On est des sales fils de pute, Affonso. On peut faire fermer ton petit bordel en moins de cinq minutes, tu comprends ?

— C'est un club privé ? objecta prudemment Affonso.

— À présent, je suis paumé. Épargne-moi la gymnastique verbale.

– D'accord ?
– Je pourrais te demander ta licence pour l'alcool, Affonso. Je pourrais laisser entrer ces hommes qui sont là, dehors, et leur dire de vérifier les infractions à la sécurité incendie. Je pourrais te coller presque tous les délits cités dans le texte de loi n° 23 sur l'atteinte aux bonnes mœurs, si j'en avais envie...
– Je vois ?
– Mais on ne va pas perdre notre temps en bagatelles, n'est-ce pas ?
– Bien sûr ?
– Parce qu'il s'agit d'une affaire de meurtre.
– Sans déconner ?
– Sans déconner. Un truc sérieux, alors on va pas se raconter des conneries. Très bien ?
– Qui est mort ?
– Affonso, ça marche comme ça : je pose les questions, tu donnes les réponses. Compris ?
– Compris ?
– Donc, parlons du 18 janvier. Et de Makar Kotko.
– Bon Dieu, dit Britos. Kotko. Il est pire que les Hawks.
– Mauvaise réponse. Et que je te dise, c'est de l'histoire ancienne. Aujourd'hui, on va le boucler.
– Sans déconner ?

12 h 43.
Il sentait la pression, tenta d'y échapper en regardant par la vitre. Ça faisait quatre ans qu'il n'était pas venu ici. Tout lui semblait différent – l'aéroport, les autoroutes, les banlieues et les quartiers d'affaires. Il y avait des chantiers partout.
Mais c'était Johannesburg. La ville avait toujours l'air différente. Ils n'arrêtaient jamais de construire et de bouger. C'est ce qu'il aimait ici. Il y avait une énergie, on la

sentait, on la voyait, on l'entendait. Tout le monde était pressé, déterminé, toujours à la recherche de l'or.

De longues herbes vertes le long des routes, ici ou là, la terre rouge. Tellement différente du Cap.

Comment est-ce qu'on interroge un ancien officier du KGB ? Rusé, expérimenté, il aurait tout vu, il connaîtrait toutes les techniques possibles et imaginables.

Quand ils allaient arriver là-bas, Kotko serait assis derrière son bureau, probablement face à la porte et avec une fenêtre lumineuse dans le dos. Tous les avantages de son côté.

Ça n'allait pas marcher.

Il y avait quelque chose de particulier dans la veste sur mesure que portait Kotko sur la photo, dans la chevelure si parfaitement coiffée. Il était convaincu d'avoir une chance avec Hanneke Sloet. Le pote des membres du gouvernement, avec un portefeuille bien garni. Si Kotko était simplement un envoyé du boss milliardaire de la Mafia russe, son utilité disparaîtrait à l'instant où il serait démasqué. Il allait vouloir préserver ça à tout prix.

Voilà ce qu'il devait utiliser. Toucher Kotko là où ça faisait le plus mal. Tout lui enlever – sa sécurité d'emploi, la certitude qu'il avait d'être intouchable, son filet de sécurité politique, sa dignité, son machisme.

Il devait la jouer aussi brutale que possible.

Et merde. Si ça ne marchait pas, il se retrouverait dès la semaine prochaine en train de faire le vigile pour un magasin autour de Canal Walk, une radio à la hanche.

Il inspira un grand coup, sortit son téléphone et appela le brigadier Musad Manie.

– Benny ?

Il expliqua ses intentions à son officier supérieur.

Manie resta silencieux un très long moment.

– Mon Dieu, Benny. On va s'en prendre plein la poire s'il n'est pas coupable, dit-il enfin. Bon, il va falloir que tu fasses vite. J'appelle tout de suite le chef là-haut.

– Merci, brigadier.

Il mit fin à la communication et cria à Zondi :

– Quel est le poste de police le plus proche du bureau de Kotko ?

– Sandton, dans Summit Road.

– Est-ce qu'ils ont une toute petite salle d'interrogatoire ?

– Ils ont des cellules vraiment minables...

Au téléphone, la conversation de Mbali avec le général Afrika fut malaisée.

Elle lui expliqua qu'elle devait considérer la banque comme un lieu potentiel où quelqu'un aurait pu établir un lien entre lui et Kotko.

– Je n'ai aucun lien avec Kotko, répondit Afrika d'un ton neutre.

– Mais est-ce que c'est possible ? insista-t-elle.

Non. Il était chez ABSA et le compte de l'Isando Friendship Trust était domicilié à la FNB. C'est là que ses ennuis avaient commencé.

Elle le remercia et descendit jusqu'à la Brigade financière des Hawks qui opérait dans la partie gauche du rez-de-chaussée.

Toute l'équipe était rassemblée dans un seul bureau, occupée à analyser les comptes du cabinet conseil de la ZIC – qu'Oom Skip Scheepers avait obtenus de Jack Fisher et Associés – pour voir s'il s'agissait de blanchiment d'argent.

Elle s'excusa de les interrompre, leur demanda si quelqu'un pouvait lui expliquer où se renseigner sur les versements venant d'un trust.

Il y avait plusieurs solutions, lui dit-on. La banque où se trouvait le compte du trust, les commissaires aux comptes responsables du bilan financier, et le percepteur des impôts, qui devait vérifier les comptes.

Elle les remercia et regagna son bureau. Elle allait commencer par la FNB. Et les banques, elle le savait, étaient les plus lentes de toutes les entreprises à répondre.

Elles s'appelaient Nika et Natalya. Une paire bien assortie, deux blondes platine. Accent à couper au couteau, vêtements légers, qui mettaient leur corps en valeur. Elles étaient assises l'une à côté de l'autre sur le canapé beige de Midnite Moves, leurs longues jambes nues terminées par de hauts talons aiguilles. Cigarette à la main.
— Vous êtes russes ? demanda Cupido surpris, en faisant signe aux hommes en tenue fascinés de s'écarter de la porte.
Il n'était pas complètement sûr de qui était Nika et qui était Natalya.
— Ukrainiennes, répondit celle de gauche, peut-être Nika. Mais on parle russe.
— Et donc, Makar vous demande toutes les deux à chaque fois ?
— Oui.
— Parce qu'il veut parler russe pendant qu'il batifole ?
— Parce qu'on est bonnes.
— Et il vous a demandées le 18 ?
— Oui.
— À quelle heure êtes-vous arrivées là-bas ?
— Il y a longtemps. On se rappelle pas.
Cupido consulta ses notes.
— Ce soir-là, il a appelé ici deux fois, juste avant 18 heures.
— Alors ça devait être vers 19 heures.
— Et vous êtes allées au Cullinan Hotel ?
— Non. Restaurant d'abord. Makar aime dîner.
— Quel restaurant ?
— Il y a longtemps. Un différent à chaque fois.
— C'était le Buena Vista Social Café ? Sur le Waterfront ?
— Peut-être. Il y a longtemps.
— Ça fait tout juste un peu plus d'un mois.

– Un mois, c'est un long temps.
– Et ensuite, vous êtes allés à l'hôtel ?
– Oui.
– Quelle heure ?
– Peut-être neuf, dit celle de droite, en haussant les épaules.
– Neuf et demi ? ajouta celle de gauche.
Elles se regardèrent, haussèrent les épaules de concert, comme si elles s'en fichaient.
– Quelle chambre ?
– Il y a longtemps.
– Il était seul ?
– Oui.
– Alors, que s'est-il passé ?
– Qu'est-ce que vous croyez ? L'amour s'est passé.
– Avec vous deux ?
Elles recommencèrent le haussement d'épaules, à l'unisson. Cupido se demanda si c'était une coutume ukrainienne.
– Qu'est-ce que ça veut dire ?
– Une partie à trois.
– Je vois. Quand l'avez-vous quitté ?
– Le lendemain matin.
– Vous êtes restées avec lui toute la nuit ?
– Oui.
– Arrêtez. Il a la cinquantaine.
– Makar aime les câlins. Après l'amour.
– Alors vous avez fait des câlins jusqu'au lendemain matin ?
– L'amour. Des câlins. Dormir.
– Et il n'a jamais quitté la pièce ?
– Non.
– De toute la nuit ?
– Oui.
– Combien vous a-t-il payées ?
– Quinze, dit la Gauche.
– Chacune, ajouta la Droite.

Cupido siffla entre ses dents, impressionné.
– Affonso prend trente pour cent, dit la Gauche.
– Salaud, murmura la Droite.
– Et combien Makar vous a-t-il payées pour lui fournir un alibi ?
– Alibi ? C'est quoi ?

47

13 h 09.
Ils se trouvaient au sixième étage du luxueux immeuble de bureaux de West Street, à Sandton, devant la porte de la ZIC.

Griessel observa les huit membres de la Force d'intervention, tous équipés de gilets pare-balles, casques, bottes lacées, fusils d'assaut. C'étaient des cow-boys, il le savait, exactement comme leurs homologues du Cap, hyperentraînés et musclés, les yeux brillants d'un zèle exagéré à l'idée de mettre son plan à exécution.

Griessel fit un signe de tête au chef d'équipe, qui donna à son tour un signal de la main à l'homme juste devant, armé du gros bélier cylindrique. Il prit de l'élan et balança brutalement celui-ci dans la porte fermée.

Le somptueux bois scandinave céda, volant en éclats dans un bruit de tonnerre.

La Force d'intervention s'engouffra à l'intérieur du bureau tel un ouragan, avec les cris et le tumulte que Griessel avait demandés.

Il entra derrière eux, son arme de service à la main.

Il entrevit la secrétaire, une femme d'âge moyen ressemblant à une mère de famille, surprise alors qu'elle quittait son fauteuil, mains sur la bouche, yeux écarquillés et effrayés.

Le bélier reprit son élan et la seule autre porte du bureau fut elle aussi enfoncée.

Kotko s'était reculé dans son fauteuil, la bouche à demi ouverte, les mains instinctivement posées à plat devant lui.

Il paraissait un peu plus vieux que sur la photo, dans son costume sombre de prix, avec sa chemise d'un blanc immaculé et sa cravate bleu nuit. Ses cheveux huilés étaient peignés en arrière.

La Force d'intervention l'extirpa brutalement de son siège, exactement comme Griessel l'avait demandé. Le plaqua sur la moquette, lui serra les menottes autour des poignets, puis lui mit des chaînes qui cliquetaient autour des chevilles.

Griessel se rapprocha de Kotko, se pencha, appuya le canon de son Z88 contre la joue du Russe.

– T'as de très gros ennuis, espèce de connard.

– Vous ne pouvez pas faire ça ! hurla Kotko, en postillonnant.

– Va te faire foutre, rétorqua Griessel. Il fouilla dans les poches du Russe, trouva son téléphone portable et le sortit.

– Emmenez-le, dit-il au chef de la Force d'intervention. Et vite.

Bones Boshigo entra, les yeux comme des soucoupes.

– La Girafe a téléphoné, Benny. On a le mandat.

La jolie métisse du Southern Sun Cullinan Hotel, dans le quartier du Strand, annonça à Cupido que la deuxième chambre réservée le soir du 18 janvier était destinée à deux de ses « amis ». Fedor Vazov et Lev Grigoryev.

Il reconnut les noms. La paire pour qui Afrika avait fait sauter l'accusation de rixe dans un bar.

– Merci, sister, répondit-il, en regrettant de ne pas avoir plus de temps à lui consacrer.

Il demanda à voir le chef de la sécurité de l'hôtel. Quand l'homme arriva, un ex-policier avec une bedaine de buveur de bière, Cupido lui dit :

— Je vois que vous avez des caméras en circuit fermé partout. Combien de temps gardez-vous les vidéos ?
— Deux mois, répondit le chef de la sécurité.
— Foutrement excellent, répondit Cupido.

La directrice de la succursale de la FNB à Sandton rappela Mbali moins de vingt minutes après qu'elle avait demandé l'information.
— Merci de votre diligence, dit Mbali.
— D'après le siège, ça peut sauver des policiers, répondit la femme. Tout ce que je peux vous dire, c'est que l'Isando Friendship Trust est essentiellement un compte sur Internet. Aucun cadre de la banque n'a été désigné pour s'en occuper. Nous avons des systèmes en place qui nous alertent quand le compte est à découvert ou qu'il y a des violations de la loi sur la prévention du crime organisé.
— Y a-t-il des hommes blancs d'âge moyen, parlant afrikaans, qui auraient accès aux détails du compte ?
— Oui. Un ou deux.
— Est-il possible de savoir s'ils ont regardé l'état du compte depuis septembre dernier ?
— Oui, mais ça va prendre un moment.
— Combien de temps ?
— Environ quinze minutes.

13 h 21.
Griessel était assis à l'arrière de la BMW, en compagnie de deux membres baraqués de la Force d'intervention. Ils suivaient le fourgon de police qui roulait à toute allure, les deux véhicules avaient branché la sirène.
— Alors comment se passent les préparatifs pour le mariage ? cria Zondi à Boshigo.

– *Eish*, mon frère, j'en suis encore à négocier avec ses parents.
– Tu te maries bientôt, Bones ? demanda Griessel qui n'était pas au courant.
– Oui, Benny. Peut-être l'année prochaine.
– Alors, t'en as pour combien de ta poche ? continua Zondi.
– Cent mille.
– Putain.
– Elle va avoir son diplôme en décembre.
– C'est ce que va coûter ton mariage ? demanda Griessel d'un ton anxieux.
– Non, Benny, c'est la *lobola, nè*, cria Bones par-dessus son épaule.
– Tu dois payer cent mille pour pouvoir l'épouser ?
– *Yebo*. C'est une femme éduquée.
– *Faux pas*, dit Griessel.
– Tu as une fille, *nè* ?
– Oui.
– La réception va te coûter la même chose. Nous les mecs on paie tous, d'une façon ou d'une autre.

13 h 33.
Le commissariat de Sandton était un affreux bâtiment de deux étages en briques kaki, avec des rideaux en fer aux fenêtres et un toit de zinc rouge.
Ils durent attendre à la grille puis roulèrent jusqu'au fond de la cour intérieure. Les hommes en uniforme bondirent de la voiture, déverrouillèrent le hayon du fourgon de police. Ils suivirent les instructions de Griessel, tirèrent Kotko dehors et l'entraînèrent tambour battant vers le quartier des cellules.
Il regarda Benny, le visage haineux, tout en avançant

à petits pas précipités, traînant les pieds à cause de ses chevilles entravées.

— Tu es fini, dit-il avec un accent prononcé. Demain, tu te retrouves au chômage.

Griessel lui décocha un grand sourire et lui emboîta le pas. Le quartier des cellules sentait l'urine, le vomi et le désinfectant.

Ils traînèrent Kotko jusqu'à la plus proche, sur la droite, et le poussèrent sans ménagement dans l'unique fauteuil déglingué en plastique et en fer qui se trouvait dos à la porte. Griessel et les deux membres de la Force d'intervention suivirent. Il fit signe aux hommes en tenue de fermer la porte. Ils la firent claquer dans un fracas de métal.

Griessel s'assit sur le matelas nu qui recouvrait le lit en béton. Les membres de la Force d'intervention l'encadraient, leurs fusils d'assaut pointés sur Kotko.

— Tu es dans une merde noire, dit Griessel.

— Va te faire foutre, répondit Kotko et une grimace de fureur laissa voir ses dents pointues.

Avec les mains menottées dans le dos, il se penchait maladroitement en avant, juste comme Griessel l'avait espéré.

Il sortit le téléphone de Kotko.

— Qui tu vas appeler à présent, Makar ? lança-t-il avec autant de mépris qu'il pouvait en rassembler. Tu te prends pour quelqu'un d'important. Tu crois que si tu donnes de l'argent aux gens, si tu corromps les policiers et les politiciens, on ne pourra plus te toucher. Mais tu commets une grosse erreur. Laisse-moi t'expliquer ce que je vais faire. Je vais donner une conférence de presse dans exactement… (il regarda sa montre, vit qu'il était 13 h 41) quarante-cinq minutes. Et je vais annoncer aux médias que je t'ai arrêté. Et ensuite, je vais leur dire qui tu es vraiment. Un enfoiré malade qui torture les gens avec une baïonnette…

Il vit Kotko plisser les paupières un instant sous le coup de la surprise.

— Un minable gangster russe qui est trop écœurant pour plaire aux femmes et qui doit payer des prostituées...
— Je t'emmerde !
Kotko essaya de bondir sur Griessel. Ses bras tiraient sur les menottes et son visage était rouge sang. Les membres de la Force d'intervention lui enfoncèrent le canon de leurs armes dans la poitrine, le repoussant en arrière sans ménagement.
Griessel sut qu'il était sur la bonne voie.
— Tu ne veux pas que les gens sachent que tu es un raté. Un pervers. Je vais dire aux médias que tu es un pauvre taré vieillissant qui harcèle les femmes... qui n'a pas arrêté d'en appeler une parce qu'il avait embauché son cabinet juridique. Tu sais ce qu'elle a dit à ses amies à ton sujet, Makar ? Que tu étais un Russe pathétique. C'est ça que je vais raconter aux médias.
Kotko lui cracha dessus. Le crachat atterrit sur le revers de la nouvelle veste de Griessel. Il l'ignora.
— Et je vais leur dire que c'est pour ça que tu l'as tuée. Parce que ton ego est si petit que tu n'as pas pu supporter d'être éconduit. Je sais ce qui s'est passé, Makar. Tu as appelé une agence d'escortes pour une pute, ce soir-là. Et ensuite, tu étais dans tous tes états et tu t'es dit que tu voulais le vrai truc. Alors tu es allé à l'appartement d'Hanneke Sloet et tu as sorti ton petit pénis et elle s'est moquée de toi, parce que tu n'arrivais pas à bander. Trop vieux. Trop pathétique. Alors tu l'as poignardée. Voilà ce que je vais dire aux médias et, ensuite, on verra combien il te reste d'amis politiciens, espèce de pervers malade.
— Je ne l'ai pas tuée ! cria Kotko, hors de lui-même.
— Ou c'était autre chose, Makar ? Elle te faisait chanter ? Pour une commission plus généreuse ? Ou du liquide ? Elle a dit qu'elle allait parler à tous tes amis politiciens de ta période baïonnette ? Ou aux médias ? C'est pour ça que tu l'as tuée ?

– Je ne l'ai pas tuée, répéta-t-il, légèrement plus calme cette fois.

Griessel se leva, saisit le bout de la cravate de Kotko et essuya le crachat sur son revers.

– Tu peux dire ça au juge, espèce de fumier.

Il se dirigea vers la porte et cogna dessus.

Les hommes en uniforme ouvrirent de l'extérieur. Griessel fit signe aux membres de la Force d'intervention de sortir. Il les suivit, claqua la porte derrière lui, enfila le couloir, dépassa le reste de l'équipe, les hommes en tenue et Bones Boshigo qui attendait près de la sortie, et il émergea au soleil.

Il sortit ses cigarettes, en alluma une. Remarqua le léger tremblement de ses doigts. Nom de Dieu, qu'est-ce qu'il ne donnerait pas pour un Jack Daniel's, sec, tout de suite.

– Comment ça a été ? demanda Bones, avec un profond respect.

– Je crois que ça s'est raisonnablement bien passé. (Il tira sur sa cigarette.) Un gros ego. Ça aide.

– Et maintenant ?

Griessel consulta sa montre. 13 h 45.

– On lui laisse cinq minutes. Pour bien observer la cellule.

– Benny, espèce de vieux renard, dit Boshigo.

– On verra.

– Mbali a téléphoné. Elle a dit qu'on avait fait le tour de toutes les pommes pourries de Table View et que les détectives privés de chez Fischer ont l'air cleans aussi. Elle a dit que tu dois demander à ce type qui aurait pu être au courant du versement à John Afrika. Et de l'Isando Friendship Trust.

– OK.

La directrice de la FNB rappela Mbali.

– Nos deux employés afrikaners blancs n'ont pas eu accès

au compte de l'Isando Friendship Trust ces neuf derniers mois, dit-elle. En aucune manière.
— Vous en êtes absolument sûre ?
— Oui. En réalité, aucun membre de notre personnel n'a eu accès aux dossiers depuis septembre. L'enregistrement ne montre que de la maintenance de routine.
— Très bien, dit Mbali. Merci beaucoup.
Elle poussa un long et profond soupir en reposant le combiné. Puis elle plaça ses petites mains boudinées sur le clavier de son ordinateur pour chercher sur Google le numéro de la Direction des impôts.

Le chef de la sécurité de l'hôtel Cullinan passa les vidéos sur un écran d'ordinateur à l'intention de Cupido. Deux fois plus vite que la normale, parce qu'ils n'avaient pas le temps.
La première caméra montrait le hall d'entrée de l'hôtel le soir du 18 janvier. On y voyait Makar Kotko et deux autres hommes sortir des ascenseurs, traverser le hall et passer la porte. L'horloge affichait 19 h 02.
Cupido devina qu'il s'agissait de ses deux sbires, Vazov et Grigoryev.
Il demanda qu'on fasse avancer la vidéo jusqu'à 21 heures. Au repère 21 h 26, Kotko repassait la porte. Encadré par Natalya et Nika. Un bras autour de chacune d'elles.
Les sbires n'étaient pas là.

48

13 h 46.
Griessel retourna seul à la cellule. Sachant qu'il avait encore une partie à jouer. Et qu'il n'avait rien en main. Il allait devoir bluffer. Et pas qu'un peu.
Il ouvrit la porte.
— Tu es en état d'arrestation pour le meurtre d'Hanneke Sloet, dit-il. Tu es en état d'arrestation pour blanchiment d'argent et corruption. On va te mettre à l'ombre pour un bon bout de temps, Makar.
Puis il claqua la porte derrière lui.
— Vous devez comprendre, je ne l'ai pas tuée, dit Kotko, le visage tourné vers Griessel.
Il s'était calmé. Il y avait de la supplique dans sa voix à présent, comme si son salut dépendait du sens de la justice de Griessel.
Benny s'assit lentement, secoua la tête.
— Je sais que tu l'as fait. On a les enregistrements de ton portable. Ils te placent à son appartement cette nuit-là. Ils montrent comment tu l'as harcelée en décembre. Tu as nettoyé la poignée de porte, Makar. Mais on a du matos qui peut révéler les empreintes latentes sur n'importe quelle surface. On a les preuves forensiques. Un poil. On va le comparer à tes cheveux. Et on sait que, par le passé, tu aimais enfoncer des lames à l'intérieur des gens. On a un témoin. Il ne nous en faut pas plus pour te condamner.

– Pas d'empreintes. Pas de poil. Impossible.
– Peut-être que je n'ai pas besoin de ça.
– Mais j'ai un alibi. Il y avait deux filles. D'une agence d'escortes. Vous pouvez les appeler maintenant.
– Tu as payé deux prostituées camées pour dire qu'elles étaient avec toi ? C'est ça ton alibi ?
Le visage de Kotko changea à nouveau de couleur.
– Ça n'est pas des junkies. Je ne l'ai pas tuée, bordel.
– Tu peux tenter ta chance au tribunal, dit Griessel en haussant les épaules.
– Appelez les filles. S'il vous plaît.
– Je n'ai pas le temps. La conférence de presse est dans vingt minutes. (Il se leva.) Tu vas rester là quelques nuits.
– Vous ne pouvez pas faire ça. J'ai le droit d'appeler mon avocat, dit Kotko.
– Non, tu as droit à un représentant légal. Section 351D de la Constitution. Ça dit que je peux te garder quarante-huit heures avant de te présenter au tribunal. Tu pourras appeler ton avocat demain. Peut-être.
Il se dirigea vers la porte. Kotko lui lança un regard pressant.
– S'il vous plaît, dit-il.
– À demain.
Griessel ouvrit la porte puis s'arrêta comme s'il reconsidérait la question.
– S'il vous plaît, répéta Kotko, un homme à deux doigts de tout perdre.
– Tu ne me donnes rien, Makar.
– Qu'est-ce que je peux vous donner ? De l'argent ? demanda-t-il, plein d'espoir.
– Tu essaies de m'acheter ?
– Non, non, vous avez dit que je devais vous donner…
– Je pensais à des informations.
– Quelles informations ?
– Qui était au courant de tes versements à John Afrika ?

– Qui est-ce ?
– Le général de police qui a fait sortir tes deux amis de prison au Cap. Tu lui as donné vingt-cinq mille rands.
– Je ne lui ai pas payé un centime.
– Le Trust Isando Friendship l'a fait. On est au courant de tout.

Kotko poussa un juron en russe.
– Qu'est-ce que j'obtiens en échange, si je vous dis ? fit-il enfin.
– Je repousse la conférence de presse.

Kotko réfléchit à la question.
– De combien ?
– Ça dépend de ce que tu me racontes.
– Je veux appeler un avocat. Et vous devez d'abord vérifier mon alibi. Avant de parler aux médias.
– Si tu me dis la vérité. Sur le Trust.

Kotko baissa la tête. Il considéra l'offre puis leva les yeux.
– Pas d'annonce aux médias aujourd'hui. (D'un ton irrévocable.)
– Si tu dis la vérité.
– D'accord.
– Donc, qui savait ?
– Un seul homme.

Quand l'employé des impôts du SARS dit s'appeler Gideon Cebekhulu, Mbali passa au zoulou avec soulagement et lui demanda d'où il venait. À partir de là, les choses furent faciles.

Il consulta son logiciel pendant qu'elle attendait. Au bout de cinq minutes, il lui annonça que les experts comptables qui avaient vérifié les relevés de l'Isando Friendship Trust étaient ceux de De Vos et Associés et il lui donna l'adresse d'une boîte postale à Edgemead.

Elle lui dit qu'elle avait besoin d'un nom de rue.

Il répondit qu'il n'y en avait pas. Mais qu'il avait des numéros de portable et de fax.
Elle nota les renseignements.

– Freaky, dit Makar Kotko à Griessel.
– Pardon ?
– Freaky Deevos.
– Va falloir me l'épeler.
– F.R.I.K.K.I.E, c'est son prénom. D.E.V.O.S, son nom.
Il épela lentement et avec précaution.
– Frikkie de Vos ?
– Oui.
– Qui est-ce ?
– Mon comptable.
– Où je peux le trouver ?
– Vous ne pouvez pas. Il est mort.

Mbali tapa « De Vos et Associés » sur Google. Elle ne trouva qu'une seule page web, au graphisme amateur, qui proposait des services de comptabilité à des *prix compétitifs !!!!!!!!!!!!*
Elle se demanda pourquoi les gens se sentaient obligés d'utiliser plus d'un point d'exclamation.
Elle nota les mêmes numéros de téléphone et de fax qu'elle avait obtenus grâce au sympathique employé du SARS. Cette fois, elle avait un nom. Frikkie de Vos.
Elle composa le numéro.
– Le numéro que vous demandez n'existe pas.
Elle essaya de nouveau. Même résultat.
La chance n'était tout simplement pas avec elle. Elle se leva. La Brigade financière allait devoir lui expliquer comment retrouver la trace d'un comptable.

— Tu dois appeler le Chameau de toute urgence, dit Bones, dans la lumière aveuglante de Sandton.
Griessel téléphona à deux heures une minute.
La voix du brigadier Manie était pressante.
— D'après Vaughn Cupido, il semblerait que Kotko ne soit pas le coupable. La vidéo de l'hôtel montre qu'il est resté dans sa chambre avec deux escortes toute la nuit.
— Putain, fit Griessel. (Après tout le mal qu'il s'était donné. Et il était tellement sûr de son coup.)
— Je sais. Mais ça ne signifie pas qu'il soit complètement innocent. Tu te rappelles les deux acolytes dont John Afrika avait fait sauter l'accusation à Table View ?
— Oui, brigadier.
— Vaughn dit que ça aurait pu être eux. Fedor Vazov et Lev Grigoryev. Ils étaient au même hôtel que Kotko et sont sortis avec lui en début de soirée, mais ils ne sont rentrés qu'après minuit. Table View avait encore leur adresse sous la main. Ils sont là-haut tous les deux, pas très loin de l'endroit où tu te trouves. La Force d'intervention est partie les cueillir. Il va falloir que tu les travailles au corps aussi, Benny.
— Très bien, brigadier, fit-il en espérant que Manie ne percevrait pas son enthousiasme feint.
— Je suis désolé, Benny.
— Brigadier, Kotko affirme qu'un seul homme était au courant des versements de l'Isando Trust. Un comptable du nom de Frikkie de Vos. Le problème, c'est que de Vos s'est fait sauter la cervelle avec un fusil de chasse le 15 janvier. Apparemment, c'était un joueur invétéré et il aurait à peu près tout perdu ce samedi-là. Est-ce qu'on peut vérifier les registres pour voir s'il dit vrai ?
— J'en parle à Mbali immédiatement.
— Qu'est-ce qu'on va faire avec les médias, brigadier ?
— Benny, j'aimerais pouvoir te répondre. Je n'y comprends

rien pour l'instant. Mais on a encore quarante minutes à peu près. Voyons où on en sera à ce moment-là.

Griessel sortit fumer une cigarette dans un coin de la cour du poste de police. Tout seul. Pour pouvoir libérer tous les jurons qu'il avait refoulés. « P-p-p-p-u-u-u-tain », lâcha-t-il, en étirant la consonne chargée d'émotion. Puis il le répéta encore et encore, les grossièretés sortant à gros bouillons saccadés, en même temps que sa frustration.

Sa rage envers le sniper avait redoublé de violence.

Si Kotko avait un alibi, si ça n'était pas lui, pourquoi le sniper leur avait-il envoyé sa photo ? Pourquoi les menait-il en bateau ? Pourquoi les baladait-il ?

Parce que ça l'amusait. Pour voir la police tourner en rond, comme des poulets sans tête – quelle sorte d'enfoiré malade ferait ça ? Tout ce mal pour voler jusqu'ici, toute cette incertitude, toutes les règles transgressées pour interroger le Russe, tous les risques encourus par Manie et Nyathi et les Hawks du Gauteng, et tout ça pour rien ?

Putain, on était dans quel monde ?

Le désir de boire se réveilla. Son mécanisme de défense depuis plus de dix ans. Quand rien n'avait de sens, boire. Ça n'aidait pas à comprendre, mais au moins on se sentait moins mal devant toute cette merde.

D'une pichenette hargneuse, il expédia le mégot à travers la haute clôture grillagée et le regarda atterrir sur la route goudronnée dans une explosion d'étincelles. Puis il fit demi-tour et rejoignit Bones.

Le chef de la Brigade financière des Hawks posa les états financiers du cabinet conseil de la ZIC devant le brigadier Manie.

– Il blanchit de l'argent, dit-il. Il n'y a aucun doute là-dessus. Le procédé est le même à chaque fois : il achète des parts dans une compagnie minière sud-africaine avec de l'argent sale et fait parvenir les bénéfices et dividendes à Arseny Egorov.

— Vous avez parlé à un procureur ?
— On n'avait pas le temps.
— Il y a assez, Willie ? Pour le faire condamner ?
— Ce gars semblait persuadé que personne n'y regarderait de trop près, brigadier. Très négligent, probablement parce qu'il a le bras long, point de vue politique. On a des choses sur lui, aucun doute.
— Malgré ses relations et tout le bazar ?
— Une fois qu'on aura mis les preuves sur la table, ses relations vont fondre comme neige au soleil.

Mbali eut un pressentiment.

Elle entra dans les bureaux de l'IMC, découvrit un Fanie Fick épuisé devant son ordinateur et posa une note devant lui.

— Vous devriez dormir, lui dit-elle.
— Je suis si heureux d'être à nouveau sur une grosse affaire, répondit-il, en la regardant avec ses yeux de chien battu, un sourire aux lèvres.
— Je veux savoir si Hanneke Sloet a appelé ce numéro.
— Une seconde, dit Fick, en entrant les chiffres dans la base de données.

Mbali se sentait désolée pour lui. Elle avait suivi l'affaire Steyn en détail quand elle était encore à la brigade de Bellville. Elle aurait facilement pu faire les mêmes erreurs, elle le savait.

La barre de progression avait traversé l'écran.

Une annotation apparut.

— Oui, dit Fick, un peu surpris. Le mercredi 12 janvier.
— Six jours avant d'être assassinée, ajouta Mbali.

Et elle comprit pourquoi l'IMC n'avait pas donné suite. De Vos était comptable. Ils avaient cru qu'il s'agissait simplement d'un coup de fil professionnel à une entreprise en rapport avec la transaction BEE.

– C'est le numéro de qui ? demanda Fick.

– D'un comptable, répondit-elle. Frikkie de Vos. Le problème, c'est qu'il est mort.

Avant qu'il puisse demander pourquoi c'était un problème, elle était déjà repartie.

49

À 14 h 15, la Force d'intervention amena Fedor Vazov et Lev Grigoryev – deux hommes d'une quarantaine d'années. Griessel nota les corps maigres et coriaces, le physique qui respirait la confiance en soi, l'absence d'inquiétude, la patience stoïque. D'anciens soldats, certainement.

Ils avaient des tatouages identiques entre le pouce et l'index. On aurait dit un C et un 6.

Il les interrogea dans un petit bureau du commissariat, parce qu'il n'y avait plus de cellule disponible. Sans montrer la moindre émotion, d'une voix basse et calme, ils répondirent à ses questions dans un anglais approximatif. Ils étaient les gardes du corps de « Monsieur » Kotko. Monsieur Kotko avait besoin de gardes du corps parce que c'était un pays très dangereux. Non, ils n'accompagnaient pas Monsieur Kotko à son bureau tous les jours parce que là-bas c'était sûr. C'était seulement quand il se rendait ailleurs.

Oui, ils se souvenaient de la visite au Cap, le 18 janvier. Ils étaient descendus au même hôtel que Monsieur Kotko. Ils avaient passé la journée dans la salle de réception d'un cabinet juridique, pendant que Monsieur Kotko assistait à des réunions. Ce soir-là, ils avaient dîné au restaurant avec Monsieur Kotko et ses deux amies. Puis Monsieur Kotko et ses amies étaient rentrés à l'hôtel. Et ils étaient allés au Jack of Diamonds, la boîte de strip-tease. Ils ne se souvenaient pas dans quelle rue, mais c'était à environ deux pâtés de

maisons de l'hôtel. Vers 21 heures. Ils ne se rappelaient pas exactement à quelle heure ils étaient rentrés.
— Donc, Le Cap n'est pas si dangereux que ça ?
— Qu'est-ce que vous voulez dire ?
— Vous avez laissé M. Kotko rentrer seul à l'hôtel.
— Il a dit qu'on peut y aller.
Ils ne savaient pas si quelqu'un se souviendrait d'eux au Jack of Diamonds. Peut-être la fille qui les avait distraits avec une danse-contact dans une pièce privée. Cathy. Ou Cindy. Ou un truc dans le genre. Peut-être le barman, parce qu'ils avaient pas mal bu. Et laissé un gros pourboire.
Non, ils ne voyaient pas d'objection à ce qu'on les prenne en photo pour montrer les clichés aux employés du Jack of Diamonds. Ils n'avaient rien à cacher.
Non, le nom d'Hanneke Sloet ne leur disait rien.
À 14 h 40, Griessel sut qu'il ne tirerait rien d'autre d'eux. Pire encore, il les soupçonnait de dire la vérité.

Pour la première fois, Musad Manie lui sembla en colère.
— Pourquoi, Benny ? Si ça n'était pas Kotko, et si ça n'était pas ses sbires, pourquoi le sniper a-t-il un problème avec eux ?
— Brigadier, je peux me tromper. Mais même si c'était ces deux-là, nous n'avons rien qui les relie à l'affaire. Et je doute fort qu'Hanneke Sloet leur ait ouvert sa porte.
— Bon Dieu, Benny, je ne comprends rien à cette affaire. Je ne la comprends tout simplement pas. On n'est pas une bande de crétins. Quelqu'un se paie notre tête, et je ne sais plus de qui il s'agit. D'après Vaughn, il y a des caméras vidéo dans les ascenseurs de l'hôtel, les escaliers, le hall et à la sortie. Kotko n'aurait jamais pu quitter sa chambre sans avoir été enregistré. Et nous n'avons rien d'autre.
— Non, brigadier, admit-il.
Manie soupira.

— Voilà ce qu'on va faire, Benny. Cloete est ici avec moi. On va annoncer aux médias que Kotko et ses deux acolytes ont été arrêtés aujourd'hui pour blanchiment d'argent. Et qu'on enquête aussi sur lui pour corruption, activités mafieuses, ainsi qu'une possible implication dans le meurtre d'Hanneke Sloet. Peut-être que le sniper va avaler ça. Ensuite, j'appelle le directeur de la police nationale et on attend que les bombes pleuvent.
— Oui, brigadier.
— Alors vas-y, arrête-les tous, et dis à nos collègues du Gauteng de les garder sous les verrous jusqu'à ce qu'on soit sûrs. Ensuite, Bones et toi, vous rentrez. Dès que vous pouvez trouver un vol. Pour qu'on recommence à éplucher tout ça.

Le sniper dirigea son navigateur web sur « News24.com » pour la onzième fois depuis 15 heures.

En haut de la page, il vit le grand titre : *Un Russe arrêté pour blanchiment d'argent – interrogé dans le cadre de l'affaire Sloet.*

Son rythme cardiaque s'accéléra.

Il cliqua sur le compte rendu et lut :

Johannesburg. Les Hawks sont actuellement en train d'interroger un homme d'affaires russe, Makar Kotko (53 ans), au sujet de ses liens supposés avec l'avocate assassinée au Cap, Hanneke Sloet, après l'avoir arrêté pour blanchiment d'argent et corruption, cet après-midi à Sandton.

L'affaire Sloet, qui tient la police en échec depuis plus d'un mois, a pris un tour spectaculaire cette dernière semaine, lorsqu'un tueur isolé s'est mis à tirer sur des membres du SAPS, en affirmant dans des e-mails adressés aux médias que les autorités connaissaient le meurtrier.

D'après le porte-parole des Hawks du Gauteng, Sipho

Ngwema, M. Kotko est le directeur de la ZIC, une société de conseil en stratégie d'investissement, dont les bureaux se trouvent à Sandton.

Le sniper vérifia le coin en bas à droite de son écran. Vit qu'il était 16 h 02.
Il pensait qu'il serait soulagé. Heureux. Ils ne l'avaient pas arrêté pour le meurtre de Sloet. Ils avaient raté l'heure limite, n'avaient pas respecté leur partie de l'ultimatum.
Ce qui voulait dire qu'ils protégeaient Kotko. Tout le gang de corrompus. Il avait raison. Le capitaine Benny Griessel travaillait pour John Afrika. Ils étaient tous dans le même panier.
Mais tout ce qu'il ressentait, c'était une tension accrue.
Il allait devoir finir ce qu'il avait commencé.
Ce soir, il attendrait Benny Griessel.

À 16 h 15, après avoir reçu confirmation du commissariat de Bothasig sur le suicide, le capitaine Mbali se rendit en voiture chez le défunt expert-comptable, Frikkie de Vos.
C'était une grande maison négligée, dans le calme Trafford Close.
Elle vit un panonceau *À vendre* sur la pelouse de devant, près de l'allée. L'agence immobilière Pam Golding.
Elle sonna.
Silence d'abord, puis bruits de pas. Quelqu'un jeta un coup d'œil par le judas.
— Je ne veux rien acheter. (Une voix de femme.)
— SAPS. Je dois vous parler au sujet de M. Frikkie de Vos.
— Je ne parle pas beaucoup anglais.
— Mon afrikaans est mauvais. Je suis de la police. Je dois vous parler de Frederik de Vos.
— Montrez-moi votre badge.
Mbali colla son badge devant le judas.

La porte s'ouvrit.

– Frikkie est mort, dit la femme. Vous autres, vous devriez le savoir.

Ce n'était pas une belle femme. Et elle pleurait.

Elles s'installèrent dans le salon, surchargé de petites tables et de tentures murales.

– Si je ne vends pas la maison dans les six mois, la banque va la saisir. Et là, j'aurai tout perdu. Et vous savez combien d'offres j'ai reçues ? Pas une. Pas une seule. Le marché est au point mort. Et regardez cet endroit. Comment je fais pour réparer ? Il n'y a pas d'argent à la banque... pas de retraite, pas d'économies, rien. Frikkie était un joueur. Casinos, chevaux, chiens, rugby, tout. S'il *pouvait* parier, il le *faisait*.

Elle sentait vaguement l'alcool, ses cheveux clairsemés étaient mal peignés, sa bouche petite et sévère. Il y avait des taches de nourriture sur son pull-over bleu clair à manches courtes. Sa lèvre inférieure trembla, elle s'essuya le nez avec un mouchoir.

– Le pire, dit-elle, c'est qu'il me manque tellement.

– Je suis désolée pour votre deuil, dit Mbali.

– Merci. (Les larmes se mirent à couler.)

– Madame de Vos, où puis-je trouver les associés de votre mari ?

– Associés ? Quels associés ?

– Il s'appelle De Vos *et Associés*.

– Non, *liewe Vader*, je ne sais pas, ça fait dix ans...

– Qu'est-ce que vous voulez dire ?

– Ça fait dix ans qu'il a commencé à piquer l'argent de la boîte pour parier. C'est là que les associés se sont barrés.

– Mais il a continué à s'appeler De Vos et Associés ?

– Sur le papier, oui. Mais il n'y avait plus que lui. Aucun

expert-comptable un peu sensé ne se serait approché de lui à moins d'un kilomètre. Pourquoi les cherchez-vous ?
— Je dois jeter un coup d'œil à sa liste de clients. Savez-vous où sont les registres ?
Elle essuya ses larmes d'un revers de la main et demanda, surprise :
— Mais vous n'êtes pas au courant pour le cambriolage ?
— Quel cambriolage ?
— Au bureau de Frikkie.
— Non.
— Quelqu'un y est entré. La semaine après sa mort. Il a emporté l'ordinateur et les sauvegardes. Il a dû lire dans les journaux que Frikkie était décédé et savait que le bureau serait vide.
— Tous les registres étaient sur l'ordinateur ? (Son cœur se serra.)
— C'est exact.
— Et il travaillait uniquement seul ?
— Vous êtes du commissariat de Bothasig ? demanda Mme de Vos.
— Non. Je suis des Hawks.
— Parce que Bothasig est au courant de *tout*.
— Ils n'ont que le dossier sur le suicide. Ça ne dit rien du travail de M. de Vos.
La femme secoua la tête.
— Ils ont posé toutes les questions après le cambriolage et je leur ai répondu.
— Que leur avez-vous dit ?
Elle sortit un mouchoir neuf, souffla longuement dedans et dit :
— Que je vous parle de Frikkie. Quand il a piqué l'argent, il y a dix ans, tout le monde est parti. Associés, clients, amis, tout le monde. Il a eu beaucoup de chance de ne pas perdre sa licence professionnelle, je crois que c'est parce que les associés savaient que ça ne ferait pas grande différence.

Frikkie n'était pas fait pour bosser. Parier, oui. Mais pas travailler. Alors ils se sont dit qu'il allait tranquillement boire le bouillon. Mais Frikkie n'était pas idiot. Il a dégotté d'autres gens pour faire le boulot. Genre chiens errants, si vous voyez ce que je veux dire. Le métier en est plein. Des alcooliques, des paresseux, des abrutis, ceux qui se sont fait virer. Des comptables qui ne pouvaient plus trouver de boulot nulle part. Frikkie leur disait : venez travailler pour moi. Ils venaient, et s'en allaient. L'un après l'autre. Et laissez-moi vous dire tout de suite, les seuls clients que Frikkie pouvait dégotter c'étaient ceux qui voulaient falsifier les comptes. Ou qui s'en mettaient sous le coude. Ce genre de choses. C'est pour ça que ses employés ne restaient jamais. Ils avaient peur. De se faire pincer. Et si vous voulez mon avis, c'est un de ses clients malhonnêtes qui a volé les registres. Voilà ce que je pense.

– Vous vous souvenez de leurs noms ?

– Je ne mettais pas le nez là-dedans, je ne sais pas qui étaient ses clients.

– Non, je veux dire les gens qui travaillaient pour lui.

– Pas la moindre idée.

– Et les relevés bancaires ? Où sont-ils ?

– Ils ne vont pas vous aider.

– Pourquoi ?

– Parce que Frikkie n'était pas idiot. Ses clients douteux le payaient en liquide. Et il payait ses canards boiteux d'employés en liquide. Et il pariait avec du liquide. Et il n'a jamais payé un centime d'impôts sur tout ça.

50

Le Jack of Diamonds dans Prestwich Street avait pris pour thème les cartes à jouer. Il y en avait des exemplaires en néon, à l'extérieur, un modèle massif, encadré sur le mur de briques vernies brutes à l'intérieur. Des cartes à jouer en guise de sous-verre, sur les menus et la carte des boissons au bar. Des cartes à jouer sur le tee-shirt du barman.

Cupido s'assit sur un tabouret.

– Salut, Jack, lança-t-il.

– Vous croyez que vous êtes le premier à la faire ? rétorqua le barman, sans rire.

– On fait son malin, répliqua Cupido.

– Vous êtes flic, lui renvoya le barman.

Il avait une cigarette roulée main derrière l'oreille. Une expression laconique.

– Des Hawks, *pappie*. Ton pire cauchemar. (Il fit glisser son badge sur le comptoir.)

– N'empêche, faut quand même payer vos verres.

– T'es acteur, Jack ? À ton avis, qui rira le dernier ?

– Je mets juste toutes mes cartes sur la table.

– T'es *vraiment* acteur. (Cupido sortit les deux photos de la poche de sa veste et les posa sur le bar.) À toi de jouer, petit futé.

Le barman prit la cigarette derrière son oreille, l'alluma lentement et étudia les photos.

– Ouais, j'les ai déjà vus, dit-il enfin. La dernière fois, c'était y a un mois environ.
– Alors, c'est des habitués ?
– Tous les un ou deux mois.
– Le soir du jeudi 18 janvier ?
– Peut-être. Dans ces eaux-là.
– De quoi tu te rappelles ?
– Ils ont pris Sandy pour une danse-contact privée dans la Reine de Cœur...
– C'est où ?
– Là-bas.

Il leur montra une entrée de porte camouflée par un rideau, derrière lui. Avec des cartes à jouer sur le rideau.
– Tu ne crois pas que le thème des cartes à jouer, c'est un peu trop ?
– Parce que vous êtes décorateur d'intérieur maintenant ?
– Je vais te redécorer le minois si tu changes pas de ton. Comment ça se fait que tu te souviennes de Sandy ?
– Parce qu'elle s'est plainte.
– Pourquoi ?
– De ces deux-là. Ils voulaient des fellations.
– Et tu vas me dire qu'on ne fait pas ce genre de choses dans cet établissement huppé.
– Désolé, je ne le fais pas personnellement, mais vous pouvez demander à une des filles.
– Encore une blague et je t'arrête, bordel.
– On se calme. Ils ne voulaient pas payer. La fellation, c'est en plus.
– Et après ?
– Je leur ai demandé gentiment.
– Et après ?
– Après, ils ont payé.
– À quelle heure ils sont partis ?
– Tard.
– C'est quoi, « tard » ?

— Minuit. Une heure. Dans le genre. Ils ont beaucoup bu. Et laissé un gros pourboire.

Mbali savait que le poste de police de Bothasig était un des meilleurs de la Péninsule. C'est pour ça qu'elle était perplexe. Pourquoi n'avaient-ils rien dit sur le cambriolage du bureau de Frikkie de Vos quand elle avait demandé le dossier sur le suicide ?

Jusqu'à ce qu'elle se rende là-bas et interroge l'officier chargé de l'enquête.

C'était un jeune sergent xhosa, plein de respect pour son rang et son statut de Hawks, et il lui expliqua que ça n'était pas un cambriolage.

— Il n'y avait aucun signe d'effraction, capitaine. Et il n'y avait aucune trace de l'achat de l'ordinateur ni des disques durs de sauvegarde. Je veux dire, elle a signalé le vol presque une *semaine* après que c'est arrivé, d'après elle. Elle n'a pas arrêté de répéter qu'elle était complètement fauchée et elle me réclamait sans cesse le numéro du dossier pour pouvoir faire une demande d'indemnisation. Et il y avait un coffre dans ce bureau, et il est toujours là, personne n'y a touché.

— Donc, vous n'avez pas ouvert de dossier ?

— Je l'ai fait. Juste pour lui donner le numéro. Je veux dire, elle venait de perdre son mari, qui avait dilapidé toutes leurs économies au jeu. Mais il n'y a pas eu de cambriolage. C'est pour ça qu'on ne vous en a pas parlé.

— Je vois. À présent, racontez-moi depuis le début. Quand a-t-elle signalé le cambriolage ?

— Le 21 janvier. Six jours après le suicide.

— Elle est venue ici ?

— Non, elle a appelé le poste de police. Un véhicule avec deux hommes en tenue s'est rendu au bureau...

— Où se trouve-t-il ?

— Derrière le centre commercial Panorama, à Sonnendal. Hendrik Verwoerd Drive.
— Hendrik Verwoerd Drive ?
— C'est exact.
— C'est une municipalité de l'Alliance démocratique. Ils ont de l'argent pour construire des pistes cyclables pour les riches, mais ils n'en ont pas pour changer un nom de rue *pareil* ?
— Viva, ANC, viva, lança le sergent. *Amandla.*
— *Ngawethu*, dit Mbali, la réponse au slogan de la Lutte fusant dans un réflexe immédiat. Et ensuite ?
— On m'a appelé. Et j'ai vu tout de suite qu'il n'y avait pas eu effraction. Deux verrous sur la porte, ces petites fenêtres hautes, mais il n'y avait rien. Et à l'intérieur non plus. Tout était impeccable. Pas de bazar, tout était en ordre. Mais *missis* de Vos affirmait qu'il y avait eu un ordinateur à cet endroit et deux disques durs de sauvegarde. Mais vous savez comment c'est quand on soulève un ordinateur, on peut voir l'empreinte bien propre en dessous ?
— *Ewe.*
— Rien de tout ça. Et puis, j'ai demandé la facture pour l'achat de l'ordinateur et elle a répondu que son mari ne gardait pas les factures. Il travaillait uniquement avec du liquide. Alors ensuite je l'ai interrogée sur le coffre. Aussi gros qu'un frigo, là, dans un coin. Avec une combinaison. Et elle a dit que rien n'avait été pris dans le coffre. Je veux dire, capitaine, pourquoi ils n'auraient pas pris le coffre ? S'ils voulaient voler des trucs.
— Comment est-ce qu'elle savait que rien n'avait été pris dans le coffre ?
— Je ne sais pas. Peut-être qu'elle l'avait ouvert.

Griessel se laissa aller en arrière dans le siège de l'avion et ferma un moment les yeux. Il était épuisé. Il avait la tête

lourde, comme si l'affaire avait pris trop d'ampleur et qu'il n'y avait plus assez de place dedans pour tout contenir.
– On n'est pas des crétins, avait dit le Chameau.
Manie se trompait. Benny Griessel était un crétin. Son instinct lui avait soufflé que c'était Kotko. Il en était tellement sûr. Tout collait. Putain.
Qu'est-ce qui n'allait pas chez lui ? Était-il en train de perdre son doigté ? Même pendant ses années d'alcoolisme, il ne commettait jamais d'erreurs de jugement aussi épouvantables. C'était peut-être ça le problème, bordel, cette sobriété. Peut-être qu'il devrait attirer l'attention de l'hôtesse et lui demander un whisky Coca, pour ce que ça avait fait comme différence, d'être sobre.
À cet instant précis, cela lui parut une échappatoire tellement immédiate et séduisante qu'il avait déjà à moitié levé le bras avant de retrouver la raison.
Qu'est-ce qui n'allait pas chez lui ?
C'était la fatigue. La frustration.
Il avait besoin de repos. Il devait réfléchir. Il voulait fermer la porte de son appartement, prendre sa guitare et rester comme ça, cerveau au point mort, doigts se baladant sur le manche, notes lui résonnant au creux du ventre. Il voulait aller se coucher en sachant que demain serait une journée reposante. Il voulait s'allonger à côté d'Alexa Barnard, dans son dos, et glisser sa main jusqu'à sa poitrine douce.
Il ouvrit les yeux, agacé par la direction que prenaient ses pensées. Il soupira, jeta un coup d'œil à Bones qui contemplait l'espace à côté de lui.
– Reprenons tout depuis le début, dit Griessel.
– Bien sûr, répondit Boshigo, sans enthousiasme.
Méthodiquement, Griessel lui exposa toute l'affaire : par pure coïncidence, Makar Kotko se trouvait en décembre à une réception avec les gens de Gariep Minerals, lorsqu'il avait remarqué Hanneke Sloet. Son désir pour la sensuelle Sloet avait été immédiatement évident. Sa stratégie avait été

d'offrir à Silberstein Lamarque l'opportunité de rédiger le contrat concernant les parts de Gariep, avec la conviction et l'espoir que cela persuaderait Sloet de coucher avec lui.

Kotko n'avait eu de cesse de téléphoner à Sloet et de l'inviter à dîner, mais elle avait constamment refusé. Peut-être parce que Silberstein avait très vite découvert que Kotko pouvait être lié avec le crime organisé. Ou peut-être juste parce qu'elle n'avait sincèrement pas le temps, entre son installation au Cap et une visite à ses parents pour Noël. Mais par-dessus tout, parce qu'elle n'était pas sexuellement intéressée par Kotko.

Après le 22 décembre, ce dernier avait cessé de lui téléphoner.

Pourquoi ?

Sloet s'était installée dans le nouvel appartement et, début janvier, on lui avait ordonné de mener une enquête approfondie sur Kotko. Le rapport de Jack Fischer et Associés avait mis en lumière ses liens passés avec le KGB, et le fait qu'il aimait torturer les gens avec une baïonnette. Malgré ça, Silberstein avait continué son travail sur le contrat de la ZIC.

Ce qui donnait à Kotko deux mobiles pour la tuer – tous deux peu solides : c'était un enfoiré malade et il détestait qu'on le rejette. Ou bien Sloet lui avait fait comprendre, d'une manière ou d'une autre, qu'elle détenait des informations sur son passé et qu'elle allait les divulguer. Ou les utiliser à son avantage, financier ou professionnel. Peut-être avait-elle un document, ce soir-là, ou une carte mémoire, du genre de celles que Fritz utilisait pour stocker de la musique. Et c'était pour cette raison que Kotko avait envoyé quelqu'un. Quelqu'un qui avait posé une arme effilée sur le sol pour prendre le document qu'elle tenait dans la main.

Le matin du 18 janvier, Kotko et Sloet s'étaient rencontrés à la conférence de Silberstein. Ce soir-là, Kotko et ses parasites avaient dormi à quatre pâtés de maisons seulement de l'appartement de Sloet. Kotko avait engagé deux travailleuses du sexe et passé la nuit avec elles, et ses sbires se trouvaient dans une boîte de strip-tease jusqu'à minuit passé. Des alibis bien établis.

Mais rien ne l'empêchait d'engager une quatrième personne pour assassiner Sloet. C'était improbable, parce qu'il n'y avait guère de chances qu'elle ait ouvert la porte à un étranger. Mais Kotko en savait peut-être assez sur elle à ce moment-là pour avoir dégotté quelqu'un qu'elle connaissait. Ou alors elle s'apprêtait à sortir à 22 heures, ce soir-là. L'agresseur aurait pu l'attendre près de la porte et la surprendre quand elle l'aurait ouverte. Mais elle ne portait pas de sous-vêtements et, d'une manière générale, n'était pas habillée pour sortir. Donc, improbable là aussi.

— À côté de quoi est-ce que je passe ? demanda-t-il quand Bones eut tout écouté attentivement.

— Ça me dépasse, Benny. Quand j'étudiais aux États-Unis, on nous disait toujours : Vous devez couvrir toutes les bases. Termes de base-ball. Eh bien, tu as couvert toutes les bases. (Après avoir réfléchi un moment, il ajouta :) Tu te souviens de ce qu'a dit le type à la Lamborghini ?

— Henry van Eeden ?

— *Yebo*. Il a dit que Sloet savait ce qu'elle voulait, *nè*. Le rapport de Fischer et Associés devait aussi l'avoir informée du fait que Kotko avait de très solides relations politiques. Dans le monde de la BEE, on ne déconne pas avec un type pareil.

— C'est vrai.

— Et la théorie du rejet. Je ne sais pas, Benny. Tu fabriques des alibis pour toi et tes hommes de main, tu embauches un type qui pourrait entrer dans son appartement, ou pas... C'est beaucoup de soucis, beaucoup de risques, juste pour soulager son ego.

— OK, dit Griessel.

— Tu n'es pas convaincu ?

– On rate quelque chose, Bones. Cette réunion chez Silberstein le 18... Je ne sais pas.

L'hôtesse de l'air déposa un plateau devant chacun d'eux.

– Quelle triste vie on mène, dit Bones Boshigo, quand le seul repas équilibré qu'on avale, c'est de la nourriture de compagnie aérienne.

Griessel n'entendit pas. Il avait l'esprit occupé à démêler les fils de l'affaire.

– Pourquoi ? demanda-t-il.

– Parce que c'est tout ce qu'on a mangé aujourd'hui.

– Non, Bones. Je veux dire, pourquoi le sniper nous mentirait-il ? Au sujet de Kotko ? Toute son histoire tourne autour du fait que la police protège le communiste. Sa justification tout entière est basée là-dessus.

51

Mbali se rendit d'abord au centre commercial Panorama et fit claquer sa langue en voyant le panneau Hendrik Verwoerd. Elle se gara, sortit de la voiture et se mit en quête du petit bureau que lui avait indiqué le sergent xhosa de Bothasig.

Il était caché à l'arrière. On aurait presque dit une entrée de service, juste l'habituelle porte en bois marron décolorée par le soleil, avec un trou de serrure sous la poignée et un verrou additionnel à l'extérieur, d'où pendait un gros cadenas Yale neuf et rutilant.

Elle tourna le coin du bâtiment jusqu'à l'entrée principale du centre commercial. Elle trouva un vigile, lui montra son badge et lui expliqua ce qu'elle voulait. Il se montra empressé. Appela un collègue par radio, demanda à Mbali d'attendre, et revint au bout de quelques minutes avec le collègue en question. Tous deux portaient des caisses de lait en plastique.

Elle retourna avec eux jusqu'au bureau. Ils empilèrent les caisses sous la fenêtre et l'aidèrent à grimper dessus avec précaution. Elle dut se mettre sur la pointe des pieds pour regarder à l'intérieur.

Il n'y avait rien, ce qu'elle voyait de la pièce était complètement vide.

Elle descendit, remercia les hommes, et retourna à sa voiture. Elle monta, mit le moteur en route. Le coupa à

nouveau. Sortit son téléphone de son vaste sac à main noir et composa un numéro. Ça sonna longtemps.
— Allô, répondit Fick, hors d'haleine.
— Fanie, c'est Mbali. Vous êtes très occupé ?
— Non, désolé, je m'apprêtais à rentrer chez moi. La nouvelle équipe est encore dans la salle de réunion.
— Vous pourriez leur demander de trouver les enregistrements du portable de De Vos ? Celui dont je vous ai parlé.
— Je m'en occupe, répondit Fick. Avant de partir.
Il devait être très fatigué, elle le savait, mais il avait tellement envie de se rendre utile.
— J'apprécie votre aide, dit-elle.

Juste avant de quitter la R27 pour s'engager sur la N1, le Chana repeint en rouge se mit à tousser en cahotant, et le sniper serra encore plus fort les poings sur le volant.
Puis le moteur se remit à tourner normalement.
Et s'il tombait en panne sur l'autoroute, à cette heure de l'après-midi ? Si horriblement exposé. La police de la route s'arrêterait…
Il jeta un rapide coup d'œil derrière lui. Juste les boîtes à outils. Même s'ils les ouvraient, il leur faudrait d'abord soulever le plateau du haut pour voir le fusil.
Et il ne portait pas la perruque aujourd'hui. Une nouvelle casquette verte des Springboks. Des lunettes noires.
Il devait simplement garder son calme, ne pas avoir l'air coupable. Mais il fallait que le Chana tienne le coup. Jusqu'à demain.
Il écouta attentivement le bruit du moteur, la ville s'ouvrit devant lui.
Il resta à gauche, dans la file véhicules lents, pour prendre la rampe de sortie Oswald Pirow qui menait à l'appartement de Griessel.

Les bombes commencèrent à pleuvoir juste après 18 heures.

Manie était assis, attendant le coup de fil qui lui annoncerait qu'un autre policier avait été tué. Il essayait de s'y préparer mentalement, mais il savait que ça serait néanmoins le coup final.

Le téléphone sonna. Il décrocha.

C'était le directeur de la police nationale. Il était furieux. Il n'aurait pas cru que la pagaille avec le sniper et l'affaire Sloet puisse empirer, lança-t-il. Mais c'est pourtant ce qui était arrivé. Les médias étaient devenus fous. Ils l'appelaient, ainsi que le ministre de la Police et le président de la Ligue de la jeunesse de l'ANC. Des centaines de coups de fil, d'après lui. Des allégations tirées par les cheveux. Sur Kotko, sur la Ligue de la jeunesse, sur la très forte probabilité que le sniper ait entièrement raison, le gouvernement et le SAPS protégeaient un meurtrier.

Manie, épuisé par la pression, l'incertitude de cette journée interminable et le manque de sommeil, laissa le directeur rouspéter et crier et blâmer. Il ne pouvait rien faire d'autre. Il savait qu'il avait lui-même fait le lit d'une telle situation. Il avait pris la bonne décision. Et maintenant, il devait dormir dessus. Malheureusement, au sens métaphorique seulement.

Pendant vingt-sept longues minutes, il écouta la tirade.

Puis reposa doucement le combiné.

Le téléphone resonna immédiatement.

Nous y voilà, se dit-il. La nouvelle victime du sniper.

Il se passa une main sur le front et décrocha.

C'était le directeur national des Hawks, à Pretoria.

Et il n'était pas content non plus.

Mbali s'assit pour la deuxième fois dans le salon surchargé de décorations, avec la veuve de Frederik de Vos.

— Il y avait du liquide dans ce coffre, dit-elle.

La veuve baissa les yeux sur le verre de cognac posé sur la table à côté du fauteuil. Elle le prit et en avala une gorgée. Les glaçons tintèrent dans la pièce silencieuse. Elle reposa le verre avec précaution.

Mbali interpréta le geste comme une sorte d'aveu.

— Le lendemain de la mort de votre mari, vous êtes allée à son bureau. Pour prendre l'argent. Parce que vous saviez que c'était tout ce qu'il y avait. Vous avez vu que l'ordinateur avait disparu et vous vous êtes dit que quelqu'un d'autre avait une clé. Alors vous êtes allée acheter un nouveau verrou pour la porte du bureau. C'est bien ça ?

La veuve détourna les yeux.

— Madame de Vos, vous n'avez commis aucun crime, que je sache. Vous pouvez me raconter.

La femme prit à nouveau le verre et but.

— Je vous donne ma parole. Vous n'aurez pas d'ennuis.

Mme de Vos inspira lentement.

— C'était seulement le lundi, commença-t-elle. Le dimanche, j'étais trop anéantie.

— Vous connaissiez la combinaison du coffre ?

— C'était son chiffre porte-bonheur. Double quatre, double sept, double quatre. Il n'en utilisait jamais d'autre. Mais je n'ai jamais eu de clé pour le verrou de la porte. Et l'hôpital m'a donné ce sac en plastique... (Son visage se froissa, ses yeux se remplirent de larmes.) Ce petit sac avec ses affaires. Ses cigarettes, son Zippo... (Elle sanglota, reprit le verre.)

— Et les clés.

La veuve acquiesça et but une petite gorgée de cognac.

— Et vous y êtes allée le lundi. Pour prendre le liquide.

Hochement de tête.

— Et vous avez vu que l'ordinateur et les sauvegardes avaient disparu.

Elle secoua la tête.

— Non ?

Elle trouva son mouchoir, se moucha.
– Le matériel informatique était encore là le lundi. Dans l'autre bureau. Celui que ses employés utilisaient tout le temps. Quand j'y suis retournée le vendredi, il avait disparu.
– Quand y êtes-vous retournée le vendredi ?
– J'ai emmené l'*afslaer*.
– C'est quoi un *afslaer* ?
Il fallut un moment à Mme de Vos pour trouver le mot anglais.
– Ils vendent vos affaires. Vous savez... quand les gens font une *bod*... Une offre.
– Commissaires-priseurs ?
– *Ja*. Il fallait que je vende la marchandise.
– Et ensuite, vous avez acheté un nouveau verrou ?
– *Ja*.
– Où sont les meubles à présent ? Les meubles du bureau ?
– Chez le commissaire-priseur.
Mbali soupira. Ça signifiait sûrement que les meubles étaient contaminés d'un point de vue forensique. Mais elle devrait s'en assurer.
– Qu'y avait-il d'autre dans le coffre ?
– Rien. Juste l'argent.
– Combien de liquide ?
La lèvre inférieure trembla de nouveau.
– Je crois qu'il y avait beaucoup. Frikkie avait dit, une semaine avant de mourir, qu'il aurait un jour de paie correct ce vendredi-*là*. Et ensuite, il a pris l'argent et il est allé le jouer à la roulette au casino de GrandWest et il a perdu jusqu'au dernier centime et il est allé se foutre en l'air dans un parc. Dans un petit parc...
Elle attendit que Mme de Vos se calme. Puis demanda :
– Il restait combien ?
– Quatre mille deux cents. C'est tout. C'est mon héritage. Ce que Frikkie m'a laissé.
– Je suis désolée.

— C'était Frikkie…
— Je dois savoir qui avait une clé de ce bureau.
— Ses employés.
— Vous êtes sûre ?
— Frikkie n'était jamais au bureau. C'était leur seule façon d'entrer. Il leur donnait la clé.
— Il y avait combien d'employés ?
— Je ne sais pas.
— Et vous ne savez vraiment pas qui ils étaient ?
La veuve secoua la tête et reprit son verre.
— J'ai besoin d'une photo de votre mari, dit Mbali. Et des coordonnées du commissaire-priseur. Et des clés du bureau.

Le sniper se gara à l'endroit qu'il avait repéré la veille – juste au coin de Vriende Street, dans Schoonder, l'avant du Chana tourné vers Gardens Centre.

De là, il aurait une vue dégagée de la barrière automatique en métal qui gardait l'entrée des Nelson's Mansions, les vieux immeubles des années cinquante. Et il serait à l'abri – les rues du quartier regorgeaient de voitures en stationnement, les habitants des maisons et appartements n'ayant probablement pas de garages. Un véhicule en plus n'attirerait pas l'attention.

La nuit précédente, il était resté assis là dans l'Audi pendant plus d'une heure. Il avait observé comment chaque occupant des Nelson's Mansions s'arrêtait à la barrière, tripotait une télécommande. Il avait calculé sur sa montre qu'il fallait en moyenne vingt-deux secondes pour que la barrière s'ouvre complètement. Il aurait presque trente secondes, entre le moment où l'inspecteur s'immobiliserait pour appuyer sur le bouton et celui où il entrerait.

Trente secondes pour viser les pneus des deux roues de son côté. Et ensuite, le conducteur.

C'était à ça qu'il s'était entraîné durant l'après-midi, dans le veld, à côté de la R304 et de Little Salt River. Trois tirs. Peut-être quatre. Avant, arrière, chauffeur.

Jusqu'à ce qu'il n'ait plus que dix balles.

La veille, il avait remarqué un lampadaire, à mi-chemin environ de l'endroit où il était garé et de l'allée qui menait aux appartements. Sur une distance d'à peu près quarante mètres, il pouvait distinguer, assez clairement, le visage de chaque personne qui s'arrêtait... Sans lunette. Il avait soigneusement étudié les photos de Griessel sur Internet et dans les journaux. Les cheveux trop longs et mal peignés, les yeux slaves si particuliers, le visage rongé par les soucis.

Il le reconnaîtrait.

Il vérifia que les portes du Chana étaient verrouillées. Il attendit que les derniers piétons qui rentraient chez eux soient partis.

Quand tout fut calme, il grimpa rapidement par-dessus le siège et tira le rideau.

Il enleva la casquette et les lunettes noires, passa la sangle de la lampe frontale autour de sa tête et alluma cette dernière, le plus bas possible. Ouvrit la boîte à outils, souleva le plateau et le posa à côté.

Il sortit le fusil.

52

À 19 h 20, Mbali finit par trouver le numéro de téléphone du commissaire-priseur.

Elle se présenta.

– J'ai besoin d'accéder aux meubles de Frikkie de Vos, dit-elle.

– Qui ça ?

Elle lui donna tous les détails qu'elle avait.

– Venez me voir demain, répondit-il.

– Non. J'ai besoin d'y accéder tout de suite. Ça a un rapport avec ce chien enragé qui tire sur la police. Une question de vie ou de mort.

– Merde, fit le commissaire-priseur.

– Jurer est la béquille habituelle des handicapés de la conversation.

– Quoi ?

– S'il vous plaît, dites-moi, comment chargez-vous et transportez-vous les meubles pour les ventes aux enchères ?

– Exactement comme n'importe qui d'autre.

– Ce qui veut dire ?

– Nous les emballons et ensuite nous les chargeons.

– Vous les emballez avec quoi ?

– Du plastique.

– Vous les emballez quand ?

– Avant de les charger, nom de Dieu !

– Bien. Je vous retrouve à votre entrepôt dans une demi-heure.
– J'habite Somerset West. Ça va me prendre une heure.
– Dans ce cas, vous feriez mieux de partir tout de suite.
Puis elle appela le chef de l'équipe de la PCSI.

Griessel téléphona à Alexa sur le trajet de retour de l'aéroport.
Elle ne répondit pas.
Il appela Ella. Boîte vocale. Il essaya de se rappeler ce qu'avait dit Alexa le matin avant qu'il parte prendre l'avion. La grande répétition ce soir. Ou était-ce demain soir ? Il n'avait écouté qu'à moitié.
Il espérait qu'il n'y avait pas d'autre problème. Par pitié, pas ce soir.
Après l'hôpital du Tygerberg, son téléphone sonna. Il répondit en toute hâte, espérant qu'il s'agissait d'Alexa.
– Benny, dit le colonel Nyathi, tu es où ?
Griessel lui répondit qu'ils étaient à dix minutes des bureaux de la DPCI.
– On a une réunion dès que tu arrives. (D'une voix d'enterrement.)

Le sniper était mal installé et frustré. Il avait regardé à travers la lunette tellement de fois quand les voitures s'arrêtaient à la barrière. Et il avait dû relâcher le doigt sur la détente tellement de fois. Il était presque 20 heures et le policier n'avait toujours pas fait son apparition.
Puis un autre véhicule s'engagea dans la rue, à l'intersection de Vriende et de Buitenkant, et il vit le gyrophare bleu sur le toit du fourgon et l'emblème et les couleurs du SAPS.
Il se figea. Le véhicule roulait lentement dans sa direction.
Il entendait son cœur cogner.

Il ressentit un besoin irrépressible de refermer violemment l'ouverture coulissante du panneau latéral – à cet instant précis, elle lui semblait gigantesque, comme une blessure béante.

Le véhicule de patrouille sortit de son champ de vision. Il écouta, tournant la tête pour mieux entendre. Bruit de moteur, chuintement des pneus sur le goudron.

Derrière le Chana.

S'étaient-ils immobilisés ?

Les secondes s'écoulaient.

Le bruit du moteur semblait moins fort et il se dit qu'ils avaient dû s'arrêter.

Jusqu'à ce qu'il se rende compte qu'ils avaient continué. Vers l'ouest.

Ses mains étaient moites sur le fusil.

La réunion commença sur une note sombre.

Nyathi annonça que le brigadier Musad Manie avait été convoqué à Pretoria. Pour expliquer ce que le directeur de la police nationale appelait « ce fiasco du Cap ».

Un concert de grognements indignés et coléreux traversa la pièce. Nyathi les fit taire.

– Le brigadier m'a chargé de vous dire que cette convocation n'a rien à voir avec votre travail considérable et vos efforts exceptionnels. Il a dû prendre des décisions importantes aujourd'hui, il les a prises seul et il savait que cela comportait certains risques…

Nouveaux cris dans la salle. Nyathi leva la main pour demander le calme.

– S'il vous plaît, laissez-moi finir. Il connaissait les risques, et il est persuadé que la direction comprendra quand il aura expliqué les détails de l'affaire. Il vous demande de continuer avec le dévouement et l'énergie dont vous avez fait preuve dans des circonstances très difficiles, et il veut que vous sachiez qu'il est absolument convaincu de votre capacité à résoudre ces enquêtes. Je suis entièrement d'accord. À présent, voyons où nous en sommes. Benny ?

Griessel se leva lentement, écrasé par le poids de la culpabilité qui pesait sur ses épaules. C'est Manie qui faisait les frais de son incapacité à atteindre son but. Avec Kotko. Avec tout le reste. Et que pouvait-il leur dire à présent, quand il n'avait lui-même aucune idée de ce qu'il fallait faire ?

Il se tenait à côté de Nyathi.

– Je suis désolé, colonel, dit-il.

– Pas ta faute, Benny.

Chorus d'assentiment.

Il resta là, à chercher ses mots, à chercher une approche qui ne le ridiculiserait pas, conscient du fait que son analyse n'était peut-être pas la bonne, qu'il pouvait foutre une pagaille encore plus grande.

Il se racla la gorge.

– Nous allons devoir nous pencher à nouveau sur Kotko, parce qu'on passe à côté d'un truc, commença-t-il. Il est au cœur de quelque chose. Quelque chose qui a à voir avec le sniper, avec Sloet, avec... (il faillit mentionner le nom de John Afrika puis se rendit compte qu'ils n'étaient probablement pas au courant)... avec les allégations contre le SAPS, avec les contrats, les avocats. Et je ne pense pas qu'il s'agisse simplement d'une coïncidence.

Murmures de soutien. Ils lui redonnèrent courage.

– Je veux regarder à nouveau le rapport de Fischer, colonel. Je veux qu'on épluche encore les enregistrements téléphoniques de Kotko depuis le début, tous les gens à qui il a parlé en décembre et janvier. Qu'on se repasse toutes les vidéos de l'hôtel. Qu'on aille voir dans cette chambre s'il n'y aurait pas moyen de s'éclipser de là discrètement. Qu'on vérifie si les caméras urbaines peuvent nous apprendre quelque chose. Il va falloir montrer des photos de Kotko et de ses hommes dans les environs immédiats de l'immeuble de Sloet ; parler à nouveau avec Silberstein, à propos de leur réunion du 18, avec Kotko. Je n'étais pas présent lors de l'interrogatoire de Pruis...

— On doit le charger au maximum, Benny, lança Cupido, il est sacrément sournois.

— C'est aussi l'impression que j'ai eue. Le truc, c'est qu'il y a vraiment trop de coïncidences. La mort de Sloet le jour de cette réunion. Le passé de Kotko. Ses coups de fil. La photo que le sniper a envoyée. L'implication d'un membre du SAPS. Et pas un de nous ne croit aux coïncidences.

Hochements de tête, et des cris : « Oui », « C'est vrai ».

Il ne voyait rien d'autre à dire.

— C'est tout ce que j'ai, colonel.

— Merci, Benny. Les gars, notre plus grand ennemi du moment est la fatigue. Nous avons subi une pression énorme, la plupart d'entre vous n'ont pas beaucoup dormi ces dernières quarante-huit heures, et à présent je vois à quel point vous êtes fatigués. Aucun d'entre nous ne raisonne plus clairement. Le brigadier et moi avons longuement discuté de la question, et nous en sommes tous les deux arrivés à la conclusion qu'il n'y a pas grand-chose que nous puissions faire ce soir. Nous suggérons que vous passiez tous une heure ou deux en famille, et qu'ensuite vous vous reposiez. Revenons demain matin tôt, disons 6 heures, pour regarder les choses d'un œil neuf et différent. L'équipe de nuit est réduite à une peau de chagrin, si le sniper abat une nouvelle victime ce soir nous devrons malheureusement faire appel à l'équipe des CATS. Où est Mbali ?

— À Amsterdam, murmura quelqu'un.

Ils rirent, plus pour relâcher la tension que par méchanceté.

— Elle dort déjà, ajouta un autre.

— C'est ce que nous devrions tous faire, rétorqua Nyathi. Tous. (Il s'avança de quelques pas et sa voix s'adoucit :) Prenez du repos. Si nous arrivons à résoudre cette affaire

demain, notre officier supérieur aura de quoi assurer sa défense. Faisons-le pour lui. Je vous en prie.
La dernière phrase était une supplique non déguisée.
Le silence se fit dans la pièce.

Mbali était assise devant une petite table dans un coin de l'immense entrepôt.
Elle regardait la PCSI, l'équipe d'élite de la forensique, qui inspectait les meubles de Frikkie de Vos. À l'écart, mains sur les hanches, se tenait le commissaire-priseur, pas du tout content.
Mbali baissa les yeux sur les notes qu'elle était en train de compiler. C'était une chronologie, de sa petite écriture soignée.

> *Mercredi 12 janvier : Sloet appelle de Vos sur son portable, parce qu'il est le comptable de Kotko.*
> *Samedi 15 janvier : de Vos se suicide.*
> *Lundi 17 janvier : Mme de Vos retire le liquide du coffre. Ordinateur et disques durs externes sont toujours dans le bureau.*
> *Mardi 18 janvier : Hanneke Sloet se fait tuer.*
> *Vendredi 21 janvier : Mme de Vos découvre le vol de l'ordinateur et des disques durs.*
> *Lundi 24 janvier : Le sniper envoie le premier e-mail.*

Elle la relut, cochant chaque ligne après l'autre. Puis elle écrivit :

> *Suicide ? Vérifier le rapport du légiste.*
> *Kotko a tué de Vos ? Pourquoi ?*
> *Finances Isando Friendship Trust. Comptes prouvent que Kotko est lié à la corruption policière.*
> *Vol de l'ordinateur/disques durs le 19 ou le 20 fév ?*

Et tout en bas, son intuition la plus solide, la clé lui permettant de remonter jusqu'au sniper. Elle la souligna. Trois fois.

À 22 h 30, le chef d'équipe de la PCSI se dirigea enfin vers elle.

— Il n'y a aucun doute, dit-il. Quelqu'un a essuyé tous les meubles très soigneusement. Il n'y a absolument rien.

— C'est bien ce que je pensais, répondit-elle.

Il y avait un appel manqué sur son portable, après la réunion. ALEXA, affichait l'écran.

Il rappela, tomba sur sa boîte vocale et laissa un message :

— Hello, Alexa, j'espère que tout va bien, puis, se disant aussitôt que c'était stupide, il ajouta : Je… mon portable sera ouvert toute la nuit…

Il voulait lui dire qu'elle lui manquait ou un truc du genre. Mais le courage lui fit défaut.

— Bon, bye, à plus.

Il alla récupérer son portable à l'IMC et se dirigea vers son bureau pour prendre le rapport Fischer qu'il voulait lire à la maison.

Posé en évidence de manière qu'il ne puisse pas le rater, se trouvait un listing. Des enregistrements de téléphone portable. Avec un mot de Fick.

Benny
Voilà les enregistrements de Calla Etzebeth. J'espère que ça t'aide.
Fanie.

Il jeta un coup d'œil dessus. Le joueur de rugby à l'allure de Neandertal, avec son front bas et ses yeux rapprochés, avait appelé Carla au moins six fois par jour lors des trois dernières semaines, et envoyé quinze, vingt messages.

Ça n'était pas une photo prise au hasard pendant Rag. C'était le petit copain de sa fille.

Putain.

53

22 h 45.

Le sniper était raide, il ne sentait plus ses fesses et avait mal au dos à force d'avoir été mal assis. L'adrénaline était venue et repartie, la tension montée et descendue. Il avait envisagé à plusieurs reprises de partir durant l'heure écoulée, son esprit lui soufflant que Griessel ne viendrait pas, que quelque chose était arrivé. Son imagination avait failli le pousser à tirer deux fois, sur deux hommes aux cheveux noirs qui ressemblaient vaguement au capitaine. Il était trop impatient, avait voulu braquer la lunette sur le pneu avant trop vite. Il s'était arrêté juste à temps.

Il attendrait jusqu'à minuit. Pas plus.

Puis il entendit la voiture arriver, dans son angle mort, et descendre Vriende Street d'est en ouest.

Il se frotta l'œil droit à toute vitesse, s'empara du fusil et regarda à travers la lunette.

Une BMW blanche lui passa juste devant, floue, trop près.

Les feux stop s'allumèrent, au niveau des Nelson's Mansions.

Une brève lueur.

La voiture tourna. La BMW s'arrêta. Il fit la mise au point sur le conducteur avec la lunette. Vit les cheveux. L'œil droit.

C'était Griessel.

Il sentit la décharge d'adrénaline monter en lui. Il devait

être sûr. Il avait assez de temps, presque trente secondes. Il se força à regarder de nouveau. Était-il sûr, complètement sûr ?
C'était Griessel.
Il dirigea la lunette vers le pneu avant droit.

Griessel sortit la télécommande de sa poche d'un geste automatique, l'esprit embrumé. Il la braqua sur la barrière, qui commença à s'ouvrir, péniblement.
Il entendit le bruit sec, sentit le léger choc dans le volant.
Il poussa un juron, une idée à demi formée lui vint à l'esprit – le pneu avant, il avait dû rouler sur un clou. Il n'était pas disposé à accepter les implications, il ne voulait pas changer une roue à *cette* heure de la nuit.
Autre claquement sec. Tout devint alors clair – quelqu'un lui tirait dessus. La vitre juste à côté de lui vola en éclats.

Le sniper fit feu une dernière fois, enleva à la hâte la sangle du piquet, balança le fusil dans le plateau à toute vitesse.
Il remonta brutalement le rideau qui séparait l'arrière de la fourgonnette de la cabine du chauffeur et sauta par-dessus le siège.
Il regarda la BMW, à quarante mètres de là, le verre qui brillait sur le goudron. Griessel était assis, tête baissée.
Seigneur. Il l'avait tué.
Il tourna la clé. Le moteur grogna et s'étouffa. Impossible de démarrer.
Il crut que son cœur allait s'arrêter.
Il écrasa l'accélérateur, tourna à nouveau la clé.
Un son plaintif, sans succès.
Un mouvement du coin de l'œil, sa tête vira brusquement à droite.

Griessel ouvrait la portière de la BMW, bondissait à l'extérieur.

Il tourna encore la clé. Son corps tout entier penché en avant, sous le coup de l'urgence et de la peur.

Griessel courait vers lui, la main droite sous sa veste.

Le moteur démarra.

Un pistolet dans la main de l'inspecteur.

La panique, comme un serpent dans sa tête.

Il passa violemment une vitesse, fit hurler le moteur.

Un coup de feu retentissant, le claquement de la balle, sa vitre qui explosait, sa tête qui tressautait d'effroi, le verre pulvérisé en pleine figure. Il s'écarta du trottoir en faisant crisser les pneus, braqua désespérément le volant pour quitter l'emplacement, mais pas assez vite.

Griessel juste à côté du Chana, tapant du poing sur le panneau, hurlant quelque chose, et lui, le sniper, s'éloignant à toute allure. Un autre coup de feu. Une douleur intense qui lui explose dans la main. En dévalant Schoonder Street, il vit Griessel courir dans le rétroviseur latéral, veste au vent, pistolet pointé sur le Chana. Il plongea d'instinct, une autre balle vint s'écraser contre la fourgonnette.

Le coin de Myrtle Street trop près, il allait trop vite, il avait freiné trop tard. Pneus qui hurlent, coup de volant brutal, l'arrière du Chana qui pivote trop loin, le côté droit qui entre lourdement en collision avec un autre véhicule, métal qui racle le métal. Accélérateur au plancher, le moteur qui bégaie, le fourgon qui vibre, frissonne.

La peur le submergea, il se mit à crier, un cri perçant, trahissant une peur totale.

Une autre détonation retentit, plus loin derrière lui, mais il n'entendit pas d'impact.

Puis soudain le moteur retrouva de sa vigueur et il s'éloigna dans Myrtle, baissa les yeux sur sa main douloureuse.

Son petit doigt avait disparu, ne restait plus qu'un moignon sanguinolent.

JOUR 6

Jeudi

54

1 heure du matin tout juste. Les barrages, la traque fiévreuse pour retrouver un Chana rouge avec une vitre brisée et de multiples trous de projectiles n'avaient rien donné.

Dans Vriende Street, les curieux, les hordes d'hommes en tenue et de véhicules du SAPS, et le colonel Nyathi, le front plissé d'inquiétude, étaient finalement partis. Ne demeuraient que les bruits nocturnes de la ville et l'unique véhicule de patrouille devant l'appartement de Griessel. Nyathi avait insisté, malgré toutes ses objections.

– Ils veillent sur toi cette nuit. Demain, on fera venir l'Unité de protection des VIP.

Il se dirigea vers le véhicule et dit aux deux sergents qu'il voulait examiner le carrefour une dernière fois.

Ils le regardèrent, les yeux écarquillés, remplis de respect pour « celui qui avait survécu au sniper ». Le leader JOC de l'affaire Sloet.

Il mesura de nouveau la distance et se retourna pour regarder la barrière.

C'était proche.

Deux pneus touchés, l'un après l'autre. Et ensuite le coup de feu auquel il avait échappé, parce qu'à cet instant, quand il avait compris qu'on lui tirait dessus, il avait rejeté sa tête en arrière.

Il réprima sa rage envers le sniper jusqu'à ce qu'il soit de retour dans son appartement. Ce n'est qu'alors qu'il laissa échapper un simple mot de six lettres chargé de violence.

Il prit une douche et alla s'asseoir au comptoir de la cuisine pour lire le rapport de Jack Fischer et Associés sur Makar Kotko. Il savait qu'il serait incapable de dormir à présent.
 Vers la fin, sa concentration donnant des signes de faiblesse, il dut relire des paragraphes et des pages entières.
 Quand il se coucha enfin, à près de 3 heures, ce fut avec un respect mitigé pour le Russe. Un homme qui avait dû faire carrière dans des trous perdus au fin fond de l'Afrique, des endroits sordides marqués par la guerre civile, des infrastructures inexistantes, la corruption, la pauvreté, les maladies et la crasse.
 Un homme qui avait dû se contenter des rebuts et des sous-fifres du personnel du KGB, pas assez bons pour les points chauds de l'espionnage dans les pays industrialisés. Qui avait dû marcher sur des œufs, sur la corde raide entre les conflits mineurs et majeurs, qu'ils soient tribaux ou nationaux, les idéologies étrangères, qui avait dû user de savantes manœuvres pour naviguer entre la vanité, la cupidité et la soif de pouvoir des despotes du continent noir, qui changeaient sans cesse et montaient constamment l'Ouest et l'Est l'un contre l'autre.
 Kotko s'était sorti de tout ça avec succès. Et après la chute du communisme, il avait utilisé son expérience, ses connaissances, ses contacts et ses talents uniques, avec habileté et détermination, pour se forger une nouvelle carrière : sa vocation de retraité, en tant qu'émissaire du crime organisé en Afrique du Sud, avec assez d'argent à la clé pour s'offrir de luxueuses voitures allemandes, une maison somptueuse, des soirées fastueuses et du sexe tarifé.
 Un respect mitigé, parce que Kotko était un malade : il prenait plaisir à voir souffrir les autres. Les traîtres, les

opposants, les suspects n'étaient jamais éliminés au pistolet. Toujours lentement et sadiquement, avec son instrument favori pour trancher et poignarder, la lame plus longue et plus grossière de la baïonnette indonésienne INSAS, conçue pour s'adapter à l'AK-47, qu'il insérait lentement et faisait pivoter dans l'anus de la victime.

Allongé sur son lit, il se dit que ça aurait pu être l'arme utilisée pour tuer Hanneke Sloet. Mais avec un seul coup rapide porté au torse. Ce dernier détail, dans son monde à lui, faisait une grosse différence.

Cette fois, Kotko n'avait pas exécuté son sale boulot lui-même.

Quand l'horizon commença à changer de couleur à l'est, dans le veld à côté de l'ancienne ligne de chemin de fer d'Atlantis, le sniper sortit le VTT du Chana.

La douleur dans sa main était lancinante. Les cachets, destinés au mal de tête, n'aidaient pas beaucoup. La blessure s'était remise à saigner sous le bandage. La longue nuit traumatisante l'avait sérieusement ébranlé. Mais il devait finir le travail.

Il appuya le vélo contre un acacia, revint, ouvrit les bidons d'essence un à un et versa le liquide sur la fourgonnette – moteur, cabine, intérieur. Opération difficile avec la main blessée.

Il balança les bidons à l'arrière. S'éloigna avec la bouteille de combustible, d'où pendait un bout de tissu. Enflamma le tissu et lança la bouteille, comme au *jukskei*, par en dessous, pour une plus grande précision.

Il resta là à regarder les flammes s'épanouir, hésiter un moment avant d'envelopper tout le véhicule avec une sourde explosion.

Il se dirigea d'un pas vif vers le vélo, ajusta le casque, poussa le vélo à travers le sable jusqu'à la piste, l'enfourcha et commença à pédaler furieusement.

Il était déjà sur le bitume de la R304 quand le réservoir du Chana explosa. Il jeta un coup d'œil derrière lui et vit le nuage de flammes et de fumée qui s'élevait au-dessus des arbres.

À 4 h 50, quand Griessel émergea de l'appartement, ils l'attendaient : l'Unité de protection des VIP – quatre policiers aux épaules carrées, en costume noir, chemise blanche et cravate gris sombre.

Il soupira et monta dans une des BMW X5s noires. En guise de boutade, il faillit lancer « Au bureau, James », mais n'en eut tout simplement pas l'énergie.

Sur le trajet, il se prépara pour la réunion de 6 heures. Il allait devoir répartir les tâches. Donner la priorité à l'IMC. Son plus grand espoir était qu'ils dénichent une pépite dans la veine des coups de fil passés par Kotko. S'il avait été assez crétin pour utiliser son numéro usuel afin de négocier un contrat avec un mercenaire.

Puis il vit les placards du journal. : LE PROCHAIN EST UN HAWK, ANNONCE LE SNIPER.

Ce qui le réveilla.

Il avait dû y avoir un autre e-mail.

Nyathi l'attendait et lui tendit les sorties d'imprimante. Il se rendit compte que le colonel n'avait pas dormi.

Il lut le premier.

De : 762a89z012@anonimail.com
Envoyé : Mercredi 2 mars. 23:39
À : b.griessel@dpmo.saps.gov.za
Objet :

Aujourd'hui, je vais te tuer.

Juste ces cinq mots.
La rage prit le pas sur la fatigue et il leva les yeux vers Nyathi, cherchant les mots pour l'exprimer.
– Lis l'autre.

De : 762a89z012@anonimail.com
Envoyé : Mercredi 2 mars. 23:39
À : jannie.erlank@dieburger.com
Cc : j.afrika@saps.gov.za ; b.griessel@dpmo.saps.gov.za
Objet : Pitié

« Vous n'accepterez pas de rançon pour la vie d'un meurtrier passible de mort ; car il doit mourir. » Les Nombres 35,31
« Ton œil sera sans pitié. Tu feras disparaître d'Israël toute effusion de sang innocent, et tu seras heureux. » Deutéronome 19,13
Ils ont accepté des pots-de-vin. Les médias devraient jeter un coup d'œil aux preuves écrites noir sur blanc la Direction des enquêtes criminelles prioritaires est corrompu ils protègent les généraux pour qui ils travaillent. Je dois éliminer ceux qui ont répandu un sang innocent.
C'est la guerre maintenant. Aujourd'hui, je vais tuer un Hawk.
Salomon.

Avant qu'il puisse se réjouir du stress qui devait être responsable des fautes d'orthographe, avant qu'il ait pu dire un mot pour exprimer son mépris, Nyathi lui mit une main sur l'épaule.
– On a sécurisé le bâtiment. Mais je crois que tu devrais rester au bureau aujourd'hui.
Il argumenta vigoureusement, sans résultat. Il implora, fit des propositions, suggéra des solutions.
Nyathi l'écouta jusqu'au bout tandis qu'ils se dirigeaient

vers la grande salle de parade. Puis il secoua simplement la tête.
— Non.
Un vent de rébellion soufflait dans la pièce. On le sentait dans les voix agressives de près de trente enquêteurs, leur rage maîtrisée et sous-jacente envers le sniper, ses e-mails, son attaque contre un collègue. Et le manque d'action de la DPCI.
— Où est Mbali ? lança quelqu'un sur un ton accusateur.
Nyathi eut du mal à les ramener au silence. Il leur donna un aperçu des mesures de sécurité, leur recommanda de se montrer prudents.
Griessel se mit debout. D'abord, ils insistèrent pour qu'il leur raconte en personne la nuit précédente. Son récit provoqua un grondement d'indignation.
— Où est Mbali ? La grande chasseuse de Kia.
— Probablement encore en train de dormir.
Concert d'accusations et de manifestations d'antipathie.
Nyathi, toujours amical et mesuré, se leva, à l'évidence tellement contrarié que le silence se fit, immédiat et écrasant.
— Voilà comment on agit ? Alors qu'on se fait descendre par des fous, par les médias et par les huiles ? Voilà comment on agit ? Alors que notre officier supérieur se bat pour sa carrière à Pretoria ? Vous devriez avoir honte de vous. Pendant que vous dormiez, le capitaine Kaleni travaillait. Toute la nuit. Elle a suivi des pistes que le reste d'entre nous ont manquées. Elle est en train de traquer ce chien qui nous tire dessus et je pense qu'elle pourrait bien mettre la main sur cet enfoiré avant la fin de la journée. Alors fermez-la. Et montrez un peu de respect.
Quand Griessel reprit la parole, ils étaient tout ouïe.

55

La journée de travail commença avec une énergie renouvelée, stimulée par les paroles de Nyathi et le fait qu'une femme leur avait tous fait honte.

La journée de travail commença sous d'excellents auspices, lorsque le poste de police de Melkbosstrand les informa qu'ils avaient retrouvé le Chana calciné.

À 6 h 30, ils leur communiquèrent le numéro du moteur, et Nyathi, Mbali et Griessel restèrent assis à regarder les écrans de l'IMC tandis qu'on recherchait le nom du propriétaire dans le fichier des immatriculations.

Neville Alistair Webb. Cinquante-cinq ans. Langley Road, à Wynberg.

Ils envoyèrent la Force d'intervention le chercher, extrêmement conscients du besoin urgent de faire des progrès.

À 8 h 12, ils poussèrent un Webb court sur pattes, consterné et indigné, dans le bureau de Mbali.

– Je n'ai rien fait, je n'ai rien fait, répétait-il, le visage cramoisi.

Griessel était assis et écoutait. Elle posait les questions.

– Vous possédez un fourgon Chana de 2007, monsieur Webb.

– Et merde. Je le savais.

– S'il vous plaît, évitez de jurer, monsieur Webb. Qu'est-ce que vous saviez ?

– Que c'était un escroc.

– Qui ça ?

– Le gars qui l'a acheté.

– Vous êtes en train de dire que vous avez vendu le Chana ?

– Bien sûr que je l'ai vendu. Comment vous croyez que j'ai payé mes créanciers ? J'ai vendu le fourgon, j'ai vendu le magasin, j'ai vendu le stock, j'ai vendu ma voiture...

– Quand l'avez-vous vendu ?

– Presque trop tard, bon Dieu...

– Quand ?

– Dernière semaine de janvier.

– À qui ?

– Je l'ignore.

– Vous l'ignorez ?

– Absolument. Et vous savez quoi, je m'en fous. Je m'en fous complètement. Parce qu'il m'a payé en liquide, et que j'ai remboursé mes dettes, et ce qu'il a fait de ce foutu fourgon, c'est son problème, pas le mien.

– Vous feriez mieux de commencer à vous en préoccuper. Le véhicule a été utilisé pour tirer sur plusieurs officiers de police, dont un est mort.

– Putain.

– Puis-je vous demander de contrôler votre langage, monsieur ?

– Non, vous ne pouvez pas. Vous enfoncez ma porte comme des barbares, vous m'agressez chez moi comme un criminel, devant ma femme, vous me traînez jusqu'ici et vous essayez de m'accuser d'avoir vendu de façon parfaitement légale un bien que je possède de manière tout aussi légale ? Et ensuite, vous vous attendez à ce que je m'exprime d'une manière civilisée ? Foutaises. Si je pouvais encore me payer un avocat, je l'aurais appelé, et je vous aurais foutu un procès au cul. Alors voilà ce que je vais faire. Je vais vous raconter ce qui est arrivé, et ensuite je me casse d'ici. Et si ça ne vous plaît

pas, vous pouvez me descendre. Parce que j'en ai vraiment plus rien à foutre. Vous m'entendez ? Plus rien à foutre.
– Qu'est-il arrivé ?
– Internet est arrivé, voilà. Amazon et Kindle, et les iPads sont arrivés. Vous savez combien de temps j'ai tenu ma librairie ? Vingt ans. J'ai envoyé deux enfants à l'université. Et après ? E-books. Boom. Récession. Boom. Épargne. Boom. Fini la librairie Webb. Juste un grand merdier financier.
– Que s'est-il passé avec la vente du Chana ?
– J'ai passé des petites annonces dans l'*Argus*, l'*Auto Trader*, sur *Gumtree*. Le marché est inondé, tout le monde a des ennuis. Personne n'en voulait. Personne. Au bout de presque six mois, je suis sur la voie de la faillite, et finalement ce type m'appelle la dernière semaine de janvier, et il me raconte qu'il paie cash, qu'il est à Jo'burg, qu'il est occupé, mais qu'il enverra quelqu'un par avion pour le récupérer, je n'aurai qu'à laisser les clés et les papiers d'immatriculation sous le tapis du siège conducteur et garer la camionnette à l'aéroport. Je trouve ça un peu bizarre, mais le lendemain il m'appelle et me dit de vérifier mon compte. Et l'argent est là. Alors j'ai fait ce qu'il demandait. Et quand il m'a rappelé, je lui ai donné le numéro de la place de parking à l'aéroport, et c'est la dernière fois que j'ai entendu parler de lui.
– Mais le véhicule est toujours à votre nom ?
– Et c'est ma faute ?
– Pouvez-vous prouver que vous avez vendu la camionnette ?
– Comment diable est-ce que je vais pouvoir faire ça ?
– À vous de nous le dire.
– Épluchez mes relevés de banque, pour l'amour de Dieu. Vingt-deux mille, en liquide, la dernière semaine de janvier.
– Vous étiez où la nuit dernière à 23 heures ?
– À la maison. Avec ma femme.
– Juste vous deux ?
– Non. On avait une soirée. Elvis était là. Et Frank Sinatra. Un mec super.

– Juste vous et votre femme.
– Je m'en vais à présent.
– Monsieur, s'il vous plaît, asseyez-vous.
– Je n'ai rien d'autre à dire.
– Monsieur Webb...
– Descendez-moi.
Ce fut le clou de la matinée.

Xandra pa contente. Movez rép ièr. Fache avec toi. Fé gaf.

Il était encore en train d'essayer de déchiffrer le SMS d'Ella – c'était pire que ceux de Fritz – quand son téléphone sonna.
ALEXA.
– Où es-tu, Benny ? (Voix glaciale et tendue.)
– Au travail. Comment vas...
– Ici, au Cap ?
– Oui...
– Je croyais que tu étais à Johannesburg, Benny ?
– J'y étais hier, je...
– Tu n'aurais pas pu me dire que tu étais rentré ?
Il l'avait rappelée. Quand était-ce, la nuit dernière, à un moment donné. Avait-il laissé un message ? Trop de choses étaient arrivées, trop peu de sommeil.
– Je crois que j'ai laissé un message.
– Tu n'as pas dit que tu étais rentré. Quand es-tu arrivé ?
– Hier après-midi. Alexa, je...
– Tu préférais être seul, Benny ?
– Non. On a bossé jusque très tard, je suis désolé, c'était un peu dingue.
– Et aujourd'hui, c'est un peu dingue aussi ? Ou on peut se voir ?
Putain, qu'est-ce qu'il pouvait dire ? Avec les gardes du corps et le fait qu'il était parqué là-dedans.
– Alexa, je veux te voir, le problème c'est juste que...

– Je comprends.

Elle coupa, et il resta planté là, le téléphone à l'oreille et les mots sur le bout de la langue, paralysé par son impuissance. Il appela le numéro d'Ella, parce qu'il voulait au moins comprendre ce que *movez rép* signifiait.

Elle ne répondit pas, mais renvoya un autre SMS : *Xandra fache. A +.*

Il était coincé dans l'immeuble. Avec trop de temps pour gamberger pendant qu'ils attendaient les enregistrements téléphoniques de Kotko et de De Vos, le retour des équipes qui s'étaient rendues à l'hôtel, au centre de vidéosurveillance de la ville, chez Silberstein.

Il réfléchit à son incapacité à entretenir la moindre relation. Avec ses enfants, son ex, Alexa. Était-ce le boulot ou était-ce lui le problème ?

Ça devait être lui, parce qu'il y avait beaucoup de policiers dont les mariages duraient.

Il réfléchit à son incapacité à appréhender l'affaire Sloet. Et comment Mbali Kaleni, tellement plus jeune, avec tellement moins d'expérience, avait réussi à distinguer le bon grain de l'ivraie, entre Kotko, les transactions et le Trust. Il réfléchit aux paroles de Bones Boshigo la veille. « Tu es un vieux renard. » La seule chose vraie là-dedans était le mot « vieux ». Il n'avait jamais fait le moindre rapprochement, il n'avait pas analysé toute l'affaire en détail, comme Mbali l'avait fait. Il était trop occupé à jouer aux durs dans cette cellule avec Kotko, trop focalisé sur sa certitude que c'était le Russe qui avait tué Sloet.

Il avait perdu son doigté, quelque part pendant les mois où il avait servi d'instructeur et de mentor pour Afrika. Et il n'arrivait pas à se débarrasser de cette rouille, c'était en lui, incrusté avec les dégâts laissés par treize ans d'alcoolisme. C'était peut-être pour ça qu'Afrika l'avait recommandé chez les Hawks. Pour pouvoir se débarrasser de Griessel-le-chacal-impuissant.

Avait-il jamais connu pire semaine dans sa vie ?
Putain, il allait devoir se décarcasser. Il allait devoir se réveiller et secouer cette paralysie, peu importe le sommeil qu'il avait en retard.

Mais la journée continua à distribuer son lot de coups.
Les rumeurs selon lesquelles les Hawks faisaient l'objet d'un débat au Parlement furent confirmées. L'opposition parlait de ce « nid de vipères » qu'il fallait nettoyer. Lors d'une émission de radio, un homme lança au téléphone : « Qu'on foute la paix à ce type, qu'on le laisse descendre toute cette bande de ripous, comme ça on pourra repartir de zéro. » Des soi-disant experts de la police utilisèrent les termes « moment décisif », « niveau le plus bas » et « crise » pendant des interviews. Le flot d'appels en provenance des médias commença à inclure des journalistes étrangers, et ce fut l'apothéose quand les reporters et les photographes entreprirent de s'installer à l'extérieur des locaux de la DPCI. Les hommes en tenue de Bellville durent venir pour maintenir l'ordre et régler la circulation.

Le Dr Tiffany October, une femme fragile portant des lunettes, s'assit en compagnie de Griessel et Mbali et leur expliqua méthodiquement le rapport d'autopsie sur le suicide de Frikkie de Vos. Si on prenait en compte les éclaboussures de sang sur l'appui-tête de la Toyota Fortuner, les blessures d'entrée et de sortie exactes du fusil, les résidus de poudre sur les mains de De Vos et au fond de sa gorge, la dimension de l'habitacle du véhicule et l'absence totale de quelque autre hématome, écorchure ou blessure, dit-elle, il ne pouvait y avoir qu'une seule explication : l'homme s'était suicidé.

Plus tard, dans l'après-midi, toutes leurs autres théories s'écroulèrent une à une, comme des dominos.

Ce fut Griessel qui reçut les coups de fil et dut transmettre les nouvelles. De chez Silberstein, de l'hôtel Cullinan et du centre de contrôle de vidéosurveillance de la ville, les équipes revenaient les mains vides. À chaque fois, son cœur se serrait davantage, et l'épuisement désespéré s'infiltrait un peu plus profondément en lui.

Il était là quand la toile d'araignée des coups de fil de De Vos – agrandie et projetée sur le mur de l'IMC – apporta encore plus de désillusions. Quand Mbali, qui dormait pratiquement en marchant, téléphona à la veuve pour avoir une explication et dut s'entendre répondre que « les clients malhonnêtes de Frikkie n'envoyaient que des e-mails, ils avaient trop peur des portables ». Et qu'elle ignorait l'adresse e-mail dont se servait de Vos, elle devait être dans l'ordinateur, quelque part.

Mbali s'assit dans le centre IMC, tête baissée, leur tournant le dos, et Griessel vit ses épaules frissonner sous l'assaut des larmes, mais elle ne leva pas les yeux.

Puis vint le coup fatal.

Il se produisit pendant la période de creux où gagne le sommeil, entre 3 et 4 heures du matin. Les longs couloirs étaient silencieux, les téléphones avaient cessé de sonner et seul Fick s'agitait encore devant son ordinateur, le cliquètement irrégulier de sa souris étant le seul bruit dans la pièce.

Ils entendirent les pas qui approchaient sur le sol carrelé, las et circonspects. Nyathi, toujours si droit et si fier, s'appuya contre le chambranle, le corps fripé comme celui d'un vieil homme, la voix à peine plus audible qu'un murmure :

– Le brigadier vient de sortir du bureau du directeur de la police. Il a appelé pour me dire qu'il passait devant une commission disciplinaire officielle demain matin à 9 heures. Il leur sert de bouc émissaire. Ils veulent le suspendre.

Dans le silence choqué qui suivit, sur un ton plein d'espoir complètement déplacé, Fanie le Foireux lança : « Alors, *ça*, c'est vraiment bizarre... »

56

Fick vit les expressions sur les visages qui se tournaient vers lui, le reproche et le dégoût.
— Non, vraiment, insista-t-il en montrant l'écran du doigt.
— Quoi, Fanie ? demanda son supérieur immédiat, le capitaine Philip van Wyk, avec mauvaise humeur.
— Ce Frikkie de Vos, répondit Fick. On a regardé son téléphone uniquement jusqu'au jour de sa mort. Parce que c'était le dernier où il avait *passé* des coups de fil.
— Et alors ?
— Alors j'ai regardé les appels reçus. Je… il n'y avait rien d'autre à faire…
— Qu'est-ce qu'il y a, Fanie ?
— *Après* sa mort, le 19 janvier, on lui a téléphoné quatre fois du même numéro. Il y a eu deux messages vocaux. Le 20, encore deux appels. Ce qui me paraît si bizarre, c'est qu'ils proviennent du poste de police de Victoria West.
— Victoria West ? demanda Griessel, abasourdi, parce que ça ne collait avec aucun scénario.
— Donne-moi le numéro, dit Mbali, en rapprochant le téléphone sur le bureau.
Il le lui lut. Elle appela.
— Branche le haut-parleur, dit Nyathi.
Elle enfonça le bouton. Ils l'écoutèrent tous sonner.
— SAPS, Victoria West, répondit une voix de femme.
— Ici le capitaine Mbali Kaleni, Direction des enquêtes

criminelles prioritaires, au Cap. Je voudrais parler à votre commandant, s'il vous plaît.
— Ne quittez pas.
Ils étaient tous assis, supportant avec agacement la grêle musique électronique.
— Capitaine Kaptein.
— Pourrais-je parler au responsable du commissariat ? demanda Mbali d'un ton sévère, en croyant à une blague.
— C'est moi.
— Quel est votre nom, capitaine ?
— Leonard Kaptein.
— Ils vont être *obligés* de lui filer une promotion, murmura un des gars de l'IMC.
— Je suis le capitaine Mbali Kaleni, Direction des enquêtes criminelles prioritaires du Cap. J'enquête sur les fusillades contre plusieurs officiers de police la semaine passée...
— Salomon ? demanda le capitaine Kaptein.
— Oui, répondit Mbali. Donc, je n'ai pas à vous expliquer combien c'est urgent.
— *Blikslater*. Mais qu'est-ce qu'on peut faire ? demanda le capitaine avec son accent du Cap-du-Nord si particulier.
— Quelqu'un de chez vous a appelé le téléphone portable d'un certain Frederik « Frikkie » de Vos les 19 et 20 janvier et a laissé des messages vocaux. M. de Vos possédait un cabinet comptable à Edgemead, au Cap, et il est mêlé à cette affaire. Je dois savoir qui a appelé et pourquoi.
— *Blikslater*.
— Je peux vous donner le numéro de De Vos ?
— Oui.
Elle lut le numéro lentement, en articulant avec précaution, comme si elle parlait à un enfant.
— Je peux vous rappeler ?
— Non, capitaine. Je reste en ligne.
Au centre de traitement des données des Hawks à Bellville, tous entendirent le capitaine Leonard Kaptein, cinq

cents kilomètres au nord-est à vol d'oiseau, crier d'une voix forte et excitée : « *Julle !* » Suivi d'un bruit de chaise qu'on renverse et qui tombe par terre avec fracas.

« *Julle !* » entendit-on encore, en plus assourdi. Il devait être sorti de la pièce. « Je veux tout le monde. Tout de suite ! C'est au sujet de Salomon. Appelez tout le monde par radio... » Puis il fut hors de portée du téléphone et seuls les roucoulements paisibles d'une colombe à Victoria West leur parvinrent sur la ligne.

Personne ne dit mot.

Ils attendaient.

Neuf longues minutes. Trop effrayés pour espérer.

Un train passa dans un bruit de ferraille de l'autre côté de Tienie Meyer Street, direction la gare de Bellville.

Ils entendirent des voix et des pas pressés.

– T'es sûr, Wingnut ?

– *Ja*, capitaine.

– Allô ? dit Leonard Kaptein.

– Je suis là, répondit Mbali.

– Je vous passe le sergent Sollie Barends. Raconte ça à la dame, Wingnut.

– Allô, ici le sergent Sollie.

C'était une voix plus jeune, hésitante, comme dépassée par la situation.

– Capitaine Kaleni.

– Capitaine, mon anglais n'est pas très bon.

– Attendez. (Mbali se tourna vers Griessel :) Tu peux lui parler ?

Il acquiesça, rapprocha vite fait sa chaise de la table et dit en afrikaans :

– Sollie, ici le capitaine Benny Griessel. Que savez-vous de ce coup de fil ?

– Eh bien, capitaine, c'est moi qui ai appelé ce de Vos.

– Pourquoi ?

– À cause du petit fusil, capitaine.

– Quel fusil ?
– Le .222, capitaine.

Quelque chose se produisit dans le centre d'informations, intangible et inaudible, comme une subtile décharge électrique.

– Sollie, expliquez-moi ça soigneusement, depuis le début.
– Très bien. (Ils entendirent un bruissement de feuilles.) Tout est là dans le dossier, capitaine, dit Sollie Barends. Ce lundi-là, je veux dire le 17 janvier, Aunty Jacky Delport a téléphoné – je veux dire Mme Jacqueline Johanna Delport, de la ferme Syferfontein, de ce côté de Vosburg – pour déclarer que le petit fusil avait disparu. C'est le .222 de feu son mari. Parce que le dimanche, quand elle a commencé à ranger et à nettoyer, elle a remarqué que le fusil n'était plus là, et elle a juré que c'était le *mannetjie* du cabinet comptable, le *mannetjie* qui venait faire les comptes de la propriété. Alors je suis allé là-bas pour enquêter...

– Sollie, attendez une minute. Où se trouve Vosburg ?
– À une centaine de kilomètres de chez nous. Une petite ville. Mais la ferme n'est qu'à soixante-dix kilomètres.

– Vous savez qui est le *mannetjie* ?
– Il s'appelle Samuel. Du Cap.

– C'est son nom de famille ?
– Non, capitaine, Aunty pense que c'est son prénom.

– Elle pense ?
– Capitaine, Aunty Jacky a quatre-vingt-sept ans, son vieux cerveau n'est plus aussi *lekker*.

– Quand est-ce que ce Samuel est venu chez elle ?
– À la fin novembre, capitaine.

– Et il lui a fallu deux mois pour se rendre compte que le fusil avait disparu ?
– C'est ce que je lui ai demandé aussi, capitaine. Elle a répondu qu'elle n'avait pas l'usage du fusil. Et qu'elle n'avait pas le cœur de nettoyer le bureau d'Oom.

— Pourquoi faisait-elle appel à quelqu'un du Cap pour sa comptabilité ?

— C'est ce qu'Oom Henning lui avait dit de faire. Dans la lettre.

— Quelle lettre ?

— Ça doit être la lettre qu'il a laissée. Avec son testament.

— Que disait-il dans la lettre ?

— Il disait qu'elle pouvait se remarier, mais pas à Willem Potgieter, simplement. Potgieter est leur voisin. Célibataire. Oom Henning et lui s'étaient salement battus...

— Sollie, que disait la lettre à propos de De Vos ?

— Que seul Frikkie de Vos était autorisé à venir faire la comptabilité.

— Et pourquoi ça ?

— Apparemment, de Vos faisait les comptes d'Oom Henning depuis huit ans. La tante a dit que c'était à cause des *klippies* et du jeu.

— Qu'est-ce que vous voulez dire ?

— Oom Henning... Capitaine, tout le monde dans la région savait qu'Oom Henning faisait de la contrebande de diamants. Avant mon époque déjà, je crois que la Brigade de lutte contre le trafic illégal de diamants était venue ici pour essayer de le prendre la main dans le sac, mais il était trop malin. Il montait à Sun City environ deux fois par an, ou descendait vers chez vous, et quand il revenait, il racontait à tout le monde comment il avait gagné. Mais en réalité, c'était l'argent des diamants. La tante a dit qu'Oom Henning avait rencontré de Vos dans un repaire de joueurs, une fois. Et depuis, il devait faire ses comptes, cacher l'argent des diamants à Jan Taks, le percepteur. Tout était envoyé au Cap à la fin de l'année fiscale. Mais quand Oom Henning est mort, elle a décrété qu'elle n'enverrait plus rien, que de Vos n'avait qu'à venir lui-même à la ferme pour faire les comptes, sous ses yeux. Mais alors il a envoyé ce *mannetjie*. Samuel.

— Et Samuel a volé le fusil ?

— Elle a dit que ça ne pouvait être que lui, le reste du temps le bureau d'Oom était fermé à clé. Alors j'ai téléphoné à de Vos, mais il ne répondait jamais. J'ai envoyé des courriers, aussi.

— Vous êtes absolument sûr que cet Oom Henning possédait un .222 ?

— Oui, capitaine. Un Sako, de trois ans. La facture est à la ferme, la licence, tout.

— Sollie, nous pensons que ce Samuel pourrait être le sniper. Salomon.

— *Grote Griet*, capitaine.

— Donc vous devez me dire tout ce que vous savez sur lui.

— Mais en réalité, je ne sais rien, répondit Sollie nerveusement, son anxiété à l'idée de les décevoir presque audible au bout du fil.

57

— Aunty Jacky n'aimait pas le *mannetjie*. Elle disait qu'il était trop maigre, qu'on ne pouvait pas faire confiance à un petit homme aussi maigre. Et qu'il conduisait une voiture brillante.
— Une voiture brillante ?
— C'est tout ce qu'elle a pu me dire, capitaine.
— Est-ce qu'elle vit toute seule à la ferme ?
— Non, capitaine, il y a les ouvriers agricoles aussi. La tante exploite toujours la ferme.
— Combien de temps est resté Samuel ?
— Deux jours, capitaine.
— Où a-t-il dormi ?
— Dans la ferme, capitaine.
— Sollie, merci beaucoup. Vous êtes un bon enquêteur...
— *Jissie*, capitaine...
— Mais maintenant, je dois parler à votre commandant.
— Il est debout à côté de moi, capitaine. Merci, capitaine.
— Allô ? fit le commandant.
— C'est Benny Griessel, Leonard. On a sacrément besoin de votre aide à présent.
— Dites.
— Comment vous vous en sortez avec les empreintes ?
— Ça va.
— La première chose, c'est d'expédier Sollie et votre meilleur technicien en empreintes chez Aunty Jacky. Pour traiter

la pièce où l'homme a dormi. Dites-leur de travailler très soigneusement, dites-leur qu'on veut la moindre empreinte. Et ensuite, ils se dépêchent de revenir et de nous les envoyer.

— Ce sera fait.

— Mais pendant qu'ils sont là-bas, demandez à Sollie d'interroger tout le monde dans la ferme. Absolument tout le monde. Tout ce dont ils peuvent se souvenir sur le bonhomme. Tout. N'importe quoi. Son nom de famille, son apparence, ses vêtements, sa voiture. Et envoyez tous les autres hommes disponibles à Vosburg. Qu'ils fassent du porte-à-porte, tous ceux qui auraient pu voir l'homme. Peut-être qu'il a fait le plein là-bas, ou y a mangé, ou autre chose.

— Ce sera fait.

— Leonard, notre problème, c'est le temps. Vous allez devoir être consciencieux, mais rapides.

— On *peut* être rapides.

Il n'y avait plus qu'à attendre.

La rumeur se répandit dans le bâtiment des Hawks comme une traînée de poudre – il y avait de l'espoir, peut-être une avancée – de sorte que le bureau de l'IMC se retrouva bientôt envahi et que le colonel Nyathi dut demander à tous d'aller attendre, si possible, dans la salle de réunion, en disant qu'il les préviendrait personnellement s'il y avait du nouveau.

Mais Cupido prit ses aises aux côtés de Griessel, comme s'il faisait partie de la maison. Et Bones Boshigo dit : « Colonel, vous aurez peut-être besoin de quelqu'un qui connaisse l'art de la comptabilité », avant de se planter là, appuyé contre le mur.

16 h 30 arriva et passa, sans un mot.

À 17 heures, l'équipe de nuit de l'IMC débarqua. L'équipe de jour ne voulait pas s'en aller. Van Wyk n'avait pas le cœur de les forcer, mais Nyathi s'opposa fermement à ce qu'ils restent.

On a besoin que vous soyez parfaitement reposés demain, on ne sait pas si tout ça va porter ses fruits ou non. Je vous en prie.

Ils lambinèrent, gagnant du temps. Il était 17 h 20 quand le dernier quitta le bureau.

C'était la haine qui le poussait à présent.

Le sniper posa le .222 Sako de feu Oom Henning Delport dans le coffre de l'Audi, le referma précautionneusement de sa main gauche et contourna la voiture jusqu'à la portière conducteur.

Il était vêtu de noir – il lui faudrait peut-être rester debout dans l'obscurité des arbres qui bordaient la ligne de chemin de fer, si ça durait. S'il n'arrivait pas à tirer un coup de feu sans bavure depuis la voiture.

Il monta dans le véhicule métallisé. La douleur à sa main droite était incessante et aiguë, en particulier quand il la baissait. Il avait avalé une pleine poignée de comprimés contre la migraine à 10 heures – il n'osait pas entrer dans une pharmacie avec cette blessure pour demander quelque chose de plus fort. Il ignorait si Griessel savait qu'il avait été touché. Il s'était allongé, entre 11 et 15 heures, avait dormi peut-être quarante minutes, se réveillant souvent, paniqué, baigné de sueur. Assez d'antalgiques. Il devait être en état d'alerte à présent.

Pour se venger.

Il démarra le moteur, appuya sur la télécommande.

La porte du garage coulissa.

Le sergent Sollie Barends, inspecteur du SAPS à Victoria West, était surnommé « Wingnut[1] » à cause de ses oreilles décollées.

---

1. Soit « écrou à ailettes ». *(N.d.T.)*

Mais Jacqueline Johanna Delport, âgée de quatre-vingt-sept ans, l'appelait *seunie*, « mon garçon ». Assise à la grande table de cuisine, elle pelait des figues.

— Non, *seunie*, je vous l'ai dit : il avait mauvais caractère et il était maigre.

— Aunty, la police le recherche là-bas en bas, au Cap. Pour des choses terribles. Je demande à Aunty, s'il vous plaît, de bien réfléchir à ce moment-là.

— Cette vieille tête n'est plus aussi solide, *seunie*.

— Est-ce qu'Aunty peut se rappeler de quelle couleur étaient ses cheveux ?

— Un genre de châtain.

— Châtain foncé ou châtain blond ?

— Oui. Quelque chose comme ça.

— Châtain blond ?

— Quelque chose comme ça.

— Il était grand ou petit ?

— Pas *trop* grand.

— Mais grand.

— Pas trop.

— Plus grand que moi ?

— Levez-vous que je voie... *Ja*. Vous n'êtes pas trop grand non plus.

— Il avait une moustache ou une barbe ?

— Non.

— Il portait des lunettes ?

— Rita, cria-t-elle à une des domestiques vieillissantes, debout devant la cuisinière en train de touiller un gros faitout de confiture de figues. Il portait des lunettes ?

— Non, *mies*, pas que je me souvienne.

— Non, répéta Jacky Delport, il ne portait pas de lunettes.

Le sergent Sollie soupira.

— Aunty, sa voiture...

— Je ne sais pas.

— Aunty a dit qu'elle était brillante...

— *Ja.*
— Comme brillant métallisé ?
— Rita, elle était brillant métallisé ?
— *Ja, mies,* comme brillant-brillant.
— Comme brillant-brillant, répéta Jacky Delport. Une voiture aplatie.
— Une voiture de sport ?
— Non, je ne dirais pas une voiture de sport. Mais, vous voyez, un peu aplatie.
— *Diets,* dit Rita.
— *Diets,* tu dis ? demanda Mme Delport.
— *Ja, mies, Diets.*
— Ça veut dire « allemand » ? demanda le sergent Sollie, plein d'espoir.
— *Ja,* répondit Rita.
— Une BMW ?
— Une BMW, c'est *Diets* ?
— *Ja.*
— Alors, ça aurait pu être une BMW.
— Autre chose, Aunty ? S'il vous plaît.
Elle réfléchit un long moment avant de demander :
— Qu'est-ce que ce *mannetjie* a fait là-bas en bas, au Cap ?
— Il a tiré sur des policiers. Aunty n'a pas vu ça à la télé ? Salomon le sniper…
— Parce que j'ai l'air d'avoir une télé ici ?
— Non, Aunty, je disais ça comme ça…
— Il n'y a pas de signal ici. Oom Henning avait dit qu'il voulait faire installer une antenne parabolique. Six cents rands par mois. Pour qu'on puisse s'asseoir et regarder des gens tout nus en train de jurer. J'ai dit non.
— Je comprends, Aunty.
Elle balança une autre figue pelée dans la grande bassine en émail blanc. Et comme si ça lui venait soudain à l'esprit, elle demanda :
— Tiré sur des policiers ?

— *Ja*, Aunty. Il en a tué un. Blessé beaucoup d'autres aussi.
— Pour quoi faire ?
— On ne sait pas.
— Ce n'est pas bien, *seunie*.
— Je sais, Aunty.
— Ce n'est pas bien. Des policiers. Ils gagnent leur vie comme les autres.
— Oui, Aunty.
— Rita...
— *Ja, mies ?*
— Tu peux laisser la confiture un petit moment ?
— Il faut la *touiller* maintenant, *mies*.
— Aunty... commença Sollie Barends, l'urgence de la situation le poussant à insister.
— Taisez-vous pour l'instant, *seunie*, dit Jacky Delport en se levant péniblement. Rita va sortir un moment et je vais remuer la confiture.
— *Ja, mies.*
— Ferme la porte.
— *Ja, mies.*
— Et que je ne te prenne pas à rester derrière pour écouter.
— Non, *mies*.
Mme Delport s'approcha de la cuisinière et tourna la confiture bouillante.
— Approchez-vous, *seunie*, murmura-t-elle sur un ton de conspiratrice.
Le sergent vint de son côté.
— Levez la main.
— Aunty ?
— Levez la main droite, *seunie*.
Il leva la main droite.
— Et maintenant, répétez après moi : Je jure sur la vie de ma mère...
— Je jure sur la vie de ma mère...
— Que je ne répéterai jamais ce que je vais entendre.

Le signal du téléphone portable allait et venait par intermittence. Ils entendaient le chuintement d'un véhicule et la voix du sergent Sollie Barends dans le haut-parleur.

— La tantine a dit... jurer sur la tête de ma mère... avec Potgieter. Pendant des années... qui c'est...

— Sollie, intervint Griessel sans obtenir de réponse. Sollie, vous m'entendez ?

— ... kan.

— Sollie, stop. Si vous m'entendez, arrêtez-vous où il y a un signal.

Les secondes s'égrenèrent. Juste le chuintement.

— On l'a perdu, dit Mbali, déconfite.

— Capitaine, vous m'entendez à présent ?

— Oui, dit Griessel. On n'arrivait pas à comprendre ce que vous disiez.

— Oh. La tantine a dit... vous êtes encore là ?

— Oui, on vous entend.

— Capitaine, la tantine m'a fait jurer sur la vie de ma mère que je ne le répéterais pas. Mais ma mère comprendra, c'est une question de vie ou de mort.

— Qu'a-t-elle dit, Sollie ?

— Elle a dit qu'Oom Willem Potgieter, de la ferme d'à côté, et elle, ont vécu une histoire d'amour pendant des années, c'est comme ça qu'elle le décrit. Et quand le *mannetjie* était là pour les comptes, cette nuit-là, Oom Pottie est venu vérifier, par jalousie, d'après elle. De peur qu'elle ne le trompe. Avec un homme jeune. Vous êtes encore là ?

— On est là. On écoute.

— Et alors, il a jeté un petit coup d'œil par la fenêtre au *mannetjie* qui était encore assis en train de travailler. Et il lui a dit qu'il connaissait cet homme. Mais elle a cru qu'il racontait des bêtises. Alors il a dit : non, pas personnellement, mais il le connaissait, et c'était un fauteur de troubles.

— Et ?
— Maintenant, je me rends chez Oom.
— Il ne lui a pas dit qui était l'homme ?
— Non, capitaine...
— Ou comment il le connaissait ?
— Non, capitaine, elle lui a répondu qu'il mentait, qu'il était simplement jaloux et qu'elle ne voulait pas écouter ça.

Grognements de frustration dans le bureau de l'IMC.

— Sollie, vous feriez mieux de vous mettre en route alors, lui dit Griessel. Le plus vite possible.

58

Le sniper se gara sous l'arbre, contre la clôture qui longeait la voie de chemin de fer.

Les branches basses retombaient sur l'Audi, un feuillage vert et compact.

Il étudia les environs. Le poste de police n'était qu'à vingt mètres, mais le sentier conduisait les gens à Ford Street. Personne ne le verrait.

Il sortit, fit le tour de la voiture jusqu'au coffre. Jeta un nouveau coup d'œil autour de lui.

Aucun regard, aucune attention sur lui. Il ouvrit le coffre, sortit le seau en plastique, ôta le couvercle avec un bruit sec. Il se pencha, plongea la main dans la boue et en barbouilla la plaque d'immatriculation. Se dirigea vers l'avant et répéta le processus. Remit le seau à sa place. Vérifia une fois de plus qu'il n'y avait personne alentour. Il s'essuya les mains sur le chiffon, attrapa le fusil de la main gauche, referma le coffre. La douleur dans sa main était atroce. Il remonta rapidement en voiture. Cala le canon de l'arme pour le faire tenir sur le plancher côté passager.

Alors seulement il leva les yeux et observa l'entrée du bâtiment.

Un tir sans bavure.

Ce n'était pas le Chana. Ni ce qu'il avait prévu. Le risque était plus important. Mais ça ne prendrait qu'une balle. Et il connaissait par cœur le labyrinthe des rues qui lui permettrait de s'enfuir.

18 heures passées. La pendule au mur de l'IMC faisait entendre son tic-tac.
Les membres de l'équipe étaient assis devant leurs ordinateurs, prêts à agir. Sur les divers écrans, les bases de données attendaient qu'on saisisse les informations : registre national de la population, interface des dossiers du SAPS, système d'immatriculation des véhicules.
Cupido parlait. C'était le seul. Il n'arrêtait pas de répéter que ça serait quelqu'un de chez Silberstein. Dressait la liste des raisons. C'était eux, l'araignée, au centre de cette toile. Ils tissaient le lien entre Kotko et Sloet et Afrika et le sniper. Ils étaient dans les minerais et ce genre de trucs. Il était sûr qu'ils faisaient aussi des affaires là-haut à Vosburg, avec le pétrole dans le Karoo et le reste.
Personne ne l'écoutait.
18 h 15.
Le téléphone restait silencieux.
Griessel se précipita dehors pour se soulager. Il savait que les téléphones allaient se mettre à sonner dès qu'il aurait quitté la pièce.
Quand il revint précipitamment, à 18 h 19, rien ne s'était encore produit.
À 18 h 20, le téléphone sonna dans un silence suffocant.
– *Hayi*, dit Mbali, en sursautant.
Griessel enfonça le bouton.
– Griessel.
– Capitaine, c'est Sollie, capitaine.
Malgré les parasites sur la ligne, ils pouvaient entendre le ton de sa voix, teinté d'excuse, comme s'il était conscient qu'il s'apprêtait à tous les décevoir.
– Qu'est-ce que tu as, Sollie ?

— Capitaine, je ne sais pas si l'Oom est très *lekker* dans sa tête.

— Comment ça, Sollie ?

— Capitaine, il a soixante-seize ans, des lunettes aussi épaisses qu'un fond de bouteille de Coca... Je pense qu'il a mal vu, ça ne peut pas être ça.

— S'il vous plaît, murmura Mbali.

— Qu'est-ce qu'il dit, Sollie ?

— Il dit que c'est ce *ou* qui s'en est sorti dans l'affaire du chev.

— L'affaire du chev ?

— Non, l'affaire du chev. La chef. La femme qui faisait la cuisine.

— La chef ? demanda Cupido tout fort, sans pouvoir se retenir.

— C'est ça. La cheffff, répéta le sergent en se corrigeant à l'excès. C'était quoi son nom déjà ?

— L'affaire Steyn ? demanda Griessel. Estelle Steyn ?

— C'est lui, capitaine. Oom dit que c'était ce *mannetjie*.

L'esprit de Griessel aurait voulu ne pas tenir compte de ce qu'il venait d'entendre, ça n'avait aucun sens.

— Non, mec, fit Cupido, déçu. Ça ne peut pas être ça. Il était consultant. Chez KPMG.

— KPMG sont des experts-comptables, objecta Bones.

— Des comptables, répéta Mbali, la voix chargée d'espoir et d'excitation. Des commissaires aux comptes. C'était quoi son nom ?

— Brecht, répondit Griessel.

— Son prénom ?

— Je cherche vite fait sur Google, dit un membre de l'IMC.

— Il hait la police, ajouta Mbali. Totalement.

— C'était Eric ou un truc du genre, renchérit Cupido, encore sceptique.

– Il déteste… dit Griessel en regardant le poste où Fanie Fick était habituellement assis.

Fick, l'officier qui avait mené l'enquête dans l'affaire Steyn. Fick qui, avec ses yeux de chien policier la queue entre les jambes, était un rappel quotidien des erreurs grossières qui avaient été commises dans cette affaire.

– Erik Brecht, lança celui qui avait cherché sur Google. Erik *Samuel* Brecht.

– Où est Fanie ? demanda Mbali.

– Au Drunken Duck, répondit Griessel.

Là où Fick se rendait tous les après-midi après le boulot. Benny connaissait l'endroit. Dans le passé, il avait fréquemment noyé ses propres regrets là-bas.

Et soudain, l'e-mail du sniper lui revint à l'esprit. *Aujourd'hui, je vais descendre un Hawk.* Et tout se mit en place. « Putain ! » Il bondit sur ses pieds et courut à la porte, puis réalisa qu'il n'avait pas de voiture, il n'avait aucune idée de l'endroit où se trouvait la BMW aux pneus crevés. Il s'arrêta sur place.

– Vaughn, *c'est lui* le Hawk qui va se faire descendre. Amène-toi !

Fick but un autre cognac Coca. Un dernier.

Ils n'avaient même pas dit merci.

C'était lui qui avait vu plus loin, qui avait repris les enregistrements de De Vos à partir du jour de sa mort. Remarqué les coups de fil. Cherché le numéro. *Lui* qui avait pensé à tout ça.

Mais pas de « merci », pas de « bon travail, Fickie », pas de « bien sûr, tu dois rester jusqu'à ce qu'on découvre ce qui se passe ». Non, juste laisse tomber et fous le camp. Va te coucher, on se voit demain.

Parce qu'il était Fanie Fick le Foireux. Personne ne voulait avoir affaire à lui.

Il leur souhaitait de ne rien trouver

Erik Samuel Brecht vérifia sa montre.
Encore quelques minutes.
Le capitaine Fanie Fick, l'homme qu'il haïssait le plus au monde, sortait par *cette* porte à 18 h 30, avec une précision d'horloger. Tous les jours. À moitié saoul. Pour rentrer chez lui.
Il leva le fusil avec sa bonne main.
La douleur lui était indifférente à présent.
Il poussa le canon par la vitre.
Un tir sans bavure.
Soixantes mètres.
Ensuite, tout ça serait fini.
Ensuite, il pourrait continuer cette vie dénuée de sens.

Cupido descendit Voortrekker Street comme une furie, en faisant hurler la sirène et tourner le gyrophare. Dieu merci, la circulation était clairsemée.
— Il m'a manqué exprès ! hurla Griessel.
— Quoi ?
— La nuit dernière. Il m'a manqué exprès. Pour pouvoir envoyer l'e-mail. À moi. Mais il n'a pas mentionné mon nom dans les médias.
— Benny, je ne sais pas de quoi tu parles.
— Il avait un plan, Vaughn. Depuis le début. Il avait un *fokken* plan.
Il sortit son Z88, le garda à la main.

Fick reposa solennellement son verre vide.
C'était l'heure de rentrer à la maison. Retrouver sa femme. Et ses deux filles.

Et la déception dans leurs yeux.

Parce qu'il buvait. Parce qu'il était devenu lamentable. Qu'il avait abandonné.

Elles ne comprendraient jamais. Cet albatros qu'il portait autour du cou. Il ne s'en débarrasserait jamais tant qu'il serait dans la police. Pour le restant de ses jours, il serait celui qui avait foiré l'affaire Steyn. Expédié un innocent en enfer. Personne ne se souvenait de la pression inhumaine que lui avaient fait subir les parents d'Estelle Steyn, la hiérarchie et les médias, personne ne se souvenait du soutien et des encouragements des officiers supérieurs, de l'équipe forensique, du ministère public.

Chope-le, Fanie, chope-le.

Et il l'avait fait.

Il se leva, dit au revoir au barman. Se dirigea vers la porte.

Il était le bouc émissaire, sacrifié sur l'autel du SAPS.

Exactement comme ils voulaient faire avec Manie à présent. C'est pour ça qu'il n'avait perçu aucune sympathie dans le bureau de l'IMC. C'est comme ça que fonctionnait ce misérable système.

Quelqu'un devait se faire descendre en flammes, endosser la responsabilité.

Le canon du Sako .222 dépassait de la fenêtre, prolongé par le réducteur de son fabriqué main, visible. Il avait l'œil collé à la lunette. L'affreuse entrée en fer forgé du Drunken Duck se trouvait dans sa ligne de mire, ainsi que l'enseigne. OUVERT. Billard. Fléchettes. Pub. Grill. Dans le soleil au déclin, le néon blanc semblait encore plus lumineux à l'intérieur.

Erik Brecht entendit les sirènes approcher.

La logique lui souffla que ça ne pouvait pas être pour *lui*.

L'embrasure s'obscurcit.

Le capitaine Fanie Fick. Avec sa démarche raide et guindée, due à la concentration qu'il mettait à dissimuler son état d'ébriété avancé.

Il visa le cœur.

Les sirènes suraiguës et perçantes étaient juste derrière, là où Voortrekker devient Strand Weg.

La détonation n'en passerait que plus inaperçue.

Il expira, pressa la détente, le corps envahi d'une sensation d'immense soulagement. L'arme rua entre ses mains et Fanie Fick s'écroula.

Les pneus crissèrent au coin de la rue.

Griessel vit le corps allongé sur le goudron entre Keast Street et le parking, et poussa un juron. Cupido perçut un mouvement, entrevit quelque chose par-delà Francis Road, entre les arbres, une voiture derrière un feuillage sombre, côté gare. Il franchit précipitamment l'îlot central, le véhicule de police rentra violemment dans le trottoir, rebondit et glissa sur le sable et l'herbe clairsemée. Il cria : « Cet enfoiré est là ! »

Un bruit surréaliste, un téléphone qui sonne. Griessel se rendit compte que c'était le sien. Alexa, il aurait juré que c'était Alexa, comme un timing dément du destin.

L'éclat d'un mouvement plus rapide derrière les arbres, Cupido donna un coup de volant, il fallait lui couper sa retraite. L'arrière de la voiture dérapa sur le sable, les roues patinèrent, puis il se retrouva sur le bitume dans un hurlement de pneus et fonça dans Loumar Road. Il heurta l'Audi, capot contre capot, les airbags se déclenchèrent. Ils furent précipités en avant contre les ceintures de sécurité, la collision se répercutant dans leurs oreilles, bruit de métal qui se déchire, de verre qui se brise.

Le téléphone de Griessel se remit à sonner. Il essaya de sortir, mais l'airbag le comprimait trop fortement. Il avait le souffle coupé, ne voyait plus rien. Ce salaud allait se barrer, il devait sortir de là. Il leva son Z88, tira dans l'airbag, trouva la poignée à tâtons, ouvrit la portière d'un coup violent, bondit à l'extérieur. L'Audi était juste à côté de lui. Il vit Brecht encore au volant, le visage lugubre. La main droite, enveloppée d'un bandage blanc, cherchait quelque chose.

Le téléphone continuait de sonner.

Griessel pointa son pistolet.

– Ramasse le fusil ! hurla-t-il, parce qu'il voulait descendre cet enfoiré. Ramasse le fusil !

Brecht était cloué sur place.

Cupido était sorti, il fit le tour de la voiture en courant.

– Appelle une ambulance par radio, cria Griessel. Et va aider Fanie !

Le téléphone s'était tu.

Un train passa dans un grondement, paisible.

59

La nouvelle de la mort de Fanie Fick rendit l'interrogatoire encore plus implacable.

Mbali parlait, et Griessel, assis, observait Brecht. Les yeux froids et sans émotion, le silence renfrogné, la distance disant qu'il n'avait que mépris pour eux. Et cette réserve, comme s'il portait encore des secrets en lui, même maintenant, ici, coupable sans le moindre doute. Griessel comprenait que Fanie Fick ait été tellement sûr de son affaire à l'époque.

Mbali exposa d'une voix impitoyable les preuves qui pesaient contre lui. Ils savaient qu'il avait dérobé le fusil dans une ferme près de Vosburg. Ils savaient qu'il avait acheté le Chana. Ils allaient examiner son ordinateur, ils allaient le relier à tout. Ils prouveraient que toute cette histoire, depuis le moment où il avait envoyé le premier e-mail à John Afrika, faisait partie d'une stratégie destinée à éviter que l'enquête ne se focalise sur le meurtre du capitaine Fanie Fick. Ses citations de la Bible et sa rhétorique de droite étaient délibérément trompeuses, faisaient partie de son grand mensonge. Ils savaient à présent pourquoi il avait joué ce jeu avec la police et la presse, pourquoi il avait pris tant de soin à relayer l'information au sujet du « communiste ». Parce qu'il ignorait si la veuve de De Vos était au courant de ses contrats et de ceux de son mari. Tout était clair à présent.

— Je vais faire de mon mieux pour vous tenir à l'écart

de la société le plus longtemps possible, dit-elle, parce que vous avez tué de sang-froid et avec préméditation.
Pas même l'ombre d'une réaction.
– Maintenant, nous savons que le capitaine Fanie Fick avait raison. Vous avez aussi tué Estelle Steyn, continua-t-elle, sur les conseils de la psychocriminologue, le capitaine Isle Brody, qui lui avait suggéré de dire ça, une demi-heure avant, au téléphone.
Et elle avait raison.
Brecht se redressa, et la haine inonda son visage.
– Non ! cria-t-il. Non. Le meurtrier d'Estelle est quelque part dehors et qu'est-ce que vous faites ? Quoi ? Vous prenez l'argent et vous regardez ailleurs. Vous brisez les gens. Vous détruisez des vies, *voilà* ce que vous faites. (Et à la surprise de Griessel, ses yeux se remplirent de larmes autant que de fureur.) Fick a détruit ma vie. Il m'a pris mon avenir, il l'a volé. C'est *lui* qui m'a tué.
– Comment pouvez-vous dire ça ?
– Comment je peux dire ça ? La cour m'a reconnu non coupable. Mais le monde ne fonctionne pas comme ça. Je rentre dans le bureau, et je vois comment on me regarde. Je marche dans la rue, je m'assieds dans un restaurant, je téléphone à une fille, je regarde dans les yeux de la mère d'Estelle, et je vois que je suis coupable. Vous croyez que j'ai peur d'aller en prison ? Je suis déjà en prison. J'ai déjà tout perdu. J'ai dû m'éloigner de tout. Je reste chez moi. Je travaille pour des rebuts comme de Vos. Personne ne veut entendre parler de moi. *La voilà*, ma prison. Et Fanie Fick ? Vous l'avez promu, chez les Hawks. *La voilà*, la justice. *Voilà* comment votre système fonctionne.
Les menottes cliquetaient tandis qu'il agitait les mains.
– Je suis heureux de l'avoir tué. Je suis heureux qu'il soit mort. La prochaine fois que vous accuserez un innocent, vous y penserez à deux fois.
Griessel vit la brèche.

— Mais c'est ce que vous avez fait, dit-il. Vous avez accusé Makar Kotko. Vous l'avez reconnu coupable de meurtre, et ça n'était pas lui.

— Vous savez que c'était lui. Vous aussi vous avez touché de l'argent, quand vous bossiez avec Afrika ?

— Je peux appeler un journaliste ? Pour que vous lui donniez vos preuves ?

— Vous ne feriez pas ça.

— Je le ferais. Mais vous, vous ne pouvez pas. Parce que vous n'avez pas de preuves.

— J'en ai, répondit-il, presque désespéré. Hanneke Sloet est venue me voir. Elle savait comment il torturait les gens. Elle savait pour le Trust. Je lui ai montré les pots-de-vin, aux politiciens, à la police. Des pots-de-vin que je devais camoufler. Elle a dit que ce qui m'était arrivé était une honte. Que quelqu'un devrait parler de Kotko aux médias, pour qu'un coupable soit arrêté pour une fois. Il l'a tuée parce qu'il ne voulait pas que ça se sache.

— Quelqu'un *devrait* en parler aux médias ? Vous pensez qu'elle l'aurait fait ? Alors que sa boîte était en passe de gagner quinze millions avec ce contrat ?

— Il l'a tuée.

— Quelle est votre preuve ?

— Ça suffit comme preuve.

— Vous lui aviez donné les originaux des comptes du Trust ?

— Non.

— Est-ce que vous lui aviez dit que, si elle allait trouver les médias, vous mettriez les comptes à sa disposition ?

— Non.

— Avez-vous vu des preuves de sommes que Kotko aurait pu verser à un tueur professionnel ?

— Non.

— Vous avez fait une erreur, Samuel. Dites-moi, pourquoi avez-vous donné votre deuxième prénom à la vieille femme de la ferme ? Saviez-vous qu'il y avait des armes sur la propriété ?

Pas de réaction.

— Où est votre preuve ? Parce que Kotko a un alibi. Ses deux hommes de main ont un alibi. Où est votre preuve ?

Pas de réponse.

Griessel se rendit dans la salle de réunion. Son équipe JOC attendait les nouvelles.

Ils étaient assis et parlaient à voix basse. La mort de Fanie Fick avait jeté un voile sur toute l'équipe. Ils se turent quand il entra, le regardèrent avec espoir.

— Rien, annonça-t-il. Sloet est bien allée le voir, elle a bien vu les comptes du Trust. Elle a dit que les médias *devraient* être mis au courant. Donc il a cru qu'il s'agissait de Kotko.

— *Bliksem*, dit quelqu'un.

— Demain, on reprend à zéro, dit Griessel.

Tout ce qu'il avait en tête pour l'instant, c'était son lit. Et la douce béatitude du sommeil.

Ils se levèrent comme un seul homme.

— C'est vrai que tu as tiré dans l'airbag ? demanda l'un d'eux.

Il acquiesça.

— J'avais peur qu'il s'enfuie.

Ils sourirent en secouant la tête.

— Pendant que son portable n'arrêtait pas de sonner, continua Cupido. Benna, je dois savoir, qui appelait ?

Il avait oublié le coup de fil.

— Je ne sais pas.

Ses collègues se fendirent d'un grand sourire. Il sortit son téléphone, vit le SMS annonçant qu'il y avait un message vocal. Il rappela.

C'était Nxesi, l'inspecteur de Green Point.

– Capitaine, je suis désolé de vous déranger, je sais que vous êtes occupé. Mais les gens du téléphone sans fil n'arrêtent pas d'appeler – ils veulent pouvoir entrer dans le bâtiment. Pas la peine de vous précipiter, merci beaucoup.
– C'était Tommy Nxesi, dit-il.
– Sans blague, dit Cupido. Qu'est-ce qu'il voulait ?
– Des gens veulent entrer dans l'appartement de Sloet pour tester le signal Wi-Fi.
– Oh.
Ils s'engagèrent dans le couloir. Et Cupido s'arrêta.
– Pour tester le signal Wi-Fi ?
– C'est ça.
– Il ne marchait plus ?
Griessel essaya de se souvenir.
– Je crois qu'ils sont en train de l'installer.
– Pas possible, dit Cupido.
– Je suppose qu'il pourrait être en panne.
– Depuis combien de temps ?
– Pourquoi tu veux savoir ?
– Parce que... On peut rappeler Tommy Nxesi ?
Il perçut l'intérêt soudain de Cupido.
– OK, dit-il en soupirant et il tapa le numéro.
– D'après Tommy, dit-il quand il eut fini, la Wi-Fi n'a été installée qu'à la fin janvier. Ils doivent la tester dans chaque appartement à présent.
– C'est bizarre.
– Qu'est-ce qu'il y a, Vaughn ?
– Laisse-moi vérifier les photos d'abord.
– Quelles photos ?
– La scène de crime, celles de sa chambre.
– Elles sont dans mon bureau.
Ils rebroussèrent chemin ensemble. Cupido, main sur la nuque et tête baissée, tel le *Penseur* de Rodin en train de marcher. Griessel le suivit à contrecœur, à peine capable

de garder les yeux ouverts. L'interrogatoire de Brecht lui avait sapé son restant d'énergie.

Ils ouvrirent l'épais dossier, en sortirent les photos. Cupido les disposa sur le bureau.

— Regarde ça, dit-il en montrant un des clichés du doigt.

On y voyait le bureau dans la chambre de Sloet. Son ordinateur, quelques dossiers, un stylo-plume, un verre de vin rouge, presque vide, un iPhone. Tout près se trouvaient le fauteuil marron à haut dossier et le lampadaire marron, allumé.

Il ne comprenait pas.

— Qu'est-ce que je dois regarder, Cupido ?

— Elle a envoyé l'e-mail à ce gros intermédiaire juste avant 22 heures ?

— C'est exact. À van Eeden.

— Mais comment, Benna ? Pas de dongle pour cellulaire, pas de Wi-Fi. Et il s'agit d'un vieil iPhone, de toute façon ils ne peuvent pas choper Internet avec la Wi-Fi.

Il n'avait pas la plus petite idée de ce que racontait son collègue, comme Cupido s'en aperçut.

— Putain, Benna, il n'y avait pas de connexion. Comment elle aurait pu envoyer l'e-mail ?

— Tu es en train de dire que van Eeden a menti ?

— Non, le rapport du Zézayeur le confirme. L'e-mail a été envoyé.

— Je n'y comprends rien, Vaughn.

— Benna, je pense que ce portable possède un modem 3G intégré.

— Ce qui veut dire ?

— C'est comme un téléphone portable avec modem intégré, mais il se connecte à Internet sur le réseau cellulaire. Quand on enlève la carte SIM, qu'on la met dans un téléphone et qu'on paie, on peut aussi passer des coups de fil.

— Ah, fit Griessel, qui commençait à comprendre.

— Elle aurait pu passer des appels dont nous ignorons tout.

Ou en avoir reçu, de M. le salopard Kotko. Le Zézayeur n'a pas vu l'astuce, un petit métis malin, ce frangin, mais personne n'est parfait. Laisse-moi passer un coup de fil.

Il était plus de 23 heures quand le Zézayeur rappela. Il expliqua que, naturellement, le Dell Latitude D630 de Sloet possédait une carte réseau 3G intégrée, HSPA 3,66 GHz Tribande. Mais, à la base, Tommy Nxesi lui avait juste demandé de vérifier les e-mails envoyés, les sites web visités, les documents créés, ainsi que tous les éléments susmentionnés qui auraient pu être effacés. Et c'est ce qu'il avait fait. Il avait supposé que l'enquêteur savait pour la carte, et « ça n'est pas mon boulot de faire de la formation sur le tas ».

Pouvait-il regarder s'il existait un historique d'appels sur la carte ?

Oui, il pouvait, mais il n'y avait rien. Quelqu'un avait pu l'effacer.

Pouvait-il voir quel était le numéro de la carte SIM ?

Bien sûr qu'il pouvait. Et il leur donna le numéro, qu'ils transmirent comme il se doit à l'équipe de nuit de l'IMC, pour qu'ils mettent en route leur procédure bien huilée afin d'obtenir une citation à comparaître. Et implorent ensuite leur contact chez Vodacom de leur donner un accès rapide et urgent aux registres des appels, cette toute dernière fois.

Ce qui n'arriva qu'à 0 h 20, alors que l'épuisement avait pris le pas sur l'attente et que Griessel dormait, la tête sur les bras.

Cupido le réveilla.

— Pas d'appels, mais tout un tas de SMS à un numéro en particulier, dit-il. Constamment, depuis des mois. Et aussi la nuit du meurtre.

— Et merde, lâcha Griessel, en se frottant les yeux pour essayer de chasser le sommeil.

Ils restèrent assis à regarder l'opérateur tenter de trouver une correspondance entre le numéro et tous les suspects qu'ils avaient dans le système. Sans y parvenir.

— Et si on jetait un coup d'œil à la base de données de la RICA, proposa l'analyste, parce qu'elle devait contenir toutes les coordonnées des propriétaires de cartes SIM.

Sept minutes d'attente. Le nom et l'adresse apparurent sur l'écran.

— Tu crois ce que je vois ? demanda Cupido.

Griessel n'en croyait pas ses yeux. Ça n'avait aucun sens.

60

Ils s'arrêtèrent devant les imposantes grilles en fer forgé dans Hohenhort Avenue, Constantia.

Cupido, assis sur le siège passager, donna un coup de coude à Griessel.

— Benna, tu es réveillé ?
— Je le suis. Mais pas complètement.
— C'est ici ?
— Oui.

Cupido enfonça plusieurs fois de suite le bouton de l'interphone, avec un « Hello ? Hello ? » à chaque coup.

Il fallut presque dix minutes pour obtenir une réponse. La voix d'Henry van Eeden, endormie et irritée.

— Que se passe-t-il ?
— C'est le SAPS. Ouvrez.
— Vous devez me montrer votre badge.

Griessel se pencha par-dessus lui pour que la caméra puisse le voir.

— Monsieur van Eeden, c'est Benny Griessel, je suis venu vous rendre visite l'autre jour.
— Il est 1 heure et demie du matin.
— Nous en sommes conscients.

Une hésitation. Puis, « Entrez ».

La barrière coulissa. Cupido entra. Il poussa un sifflement quand la vue nocturne de la propriété s'offrit à leurs yeux.

— Ils sont riches à quel point ?

– Très.

Les lumières extérieures de la maison s'allumèrent au moment où ils arrivaient. Le parking dallé était vide, la Lamborghini probablement rangée bien au chaud dans le garage.

Ils sortirent, Griessel devant. Il suivit l'allée, grimpa les marches.

Les petits sommes qu'il avait faits dans le bureau et la voiture n'avaient réussi qu'à le rendre encore plus léthargique. Il secoua la tête, comme pour se remettre les idées en place.

Van Eeden ouvrit la porte. Il était vêtu d'un peignoir blanc brodé d'un motif de dragon oriental couleur lie-de-vin. Pieds nus.

– Capitaine, que se passe-t-il ?
– Pouvons-nous parler, monsieur ?
– Naturellement.
– Voici le capitaine Vaughn Cupido.

Van Eeden tendit la main. Cupido l'ignora. L'homme fronça les sourcils, les précéda jusqu'à un salon, alluma. Moderne et de bon goût.

– Je vous en prie, asseyez-vous. Puis-je vous offrir un café ?
– Non, merci, monsieur.

Van Eeden s'assit, penché en avant, les coudes sur les genoux.

– Je suppose que ça n'aurait pas pu attendre jusqu'à demain matin.
– Monsieur, je vous le demande à nouveau, où étiez-vous le soir du 18 janvier ? commença Griessel.
– Je vous ai dit que j'étais à Somerset West. J'y donnais une conférence. Devant trois cents personnes. N'avez-vous pas interrogé les gens du congrès ?

Il ne l'avait pas fait. C'était une des choses qui lui avaient échappé, dans le tourbillon de l'enquête. Griessel sortit son calepin, le feuilleta jusqu'à ce qu'il trouve le numéro de la carte SIM.

– Est-ce que ce numéro vous semble familier ?

Il le lut à van Eeden. Ce dernier prit son temps pour réfléchir.

– Non, dit-il, en secouant innocemment la tête de droite à gauche.

Le couloir s'illumina et quelqu'un s'encadra dans l'embrasure de la porte. Griessel reconnut l'épouse de van Eeden, la ravissante femme pleine de sérénité qui lui faisait penser à Alexa. Il n'arrivait pas à retrouver son nom.

– Que se passe-t-il ? demanda-t-elle.

– Voici le capitaine Griessel, Annemarie. Je ne sais pas ce qui se passe au juste.

Elle regarda Griessel.

– Bonsoir, madame.

– Bonsoir. Je fais du café ?

– S'il te plaît, répondit van Eeden.

Elle hésita un moment. Puis elle tourna les talons et sortit.

– C'est un numéro de téléphone portable enregistré à votre nom, dit Griessel.

– À mon nom ?

– Dans la base de données de la RICA, ajouta Cupido d'un ton agressif, en cherchant la bagarre à présent. Ce qui signifie que vous avez présenté votre pièce d'identité. En personne.

– Capitaine, vous avez mon numéro de portable. Vous savez que ce n'est pas le mien.

– Alors pourquoi est-il enregistré sous votre nom ?

– Je l'ignore. Ça doit être une erreur.

– Vous n'avez qu'un téléphone ? demanda Cupido.

– Juste ce téléphone portable. Et quelques fixes.

– Vous avez un modem cellulaire ? Pour votre ordinateur ? continua Cupido.

– Oui.

– Quel est le numéro ?

– Je ne sais pas. Ils ont des numéros ?

— Ils en ont. Vous pouvez aller chercher le modem et votre ordinateur ?
— Juste une minute.
Il se leva et sortit.
Cupido observa les œuvres d'art sur le mur.
— Et on appelle ça de l'art, lança-t-il. Mon cousin de six ans ferait mieux.
Griessel regarda. Abstrait. Vaguement familier. Il se leva, s'approcha du tableau.
Dans le coin à droite, tracé à coups de pinceau alignés, se trouvait le nom de l'artiste. *Aalbers*.
Van Eeden revint en tenant le portable avec précaution. Le modem noir, avec son logo jaune MTN, dépassait sur le côté.
— Allumez-le, dit Cupido.
Van Eeden posa l'ordinateur sur la table basse, enfonça un bouton.
— J'ignorais qu'ils possédaient des numéros, dit-il.
— Ben voyons, rétorqua Cupido d'un ton sarcastique.
Ils attendirent dans un silence pesant que l'ordinateur démarre.
— Ouvrez l'application du modem, dit Cupido.
Van Eeden fit glisser son doigt sur le carré tactile et tapa.
— Maintenant, lisez ce numéro à haute voix.
Van Eeden commença à lire puis leva les yeux vers Griessel.
— Je n'avais pas réalisé…
— Lisez le numéro en entier, s'il vous plaît.
L'homme s'exécuta.
— Vous reconnaissez qu'il s'agit du même numéro que celui que nous vous avons lu.
— Oui. Mais je ne savais vraiment pas…
— Monsieur, s'agit-il de votre ordinateur ? demanda Griessel.
— Oui…
— Que vous êtes le seul à utiliser ?

— Oui.
— Où se trouvait l'ordinateur le soir du 18 janvier ?
— Avec moi.
— À Somerset West ?
— C'est exact. Mes notes pour le discours se trouvent dedans.
— Et le modem ? renchérit Cupido.
— Le modem était là-bas aussi. Je le mets toujours dans la mallette avec l'ordinateur.
— Donc l'ordinateur, le modem et vous étiez à Somerset West ?
— C'est exact.
— À partir de quelle heure ?
— Je ne me rappelle pas précisément…
— Plus ou moins ?
— Eh bien, le dîner commençait à 19 heures. Je devais me trouver à l'hôtel juste avant.
— Et ensuite ?
— Ensuite, j'ai dîné avec le président du congrès.
— Et ensuite ?
— Ensuite, j'ai fait ma présentation, à 21 heures. Jusqu'à 22 heures. Mais il y avait beaucoup de questions, je ne suis parti qu'à 22 h 30.
— Et l'ordinateur et le modem ne vous ont pas quitté ?
— Non.
— Vous en êtes absolument sûr ?
— Oui. Absolument.
Cupido se mit à rire, un rire de délectation.
— Pour de vrai ?
— Oui.
— Donc, cette même nuit, ce modem, tout seul, comme par magie, sorti de la mallette, a envoyé quarante-sept SMS à Hanneke Sloet. Entre 18 h 21 et 21 h 19.
— Comment diable ?
— Peut-être pas le diable. Peut-être une intervention divine.

Cupido était à fond les manettes à présent. Griessel aurait dû se douter que son collègue allait prendre un malin plaisir à interroger un Blanc plein aux as qui mentait comme un arracheur de dents.

— Parce que le mystère ne cesse de s'épaissir, continua Cupido. Au cours des trois derniers mois, cet innocent petit modem a envoyé une moyenne de dix-sept messages par jour à Hanneke Sloet. Et la nuit du meurtre, voilà que ces messages n'ont pas été seulement envoyés, mais ils ont aussi été enregistrés par l'antenne relais ici, près de votre maison. À Constantia. Comment expliquez-vous ça ?

61

Henry van Eeden ne pouvait l'expliquer.

– Quelqu'un doit avoir dupliqué le numéro ou… comment appelez-vous cela quand ils prennent le contrôle ?

– Piraté ? demanda Cupido.

– C'est ça. C'est ce qui a dû arriver.

– Attendez, que je comprenne bien : vous dites que jamais de votre vie vous n'avez envoyé de SMS à Sloet avec ce numéro de carte SIM ? demanda Cupido.

– Capitaine, c'est une affirmation quelque peu schématique. Mlle Sloet et moi communiquions souvent, de différentes façons…

À présent c'était « Mlle Sloet », remarqua Griessel. Quand Bones et lui étaient là, van Eeden avait parlé d'« Hanneke ».

– Donc, vous lui avez bien envoyé des SMS avec votre petit portable en fin de compte ? insista Cupido.

– J'ai pu le faire…

– Pu le faire. Jusqu'à dix-sept par jour. Mais pas ce soir-là ?

– Certainement pas ce soir-là.

– Quelqu'un a piraté votre carte ?

– Oui.

– Pendant que votre ordinateur était éteint ? Dans sa mallette ? À Somerset West ?

– C'est exact.

– Ce mystérieux pirate se donne tout ce mal pour avoir

une conversation SMS avec une personne que vous connaissez personnellement ?
— On dirait.
— Et elle aime tellement ça qu'elle répond au pirate en lui envoyant plein de SMS ?
— Je n'en ai aucune idée.
— C'est votre version, et vous vous y tenez ?
— Capitaine, vous pouvez croire ce que vous voulez.
Annemarie van Eeden entra à ce moment-là avec un plateau.
— Henry, que se passe-t-il ? demanda-t-elle.
— C'est un malentendu, répondit son mari, mal à l'aise, en se levant pour prendre le plateau.
— Quel genre de malentendu ?
— S'il te plaît, laisse-moi régler ça.
Elle regarda van Eeden. Griessel saisit son expression, fugace, comme si, pendant une seconde, elle avait entraperçu un avenir sans la tranquillité d'esprit que cette richesse, cette immense propriété, cette magnifique maison lui conféraient. C'est le problème quand on a de l'argent, on a constamment peur que ça s'arrête.
Puis elle effleura la joue de son mari du bout des doigts, un geste tendre, plein d'amour.
— Je suis sûre que tu vas le faire, dit-elle avant de quitter la pièce avec sa grâce habituelle.
Van Eeden posa le plateau sur la table basse.
— Servez-vous, dit-il.
Benny en avait besoin. Il remplit les trois tasses.
Cupido sortit gravement son téléphone, le HTC Desire HD dont il était si fier, et le posa sur la table.
— Vous voyez ce téléphone ?
Van Eeden ne voulait pas répondre.
— Oui…
— S'il sonne, alors vous êtes coincé.
— Capitaine, j'ai été patient jusqu'ici…

– Et nous, humbles policiers, vous en sommes dûment reconnaissants, Monseigneur…
– Je me dois de protester. Vous déformez mes propos.
– Peu importe. Ça ne servira à rien. Vous allez faire de la taule. Et laissez-moi vous expliquer pourquoi. Si nous, les Hawks, on veut accéder à des enregistrements de téléphones portables, alors on doit demander une citation à comparaître, section 205, en accord avec l'article 205 du Code de procédure pénale. Ça n'est pas trop dur, le tribunal dit que c'est une atteinte à la vie privée relativement bénigne. Il nous suffit de vous relier à l'affaire. Ensuite, on peut voir à qui vous avez passé des coups de fil ou envoyé des textos. Mais pour voir *ce* que vous avez écrit, *daiis 'n anderstorie*. Grosse atteinte à la vie privée. Même article 205, mais le juge voit ça un peu différemment. Là, on doit *withaal en wys*, démontrer que vous êtes un vrai suspect. Vous me suivez ?

Il n'obtient qu'un vague hochement de tête.

– On n'est pas venus jusqu'à vos grilles magnifiques pour une petite conversation mondaine. On est les Hawks, *pappie*. On sait ce qu'on fait. Le capitaine Benna, en vieux vétéran roublard qu'il est, s'est souvenu que vous lui aviez dit avoir peur qu'Hanneke Sloet vous pique votre boulot…

Van Eeden grimaça en signe de protestation, mais Cupido le fit taire d'un geste de la main.

– Le capitaine Benna pense aussi que vous êtes la cheville ouvrière, l'homme fort, le patron de la négociation, le Big Mac du monde de la BEE, celui qui risque de récolter le plus si ça passe, mais aussi de perdre le plus si les choses tournent mal. Si les médias apprennent l'implication de la Mafia russe, la fraude aux pensions de retraite et tous ces trucs pas jolis jolis. Mais à mon avis, ce qui va faire basculer le juge, le facteur décisif, comme ils disent dans les classiques, c'est le fait que vous avez délibérément, sciemment et volontairement caché des informations en rapport avec une enquête pour meurtre. C'est ça qui va vous faire tomber.

Van Eeden secoua lentement la tête, avec une indignation vertueuse.

– Je sais ce que vous pensez, continua Cupido, toujours avec un plaisir évident. Vous vous dites : mais j'ai effacé tous ces SMS. Vous croyez que, si vous les enlevez de votre ordinateur, alors ils ont disparu. Gone, baby, gone. Grosse erreur, *pappie*. Grosse erreur. Laissez-moi vous enseigner quelques petites choses sur l'industrie du cellulaire. Ils ont des serveurs. Chaque SMS que vous envoyez est enregistré sur ces serveurs. Heure, date, expéditeur, destinataire. Ainsi que le SMS lui-même. Son *contenu*. Le véritable texte. Tout entier, là. Sur ce serveur. Pendant un an, *pappie*. Les *outjies* là-bas à l'IMC, le Centre de traitement des données, c'est l'équipe de génie des Hawks, notre avantage concurrentiel, vous devez comprendre ça en tant qu'homme d'affaires, *nè*, ces *outjies*, ils me disent que c'est parce que les SMS prennent tellement peu de place sur le serveur, juste quelques octets, qu'ils peuvent les garder longtemps. Ça, vous ne le saviez pas, hein ?

Van Eeden était impassible, seule sa pâleur le trahissait.

– Bref, si mon smartphone HTC Desire HD, fonctionnant avec Google Android 2.2 Froyo, et alimenté par le géant du cellulaire Vodacom, si ce téléphone sonne, ça veut dire que le juge aura accepté qu'on ait accès à ces serveurs. Que l'éclat de la vérité et de la justice brille sur les messages de l'homme riche. Et alors, *pappie*, il vous faudra plus qu'une intervention divine. Disons, peut-être, un très bon avocat.

Van Eeden regardait fixement le téléphone.

– Oh, et j'ai oublié de dire, en plus de l'article 205, on a aussi demandé un mandat de perquisition. Donc les choses vont bientôt être un peu agitées par ici.

Le regard de van Eeden papillonna du téléphone à Griessel.

– Vous voulez quelque chose, monsieur ? demanda celui-ci.

Van Eeden se mordit la lèvre inférieure.

Le téléphone de Cupido se mit à sonner, suraigu et perçant.

Le corps entier de van Eeden fut parcouru de frissons. D'un geste ample, Cupido ramassa le HTC, balaya l'écran d'un doigt et le porta à son oreille.

– Ici le capitaine, répondit-il.

– Monsieur van Eeden, lui dit Griessel d'un ton encourageant.

Le millionnaire bondit soudain sur ses pieds.

– J'avais une liaison avec Hanneke, dit-il.

– Retenez vos montures, lança Cupido au téléphone. L'homme riche se met à table.

62

Il marchait tout en parlant, arpentant la pièce spacieuse de long en large. Les mots sortaient péniblement, comme s'il avait oublié où il les avait cachés. Ils étaient entrecoupés de silences quand il regardait dans la direction où sa femme avait disparu.

Ça avait démarré en décembre 2009, une semaine seulement après qu'Hanneke Sloet et lui s'étaient rencontrés pour la première fois lors d'une réunion de travail. C'était « inévitable », dit-il, une « tornade », ils étaient « des âmes sœurs ». Et, après une longue pause, ajouta-t-il, « ce fut une immense attraction physique qui les avait stupéfiés ».

Après la première fois, continua-t-il, dans une chambre qu'il avait réservée à la dernière minute au Cape Grace, ils s'étaient rencontrés dans des hôtels, à Johannesburg, au Cap. Quelques fois dans son appartement de Stellenbosch, mais ils étaient tendus, ayant toujours peur que son ami, Roch, ne débarque. Ils étaient prudents. Discrets. Il laissait souvent son téléphone chez lui, il avait trop peur de s'en servir pour envoyer des SMS, certain qu'un jour il oublierait d'effacer quelque chose. Hanneke confiait souvent le sien à son assistante personnelle quand elle était en réunion chez Silberstein. Voilà pourquoi ils s'étaient mis d'accord pour envoyer des SMS par ordinateur.

Un an plus tôt, en février 2010, elle avait décidé de mettre un terme à sa relation avec Roch. Van Eeden y était opposé, parce qu'en dépit de l'intensité de leur relation il n'avait aucun projet à long terme avec elle. Mais elle était honnête. Elle le voulait. Elle insistait pour passer plus de temps avec lui, le fait qu'ils ne puissent jamais se montrer en public ensemble la rendait malheureuse, elle faisait de plus en plus pression sur lui pour qu'il demande le divorce. Il avait cru qu'il pourrait gérer la situation, qu'elle finirait pas se consumer d'elle-même, par s'apaiser. Jusqu'à ce que Sloet se fasse opérer des seins. Tout ça parce qu'une après-midi, après une « séance », il avait confessé aimer les gros seins. C'est là qu'il avait compris qu'elle était plus déterminée qu'il ne l'avait cru. Et après, elle lui avait donné les photos. Qu'elle avait fait prendre pour lui. Il ne savait pas quoi en faire. Il les avait enfermées dans le coffre de son bureau et, deux jours après sa mort, il les avait découpées et brûlées. Il en avait gardé une. Rien qu'une. Qu'ils trouveraient dans son coffre.

Et en janvier, elle s'était installée en ville, pour qu'ils puissent se voir plus facilement et plus souvent. Elle avait fait dupliquer une clé de sa porte d'entrée pour lui. Et ensuite, elle avait commencé à lui mettre la pression. Ça faisait déjà un an qu'ils étaient ensemble, ils étaient sûrs d'être amoureux l'un de l'autre. Il était temps pour lui de demander le divorce. Il était temps qu'ils soient ensemble pour toujours, sans honte.

Alors, il avait dû lui dire qu'il n'était pas prêt à faire ça.

Le soir du 18, elle l'avait informé par SMS qu'elle allait rendre visite à Annemarie, sa femme. Elle allait tout lui raconter. S'il n'avait pas le courage de mettre un terme à son mariage, eh bien elle allait le faire pour lui.

Elle ne lui avait pas laissé le choix.

– Qu'avez-vous utilisé pour la frapper ? demanda Griessel.

Il se leva.

– Venez voir.

Il les emmena dans son bureau, une pièce magnifique

remplie d'étagères de livres et de vitrines qui abritaient des reproductions fidèles de vieux navires en bois. Ainsi qu'un sabre, ancien et usé, façonné dans un cuivre gris-marron terne.

— C'est un *jian*, dit-il. Vieux de deux mille ans. Ce sont les Chinois qui me l'ont donné. Pour me remercier.

— Pourquoi vous en être servi ? demanda Griessel.

— Je l'avais sous la main.

Griessel lui demanda de retourner dans le salon. Il lui demanda de décrire précisément ce qui s'était passé ce soir-là dans l'appartement d'Hanneke Sloet.

Van Eeden expliqua qu'il lui avait envoyé un SMS pour la prévenir qu'il était en route. De Somerset West. Il était entré par le garage, pour que personne ne puisse voir qu'il portait un sabre. Il avait ouvert la porte. Hanneke devait l'avoir entendu, parce qu'elle se tenait là. Et alors, il l'avait frappée. Ç'avait été un moment effroyable. Mais il devait protéger son univers.

Ensuite, il avait posé le sabre et était monté dans la chambre pour effacer les SMS sur son ordinateur. Puis il avait essuyé le sol et la porte et l'évier, avec un torchon trouvé dans la cuisine.

Il avait jeté le torchon par la vitre de la voiture en rentrant chez lui.

— À quelle heure êtes-vous arrivé dans son appartement ?

— Aux environs de 23 h 30.

— Vous êtes sûr ?

— Dans ces eaux-là.

— Directement de Somerset West ?

— Oui.

— Après avoir donné une conférence devant trois cents personnes ?

— Oui.

— Monsieur van Eeden, ça n'a aucun sens. Comment

expliquez-vous les SMS qui ont été envoyés de votre portable ? D'ici, à Constantia ?

— Vous avez vos aveux, capitaine. Que vous faut-il de plus ?

— Le problème, dit Griessel, c'est que vous avez téléphoné deux fois à Hanneke Sloet ce soir-là. À 22 h 48, appel enregistré sur l'antenne relais de Somerset West, et de nouveau à 23 h 01, enregistré à l'antenne de Nyanga.

— Oui, je l'ai fait.

— Mais elle n'a pas répondu.

Il haussa les épaules.

— Elle devait être dans son bain.

— Mais pourquoi lui avez-vous téléphoné ? Si vous étiez en chemin pour la tuer ? Si vous vouliez la surprendre ?

— Je voulais m'assurer qu'elle était chez elle.

— Vous mentez, dit Cupido. Parce qu'elle n'a pas répondu. Alors comment auriez-vous pu savoir ?

— D'après le rapport du légiste, elle est morte aux environs de 22 heures, continua Griessel. Et il en est raisonnablement certain, parce qu'on sait exactement quand elle a commandé un repas à emporter et à quelle heure elle l'a mangé ce soir-là, on sait ce qu'elle a mangé, il a pu retracer le parcours digestif avec précision.

— *Raisonnablement* certain. Qu'est-ce que ça veut dire, raisonnablement certain ? lança van Eeden.

— Comment les SMS ont-ils pu être envoyés d'ici, si vous et votre ordinateur étiez à Somerset West ?

— Ça n'a pas d'importance.

— Monsieur, d'ici une heure, nous saurons ce qui était écrit dans ces SMS.

Il bondit sur ses pieds, agitant les bras, criant presque à présent.

— Qu'est-ce que ça peut faire ? Qu'est-ce que ça peut faire ? Je vous dis que c'est ce qui est arrivé. Je l'ai tuée. Elle voulait tout. Mon travail, mon argent, ma vie. Elle était

comme une sangsue, un parasite, elle voulait me sucer le sang jusqu'à la moelle, elle en voulait de plus en plus. Elle m'avalait complètement. Je sais que je n'aurais pas dû me jeter au lit avec elle, je le sais, mais c'était trop tard à ce moment-là. J'ai fait une erreur, une erreur monumentale, mais je vais la payer à présent – ça ne vous suffit pas ?
– Pourquoi mentez-vous ? demanda Cupido.
– Qui protégez-vous ? insista Griessel.
– Je ne protège personne.
Il s'approcha d'eux, poignets levés et collés l'un à l'autre.
– Emmenez-moi. Enfermez-moi. Vous avez tout ce que vous voulez.
– C'est moi qu'il protège, dit Annemarie van Eeden, depuis l'embrasure.
– Ne l'écoutez pas. Annemarie, va-t'en.
– C'est moi qui ai tué cette femme.
– Annemarie, je t'en prie...
– Henry, dit-elle d'un ton apaisant, tu n'as pas très bien géré la situation. À un moment ou un autre, ils auraient compris.
– Annemarie... répéta-t-il en vain, sachant que tout était perdu.

63

Elle entra dans la pièce et s'assit à côté d'eux, avec une sérénité remarquable.

Elle n'avait découvert la relation que début décembre l'année passée, dit-elle, mais elle soupçonnait son existence depuis des mois. Il y avait tellement de signes révélateurs qu'une épouse sait repérer.

En décembre, seule à la maison, elle était entrée dans le bureau d'Henry et avait vu l'ordinateur sans surveillance. Et allumé. Henry, qui éteignait toujours soigneusement son portable et le protégeait avec un mot de passe, avait apparemment oublié. Ou peut-être avait-il voulu qu'elle voie. Peut-être avait-il voulu qu'elle fasse quelque chose.

Et elle s'était mise à fouiller délibérément, parce que les soupçons, les doutes étaient trop grands. Elle était tombée sur les SMS. Elle avait vu à quel point c'était intense. Elle avait vu un côté d'Henry dont elle ne connaissait pas l'existence. Son mari qui tenait des propos orduriers. Son mari accro au sexe.

Elle avait noté toutes les références du modem cellulaire. Et embauché un détective privé qui avait trouvé quelqu'un pour intercepter les SMS.

Elle les recevait tous. Pendant un mois et demi, un déluge de messages sexuels vulgaires, comme dans un banal roman de gare.

Et les demandes croissantes de « cette femme ». Et la

répugnance d'Henry à mettre un terme à la relation. Alors elle avait compris qu'elle allait tout perdre.

Elle ne savait pas quoi faire.

D'après les messages entre la femme et son mari, elle avait déduit qu'il possédait une clé de son appartement. Elle l'avait cherchée et découverte dans la poche de la veste d'Henry. Elle avait fait faire un double en vitesse, un après-midi entre Noël et le Jour de l'an. Elle savait que la jeune femme rendait visite à ses parents et qu'Henry n'en aurait pas besoin. C'était sans préméditation, une façon de riposter, un minuscule triomphe.

Et puis il y eut ce mardi soir.

– Annemarie, je t'en prie, la prévint de nouveau van Eeden.

Elle lui décocha un sourire parfaitement calme en disant :
– Henry, les tribunaux sont beaucoup plus indulgents envers les épouses trompées.

Ce mardi soir du 18 janvier, Henry était parti juste après 18 heures, un peu en retard, pour Somerset West. Il avait menti en disant que ses notes étaient dans l'ordinateur. Henry n'écrivait jamais ses discours, il les faisait au pied levé. Il était tellement bon orateur. D'habitude.

Peu après son départ, elle avait entendu un téléphone sonner. Elle était entrée dans le bureau d'Henry pour répondre car c'était la pièce la plus proche. L'appel était sans importance, un des jardiniers était malade.

Elle avait réglé le problème. Puis elle avait remarqué que l'ordinateur était allumé, que l'écran affichait : *Fermer. Quitter. Redémarrer.* Elle s'était rendu compte qu'Henry, dans sa précipitation, avait oublié la dernière manipulation. Elle s'était assise, sans la moindre idée de ce qu'elle allait faire. Et elle avait vu le petit carré qui signalait un nouveau SMS.

Il émanait de « cette femme ».

Tu es là ? disait-il.

Alors elle avait répondu : *Oui.*

Et la conversation avait commencé.

Le reste n'avait fait qu'arriver, pendant qu'elle se livrait à son imposture. Parce que plus tard la femme avait demandé : *Pourquoi tu ne viens pas d'un coup de voiture ?*

D'un coup pour un petit coup ? avait-elle répondu, dans le langage avec lequel elle s'était familiarisée depuis un mois.

Un petit coup jouissif.

Il faudra que l'attente en vaille le coup.

Et si je t'attendais sans culotte ?

J'en veux plus.

À quoi penses-tu exactement, Monsieur le Pervers ?

Elle avait levé les yeux et vu le sabre dans la vitrine. Un moment d'hésitation et tout était devenu clair. Elle avait vu dans sa tête comment les choses pouvaient se dérouler.

Un bandeau sur les yeux.

C'est nouveau. Ça me plaît.

À la porte.

Sur la moquette ?

Non. À la porte. 22 heures. Pile.

Elle s'était mise en route à environ 20 h 40, le sabre sur le siège passager.

À 22 heures, elle avait ouvert la porte au moyen de son double.

La femme se tenait là, le bandeau sur les yeux.

Elle avait levé le sabre, avait frappé la femme en plein cœur avec un sentiment d'incroyable soulagement et d'immense violence, et l'avait ressorti. La femme était tombée, en silence, le seul bruit étant le craquement de sa tête heurtant le sol.

Elle avait posé le sabre. Parce qu'elle savait que la police le trouverait, ainsi que les SMS sur l'ordinateur. Ils accuseraient Henry.

C'était ce qu'elle voulait. Qu'il soit puni pour la souffrance qu'il lui avait infligée. Elle avait déjà perdu son homme, c'était le reste qu'elle voulait protéger.

– Tu voudrais continuer l'histoire, Henry ?

Il secoua la tête.

– Corrige-moi si je me trompe. Apparemment, elle avait envoyé un autre SMS à Henry, sur son téléphone. Quelque chose du genre : *Je ne vais pas attendre à la porte sans culotte et avec un bandeau sur les yeux toute la nuit, tu sais.* Parce qu'elle supposait qu'il était déjà en route pour la retrouver et pas devant son ordinateur. Ce cher Henry ne l'a lu qu'après son discours et il a compris que quelque chose n'allait pas. Alors il lui a téléphoné mais elle n'a pas répondu. Il s'est ensuite rendu à son appartement. Je ne peux le nier, ça me plaît d'imaginer ce qu'il a dû ressentir quand il a vu son sabre par terre, à côté de son âme sœur. Et puis il a vu les SMS sur son ordinateur. Il a essayé tellement fort de nettoyer, de se protéger, et moi avec. Mais ça n'a pas marché, n'est-ce pas, Henry ?

JOUR 7

Vendredi

64

Son téléphone portable le réveilla.

« Putain », marmonna-t-il en s'en emparant.

– Oui ?

Il vit qu'il était déjà 9 heures.

– Benny, dit le colonel Nyathi, je sais que tu étais en train de dormir, mais je voulais juste que tu saches que le brigadier rentre ce matin par avion. La commission a été annulée.

– C'est bien, monsieur, dit-il d'une voix rauque de sommeil.

– Il m'a demandé de te remercier, Benny. Il le fera personnellement en rentrant.

– Mais ça n'était pas moi, monsieur. C'est Vaughn qui a résolu l'affaire.

– Ce n'est pas ce que dit Vaughn. Oh, et on t'attend avant de commencer la réunion.

– Quelle réunion, monsieur ?

– La réunion pour fêter ça.

– Monsieur, ma voiture est au boulot… (Cupido l'avait déposé chez lui à 4 heures du matin.)

Nyathi se mit à rire.

– Je t'envoie quelqu'un.

Debout devant la grille d'entrée de son immeuble, il attendait qu'un officier de l'Unité de lutte contre les crimes violents vienne le prendre. Il observa le carrefour d'en face, où Brecht l'avait guetté, en embuscade. En se disant qu'il n'avait rien compris.

C'étaient Mbali Kaleni et Fanie Fick qui avaient coincé le sniper.

Et Vaughn Cupido qui avait bidouillé le coup de fil opportun la nuit dernière grâce à un programme sur son portable. « C'est une application Android, Benna. "Faux Appels". » Et il ne savait toujours pas comment ça marchait. Cupido avait coincé les van Eeden, et maintenant il en attribuait le mérite à Benny – son respect pour son collègue avait atteint de nouveaux sommets.

Mais ça n'était qu'une des nombreuses choses qu'il avait mal interprétées. Cupido, le sniper, l'affaire Sloet. Il devait se rendre à l'évidence, il n'était pas doué pour les transactions, les entreprises, les trusts. Il ne comprenait rien aux ordinateurs, aux modems téléphoniques et aux iPhones qui ne pouvaient pas « se connecter sur les hotspots ».

Il ne valait pas plus que le cul d'un Hawk.

Vieux renard. Vieux roublard de vétéran. Imbécile. Alexa Barnard ne voulait même pas lui parler. C'était son concert ce soir, et elle refuserait qu'il soit là pour partager son grand moment.

Parce qu'il était un raté.

Mbali secoua la tête quand l'assemblée l'applaudit. Elle se dandina jusque devant.

– Certains d'entre vous ont cru que j'avais été nommée parce que John Afrika pouvait me manipuler, commença-t-elle.

Un murmure se répercuta dans la pièce comme une onde.

– J'ai entendu la rumeur, continua-t-elle. Je sais qu'on ne m'apprécie pas. Je sais qu'il peut être difficile de travailler avec moi. Je sais que ça n'est pas facile d'avoir une femme dans les pattes. Mais je veux que vous sachiez que personne ne me manipulera. Alors, laissez-moi vous raconter ce qui s'est passé à Amsterdam, pour que les choses soient dites au grand jour.

Silence de mort.

— Nos hôtes, la police d'Amsterdam, ont pensé que ça nous ferait plaisir de faire le tour de la ville à vélo. Et j'ai été trop fière pour leur dire que je ne savais pas faire de vélo. Je ne voulais pas qu'ils pensent que les Sud-Africains sont arriérés. Alors j'ai essayé. Et j'ai perdu l'équilibre, et me suis retrouvée dans un canal. Ils ont dû me repêcher dans cette eau crasseuse. Avec un bateau. Ça a dû être plutôt rigolo. Mais, pour moi, ça a été extrêmement embarrassant. Ensuite, ma fierté m'a empêchée de rire de moi-même, et j'ai voulu garder ma mésaventure secrète. Mais j'ai appris depuis que les secrets ont des conséquences. La prochaine fois, ce sera différent. Merci.

Et elle se rassit, parmi eux.

Griessel commit encore une erreur.

— Vas-y, Benny, dit Nyathi, prends le reste de ta journée, tu le mérites.

Et il se rendit d'instinct à Stellenbosch, chez quelqu'un qui se souciait de lui, quelqu'un qui disait avec fierté : « Mon père s'occupe de l'affaire Sloet. » Pour chercher du réconfort là-bas.

Il appela Carla en arrivant sur le campus et lui dit qu'il était venu pour l'emmener déjeuner. Elle était mal à l'aise.

— On est au Neelsie... répondit-elle.

Elle hésita avant de l'inviter à les y rejoindre.

Il la retrouva là-bas avec le Neandertal, un géant. Il les dépassait tous les deux. Carla fit les présentations :

— Pa, voici Calla. Calla, voici mon père.

Le Neandertal lui broya la main, tout en pompant avec enthousiasme :

— Oom, c'est un privilège, Oom.

Ils s'assirent, Carla et le Neandertal collés l'un à l'autre, son bras musculeux passé autour d'elle. La petite main de Carla reposait sur une cuisse épaisse comme un tronc d'arbre.

— Calla est mon ami, Pa.

— Je m'occuperai très bien de votre fille, dit-il.

Il sait de quoi il parle, se dit Griessel.

— T'as intérêt, renchérit Carla en regardant son joueur de rugby avec amour et admiration. Mon père fait partie des Hawks.

— Et il a une arme, ajouta Griessel.

Il voulait le dire sur le ton de la blague, mais la menace était encore là.

Ils ne l'entendirent pas. Ils s'embrassaient. Juste là devant lui.

Il regagna son appartement, rassembla son linge sale et le porta à la laverie automatique de Gardens Centre.

Il le tria en petites piles pathétiques devant la machine à laver. Toute sa garde-robe.

Il se revit en train de fouiller le dressing d'Henry van Eeden. Revit les piles de chemises et les rangées de pantalons, encore intacts et à la mode, pendus à l'intérieur. Il repensa au costume et à la chemise hors de prix de Makar Kotko.

La vie était injuste.

De retour dans son immeuble, il étendit la lessive sur le fil. Il devait racheter des sous-vêtements, il en avait trop qui étaient usés. Et de nouvelles chemises. À un moment ou un autre, quand sa carte de crédit serait à nouveau utilisable.

Il sortit sa guitare basse et s'assit sur le canapé du salon. Il n'y trouva aucun réconfort. Ça lui rappelait le concert du soir et le fait qu'il n'irait pas.

Il s'allongea sur son lit en s'apitoyant sur son sort.
La sonnerie du téléphone le réveilla.
C'est pas une vie, putain, tous les jours la même chose, se dit-il.
Il répondit.
— Benny, Alexa est partie, annonça Ella, d'une voix stridente et angoissée. Et elle doit chanter à 20 heures.
— Il est quelle heure ?
— Presque 18 h 30.
— Que s'est-il passé ?
— On était ici chez elle. Elle était terriblement nerveuse, depuis hier, après la répétition ratée. Elle n'a presque pas dormi. Elle était tellement butée, j'ai pratiquement dû l'implorer de se préparer. J'étais dans le bain, et quand je suis sortie elle avait disparu.
— Ça fait combien de temps ?
— Environ quinze minutes.
— Je vois, dit-il.
— Qu'est-ce qu'on va faire ?
— Je vais aller la chercher.

Il la trouva assise seule à l'une des petites tables du Planet Bar, au Mont Nelson. Une bouteille de gin devant elle, un verre à la main.
Il se dirigea d'abord vers le serveur, sans qu'elle le voie. Commanda une bouteille de Jack Daniel's.
— Je vais devoir l'ouvrir, monsieur.
— Pas de problème.
Il régla, demanda un verre et s'approcha d'elle. Tira une chaise et s'assit.
Elle le regarda d'un air surpris.
Il prit la bouteille de Jack et s'en versa un plein verre.
— Qu'est-ce que tu fais ? demanda-t-elle d'une voix effrayée.
— Je bois avec toi.

— Benny…
— Alexa, calme-toi. Je suis en train de boire.
Elle reposa son verre.
— Ça fait deux cent vingt jours que tu es sobre.
— Deux cent trente-trois.
Il porta le verre à ses lèvres, son être tout entier tendu vers la saveur divine.
Elle lui agrippa le bras. Le liquide se répandit sur la table.
— Benny, tu ne peux pas faire ça.
— Alexa, s'il te plaît, lâche mon bras.
— Tu ne peux pas faire ça.
— Et pourquoi pas ? Au moins, j'ai une excuse. Je suis un raté. C'est quoi, la tienne, d'excuse ?
— Que s'est-il passé, Benny ? demanda-t-elle sans lâcher son bras.
— Qu'est-ce que ça peut faire ?
— Benny, s'il te plaît. Que s'est-il passé ?
— Tout s'est passé. Fanie Fick est mort parce que je suis un imbécile. Mes collègues ont dû résoudre l'affaire Sloet parce que je suis nul comme enquêteur. Je ne sais plus interpréter les réactions des gens. J'ai perdu Carla, la seule personne… la seule femme qui voulait encore avoir affaire à moi. Elle est amoureuse du Chaînon Manquant. Mon fils veut se faire tatouer « Parow Arrow » sur le bras et je n'ai aucun moyen de l'en empêcher, parce que j'ai besoin qu'il me donne des leçons sur les bornes Wi-Fi et Twitter et Facebook et les modems cellulaires, afin que je ne me ridiculise pas davantage. Comme samedi soir, quand j'ai humilié la femme dont je suis à moitié amoureux, devant ses amis. Et que je l'ai poussée à boire de nouveau. Et maintenant elle ne répond plus quand j'appelle. C'est pour ça que je bois, Alexa, pas comme le tas de conneries avec lequel tu t'es bercée de mensonges. Lâche mon bras.
Elle s'accrocha encore plus fort à lui.

– Benny, pourquoi tu n'as jamais dit que tu étais à moitié amoureux de moi ?
– Parce que tu es Xandra Barnard et que je ne suis qu'un stupide flic.
– Pourquoi seulement à moitié amoureux ? Parce que je bois ?
– Je suis complètement amoureux de toi, Alexa.
– Alors pourquoi est-ce que tu ne me touches jamais ?
– Parce que j'ai peur que tu refuses.
– Tu le veux ?
– Oui.
– Pourquoi ?
– Parce que tu es si belle à mes yeux. Et sexy, et intelligente. Et profonde. Avec un côté artiste. Quand tu es sobre.
– Vraiment ?
– Alexa, on boit ou on roucoule ?
Elle le regarda avec une grande tendresse, puis reposa son verre et appela le garçon.
– Vous pourriez emporter tout ça ?
Elle se tourna vers Griessel.
– On roucoule, dit-elle, en essayant de lui arracher le Jack Daniel's des mains.
– Et après tu iras chanter ?
– Oui, dit-elle.
– Et après ?
– Après, je veux que tu me touches.
Il lâcha son verre.

Remerciements

Un des plus grands défis du processus d'écriture est de rendre justice – et d'exprimer l'étendue de ma gratitude – aux personnes dont le temps, l'aide, les conseils, les connaissances, la clairvoyance, la bonne volonté, le soutien et les encouragements précieux ont rendu possible l'existence du livre. Tout ce qui est crédible dans *7 jours* l'est grâce à eux. Les efforts de fiction et les erreurs sont miens. J'aimerais exprimer ma plus profonde reconnaissance :

- À Theo Winter de la société d'investissement institutionnel Sortino (et amateur de motos BMW) pour nous avoir initiés, Benny et à moi, aux secrets complexes des transactions BEE et des contrats, des fonds de pension et au monde de la finance en général, avec patience et dévouement, et pour avoir, de plus, aidé à identifier les difficultés et les âneries potentielles, avant de vérifier le manuscrit pour être sûr qu'on ne s'était pas complètement ridiculisés.
- Au capitaine Elmarie Myburgh, analyste en comportement criminel de l'Unité de psychocriminologie du SAPS. Une fois de plus, elle a répondu à d'innombrables questions, fait des suggestions, partagé ses connaissances et ses contacts, et aidé à relire le manuscrit final en étant sous pression.
- Au colonel Renier du Preez, de la Direction des enquêtes criminelles prioritaires, pour la journée que j'ai pu passer

avec les Hawks du Cap. Son professionnalisme, ainsi que celui de son équipe, leur dévouement, leur ouverture, leur générosité et leur patience, ont fait forte impression sur moi, et m'ont donné un bien meilleur éclairage (ainsi qu'un grand respect pour leur travail inestimable). Merci aussi au commissaire adjoint Angie Bhuda, au colonel Giep Joubert, et au colonel Johan Schnetler de la DPCI de Pretoria pour leur disponibilité et le mal qu'ils se sont donné.
- À Gavin Smith, de Villiersdorp, armurier et maître artisan dans la fabrication des réducteurs de son.
- À Daniel Cathiard, du château Smith Haut Lafitte, pour son hospitalité chaleureuse, et à Jean-Luc Itey, le tonnelier du domaine.
- À ma femme, Anita, qui rend tout cela possible grâce à son amour, sa tolérance, son soutien et son abnégation.
- À mon éditeur, le Dr Etienne Bloemhof, et à mon agent, Isobel Dixon, pour leur loyauté, leur sagesse et leur clairvoyance infinies, et à Hester Carstens, pour sa contribution et son regard acéré.
- Au colonel Patrick Jacobs, du commissariat de Bothasig, ainsi qu'à Peet van Biljon, John Serfontein et Sunell Lotter.

J'aimerais aussi citer les sources suivantes :

- Joseph D. Serio, *Investigating the Russian Mafia*, Durham, Carolina Academic Press, 2008.
- Misha Glenny, *McMafia, Seriously Organised Crime*, Londres, Vintage Books, 2009.
- Patricia Rawlinson, *From Fear to Fraternity*, New York, Pluto Press, 2010.
- Moisés Naím, *Illicit*, Londres, William Heinemann, 2006.
- S.V. Hainsworth, R.J. Delaney et G.N. Rutty, « How sharp is sharp ? Towards quantification of the sharpness and penetration ability of kitchen knives used in stabbings », *International Journal of Legal Medecine*, 2008.

- David Dolinak, Evan W. Matshes et Emma O. Lew, *Forensic Pathology : Principles and Practise*, Academic Press, 2005.
- Cameron Hopkins, « Silencer 101 », *Guns Magazine*, juillet 2000.
- Media 24's chronological newspaper archives of *Die Burger, Beeld, Volksblad, Mail & Guardian*.
- www.Fin24.com
- www.sake24.com
- www.saps.gov.za
- www.marketwatch.com
- www.beretta.com
- www.defenceweb.co.za
- www.islamfortoday.com
- chemistry.about.com
- www.authorstream.com
- www.detectpoint.com
- www.cellucity.co.za
- www.sako.fi
- www.sakosuomi.fr
- www.wikipedia.org
- www.ableammo.com
- www.science.howstuffworks.com
- www.chana-sa.co.za
- www.allexperts.com
- www.cienciaforense.com
- www.library.med.utah.edu
- www.myarmoury.com
- www.enotes.com/forensic-science/hair-analysis
- www.arkivmusic.com
- www.old-smithy/bayonets/ak47_and_related_bayonets.htm
- www.pamgolding.com
- www.deonmeyer.com/afrikaans/indeks.html

Glossaire

Afslaer : « Commissaire-priseur » en afrikaans.
Ag : Très similaire à « aïe ! ah ! oh ! hélas ! bah ! » généralement utilisé avec résignation.
Ai : « Ah ! oh ! aïe ! » généralement utilisé sur un ton légèrement désespéré.
Amandla : Cri de ralliement à l'époque de la résistance contre l'Apartheid, utilisé par l'ANC (Congrès national africain) et ses alliés. Mot xhosa et zoulou qui signifie « pouvoir ». (Voir aussi *Ngawethu* plus bas).
Anton L'Amour : Virtuose légendaire de la guitare rock en Afrique du Sud.
Assegaï (mot dérivé du berbère *zagaya* « lance », du vieux français *azagaie* et de l'espagnol *azagaya*). Arme utilisée pour lancer, en général une sagaie légère ou un javelot en bois avec une pointe en fer. (Source : http://en.wikipedia.org/wiki/Assegai.)
Befok : Exclamation afrikaans, d'une acception très large. Peut signifier « très en colère » (« Il est *befok* ») ou « vraiment génial » (« L'expérience était *befok* »).
Bergie : Mot afrikaans des Cape Flats pour désigner une personne sans abri, souvent un vagabond, qui vit sur les pentes de Table Mountain (*berg* « montagne »). L'argot des Cape Flats fait référence à l'afrikaans parlé dans les Cape Flats, une zone étendue à l'est du Cap, où réside la majorité des « métis du Cap ». Le terme « métis » fait

référence aux descendants des esclaves malais en Afrique du Sud (une immigration forcée par la Compagnie hollandaise des Indes orientales) qui se sont mariés avec des fermiers blancs ou des autochtones khoi – en opposition aux Noirs (descendants des Bantous) et aux Blancs (descendants des colons européens).

Bliksem : Juron nuancé, utilisé comme une exclamation ou un adjectif (« merde ! » ou « fichu ! »), ou encore un verbe (« Je vais te *bliksem* » : « je vais t'en coller une bonne »).

Blikslater : Forme plus nuancée de *bliksem* (voir ci-dessus).

CATS : Le groupe *Crimes Against the State*, soit le Groupe de recherche des crimes contre l'État, une subdivision de la la Direction des enquêtes criminelles prioritaires (DPCI) de la police sud-africaine.

Chana van : Chana est un constructeur automobile chinois qui exporte certains de ses modèles en Afrique du Sud, dont la « camionnette Chana », un véhicule de livraison léger (http://www.chanab4.co.za/models/panel-van).

Coloured : Voir *bergie* (ci-dessus).

Cooldrink : Mot anglais sud-africain qui désigne la plupart des boissons gazeuses.

Daais 'n anderstorie : « C'est une autre histoire » en afrikaans.

Dagga : « Cannabis » ou « marijuana » en afrikaans.

Darem : « Au moins » en afrikaans.

DPCI : Direction des enquêtes criminelles prioritaires de la police sud-africaine, communément appelée « les Hawks », « les Faucons ».

Eish : Mot xhosa à l'origine, et à présent largement utilisé comme une expression d'exaspération ou d'incrédulité.

Ewe : Mot xhosa à l'origine, utilisé aussi dans d'autres langues nguni en Afrique du Sud, et à présent largement répandu comme expression de consentement.

Fok*, *fokken*, *fokkol : « Putain », « putain de » et « que dalle » en afrikaans.

Fokkof : « Va te faire foutre » en afrikaans.
Fokkofpoliesiekar : Nom d'un ancien groupe de rock afrikaans en vogue. Traduction littérale : « Au diable les bagnoles de police ».
Grote Griet : « Seigneur ! » en afrikaans.
Hayi : « Non ! » en zoulou.
Hendrik Verwoerd : D'origine hollandaise, Hendrik Frensch Verwoerd (8 septembre 1901-6 septembre 1966) a été Premier ministre d'Afrique du Sud de 1958 jusqu'à son assassinat en 1966. On se souvient de lui (sans attachement) comme du « grand architecte de l'Apartheid ».
Icilikishe : « Lézard » en xhosa.
IMC : *Information Management Centre*, soit la branche « Systèmes d'information » où sont traitées les données de la Direction des enquêtes criminelles prioritaires de la police sud-africaine.
Ja : « Oui » en afrikaans (largement utilisé).
Jirre : « Mon Dieu ! », exclamation afrikaans des Cape Flats.
Jis : « Oui » en afrikaans des Cape Flats. L'expression est surtout utilisée en guise de salutation.
Jissie : Exclamation modérée en afrikaans, similaire au *jeez* anglais, soit « nom d'un chien ! ».
Jissis : « Bon sang » en afrikaans.
JOC : *Joint Operational Centre* – soit le Centre opérationnel commun, qui réunit sous l'autorité d'un leader les chefs de groupe et les inspecteurs des diverses unités de la Direction des enquêtes criminelles prioritaires, afin d'enquêter sur une affaire.
Jukskei : Un sport propre à l'Afrique du Sud. Le *jukskei* aurait vu le jour aux environs de 1743 au Cap, puis aurait été développé par des « convoyeurs » qui se déplaçaient en charrettes tirées par des bœufs. Ils se servaient des anneaux en bois des jougs (*skei* en afrikaans) pour les envoyer sur un bâton planté en terre. (Source : http://en.wikipedia.org/wiki/jukskei.)

Julle : « Les gars », forme afrikaans du « tu » au pluriel.

Kak : « Merde » en afrikaans, mais aussi utilisé dans les onze langues officielles d'Afrique du Sud.

Klippies : « Petites pierres » en afrikaans, souvent utilisé pour parler des diamants.

Kouevuur : « Cendres froides », titre d'une chanson afrikaans douloureusement belle, composée par feu Koos du Plessis, et récemment reprise par le chanteur-compositeur Theuns Jordaan.

Laaitie : Mot d'argot afrikaans utilisé pour parler d'un garçon ou d'un fils. Parfois utilisé comme *lighty*. (« C'est toujours un *laaitie* » : c'est toujours un gamin. « C'est mon *laaitie* » : c'est mon fils.)

Lekker : Mot afrikaans très polyvalent (mais largement utilisé en Afrique du Sud), signifiant « succulent » ou « goûteux ». Souvent utilisé en référence à la gastronomie, mais aussi pour n'importe quelle expérience agréable.

Liewe Vader : « Mon Dieu ! », une forme atténuée de « Seigneur ! ».

Lize Beekman : Chanteuse et compositrice afrikaans d'Afrique du Sud. Voir http://lizebeekman.co.za ou, sur YouTube, http://www.youtube.com/watch?v=Yer2pGae-rA.

Lobolo (ou ***lobola*** en zoulou, xhosa et ndebele, parfois traduit par « dot ») : Une tradition sud-africaine lors de laquelle l'homme paie la famille de sa fiancée pour obtenir sa main. La coutume vise à rapprocher les deux familles et à nourrir un respect mutuel, prouvant ainsi que l'homme est capable de soutenir sa femme financièrement et émotionnellement. (Source : http://en.wikipedia.org/wiki/Lobolo.)

Madiba : Surnom de Nelson Mandela, d'après son nom de clan xhosa.

Manne : « Les hommes » en afrikaans.

Mannetjie : Diminutif de « homme » en afrikaans.

Maties : En référence à l'université de Stellenbosch, ses étudiants, ou son équipe de rugby. (« J'étudie à Maties », ou « Mon fils est à Maties », ou « Les Shimlas ont battu Maties dans le match de rugby ».)

Mies : « Ma'am » ou « Madame ». Un vestige de l'Apartheid, quand les Noirs ou les métis étaient censés s'adresser avec ce titre « respectueux » à la femme blanche qui les employait. À présent fortement découragé, bien que toujours utilisé.

Moered : *Moer* est une merveilleuse exclamation afrikaans, légèrement vulgaire, et qui peut être utilisée de toutes les façons imaginables. Son origine remonte au mot hollandais *moeder*, qui signifie « mère ». *Moer in* veut dire « être très en colère », mais on peut aussi « *moer* quelqu'un » (frapper quelqu'un : « je l'ai *moered* »), l'utiliser comme une exclamation de colère (*moer !*, ce qui est approchant de « merde ! »), ou appeler quelque chose ou quelqu'un *moerse* (équivalent de « super » ou « génial »), ou encore l'utiliser comme adjectif : « J'ai un *moerse* mal à la tête. »

Moffie : Terme péjoratif référant à un homosexuel. Similaire à « pédé ».

Molo : « Hello ! » Salutation xhosa adressée à une seule personne (*molweni* pour plusieurs personnes).

Nè : « Oui » en afrikaans.

Ngawethu : « À nous ! » Terme xhosa largement utilisé pour répondre au cri de ralliement *Amandla !* (voir plus haut). « *Amandla !* (le pouvoir !). *Ngawethu !* (à nous !). »

Njaps : Mot d'argot des Cape Flats pour « faire l'amour ». En l'occurrence « baiser ».

Nooit : « Jamais » en afrikaans.

Oke : « Type » en anglais sud-africain.

Oom : « Oncle ». Terme de respect afrikaans adressé à un homme de dix ans (ou plus) votre aîné.

Ou : « Vieux » en afrikaans.

Outjies : Diminutif de « les gars ».

Parow : Banlieue de classe moyenne située au nord du Cap. (« Jack Parow » est aussi le nom de scène du rappeur sud-africain Zander Tyler, né en 1982, à Bellville, une banlieue proche.)

PCSI : *Provincial Crime Scene Investigation unit*, soit la Brigade d'enquête des scènes de crime de la Province, une unité d'élite de la science forensique de la police sud-africaine.

Rag : Appliqué à l'origine aux associations de charité étudiantes recueillant des dons dans la plupart des universités sud-africaines (et du Royaume-Uni), le mot en est venu à désigner le pittoresque festival étudiant qui se tient tous les ans afin de récolter des fonds.

Rand (R) : La monnaie sud-africaine. 1 rand équivaut à environ 8 dollars, ou 11 euros, ou 13 livres sterling.

RICA : *Regulation of Interception of Communication Act*, soit la loi de sécurité sur l'interception des communications. Cette loi récente en Afrique du Sud oblige tous les citoyens à déclarer leurs numéros de téléphone portable actuels ou anciens.

SARS : *South African Revenue Service*, soit le Service sud-africain des impôts.

Seunie : « Mon garçon », « fiston » en afrikaans.

Shici : « Rien » en xhosa.

Theuns Jordaan : Chanteur et compositeur afrikaans populaire en Afrique du Sud, ainsi qu'acteur. Voir www.theunsjordaan.co.za ou, sur You Tube, http://www.youtube.com/watch?v=R_vurV79pHk.

TOMS : *Tactical Operational Management Service*, soit le Groupe tactique et opérationnel, une subdivision de la DPCI.

Uithaal en wys : « Livrer la marchandise » en afrikaans.

Ukuphupha : Un « rêve » en xhosa.

Unjani : « Comment ça va ? » en xhosa.

Uxolo : « Désolé ! » en xhosa.

Uyesu : « Jésus ! » en xhosa.
Vrot : « Pourri » en afrikaans.
Yebo : « Oui ! » Mot d'argot sud-africain largement utilisé dans les autres langues.

DANS LA MÊME COLLECTION

DERNIERS TITRES PARUS

Brigitte Aubert
La Ville des serpents d'eau

Lawrence Block
Heureux au jeu
Keller en cavale

C.J. Box
Zone de tir libre
Le Prédateur
Trois semaines pour un adieu

Jane Bradley
Sept pépins de grenade

David Carkeet
La Peau de l'autre

Gianrico Carofiglio
Les Raisons du doute
Le Silence pour preuve

Lee Child
Sans douceur excessive
La Faute à pas de chance
L'espoir fait vivre

Michael Connelly
Deuil interdit
La Défense Lincoln
Chroniques du crime
Echo Park
À genoux
Le Verdict du plomb
L'Épouvantail
Les Neuf Dragons

Thomas H. Cook
Les Leçons du Mal
Au lieu-dit Noir-Étang…
L'Étrange Destin de Katherine Carr

Arne Dahl
Misterioso
Qui sème le sang
Europa blues

Torkil Damhaug
La Mort dans les yeux

Knut Faldbakken
L'Athlète
Frontière mouvante
Gel nocturne

Karin Fossum
L'Enfer commence maintenant

William Gay
La Demeure éternelle

Sue Grafton
T... comme Traîtrise
Un cadavre pour un autre – U comme Usurpation

Oliver Harris
Sur le fil du rasoir

Veit Heinichen
À l'ombre de la mort
La Danse de la mort

Charlie Huston
Trop de mains dans le sac
Le Vampyre de New York
Pour la place du mort
Le Paradis (ou presque)

Viktor Amar Ingolfsson
L'Énigme de Flatey

Liz Jensen
Avant la fin

Thierry Jonquet
Mon vieux
400 coups de ciseaux et autres histoires

Jonathan Kellerman
Meurtre et obsession
Habillé pour tuer
Jeux de vilains
Double meurtre à Borodi Lane

Natsuo Kirino
Le Vrai Monde
Intrusion
L'Île de Tôkyô

Michael Koryta
La Nuit de Tomahawk
Une heure de silence

Volker Kustsher
Le Poisson mouillé
La Mort muette

Henning Mankell
L'Homme qui souriait
Avant le gel
Le Retour du professeur de danse
L'Homme inquiet
Le Chinois
Faille souterraine et autres enquêtes

Petros Markaris
Le Che s'est suicidé
Actionnaire principal
L'Empoisonneuse d'Istanbul
Liquidations à la grecque

Deon Meyer
Jusqu'au dernier
Les Soldats de l'aube
L'Âme du chasseur
Le Pic du diable
Lemmer, l'invisible
13 heures
À la trace

Sam Millar
On the Brinks

Håkan Nesser
Le Mur du silence
Funestes carambolages
Eva Moreno

Jon Osborne
Top Class Killer

George P. Pelecanos
Hard Revolution
Drama City
Les Jardins de la mort
Un jour en mai
Mauvais fils

Elvin Post
Faux et usage de faux
Losers-nés
Room Service

Peter Spiegelman
À qui se fier ?

Carsten Stroud
Niceville

Joseph Wambaugh
Flic à Hollywood
Corbeau à Hollywood
L'Envers du décor

Austin Wright
Tony et Susan

RÉALISATION : NORD COMPO À VILLENEUVE-D'ASCQ
IMPRESSION : NORMANDIE ROTO IMPRESSION S.A.S. À LONRAI
DÉPÔT LÉGAL : MAI 2013. N° 108961-3 (132490)
IMPRIMÉ EN FRANCE